KB208083

살아있는 고전문학 교과서 **1**

살아있는 고전문학 교과서

1 고전문학, 저 너머를 상상하다

권 순 긍
신 동 흔
이 형 대
정 출 헌
조 현 설
진 재 교

Humanist

• **일 러 두 기**

• 고전 문학 작품을 갈래에 따라 세 가지 다른 서체를 사용하여 수록하였습니다. 운문과 산문 및
  현재 구연으로 접할 수 있는 작품(무가, 민요, 판소리, 전통극)을 구분하여 실었습니다.

• 수록된 고전 문학 작품은 원문의 의미를 살리면서도 독자들이 쉽게 이해할 수 있도록 현대어로 풀었습니다.

• 〈삼국사기〉, 〈삼국유사〉에 수록된 설화와 향가는 편찬 시점에 따라 연대를 표기하였습니다.

열두 가지 삶의 주제로 읽는
고전 문학 이야기

우리는 지금부터 옛사람들이 남긴 고전 문학의 세계로 여행을 떠나고자 합니다. '고전'이라는 말이 왠지 낡고 고리타분하게 느껴질지도 모르겠습니다. 하지만 우리의 여행은 시간의 간극을 훌쩍 뛰어넘어 옛사람들의 마음을 만나는 흥미로운 경험을 제공할 것입니다. 어떤 사람들은 고전을 '오래된 미래'라고 부르지요. 오래된 것이지만 미래를 열어 주는 옛사람의 지혜를 담고 있다는 뜻이겠지요. 이것을 공자는 온고지신溫故知新이라고 표현하였고, 박지원은 법고창신法古創新이라고 말하였습니다. 옛것을 잘 알아야 새것을 만들어 낼 수 있다는 의미입니다.

그래서일까요? 어떤 미래가 펼쳐질지 한 치 앞도 예측하기 어려운 최첨단 과학 문명 시대인 요즘, 고전에 대한 관심이 부쩍 늘고 있습니다. 불안한 현대를 넘어서는 지혜를 고전에서 발견할 수 있을 거라는 믿음 때문이겠지요. 그 기대처럼 옛사람들이 남긴 고전 문학이란 음풍농월의 도구에 불과한 것이 아니었습니다. 한시는 최고 인재를 선발하는 과거 시험의 필수 교과이자 사대부로서의 교양 수준을 가늠하는 잣대였습니다. 그 때문에 사대부들은 한시에 자신의 생활과 사유의 정수를 담아내기 위해 애썼습니다. 또한 모내기나 김매기를 할 때 부르던 노동요들은 어떤가요? 여기에는 땀 흘려 일하던 민중의 절절한 애환이 한 올 한 올 진솔하게 담겨 있습니다. 이처럼 옛사람에게 시를 짓고 노래를 부르는 일은 삶의 일부였습니다.

오영순이라는 할머니는 임종 직전에 자신이 즐겨 읽던 〈흥부전〉을 함께 묻어 달라는 유언을 남겼다고 합니다. 할머니에게 〈흥부전〉은 한낱 소설나부랭이가 아니라 여자로서 걸어야 했던 힘겨운 길을 견디게 해 준 삶의 동반자였던 것입니다. 그뿐만 아닙니다. 고전 소설의 경우 같은 작품에 여러 이본異本이 있는데, 〈춘향전〉은 무려 400여 종의 이본이 남아 있습니다. 춘향과 이 도령의 이야기를 따라가는 독자들이 수동적인 책 읽기에 머무르지 않고 자신의 생각에 맞게 줄거리를 고쳐 가며 읽었던 까닭입니다. 고전의 시대에 작자와 작품, 나아가 작자와 독자는 이렇듯 하나였던 것입니다.

옛사람들의 삶 속에서 살아 꿈틀대던 고전 문학을 요즘 우리는 어떻게 읽고 어떻게 배우고 있나요? 난해한 어휘 풀이에 대부분의 시간을 보낸다거나 작가, 창작 시기, 시대적 배경, 주제를 달달 외우고 있는 것은 아닌가요? 그렇게 해서는 옛사람들의 삶과 그 생생한 기록인 고전 문학이 지금의 우리에게 도무지 공감할 수 없는 난해한 그 무엇이 될 따름입니다. 이 책의 집필진들은 고전 문학을 우리가 발 딛고 있는 시대로 끌어와 함께 호흡하기 위해 기존의 교과서와는 전혀 다른 체제를 택하기로 의견을 모았습니다.

많은 교과서가 고전 문학 작품을 시대에 따라 나열하거나 갈래로 나누어 설명하는 데 익숙해져 있습니다. 하지만 이 책에서는 '지금 여기'에 살고 있는 우리가 절실하게 생각하는 열두 개의 주제를 뽑아, 그에 적합한 고전 문학 작품을 선정하고 재구성하였습니다. 꿈과 환상, 삶과 죽음, 이상향, 나라 밖 다른 세계와의 만남, 소수자, 갈등과 투쟁, 노동, 풍류와 놀이, 나, 가족, 사랑, 사회적 관계가 그것입니다. 이를 다시 천지인天地人, 즉 하늘과 땅과 사람의 이야기로 나누어 '고전 문학, 저 너머를 상상하다', '고전 문학, 시대에 말 걸다', '고전 문학, 나를 깨우다'라는 주제 아래 세 권으로 묶어 보았습니다.

고전 문학과 오늘의 문제의식을 접목시키는 우리의 노력은 이런 새로운 체제의 도입에 그치지 않았습니다. 기존 교과서에서 상투적으로 다루어지는 유명 작품에만 주목하지 않고 새롭게 음미해 볼 만한 작품들을 대거 발굴하였기에, 독자들은 고전 문학의 폭과 깊이가 얼마나 드넓고도 두터운지를 실감할 수 있을 것입니다. 엄선하고 엄선했음에도 불구하고 여기에서 다루어진 작품이 300편이 넘을 정도이니 말입니다. 박제화된 고전 읽기가 아니라 오늘날의 문제와 끊임없이 연계하여 읽고 해석하는 과정에서 우리는 옛사람들의 굴곡진 삶과 분투를 목격하고 그들에게 공감하기도 할 것입니다. 그뿐만 아니라 물질문명에 오염되지 않은 옛사람들의 소박한 정감을 체험하고 싱그러운 상상력에 감탄하기도 할 겁니다.

　3년이 넘는 시간 동안 다양한 분야의 고전 문학 전공자들이 이 흥미로운 작업을 함께했습니다. 각자 책임을 맡아 집필한 글을 서로 돌려 읽으며 다듬었습니다. 그럼에도 불구하고 한 사람이 쓴 글에 비해 통일성이 다소 떨어진다는 느낌을 받을지도 모르겠습니다. 집필자마다 작품을 읽는 관점과 글쓰기 방식이 다를 수 있기 때문입니다. 하지만 공동 작업이 갖는 이 같은 한계가 오히려 장점이 되기도 합니다. 다양한 주제를 다채로운 방식으로 풀어 가는 집필자들의 개성적인 독법을 접할 수 있기 때문입니다. 이 과정에서 여러분도 또 다른 빛깔로 우리 고전 문학을 읽고 가슴 깊숙이 간직하게 되겠지요. 그렇다면 우리가 함께하는 고전 문학 세계로의 여행이 참으로 값진 경험이 되리라 생각합니다. 《살아있는 고전문학 교과서》와 함께 여러분의 삶이 깊어지기를 바랍니다.

2011년 봄을 맞으며

권순긍 신동흔 이형대 정출헌 조현설 진재교

살아있는
고전문학
교과서
1

차례

고전, 넓고도 오랜
상상의 바다

고전 문학의 세계는 사람들이 어렴풋이 짐작하는 것보다 훨씬 다채롭고 역동적이다. 멀리에서 보이는 건 푸른 물결뿐이지만, 수많은 생명과 놀라운 조화를 품고 있는 바다와 같다. 노를 저어 바다 한가운데로 나아가 산소통을 메고 물속으로 뛰어드는 순간, 예기치 못한 놀라운 세계가 펼쳐진다.

이제 '상상想像'으로부터 고진의 바다를 향한 탐험을 시작하자. 눈에 보이는 것 너머, 신비한 비밀을 담고 있는 미지의 세계에 대해 옛사람들은 어떤 놀라운 상상을 했을까?

사람은 누구나 특정한 시공간에 살기 마련이다. 우리의 몸은 '지금 여기'를 벗어날 수 없지만 마음은 어디로든 훨훨 날아갈 수 있다. 저 바깥마당, 다른 고장, 머나먼 다른 나라, 더 나아가 달나라나 별나라에까지. 아니, 그렇게 실재하는 곳만이 아니다. 죽음 너머의 세계, 초월적 이상향까지 우리 마음이 가닿을 수 없는 곳이란 없다. 이렇듯 무한대로의 여행을 가능하게 하는 것이 바로 상상이다.

문학이 펼치는 상상은 그 끝이 없으며, 이는 고전 문학 또한 예외가 아니다. 고전 문학은 상상의 문학이라 해도 좋을 정도다. 우리 고전 문학에는 인간과 삶의 심연을 마주하게 하는 원초적인 상상력이 오롯이 살아 있다. 문학 속의 상상은 잠깐 스쳐 지나가면 그만인, 단순한 공상空想이 아니다. 우리는 문학적 상상력을 통해 여기와는 다른 저 너머의 다른 세계를 실감나게 체험할 수 있으며 거기서 우리의 삶을 풍요롭고 행복하게 하는 참 재미와 참 의미를 발견한다.

고전 문학이 펼쳐 내는 상상의 세계는 무척이나 다채로운데, 이 책에서는 네 가지 화두를 통해 그것을 살피게 될 것이다.

꿈과 환상. 꿈은 가히 문학적 상상의 출발이라 할 수 있다. 꿈의 세계에서는 낯설고도 놀라운 형상이 자유자재로 나타난다. 이러한 꿈의 논리는 오래된 민담과 신화 속에, 그리고 고전 소설 속에 그대로 담겨 있다. 우리 고전 문학이 펼쳐 낸 꿈과 환상의 세계는 양적으로 풍부하고 질적으로 뛰어나다. 민간 신화의 배경이 되는 이계異界 공간은 세계 어느 신화 못지않게 환상적이며, 〈구운몽〉에서 주인공 성진이 꾸는 꿈의 세계는 동서고금의 수많은 상상 문학 중에서도 으뜸이다. 〈삼한습유〉가 넘나드는 환상의 방대한 규모와 치밀한 구성은 동양의 판타지가 이미 얼마나 놀라운 경지에 이르렀는지 보여 준다. 그 작품들과 만나다 보면 환상적 상상력의 원류가 고전 속에 깃들어 있음을 실감하게 될 것이다.

삶과 죽음. 사람들은 누구나 삶과 죽음의 경계에서 세상을 살아가고 있다. 옛 사람들은 우리가 살고 있는 이곳을 이승이라 하고 죽음 너머 저곳을 저승이라 하였다. 저승은 한번 가면 못 오는 먼 곳이지만, 우리 곁에 가까이 있는 곳이기도 하다. 문학의 영원한 주제라 할 수 있는 이 삶과 죽음의 문제를 우리 고전 문학은 무척이나 깊고도 진지하게 다룬다. 눈에 보이는 삶 너머의 비밀 세계를 추리와 상상을 통해 문학적으로 재구성하는 가운데 죽음을 넘어설 수 있는 힘이 어디에 있는지, 존재의 유한성을 넘어 참된 삶의 의미를 어디서 어떻게 찾을 것인지를 다각적으로 탐구해 왔다. 이러한 고전 문학의 문제의식은 우리에게 비일상적 상상의 즐거움과 함께 깊은 감명과 깨우침을 준다.

이상향. 유한하고 부조리한 현실에 발붙이고 있는 인간에게 영원하고 완전한 이상 세계를 추구할 수 있다는 것은 문학의 중요한 존재 의미가 된다. 고전 문학에 그려진 이상향은 현실의 도달점으로서의 정치적·사회적 이상향과 현실 너머에 존재하는 초월적 이상향, 아름다움의 극치로서의 미적 이상향, 영원한 구원의 세계로서의 종교적 이상향까지 그 모습이 다양하다. 그 이상향의 형상 속에는 상상 세계의 진수가 담겨 있으며, 삶에 대한 철학적 성찰이 응축되어 있다. 우리는 그 속에서 오늘날 우리가 꿈꾸는 다양한 유토피아의 원형을 만나볼 수 있다.

다른 세계와의 만남. 문학의 분방한 상상력이 현실 너머의 가상 세계만을 대상으로 삼는 것은 아니다. 당시에 이역異域이라 불린, 실재하는 다른 나라의 낯선 삶도 문학적 상상력의 중요한 대상이자 원천이었다. 가까이는 중국과 일본으로부터 멀리는 인도와 아라비아, 서구에 이르기까지, 다른 세계와의 만남은 고전 문학의 중요한 주제 중의 하나이다. 오늘날에는 비행기를 타면 수만 리도 금세 날아갈 수 있지만 예전에는 중국이나 일본만 하더라도 쉽게 도달할 수 없는 머나먼 나라였다. 그리하여 다른 세계와의 만남은 더더욱 경이롭고 애틋한 것이었다. 다른 세계와의 만남을 다룬 고전 문학 작품들은 그런 경이로운 만남이 전해 주는 진정한 재미와 의미를 간직한 채 우리의 눈길을 기다리고 있다.

고전 속에는 미래의 씨앗이 오롯이 깃들어 있다. 흔히 21세기를 상상의 시대라 하는데 21세기가 필요로 하는, 우리의 영혼을 일깨우는 '진짜 상상력'의 다양한 원천을 고전 문학 속에서 찾을 수 있다. 근래에 드라마나 영화, 애니메이션, 컴퓨터 게임 등이 앞다투어 고전 문학에서 소재를 찾고 있는 것은 우연이 아니다. 오랜 세월의 검증을 거친 진짜 상상력이 발휘하는 힘이 만만한 것일 리 없다. 거기에는 시간과 공간을 뛰어넘어 우리 마음을 흥분시키고 일깨우는 그 무엇이 있다. 고전의 상상력이 힘을 발휘하는 것은 이제 시작일 뿐이다. 앞으로 우리의 삶과 문화에서 고전이 펼쳐 보일 힘은 예상을 뛰어넘을 정도로 막대할 것이다.

　많은 사람들이 고전 문학을 어렵고 따분한 것이라고 생각한다. 실은 그러한 마음이 고전을 어려운 것처럼 보이게 만든다. 이제 그런 무거운 생각일랑 훌훌 떨쳐 버리자. 고전 문학 속에서 펼쳐지는 즐겁고 놀라운 상상의 세계가 우리의 손길을 기다리고 있다. 산책을 하듯 가벼운 마음으로 훌쩍 길을 나서 보자. 오래전부터 숨 쉬어 온 넓고도 신비한 상상력의 바다를 향해.

1 꿈과 환상

갈래 이야기 **서사 무가, 아주 오래된 판타지**

영화 〈나니아 연대기〉(2005)의 한 장면

개미 왼뿔만 한 길이 안내하는 낯선 별세계

여기는 영국 런던의 킹스크로스 역 승강장. 한 아이가 긴장한 듯 사방을 두리번거리며 무엇인가를 기다리고 있다. 초조해 보이면서도 무척 흥분된 표정이다. 무엇을 재는 듯 이리저리 살피다가 아이가 멈춘 곳은 9와 3/4 승강장. 아이는 눈을 질끈 감고 안으로 뛰어든다. 그러자 거짓말처럼 승강장이 열리고, 눈앞에 와서 멈추는 진분홍색의 열차. 호그와트 마법 학교로 향하는 11시발 급행열차이다. 열차 안에서는 학교로 향하는 수많은 마법사 후예들이 망토를 걸치고 빗자루를 하나씩 든 채 저마다의 영력을 시험하고 있다. 경이로운 환상적 모험의 세계가 시작되는 순간이다. 그 아이의 이름은 해리 포터Harry Potter.

해리 포터. 21세기가 '상상의 세기'가 될 것임을 예고한 기념비적 이름이다. 한 여성 작가가 다락방에서 창조해 낸, 어쩌면 허무맹랑해 보이는 판타지의 향연이 출판 시장을 넘어서 영화와 컴퓨터 게임에 이르기까지 21세기 세계 문화 시장을 뒤흔들었다. 문학적 상상력의 힘이다.

하지만 그 상상의 세계는 한 작가가 아무것도 없는 허공에서 갑자기 만들어 낸 새로운 세계가 아니다. 그 바탕에는 먼 옛날로부터 이어져 내려온 다채로운 마법담의 전통이 놓여 있다. 소설 《해리 포터》의 작가 조앤 롤링Joanne Kathleen Rowling은 그 원형적인 서사적 전통에 자신의 창조적 상상력을 결부하여 세기의 문제작을 만들어 냈던 것이다.

여기 몸집이 꽤나 장대하고 행동거지가 씩씩해 보이는 한 사내가 서 있다. 사내의 이름은 강림. 그가 서 있는 곳은 이상한 기운이 감도는 연못가. 연못의 이름은 '헹기못'이다. 일흔여덟 갈림길에서 개미 왼뿔만

한 길로 접어들어 여기 다다른 터다. 길은 연못을 향하여 그쳐 있다. 잠시 주저하는 사이에 어디서 나타났는지 굶주린 혼령들이 떼로 덤벼들면서 아우성을 친다. 사내가 보따리를 풀어 시루떡을 집어던지자 혼령들은 미친 듯 떡을 향해 달려든다. 그 순간 사내는 눈을 질끈 감고서 연못에 훌쩍 몸을 던진다. 얼마나 지났을까. 발이 땅에 닿는 것 같아 눈을 떠 본다. 처음 보는 낯선 곳. 저 앞에 하늘로 우뚝 솟은 높다란 문이 보인다. 문은 꽁꽁 닫혀 있다. 현판에 걸린 이름은 '연추문'. 그 안에는 누가 있는가. 염라대왕을 비롯한 시왕이 있고 죄 지은 혼령들이 갇힌 가시성, 철성 등 갖은 성이 있다. 그 문을 향해 손을 내미는 강림······. 우리나라 제주도의 무속 신화 〈차사본풀이〉의 한 장면이다.

런던 킹스크로스 역의 9와 3/4 승강장과 개미 왼뿔만 한 길을 통해 도착한 헹기못. 이 둘은 구체적 형상에 차이가 있지만 서사적 기능은 서로 다르지 않다. 그 기능이란 '낯선 별세계로의 통로'라는 것이다. 그 통로가 열리는 순간 신기하고 환상적인 모험의 세계가 펼쳐진다는 사실 또한 서로 일치한다. 동양과 서양, 과거와 현재의 간극을 넘어서는 원형적인 상상력이다.

고전 문학은 신기하고 놀라운 갖가지 상상의 요소로 가득 차 있다. 현실에서 보기 힘든 낯선 인물과 신이한 존재들이 활개를 치면서 경이로운 일들을 행한다. 사람들이 꿈꾸고 상상하는 모든 일이 거침없이 펼쳐진다. 드넓고도 자유로운 꿈과 환상의 세계이다.

사람들은 한동안 그러한 허구적 환상의 세계를 급이 낮은 것으로 낮추어 보곤 했다. 고전 문학의 중요한 한계로 현실성의 부족을 드는 것이 교과서적인 관점이었다. 옛사람들의 상상 세계를 아직 충분히 성숙되지 못한 것으로 보는 시각이다. 하지만 그러한 관점은 이제 철 지난 것이 되고 있다. 상상력이야말로 문학이 살려 낼 수 있는 최고의 가치라는 점이 재인식되면서, 고전이 펼쳐 내는 환상적 상상의 세계에 대한 재조명이 활발히 이루어지고 있다.

문학적 상상력이란 현실을 떠나 자유롭게 펼쳐질 수 있는 것이면서도 다른 한편으로 현실과 깊은 연관을 지닌다. 상상 속에는 시대적 삶의 경험과 세계관이 반영되기 마련이다. 우리 고전 문학 또한 예외가 아니어서 각 작품마다 그 시대의 역사적 경험과 정서가 짙게 투영되어 있다. 조선 전기에는 조선 전기다운 상상력이, 조선 후기에는 조선 후기다운 상상력이 깃들어 있다. 《해리 포터》의 상상력 속에 영국(또는 북유럽) 특유의 역사적 경험과 관념이 투영되어 있는 것과 마찬가지이다. 시대와 역사에서 벗어난 상상이란 존재하기 어려운 터, 억지로 그것을 만들어 낸다면 그 결과는 삶으로부터 유리된 허튼 공상이 될 공산이 크다.

《해리 포터》가 영국을 넘어 전 세계의 수많은 독자들을 매혹시켰듯이, 문학적 상상력은 시공간의 한계를 뛰어넘는 보편성을 발휘하기도 한다. 시대나 지역에 따라 사람들의 삶이 다른 것이 사실이지만 그들은 모두 사람이라고 하는 원초적 동질성을 지닌다. 그 원초적 동질성을 잘 짚어 내고 펼쳐 낼 때 문학적 상상은 갖은 물리적 장벽을 깨뜨리고 사람들을 한마음으로 엮는 힘을 발휘하게 된다. 오랜 세월을 거치며 수많은 사람들 속에서 생명력을 발휘해 온 작품은 대개 그러한 힘을 지닌 것들이라 할 수 있다. 그러한 작품을 우리는 '고전古典'이라 부른다.

여기서는 우리 고전 속에 깃들어 있는 꿈과 환상의 상상력을 새롭게 조명해 보고자 한다. 고전 속의 상상 세계가 당대의 삶과 의식을 반영하는 한편으로 어떻게 시대를 넘어서는 보편적 의미를 발현하고 있는지를 살피게 될 것이다. 우리 고전의 상상 세계에 흠뻑 빠져 보는 가운데 그 속에서 제2의 《해리 포터》와 《반지의 제왕》을 이끌어 낼 실마리들을 함께 찾아보자.

1 환상적 상상력의 논리

문학에서 펼쳐지는 상상력은 여러 색깔을 지닌다. 현실을 반영하며 변형하는 상상이 있는가 하면, 현실에 구속되지 않고 자유분방하게 펼쳐지는 환상적 상상의 세계가 있다. 환상적 상상은 문학적 상상력의 원형과 진수를 보여 준다. 현실을 넘어서서 펼쳐지는 환상의 상상 세계는 제멋대로인 것 같지만 실은 그렇지 않다. 현실 논리와는 다른 '꿈의 논리'가 치밀하게 작동하는 가운데 문학적 재미와 의미가 창출된다. 그 의미는 결국 삶의 문제로 귀착되는 것이 상례이다.

꿈과 문학적 상상력

사람들은 누구나 꿈을 꾼다. 잠을 자면서 꿈을 꾸며, 깨어 있으면서도 꿈을 꾼다. 꿈이 없는 삶이란 어떤 것일까. 꿈이 없다는 것은 지금 여기 내 곁에 실재하는 것들의 울타리를 벗어나지 못한다는 뜻이 된다. 실재하는 것에서 한 치도 벗어나지 못하는 삶이란 어떤 것일지 상상조차 어렵다. 마치 그것은 온 삶이 커다란 상자 안에 꽁꽁 갇힌 것과 마찬가지일 것이다. 몸만 갇힌 것이 아니라 마음까지 말이다.

현실에 존재하면서도 그 틀을 넘어 상상의 나래를 마음껏 펼칠 때 우리의 영혼은 드넓은 세계를 향하여 열린다. 공간적으로든 시간적으로든 '꿈'이 미치지 못하는 곳은 없다. '나'를 어디로든 한순간에 옮겨 갈 수 있는 '무한 이동 머신'이 바로 꿈이다.

문학에서 꿈은 특별한 의의를 지닌다. 어찌 보면 꿈이 반영되지 않은 문학은 하나도 없다고까지 말할 수 있다. '지금 여기의 나'라는 틀을 벗어나 바깥으로 열린 상상을 매개로 하여 문학은 창조되고 향유된다. 그러한 상상 속에 문학의 재미가 있고 의미가 있다.

꿈속에서는 생각지도 못한 수많은 일들이 벌어진다. 꿈속에서 일이 벌어지는 방식은 현실에서와 다르다. 현실의 논리로 보면 이해가 될 수 없는 앞뒤 안 맞는 일들이 마구 일어난다. 어딘지 모를 낯선 곳에서 낯설고 놀라운 존재와 조우한다. 키가 하늘까지 닿는 거인, 이상한 모양을 한 채로 사람처럼 말을 하는 동물과

신구도神龜圖
거북의 몸에 용의 머리를 한 상상 속
의 존재. 꿈속에서는 현실에 존재하
지 않는 동식물들을 흔히 만난다.

식물, 온몸이 찬란한 빛에 휩싸인 신령과
선녀, 이미 세상을 떠난 지 오래인 부모나
친구, 마음에 아득한 욕망의 대상으로 품고
있던 이성……. 헤아릴 수 없는 특별한 존
재들이 나타나 몸을 부딪쳐 온다.

꿈속에서 상황이 전개되는 방식 또한 낯
설고 놀랍기는 마찬가지이다. 금방 방안에
있었나 했더니 어느새 천리 밖 이국땅이거
나 낯선 별세계이다. 다시 또 돌아보면 어
린 시절을 보낸 고향이다. 순간적인 공간
이동의 연속이다. 대상의 변화 또한 예측을
불허한다. 면전에 있던 상대가 친구인가 했
더니 어느새 낯선 사람이며, 금세 동물이거
나 괴물이거나 신령이다. 그들이 나한테 말
을 걸고 몸을 부딪치며 무언가 낯설고 괴상
한 일들을 하게끔 한다. 그에 대한 나 자신
의 행동 양상 또한 놀랍기는 마찬가지이다.
손을 뻗으니 십 리까지 뻗치고 훌쩍 몸을
던지니 공중을 날아 절벽을 건너뛴다. 크나큰 충격을 받아 쓰러져 죽었
는가 했더니 어느새 다시 살아나 움직인다. 행동에 거침이 없고, 행동의
반경에 제한이 없다. 그 몸짓에 따라 세상이 이리 흔들리고 저리 바뀐다.

꿈을 해석하는 사람들은 꿈의 비논리적 형상 속에 놀라운 상징적 의미
가 깃들어 있다고 말한다. 그것은 마음 깊은 곳의 무의식을 원형적으로
반영하며, 때로는 세상에 얽힌 비밀을 암시하고 기약한다. 요컨대 그 형
상은 갖가지 의미로 가득 차 있다. 불필요한 요소는 다 생략하고 의미 있
는 요소들만 생생하게 움직이는 것이 꿈의 세계라 할 수 있다.

문학이 펼쳐 보이는 상상의 세계가 바로 이와 같은 것이라 할 수 있

다. 허구가 짙게 깃든 상상은 얼핏 엉뚱하고 허망해 보이지만 실제로는 그렇지 않다. 그 상상 속에 원형적이고 보편적인 갖가지 의미 요소가 깃들어 있다. 그것과 온전한 접속이 이루어질 때 비로소 문학은 찬란한 빛을 발휘하게 된다.

원형적 서사에 깃든 꿈의 논리

꿈과도 같은 놀라운 상상을 펼쳐 내는 것은 문학의 기본적이고 보편적인 특성이지만, 문학 양식 가운데 꿈의 논리가 전면적으로 투영된 것이 있다. 그중 전형적이고 대표적인 것이 바로 민담民譚이라 할 수 있다. 민담 가운데 원형을 이루는 것이 '환상적 민담'인데, 인물과 배경, 사건을 포함한 제반의 서사가 꿈의 논리를 따라, 원초적 상상의 논리를 따라 펼쳐지는 것이 특징이다. 그러한 민담을 통하여 우리는 문학적 상상이 어떻게 의미를 발현하는지 엿볼 수 있다.

옛날하고도 먼 옛날, 어느 시골 마을에 노파가 살고 있었다. 남편도 없는 폭삭 늙은 노파인데 어느 날 갑자기 덜컥 임신을 해서 아이를 낳는다. 낳고 보니 사람이 아닌 구렁이다. 어이쿠 이 일을 어쩌하나. 노파는 구렁이 자식을 뒤주에 집어넣고 뚜껑을 닫는다. 어찌 알았는지 이웃 장자집의 세 딸이 자식 구경을 하러 온다. 첫째 딸, 둘째 딸이 낯을 찡그리며 달아나는데 막내딸은 활짝 미소를 지으며 말한다. "어머, 구렁덩덩신선비님을 낳았네!" 그러자 뱀이 노파한테 말한다. "나 장자의 셋째 딸한테 장가보내 주오. 안 그러면 한 손에 불 들고 한 손에 칼 들고 엄마 뱃속으로 다시 들어가겠소."

동화적 환상이 깃든 민담 〈구렁덩덩신선비〉는 이와 같이 시작된다. 그 사연을 볼 양이면 이해하기 힘든 괴상한 요소투성이이다. 노파가 남편도 없이 임신하는 일도 그렇고, 낳은 자식이 사람이 아닌 뱀인 것도 그러하다. 막내딸이 징그러운 뱀더러 구렁덩덩신선비라고 하는 것과 뱀이 그 딸한테 장가를 들겠다고 나서는 것은 서로 짝을 이루는 괴상한 일이다.

그런데 위의 이야기는 이렇게 괴상망측한 사연을 아무렇지도 않다는 듯 자유롭고 편안하게 펼쳐 나간다. 실제 상황이라면 상상도 할 수 없을 일이 불쑥불쑥 벌어지는 가운데 서사가 성큼성큼 나아간다. 이 이야기는 현실의 논리가 아닌 꿈의 논리를 따라 진행되고 있는 중이다. 현실이 아닌 꿈에서 상황에 대한 구구한 '설명' 같은 것은 필요 없다. 논리적 판단이나 설명은 오히려 꿈을 방해하여 꿈에서 깨어나도록 한다. 그냥 무의식적 충동이 시키는 바에 따라 나아가면 된다. 이 이야기 또한 그렇다. 상상의 가닥이 가닿는 대로 쭉쭉 나아가기만 하면 된다.

노파는 장자를 찾아가서 구렁이 아들의 의사를 전한다. 그러자 장자는 세 딸을 불러 의사를 묻는다. "할멈의 아들과 혼인하겠니?" 위의 두 딸은 징그럽다며 손사래를 치는데, 막내딸은 반색을 하며 구렁이와 결혼하겠다고 한다. "좋다면 그리 하렴." 그렇게 하여 구렁이와 막내딸의 혼례식이 펼쳐진다. 구렁이는 담을 기어올라 빨랫줄을 타고서 초례청에 이른다. 그렇게 혼례가 치러지고, 첫날밤을 위해 목욕을 마쳤을 때 구렁이는 향기로운 운무에 휩싸여 신선 같은 미남자로 탈바꿈한다. 그리고 그 사실을 안 두 언니는 시기심에 휩싸여 훼방을 놓기 시작한다.

만약 상상이 아닌 현실 상황이라면 어떠했을까. 노파는 장자한테 감히 혼인에 관해서 입도 뻥긋하지 못했을 것이다. 설사 말을 꺼냈다 해도 장자는 불호령을 내리면서 그 말을 무시하였을 것이다. 하지만 이것은 어디까지나 '이야기'이다. 말도 안 되는 것 같은 그런 상황이 척척 이루어진다. 태어난 지 얼마 되지도 않은 뱀은 어느새 새신랑이 되어서 장자의 막내딸과 혼례를 치른다. 그리고 보란 듯이 신선 같은 미남자로 변신한다.

말도 안 되는 허무맹랑한 상황처럼 보이지만, 실은 그렇지 않다. 그 속에는 꿈과 상상의 논리가 체계적으로 작동하고 있는 중이다. 아버지도 없이 할미에게서 태어난 자식이니 분명 범상치 않은 존재이다. 그는 두 언니의 범상한 눈에는 이상하고 불편한 존재였으나 본질을 꿰뚫어보는 막내딸의 눈에는 신선에 해당하는 존재였다. 그런 이치를 알고 있는 이가 장자인지라 혼례가 성사되고, 그리하여 둘은 천생연분으로 어울리는 환상의 짝을 이루게 된 것이다. 엉뚱한 일이 아니라 이치에 딱 맞는 일이다. 적어도 원형적 상상의 이치에는 어긋남이 없다.

이야기는 그렇게 쭉쭉 이어져 간다. 꿈과 상상의 속도를 따라 좀 빠르게 나아가 보자.

신선비는 막내딸에게 허물을 맡기며 잘 간직하라 한다. 그 사실을 염탐한 두 언니가 허물을 훔쳐 내 불태운다. 그 냄새를 맡은 신선비는 뒤돌아서 종적을 감춘다. 그러자 막내딸은 남편을 찾아 길을 나선다. 농부를 만나 밭을 대신 갈아 주고 길을 찾고, 까치의 먹이를 구해 주고서 길을 찾으며, 할머니 빨래를 대신해 주고 길을 찾는다. 막내딸은 옹달샘에 띄운 복주께에 훌쩍 올라서서 한 순간에 별세계로 들어선다. 그녀는 새를 쫓는 아이에게 세 번 길을 물어 신선비의 집을 찾아낸다. 가 보니 신선비는 다음 날 새 각시와의 혼인을 앞두고 있다. 각시가 둘인지라 신선비를 놓고 시합이 벌어진다. 막내딸은 우물물 길어 오기 시합과 수수께끼 시합, 호랑이 눈썹 뽑아 오기 시합을 차례로 이겨서 신선비를 되찾아 오래오래 행복하게 산다.

복주께 밥주발 뚜껑.

'오래도록 행복하게 잘 살았다.'는 정해진 결말에 이르기까지 상상과 서사가 나아가는 길에 거침이 없다. 집을 떠나 낯설고 넓은 세상으로 나선 막내딸은 길을 잘도 찾아낸다. 마음 가는 대로 몸을 움직이면 거기 길이 열린다. 신령한 원조자들이 나타나서 갈 길을 알려 준다. 신선비가 속해 있는 별세계로 가는 것 또한 문제가 아니다. 조그만 복주께에 올라서는 것으로 충분하다. 그 뒤의 일 또한 위에서 보는 그대로이다. 막내딸은 마침내 신선비를 만나고, 호랑이 눈썹을 구하는 과제까지도 가볍게 완수하여 신선비를 되찾고 행복의 길로 나선다. 예정된 행로이다.

집을 나서서 낯선 길을 가고 있는 저 막내딸은 완연한 세상의 주인공이라 할 수 있다. 그가 도달하지 못하는 곳이 없고, 행하지 못하는 일이 없다. 그야말로 그는 무한 가능성의 존재이며, 그것을 마음껏 성취하는 무한 실현의 존재이다. 그것은 인간의 근원적 꿈과 욕망에 맞닿아 있는 형상이다. 사람들이 내면 깊숙이 간직하고 있는, 한편으로는 현실에서 갖은 제한 속에 억눌려 있던 꿈과 욕망이 상상 속에서 저렇게 마음껏 펼쳐지고 있는 중이다. 그러한 상상 속에 사람들을 가두고 있는 '현실의 감옥'이 깨어지며 삶의 확장과 영혼의 비상이 이루어진다. 이것이 바로 문학적 상상이다.

문학적 상상과 삶의 진실

민담의 서사가 현실의 논리가 아닌 상상의 논리에 따라 움직이고 있음을 보았다. 그 상상의 논리가 현실과 무관한 것인가 하면 전혀 그렇지 않다. 사람들이 꾸는 꿈이 어떤 형태로든 현실을 반영하는 것과 마찬가지로 환상의 형태로 펼쳐지는 문학적 상상 또한 현실적 삶을 투영한다. 때로는 직접적인 형태로. 때로는 상징적이거나 역설적, 반어적인 형태로. 그리고 앞서 말한바 '원형적인' 형태로.

다시 〈구렁덩덩신선비〉 이야기로 돌아가 보자. 할미가 낳은 구렁이는 범상치 않은 존재라 했다. 범상치 않은 존재는 사람에게 낯섦과 두려움을 느끼게 한다. 구렁이 또한 그러하다. 그는 신선의 속성을 지니고 있지만, 그 자질은 겉으로 드러나지 않는다. 그리고 오히려 모두가 꺼리는 징그러운 모습을 하고 있다. 그 모습에 놀라 달아난 장자의 첫째 딸과 둘째 딸은 대상의 표면을 본 자라 할 수 있다. 평범한 보통 사람의 모습이다. 이에 비해 막내딸은 대상의 이면적 진실을 본 자이다. 그 가치를 알아차렸으므로, 거기에 접속할 자격을 얻게 된다. 막내딸과 구렁이의 결연은 '가치를 지닌 대상과 그 가치를 알아본 존재의 접속'을 상징하는 화소話素가 된다.

지나는 길에 간단한 삽화 하나. 구렁이는 자기를 낳은 할미한테 막내딸과 혼인을 시켜 주지 않으면 한 손에 불을 들고 한 손에 칼을 들고 뱃속으로 다시 들어가겠다고 위협한다. 현실로 치면 패륜이라 할 정도로 비도덕적인 말이 되겠으나, 원형적 상징의 차원에서 보면 맥락이 전혀 다르다. 세상의 모든 존재란 자기 실현을 위해 태어난 것이다. 그러한 자기 실현의 길을 인정하지 않는 것은 곧 존재를 부정하는 것이다. 구렁이가 할미한테 뱃속으로 다시 들어가도 좋으냐고 묻는 것은 자신의 존재를 부정하겠느냐, 인정하겠느냐 하는 물음이다. 그에 대한 답은 분명하다. 존재를 부정할 수는 없는 법. 그러니 아들의 뜻을 따를 수밖에 없다. 앞서 잠깐 언급하였지만, 장자가 막내딸을 구렁이와 혼인시키는 것 또한 같은 맥락에서 이루어지는 일이다.

구렁이를 징그럽다고 물리쳤던 두 언니는 동생과 결혼한 구렁이가 신선 같은 미남자로 변신하자, 그때서야 후회하며 동생을 질투하고 신선비를 욕망한다. 그 삶의 방식은 막내딸의 그것과 극명하게 대비된다. 막내딸의 삶이 주인의 삶이자 창조의 삶이라면, 두 언니의 삶은 추종의 삶이자 파괴의 삶이다. 전자가 선善이라면 후자는 악惡이다. 신선비가 떠난 상황은 악의 훼방으로 인해 선이 길을 잃은 상황이다. 하지만 악은 주인공이 될 수 없다. 스스로 가치를 찾을 수 있는 자만이 주인공이 될 수 있고, 새로운 삶의 역사를 이룰 수 있다. 막내딸이 집을 떠나 낯선 세계로 나아가는 것은, 마침내 별세계에 이르러 신선비를 되찾고 영원한 행복을 이루는 것은 그 상징이다.

신선비를 향하여 움직이는 막내딸의 여행길은 외롭고 우울한 길이 아니다. 그 길은 빛과도 같은 새로운 발견으로 가득 차 있다. 이미 세상의 주인이 될 자격을 확인 받은 이에게 이루지 못할 일은 없다. 별세계에 도달하거나 호랑이 눈썹을 구하는 일까지 말이다.

막내딸이 호랑이 눈썹을 구하는 과정을 잠깐 들여다보자. 호랑이 눈썹 세 개를 구하라는 과제를 받은 막내딸과 새 각시는 각기 길을 나선다. 새 각시는 마을을 지나다니는 고양이를 잡아 그 눈썹을 뽑는다. 하지만 막내딸은 호랑이가 있을 만한 깊은 산중으로 들어가 낯선 오두막에서 호호백발 할머니를 만난다. 사연을 들은 할머니는 세 명의 호랑이 아들한테서 눈썹을 하나씩 뽑아서 막내딸에게 선물한다. 그 눈썹을 가지고 옴으로써 막내딸은 시합에서 최종적으로 승리하게 된다.

설화에서 '호랑이 눈썹'은 아주 재미있는 상징물로 등장한다. 눈에 호랑이 눈썹을 대고서 대상을 보면 그 전생이, 다시 말하면 본질이 보인다고 한다. 전생이 닭인 사람은 닭으로, 전생이 사슴인 사람은 사슴으로 보인다는 것이다. 이만하면 가히 기이한 주보呪寶라 할 만하다. 그것만 있으면 좋은 짝을 찾고 좋은 보물들을 맘껏 얻을 수 있을 터이니 말이다. 하지만 〈구렁덩덩신선비〉의 서사와 관련하여, 호랑이 눈썹은 무엇보다도 '숨겨진 가치를 보는 안목'의 상징이라고 할 수 있다. 대상의 진정한 가치를 보는 자만이 그것을 가질 수 있다. 장자의 막내딸이 바로 그러한 자였으며, 그러므로 호랑이 눈썹을 가질 수 있었던 것이다. 그 할머니 역시 호랑이의 눈을 가진 자였으니, 막내딸의 그런 본질을 단박에 알아차렸던 것이다.

원형적 서사가 펼쳐 내는 문학적 상상이란 이와 같은 것이다. 얼핏 허튼 과장과 엉뚱한 비약으로 가득 찬 것으로 보이지만, 그 안에는 놀라운 인생의 진실이 깃들어 있다. 눈앞에 번연히 보이는 사실과는 차원을 달리하는, 과학적 지식이나 합리적 사고로써 도출하는 진실과는 차원을 달리하는 깊고도 내밀한 진실이다. 보통의 눈으로 보면 그 진실은 쉽사리 보이지 않는다. 하지만 장자의 막내딸처럼 이면을 통찰하는 눈으로 보면, 호랑이 눈썹을 대고서 보면 그 진실은 경이와 감동으로 다가와 우리 삶을 찬란하게 일깨우게 될 것이다.

그리하여 이 이야기는 우리에게 묻는다. 문학적 상상력이라고 하는 호랑이 눈썹을 가질 것인가, 아니면 고양이 눈썹이나 뽑아서 들이밀 것인가 하고.

인용 작품

구렁덩덩신선비 23~25쪽
저자 미상
갈래 설화(민담)
연대 미상

2
환상이 빚어낸
신비로운 공간

공간적 상상력은 문학적 상상에서 하나의 핵심 축을 이룬다. 일상 세계와 다른 낯설고 신기한 세계는 분방한 환상적 상상력의 터전이 된다. 우리 고전 문학에는 이계異界라고 일컬어지는 신비한 별세계의 형상이 다양하게 담겨 있다. 그 속에는 옛사람들의 세계관과 인생관이 함축되어 있기도 하다. 환상 문학의 성격을 짙게 지니는 무속 신화를 통해 고전 문학이 펼쳐 보이는 공간적 상상력의 진수를 만나 보자.

이계의 문학적 의미

꿈을 꾼다는 것은, 현실을 떠나 상상을 펼쳐 나간다는 것은 어떤 일일까. 생각해 보면 그것은 무언가 '다른 세계'로 옮겨 가는 것을 기본 전제로 한다. 우리의 의식이 몸으로부터 벗어나 어디론가 낯선 곳으로 여행을 떠나면서 꿈과 상상은 시작된다. 어쩌면 꿈과 상상이란 낯설고 특별한 세계를 하염없이 떠돌아다니는 일인지도 모르겠다.

사람들이 꿈에서 다다르는 공간은 매우 다양하다. 그것은 때로 실제적이고 경험적인 삶의 공간이기도 하다. 그곳은 예컨대 집이나 학교, 거리, 직장 같은 나날의 일상이 펼쳐지는 생활 공간일 수 있으며, 예전에 살았던 마을이나 집, 또는 여행을 통해 찾았던 장소일 수도 있다. 종종 사진이나 영화에서 보았던 장소가 꿈의 배경이 되기도 한다. 그리고 이와는 성격이 다른 완전히 낯설고 특별한 공간이 등장하는 경우가 있다. 한번도 가 본 적 없고 상상해 본 적 없는, 짐작조차 할 수 없는 미지의 공간들 말이다.

문학적 상상이 도달하는 공간 또한 어디가 끝인지 알 수 없을 정도로 넓고 다양하다. 그것은 흔히 현실적 경험 공간의 한계를 훌쩍 넘어선 낯설고 특별한 세계로 무한히 무한히 뻗어 나가곤 한다. 그 문학적 표상이 초월적 공간으로서의 이계異界이다. 이계로 접어드는 순간 우리의 상상은 현실의 경계를 뛰어넘어 꿈과 환상의 세계로 날아가게 된다. 이계의 등장은 낯설고 신비한 사건이 펼쳐지게 되리라는 표지가 되며, 몸과 마음을 열고 그것을 받아들이라는 신호가 된다.

호그와트 마법 학교
신기한 마법을 배우고 신비한 동물들을 만나며 악과 대항해 싸우는 영화 〈해리 포터〉의 판타지 공간, 호그와트 마법 학교의 모습이다.

꿈과 환상을 추구하는 문학에서 이계의 형상은 상상의 질質을 규정하는 핵심 요소가 된다. 현실계에서 이계로 넘어가는 경계가 어떠하고, 그 넘어섬이 어떻게 이루어지며, 넘어선 뒤의 세계가 어떤 형상을 하고 있는가 하는 등의 문제이다. 그 형상이 생생히 살아날 때 꿈과 환상의 판타지는 마음껏 힘을 내면서 재미와 의미를 생성하게 된다. 성공한 환상문학이란 곧 이계의 형상화에 성공한 문학이라 해도 과언이 아니다. '호그와트 마법 학교'가 등장하는 《해리 포터》나 '중간계'가 펼쳐지는 《반지의 제왕》처럼 말이다.

낯선 세계로 가는 통로

서사 문학 작품이 이계를 배경으로 꿈과 환상을 펼쳐 나간다 할 때, 처음부터 끝까지 이계가 공간 배경을 이루는 경우는 드물다. 현실계에 속해 있던 주인공이 어떤 특별한 계기를 통해 이계로 접어드는 방식으로 이야기가 진행되는 것이 보통이다. 이때 이계로 나아가기 위해서는 현실계와 초월계 사이의 경계로 나아가 그것을 건너뛸 통로를 찾아야 한다.

우리 고전 문학에서 이계로 가는 통로는 다양한 방식으로 형상화된다. 나룻배나 큰 뱀 같은 것을 타고 물을 건너 별세계에 다다르기도 하고, 깊은 동굴에 들어갔다가 어느새 낯선 세계로 접어들기도 하며, 물속에 잠겼다가 순간적으로 별세계에 이르기도 한다. 줄을 붙잡고 한없이 오르거나 천마나 학을 타고 훌쩍 날아올라 초월계에 이르기도 한다.

현실계에서 초월계로 이동하는 모습은 환상 문학의 성격이 짙은 신화나 민담, 영웅 소설 등에서 다양한 형태로 만날 수 있다. 그중에도 무속 신화는 특히 주목할 만하다. 무속 신화는 천상과 지하·저승·수중 세계 등 다양한 초월 공간을 설정하고 그것을 서사의 주요 무대로 삼는 가운데 특별한 공간적 상상력을 펼쳐 보이고 있다. 그 상상력은 우리 민족의 원형적 세계관과 닿아 있다는 점에서 특별한 의미를 지니기도 한다.

　무속 신화에 등장하는 여러 공간 가운데도 무척이나 신기하고 놀라운 곳을 하나 소개한다. 별세계로 이동하는 지점에 놓이는 비밀 장소, '일흔여덟 갈림길'이다. 대여섯도 아니고 열이나 스물도 아닌 일흔여덟 개의 갈림길! 과연 그 갈림길은 어떠한 의미를 지니는 곳인가.

할아버지가 말을 하되, "강림이야, 이게 일흔여덟 갈림길이다. 이 길을 다 알아야 저승길을 가는 법이다. 이 길을 하나씩 세거든 알아보아라."

"예."

일문전이 일흔여덟 갈림길을 차례차례 세어 갑니다. 일흔여덟 갈림길을 세어 올립니다.

천지혼합시 들어간 길, 천지개벽시 들어간 길, 인왕도업시 들어간 길, 천지천황 들어간 길, 천지지황 들어간 길, 천지인황 들어간 길, 산 배풀어 들어간 길, 물 배풀어 들어간 길, 원 배풀어 들어간 길, 신 배풀어 들어간 길, 왕 배풀어 들어간 길, 국 배풀어 들어간 길, 제청 도업시 들어간 길, 올라 산신대왕 들어간 길, 산신백관 들어간 길, 다섯 용궁 들어간 길, 서산대사 들어간 길, 사명당도 들어간 길, 육관대사 들어간 길, 인간불도 할마님 들어간 길, 혼납천자 들어간 길, 날궁전 들어간 길, 달궁전 들어간 길, 월궁전 들어간 길, 일궁전 들어간 길, 삼공 주년국 들어간 길, 삼대상공 들어간 길, 천제석궁 들어간 길, 시님초공 들어간 길, 이공서천 들어간 길, 삼공 주년국 들어간 길, 원왕감사 들어간 길, 원왕도사 들어간 길, 시왕감사 들어간 길, 시왕도사 들어간 길, 진병사 들어간 길, 원병사 들어간 길, (중략) 화덕차사 들어간 길, 싱금차사 들어간 길, 발금차사 들어간 길, 모람차사 들어간 길, 적차사 들어간 길, 이승 강림이 들어간 길, 아주 작은 개미 왼뿔 한 조각만큼 길이 났구나.

　제주도에서 구전되어 온 무속 신화 〈차사본풀이〉의 대목이다. 강림이 누구인가 하면, 저 살던 광양 땅의 통치자 김치원님의 명을 받아 저승으로 염라대왕을 부르러 떠난 이승의 사자使者이다. 염라대왕을 불러오려는 것은 과양생이 각시의 세 쌍둥이 아들이 한날한시에 거품을 물고 죽은 일이 과연 무엇 때문인지를 알아내서 그 옳고 그름을 따지기 위함이다. 과양생이 각시가 날마다 찾아와 하소연하는 것을 견디다 못한 김치 원님이 부하 가운데 가장 날래고 용맹한 강림 도령을 차사로 뽑아서 저승으로 파견한 상황이다.

염라대왕을 찾아 저승으로 가는 길은 막막하기만 했다. 어디로 어떻게 가야 할지 알 수가 없다. 본래 저승은 산 사람이 들어갈 수 없는 곳이니 그도 당연한 일이다. 그렇게 강림이 길도 방향도 모르고 헤매고 있을 때, 그 앞에 강림이 사는 집의 부엌신 조왕할머니와 대문의 신 문전할아버지가 차례로 나타나 길을 인도한다. 강림의 아내가 정성으로 기원하는 데 감동해서 그 남편을 도우러 나선 것이었다.

위 대목은 강림을 이끌고 길을 가던 문전할아버지가 강림에게 저승 가는 통로를 알려 주는 장면이다. 지금 둘이 당도해서 서 있는 곳이 바로 일흔여덟 갈림길 앞이다. 그중 강림이 갈 길은 갈림길 맨 마지막 한 구석에 놓인, '작은 개미 왼뿔 한 조각'만 한 길이었다. 더할 바 없이 작고 구석진, 아마도 전혀 길처럼 보이지 않았을 그런 길이다. 하지만 그 길로 나아가야만 저승의 입구로 접어들 수 있는 것이었다.

일흔여덟 갈림길은 그 숫자만으로도 우리의 통념을 단박에 깨 버린다. 갈림길이 일흔여덟이라면 그것은 도대체 어떤 모습일까. 그것은 특정 평면에 펼쳐질 수 있는 갈래의 한계를 뛰어넘는다. 아마도 그 길은 사방팔방으로뿐만 아니라 공중이나 땅속 같은 곳으로도 나 있다고 보아야 할 것이다. 그래야만 그 '무한 갈래'가 겨우 이해가 된다.

그 모습보다 더 주목할 것은 일흔여덟 길의 속성이다. 그 길은 바로 신神들이 나아간 길이었다. 태초의 천지개벽 때 만들어진 창조신의 길로부터 산신의 길, 다섯 용궁 용왕의 길, 해와 달의 신의 길, 화덕차사와 싱금차사 같은 사자들의 길에 이르기까지, 수많은 신들이 움직이면서 만들어진 길이다. 말하자면 그 길 하나하나는 수많은 신성 공간으로 향하는 통로이다. 결국 일흔여덟 갈림길이란 제반 신성계로 나아가는 통로가 이렇게 한 자리에 모여 있는 장소가 된다. 이 갈림길에 이르러 길만 제대로 찾고 보면 각종의 신비한 초월 공간으로 두루 나아갈 수 있다. 그것은 그야말로 '꿈의 통로'이다.

하지만 신들에게 허락된 그 통로들이 그리 만만한 것일 리 없다. 강림이 제 길이라 찾아든 개미 왼뿔 한 조각만 한 길도 예외가 아니다. 그 길로 들어섰다고 해서 바로 저승이 나오는 것이 아니었다. 그리로 향하는 작은 초입일 뿐, 저승으로 들어가려면 더 결정적인 고비를 거쳐야 한다.

강림이 개미 왼뿔 조각만 한 길로 접어들어 험한 길을 쓱쓱 헤치고 가다 보니 길 고치던 길나장이가 일하다 지쳐 꾸벅꾸벅 조는 모습이 보였다. 강림이 그 눈길 닿는 곳에 떡을 놓고 기다리자 잠에서 깨어난 길나장이가 배고프던 차에 떡을 냉큼 집어먹었다. 이때 강림 도령이 썩 나서서 말하였다.

"나는 이승땅 김치원님 명을 받고 저승을 찾아 나선 강림이라 하오. 내 떡을 먹었으니 저승 가는 길을 일러 주오."

길나장이가 난감한 표정을 짓더니, "그 길로 내쳐 가 봐야 아무 소용없소. 저 앞에서 샛길로 빠져 오솔길을 헤치고 가다 보면 행기못 연못이 나올 겁니다. 그 물 한가운데로 풍덩 뛰어들면 알 길이 있을 게요."

강림 도령은 다시 후루룩 길을 나서 행기못에 당도했다. 연못가에 웬 사람들이 앉아 있다가 자기 좀 저승에 데리고 가 달라며 강림한테 우루루 달려들었다. 저승 삯이 없어 저승에 못 들어가고 떠도는 혼령들이었다. 난처해진 강림 도령이 잠시 고민하다가 전대를 끌러 시루떡을 꺼내 놓으니 굶주린 혼령들이 달려들어 먹기 시작했다. 그 틈을 타서 강림 도령은 눈을 질끈 감고 연못 한가운데로 풍덩 뛰어들었다.

강림의 몸이 물속으로 끝없이 빨려드는데 점점 숨이 막혀 왔다. 그렇게 얼마가 지났는지 갑자기 눈앞이 확 트이면서 낯선 곳에 이르렀다. 그의 눈앞에 커다란 솟을대문이 들어왔다. 살펴보니 연추문이라 씌어 있다. 염라대왕이 드나드는 문이었다.

저승으로 향하는 입구는 '헹기못'이라는 연못이었다. 눈 질끈 감고 그 물에 뛰어들어야만 저승에 이를 수 있는 것이었다. 저승에 가지 못하는 수많은 영혼들이 그 연못 주위에서 방황하고 있다.

우리 선인들은 이승과 저승 사이에 특별한 물길이 가로놓여 있다고 여겨 왔다. '황천수'라고도 하고 '유수강'이나 '약수 삼천리'라고도 한다. 나룻배를 타고서 그 물을 건넌다고도 하며 긴 외나무다리를 통해 그곳을 건넌다고도 한다. 그 물을 건너면 별세계에 다다를 수 있으나, 그곳은 아무나 가는 곳이 아니나. 산 사람은 그곳에 가시 못하며 죽은 영혼만이 그곳으로 넘어갈 수 있다. 그리고 한번 그곳으로 들어서고 나면 다시 이쪽으로 돌아올 수 없다.

〈차사본풀이〉는 이러한 전통적 관념을 반영하면서도 그것을 흥미롭게 변형하여 새로운 상상 세계를 펼쳐 내고 있다. 강물 대신 연못을 통로로 제시하고, '건넘'이 아닌 '뛰어듦'을 이동의 방법으로 삼았다. 이를 통해 우리는 저승이라는 별세계를 향한 새로운 통로를 갖게 되었다고 할 수 있다. 황천수나 유수강이 저승으로 가는 정식 통로라면 헹기못은 일종의 비상구와 같은 비밀스런 통로이다. 그렇게 우리의 문학적 상상력은 확장된다.

강림이 저승으로 들어간 뒤의 이야기를 간단히 소개한다. 연추문이 굳게 닫힌 것을 확인한 강림 도령이 낮잠을 퍼질러 잘 적에 문이 열리며 염라대왕의 행차가 쏟아져 나온다. 강림은 저승 군사들을 단숨에 때려눕히고 염라대왕을 붙잡아서 이승으로 가자고 재촉한다. 그러자 염라대왕은 함께 하늘나라 잔치에 간 뒤에 이승으로 가자고 한다. 하늘나라 잔치에서

천복장이라는 신이 자기를 무시하자 강림은 잔치판을 한바탕 뒤집어 놓는다. 그리고 기둥으로 변신해 숨어 있는 염라대왕을 다시 붙잡아 이승 행차를 하겠다는 약속을 받아 낸다. 강림이 하얀 강아지를 따라 연못에 뛰어들어 이승으로 돌아온 뒤, 드디어 염라대왕이 이승의 광양 땅으로 행차한다. 서슬 퍼런 행차에 세상은 발칵 뒤집히고 삼 형제의 죽음에 얽힌 비밀이 밝혀진다. 억울하게 죽은 자는 살아나고 죄 지은 자는 벌을 받는다. 그리고 염라대왕은 강림을 저승으로 데려가 저승차사로 삼는다. 저승차사 강림은 3000년이나 죽음을 피해 다닌 삼천갑자 동방삭을 붙잡아서 저승으로 끌고 간다.

눈길을 뗄 수 없을 정도로 흥미진진한 환상적 모험의 서사이다. 일흔여덟 갈림길에서 행기못, 저승 연추문, 하늘나라 등으로 이어지는 초월적 공간의 상상력이 서사에 환상과 신비로움을 더하고 있다.

서천꽃밭과 원천강의 상상력

강림은 일흔여덟의 수많은 길 가운데 하나의 작은 길을 찾아 행기못에 이르고 그를 통해 저승으로 나아갔다. 그렇다면 나머지 일흔일곱의 길은 어떤 길일까? 그 길을 찾아서 접어들면 어떤 세계에 이르게 되는 것일까?

일흔일곱 모든 길에 두루 이야기가 얽혀 있고 그곳 초월계의 모습이 구체화되어 있는 것은 아니다. 그러나 그중 일부의 길은 낯설고도 신비한 초월계의 형상과 통해 있다. 여러 길 가운데 〈이공본풀이〉의 '이공 서천 들어간 길'을 찾아가 본다. 어떤 길인가 하면, '이공二公'이라는 신이 '서천꽃밭'으로 들어간 길이다.

이공 신의 이름은 할락궁이다. 그 아버지는 서천꽃밭 꽃 감관 사라 도령이고, 어머니는 자현 장자의 종인 원강암이다. 원강암이는 임신한 몸으로 남편을 따라 서천꽃밭으로 향하다가, 그만 몸이 지쳐 자현 장자 집에 남아 종이 된 상황에서 할락궁이를 낳는다. 자현 장자는 제 욕심을 채우기 위해 원강암이와 할락궁이 모자를 한없이 핍박한다. 핍박을 견디다 못한 할락궁이가 어머니에게 아버지의 행방을 물으니, 서천꽃밭에 갔다고 한다. 할락궁이는 산에서 발견한 흰 사슴을 잡아타고 장자의 집을 빠져나와 서천꽃밭으로 향한다. 하루에 천 리와 만 리를 가는 천리동이와 만리동이개를 앞세운 자현 장자의 추격. 하지만 할락궁이는 그 추격을 뿌리치고 아버지가 있는 곳에 이른다.

시왕도十王圖
저승에서 죽은 사람의 선행과 악행을 심판하는 열 명의 대왕이다. 그림에서 맨 아래의 양쪽이 저승차사이다.

가다 보니 무릎까지 잠기는 물이 있어 그 물을 넘어가고, 가다 보니 잔등이까지 차는 물이 있어 그 물 넘어간다. 가다 보니 목까지 찬 물이 있어 그 물 넘어가니 서천꽃밭이 다가온다. 서천꽃밭 수양버들 윗가지 위에 올라 보니, 궁녀들이 서천꽃밭에 물을 주려고 연못에 물을 뜨러 온다.

할락궁이는 한 번이 아닌 세 번이나 물을 넘어 서천꽃밭에 당도한다. 무릎까지 잠기는 물이야 그렇다 해도 잔등까지 닿고 목까지 찬 물을 넘어야 하니 쉬운 길이 아니다. 몸을 훌쩍 내던지고 마음을 집중해야 비로소 헤쳐 나갈 수 있다. 그렇게 도착한 서천꽃밭은 어떤 곳이었나.

"너희 어머님 원수를 갚으려면 수레멸망악심꽃을 내줄 테니 너희 어머님 원수를 갚고, 도환생꽃을 내줄 테니 너희 어머님을 살려 내라. 이 꽃은 웃음웃을꽃이다. 자현 장자 집에 가면, '이내 몸이 지금 죽어도 좋습니다마는 장자 집의 일가친족 다 불러다 주십시오. 할 말이 있습니다.' 하여 다 모여 온 때 웃음웃을꽃을 흩뜨리면 양천웃음이 벌어질 것이고, 그때 싸움싸울꽃을 놓으면 일가 친족이 싸움을 할 것이다. 맨 마지막에 수레멸망악심꽃을 놓으면 일가 친족이 다 죽을

것이다. 그때 장자 집의 작은딸아기만 살려 두었다가 '우리
어머니 죽여서 던져 버린 데를 말해 주면 안 죽이겠다.' 해서
죽은 곳을 알려 주면 도환생꽃을 놓아서 어머님을 살려 오라."

　　사라 도령이 아들 할락궁이에게 서천꽃밭의 꽃을 전해 주는
장면이다. 그 꽃은 악한 마음을 내서 멸망하게 하는 수레멸망
악심꽃, 죽은 사람 살리는 도환생꽃, 사람들로 하여금 하늘
보고 한없이 웃게 만드는 웃음웃을꽃, 사람들이 마구 붙어 싸
우게 만드는 싸움싸울꽃이다. 이뿐만이 아니다. 다른 자료를
보면, 뼈오를꽃, 살오를꽃, 오장육부간담만들꽃, 말할꽃, 시들
을꽃, 불붙을꽃 등 갖가지 신비의 꽃이 등장한다. 이런 마법의
꽃들이 한가득 피어 있는 꽃밭이라니 참으로 놀라운 상상이다.
　　이 신비의 꽃들이 상징하는 바에 대해서는 여러 해석이 가능하
다. 그 꽃은 마법의 주구呪具로 이해될 수 있다. 신이 아닌 존재라도 그
를 통해 신력神力을 발휘할 수 있는 매개체이다. 또한 그 꽃들은 인간의
감정과 욕망을 표상하는 것이라고 볼 수도 있다. 사람들 마음속에 꽃밭
이 있어서 악심꽃이 깃들면 멸망에 이르고 웃음꽃이 깃들면 행복이 피어

난다는 식의 해석이다. 어떤 해석을 따르든 아름답고도 무시무시한 저 신비의 꽃들이 펼쳐 내는 환상적 상상 세계는 우리를 흥분시키기에 충분하다.

　이왕 길을 찾아 나섰으니 저 일흔여덟 길에 포함되어 있지 않은 또 다른 길을 하나만 더 따라가 보자. 제주도 무속 신화 〈원천강본풀이〉에서 만날 수 있는 길이다.

　적막한 들에 소녀 혼자 살고 있었다. 이름도 나이도 아무것도 몰랐다. 친구라고는 학 한 마리뿐. 아이를 발견한 사람들이 "오늘 만났으니 이름을 오늘이라 하자." 하여 오늘이가 되었다. 부모 생각에 애태울 적에 부모가 원천강에 있다는 말을 들은 오늘이는 원천강을 향해 무작정 길을 나선다. 흰모래마을에서 1년 내내 글만 읽는 도령을 만나고, 연화못에서 연꽃 한 송이만 지닌 채 슬퍼하는 연꽃나무를 만나며, 바닷가에서 용이 못 되어 뒹구는 큰 뱀을 만난다. 이무기의 도움으로 청수바다를 건너 낯선 땅에 다다른 오늘이는 다시 별충당에서 글만 읽는 처녀를 만나고, 구멍 뚫린 두레박을 든 채 울고 있는 선녀들을 만난다. 두레박을 때워서 물을 긷게 해 준 오늘이는 선녀들의 인도로 마침내 원천강에 이른다.

시녀 궁녀 사지死地에서 소생한 듯 기뻐하며 백배 사례하고, 오늘이가 청하는 원천강 길 인도를 동행하여 해 주겠다고 했다. 얼마쯤 오늘이를 데리고 가니 어떤 별당이 보였다. 시녀 궁녀는 오늘이 가는 곳을 행복 되게 해 달라는 뜻의 축도를 하며 제 갈 길로 갔다. 별당을 향하여 그 주위에는 만리장성을 쌓았고, 원문에는 문지기가 파수를 보고 있었다.

별세계 안에 다시 높은 장성을 두른 채 그 안에 깃들어 있으니 원천강이란 참으로 들어가기 어려운 곳이거니와, 무언가 비밀스러운 곳이기도 하다. 오늘이는 자기를 제지하는 문지기를 슬픈 울음으로 감동시켜 원천강에 들어선다. 거기에는 어떤 비밀이 있었을까?

오늘이가 천만 의외의 회보에 꿈인가 하며 부모 앞에를 가니, 아버지 하는 말이 "어떤 처녀가 왜 이곳에 왔느냐?" 하니, 학의 새깃 속에서 살던 때부터 지금까지의 지난 일을 모조리 말하여 들려주었다. 부모가 기특하다고 칭찬하며 자기 자식이 분명하다고 하였다. 그리하여 또 하는 말이, "너를 낳은 날에 옥황상제가 우리를 불러서 원천강을 지키라고 하니 어느 영이라 거역할 수 없어 여기 있게 되었으나 항상 너의 하는 일을 다 보고 있었으며 너를 보호하고 있었다."
이리하여 구경이나 하라고 하니, 만리장성 둘러쌓은 곳에 곳곳마다 문을 열어 보았다. 보니 춘하추동春夏秋冬 사시절이 모두 있는 것이었다.

오늘이가 부모를 만난 일이야 당연히 그리 될 일. 우리가 주목하는 것은 원천강이라는 공간에 담긴 비밀이다. 그 비밀에 대한 답은 간단히 서술되어 있다. 거기 춘하추동 사시절이 모두 있다는 것. 표현은 간단하지만 그 상상력이 참으로 놀랍다. 봄, 여름, 가을, 겨울 사시사철이 한데 모인 곳이라니!
사계절이 모여 있는 곳 원천강은 사계절을 관장하는 장소로 이해된다. 때에 맞춰 계절의 문을 열어 주면 그에 따라 우리 사는 이 세상에 새 계절이 오는 것일 터이다. 말하자면 그곳은 '시간의 원천'이 되는 곳이다. 저 멀리 별세계에 시간을 주재하는 곳이 있다는 것. 한편으로 놀라고 한편으로 고개를 끄덕이게 되는 또 하나의 환상적인 문학적 상상이다.

생명의 꽃이 넘실대는 서천꽃밭과 사계절이 함께 숨쉬는 원천강, 그리고 그 너머의 또 다른 세계. 옛사람들의 몸은 그가 사는 작은 마을을 벗어나는 것조차 쉽지 않았지만, 그 마음만큼은 낯설고 아득한 별세계를 이윽히 떠돌면서 환한 빛을 내고 있었다. 꿈과 환상의, 문학적 상상력의 힘이다.

인용 작품

차사본풀이 33, 35쪽
창본 안사인 본
갈래 무가(무속 신화)
연대 미상

이공본풀이 39쪽
창본 안사인 본
갈래 무가(무속 신화)
연대 미상

원천강본풀이 42쪽
창본 박봉춘 본
갈래 무가(무속 신화)
연대 미상

3

꿈과 환상,
그 속의 현실

고전 문학이 빚어낸 꿈의 문학은 그 양태가 다양하다. 그 가운데는 꿈을 매개로 하여 현실을 드러내고 되새기려 한 작품들이 하나의 흐름을 이루고 있다. 옛 설화와 지식인의 창작에서 두루 그러한 모습을 볼 수 있다. 문학에서의 꿈은 현실로부터 벗어나는 통로이기도 하지만, 현실에서 한 발짝 떨어져 그것을 객관적이고 냉철하게 응시하도록 하는 미적 장치이기도 하다.

꿈을 통해 인생을 깨닫다

꿈과 상상은 사람들로 하여금 현실의 틀에서 벗어나 낯설고 신비로운 세계로 마음껏 날아 움직일 수 있도록 한다고 했다. 현실에 구속되지 않고 마음껏 상상을 즐기는 일은 사람들의 정신 건강을 위해 매우 중요한 것이라 할 수 있다. 현실이 삶의 구심력이라면 꿈과 상상은 원심력에 해당한다. 그것이 서로 어울리는 가운데 사람들의 삶은 활력을 발휘할 수 있다. 예컨대 자유분방한 상상을 통해 현실 너머의 유토피아를 꿈꿈으로써 사람들은 현재와 다른 새 차원의 삶을 향해 나아갈 동기를 부여받기도 한다.

문학에서의 꿈과 상상이란 이처럼 '벗어남'을 기본 특징으로 하지만, 그것은 단지 벗어나기 위한 벗어남이 아니다. 그 꿈과 상상의 이면에는, 상상을 통해 펼쳐진 문학적 환상 세계 이면에는 현실이 도사리고 있다. 환상은 현실과의 일정한 긴장 관계 속에서 문학적 의미를 발현한다. 그 긴장 관계는 때로 현실을 뒤집는 방식으로 형성되기도 하지만, 현실을 짙게 반영하는 방식으로 긴장이 성립되기도 한다. 작품 속에 그려진 형상은 꿈 또는 환상의 모습을 하고 있되 실질적으로는 현실적 삶의 단면을 반영하고 있는 경우를 두고 하는 말이다. 사람들이 잠을 사면서 꾸는 꿈 가운데 상당수가 현실의 문제를 강하게 투영하고 있는 것과 통하는 모습이다.

여기 꿈의 문학 한 편이 있다. 《삼국유사》에 실린 조신調信의 이야기는 주인공이 현실에서 드러내지 못하고 억눌렀던 내면의 욕망을 꿈속에서 한껏 풀어내는 것으로 시작된다. 조신은 승려로서, 여자를 욕망해서는 안 되는 존재이다. 하지만 한 여인에 대한 청춘의 욕망은 너무도 강렬하여 억누를수록 커져만 간다. 조신이 그렇게 한없이 애태우며 번민할 적에, 문득 그 여인이 찾아온다. 찾아와서는 그를 좋아하고 있다며 함께 살자고 한다. 물론 '꿈'이다.

조신이 또 불당 앞에 나가 부처님이 자기 뜻을 이루어 주지 않음을 원망하며 날이 저물도록 슬피 울면서 그리워하다 피곤한 나머지 선잠이 들었다. 갑자기 꿈에 그 낭자가 문을 열고 들어오더니 환히 웃으면서 말하였다.
"제가 일찍이 스님의 얼굴을 보고 난 뒤 사모하여 잠시도 잊은 적이 없었습니다. 부모의 명령을 어기지 못해 억지로 남의 아내가 되었는데, 이제 그대와 한집 사람이 되고자 하여 왔습니다."

조신이 그토록 욕망했던 일이니 뛸 듯이 기뻐함은 당연하다. 그는 승려 생활을 그만두고 여자와 함께 마을로 돌아가 살게 된다. 청춘의 꿈이 완전하게 성취되는 상황이다. 이보다 더 좋을 수가 있을까.
　　꿈의 상황은 계속 이어진다. 그런데 이상한 일이다. 꿈이 진행되면서 그 색조는 화려하고 아름다운 것에서 무겁고 어두운 것으로 변하기 시작한다. 그 환상의 세계에 '현실'이 은근슬쩍 들어와서는 점차 힘을 내기 시작한 것이었다.

그들이 네 벽뿐인 집에서 사는데 콩잎이나 명아주 극도 넉넉지 못해 드디어 거지가 되어 사방을 떠돌아다니며 입에 풀칠을 하게 되었다. 십 년 동안 초야를 헤매다 보니 옷은 누더기가 되어 몸을 가리지 못하게 되었다. 마침 명주 해현령을 지나가는데 열다섯 살 큰아들이 굶주린 나머지 쓰러져 죽었다. 부부는 통곡하며 아이를 길옆에다 묻었다. 남은 네 식구를 거느리고 우곡현에 이르러 길옆에 띠집*을 짓고 사는데, 부부가 늙고 병든 데다 굶주려 일어날 수가 없었다. 열 살 된 딸아이가 돌아다니며 구걸을 하다가 마을

*띠집　풀로 지붕을 얹은 집. 일반적으로 짚을 사용하나 지역에 따라 억새나 갈대를 사용하기도 한다.

의 개에게 물렸다. 딸아이가 부부 앞에서 아프다고 울면서 눕는데
부모가 할 수 있는 일이 없었다. 탄식하며 한없이 울 따름이었다.

　자신의 온 삶이 허물어지며 암흑으로 떨어지고 있는 상
황이다. 악몽惡夢이다. 현실의 삶을 감당한다는 것은 이렇게
버거운 것이며, 세속의 삶이란 이렇게 무상하고 속절없는 것이
다. 그 무서운 현실이 하나의 꿈으로, 하나의 무서운 환상으로 응축
되어 몸과 마음을 짓누른다. 고통과 함께 비로소 그 꿈에서 깨어났을 때
온몸은 식은땀으로 축축하다. 환상 속에서 겪은 현실이 어찌나 무섭도록
강렬했는지, 조신의 검은 머리털이 밤사이에 하얗게 세어 있었다. 꿈에
서 깨어난 조신은 세상살이에 싫증이 나고 세속을 탐하는 마음이 사라져
불도에 정진하게 되었다. 꿈이라고 하는 환상 체험을 통해 인생의 이치

를 깨닫고 자신의 길을 찾은 것이다.

꿈 가운데는 악몽이 무척 많다. 모든 일이 꼬이고 뒤얽히며 거꾸로 가는 상황 속을 아무 대책 없이 방황하며 애를 태우곤 한다. 그건 너무나 현실적이어서 절망적인 경우가 많다. 어찌나 생생한지 "아, 이것이 꿈이라면!" 하고 탄식하다가 거짓말처럼 깨어나기도 한다. 그렇게 깨어 나면 머리가 세진 않더라도 넋이 반쯤 나가고 등줄기에 땀이 흐르기 마련이다. 조신이 꾼 꿈이 그러한 종류의 꿈일 것이다.

꿈은 각성覺醒의 힘을 지닌다. 우리가 몰랐던 삶의 진실을 깨우쳐 알리는 힘이 있다. 직접 경험하지 않고도 꿈을 통해 마음속 진실을 들여다보면서 거기 깃든 부조리와 함정을 확인할 수 있다. 우리 자신을 돌아보고 길을 되찾도록 하는 요소이다. 위와 같은 꿈의 문학, 환상의 문학이 또한 그러하다. 직접 겪지 못하는 수많은 일을 상상적으로 경험하면서 인생의 빛과 그림자를 배워 나가도록 하는 것이 바로 문학이다. 그러한 상상적 간접 체험을 통한 깨우침이 없다면 우리는 이 현실을 제대로 꿰뚫어보며 살아 나갈 수가 없을 것이다. 꿈은, 그리고 문학적 상상은 이렇게 본원적인 것이다.

하지만 조신의 꿈이 환기하는 교훈을 그대로 받아들여야 하는 것은 아니다. 우리는 그것을 보고 받아들일 자유가 있는가 하면 그것을 거부할 수 있는 자유도 있다. 꿈과 상상은 많고도 많다. 그 꿈과 상상이 나한테 의미 있는 것인지의 여부를 판단하는 것은 나 자신의 몫이다. 그러한 자유가 있기에 문학에서의 꿈과 상상은 더욱 편안하고 소중한 것이 된다.

꿈에서 역사의 진실을 만나다

꿈속에서 숨겨진 진실을 발견하는 것은 드문 일이 아니다. 한 개인의 삶 속의 숨겨진 진실이, 무의식에 묻어둔 욕망이나 상처가 꿈을 통해 드러나는 것은 보편적인 현상이라 할 수 있다. 사람이 잠을 자면서 꾸는 꿈이란 십중팔구 그 자신의 내면의 문제를 반영하는 양상을 띤다.

그렇다면 한 사회의 진실, 역사의 진실은 어떠할까. 문학적 환상의 세계에서 그러한 진실과 만나는 것은 드문 일이 아니다. 작가가 문학을 통해 펼쳐 내는 꿈과 환상은 한 사회나 역사를 겨냥하는 경우가 많다. 그 꿈과 환상이 날카로운 현실 인식에 입각하여 오롯이 펼쳐질 경우 그 속에는 사회와 역사의 진실이 생생하게 움직이게 된다. 이러한 꿈의 문학, 환상의 문학의 한 진경眞境을 보여 주는 예로 임제林悌(1549~1587)의 〈원생몽유록元生夢遊錄〉을 꼽을 수 있다.

여기 꿈이라는 환상적 경험 속에서 역사의 진실과 만나게 되는 인물이 있다. 그 이름은 원자허元子虛. 줄여서 원생元生이다. 슬픈 역사에 대해 비분강개하기를 마다하지 않는 강직한 선비이다. 시대가 그를 용납하지 않아 슬픔에 젖어 있던 인물이기도 하다. 그는 어느 날 꿈속에서 낯선 사람에 의해 낯선 장소로 이끌려 간다.

어느 한가윗날 저녁에, 달빛을 따라서 책을 펴 보고 있는 사이에 밤이 늦어졌으므로, 정신이 피로하여 침상에 기댄 채 졸고 있었다. 그때 몸이 갑자기 가뿐해지면서 아득히 훨훨 날아올라 가는 것이, 바람에 가볍게 날려서 마치 날개가 돋혀서 신선이 된 것과 같았다. 어느 강 언덕에 가서 머무르니, 멀리서 오는 강물은 구불구불 흘러내리고 많은 산들은 겹겹이 둘러서 있는데, 이때 밤은 벌써 깊어졌다. 갑자기 눈을 치뜨고 바라보니, 강산이 천년토록 속으로 불만스러운 기운을 품고 있는 듯하였다. (중략)

그 사람을 따라 백 걸음 남짓 걸어가다가 바라보니 강 위에는 정자가 우뚝 서 있고, 정자에는 어떤 사람이 난간에 기대어 앉아 있는데 의관은 한결같이 왕의 차림이었다. 그의 곁에는 다섯 사람이 그를 모시고 있는데, 그들도 모두 인간 세상의 호걸이 분명하며, 용모가 당당하고 신채神采가 앙양하였다. 가슴속에는 은나라 백이숙제가 주나라 무왕의 말고삐를 잡아당기면서 가로막던 기백과, 제나라 노중련이 불의에 항거하여 동해에 뛰어들려 하는 정의를 간직하고 있는 듯하고, 뱃속에는 하늘을 떠받치고 해를 받드는 뜻을 품고 있는 듯했다. 참으로 어린 임금의 장래를 부탁할 만도 하고, 한 나라의 백성을 맡길 만도 한 사람들이었다.

이 이야기에서 왕 차림의 인물은 단종이고, 그 곁의 다섯 사람은 성삼문과 박팽년, 이개, 하위지, 유성원이다. 권력을 향한 수양대군의 야심에 의해 희생되어 비극적으로 죽어 간 사람들이다. 그들이 죽은 지 벌써 수십 년. 언제나 마음속에 가시처럼 아프게 남아 있던 그들을 원생이 만나고 있는 중이다. 꿈이기 때문에, 문학적 상상이기 때문에 가능한 일이었다.

비명에 죽은 군신君臣을 눈앞에 마주하는 이 놀라운 순간. 이제 그 앞에서 진실이 펼쳐지게 된다. 그들이 어떤 사람인지, 왜 죽었는지, 어떤 마음을 품고 있는지, 이 모든 것들이 생생하게 눈앞에 드러나게 된다. 꿈이라는 환상의 힘을 빌려서 말이다.

자리에 앉자 서로 함께 고금古今의 흥망興亡에 대해서 토론했다. 줄곧 계속했으나 싫증이 나지 않았다.

복건을 쓴 사람이 탄식하면서 아뢰었다.

"요순堯舜과 우왕·탕왕의 시대가 지나간 이후에는, 간사한 짓을 하여 남의 나라를 물려받은 사람도 요순의 선양禪讓을 빙자하게 되고, 신하로서 임금을 죽이고 나라를 뺏은 사람도 우탕의 혁명을 명분으로 삼게 되었습니다. 몇 천 년 동안이나 이것이 세상의 풍조가 되어 마침내 구제할 수 없게 되었습니다. 참으로 괴상하게도 위의 네 임금은 왕위를 찬탈하는 사람의 시초가 되고 말았습니다."

말이 끝나기도 전에 임금은 얼굴빛을 엄정히 하면서 말하였다.

"허, 그것이 무슨 말인고? 네 임금과 같은 성덕聖德이 있으면서 네 임금과 같은 시대에 대처한 것은 옳지마는, 네 임금과 같은 성덕이 없고 네 임금이 처한 그러한 시대도 아니니 옳지 못하네. 네 임금께서 어찌 허물이 있겠는가? 네 임금을 빙자하여 명분을 삼는 사람이 그르네."

복건을 쓴 사람은 손을 올려 절하고 머리를 조아리며 사과하였다.

"마음속이 불평不平하였으므로 제 말이 분격憤激한 지경에 이르게 된 줄을 알지 못했습니다."

단종 유배지

단종이 유배되었다가 사약을 받고
죽은 강원도 영월 청령포의 현재 모
습이다. 이곳에는 단종의 죽음에 얽
힌 슬픈 사연이 아직도 전해 내려오
고 있다.

한 신하가 억울하게 왕위를 빼앗긴 일에
대한 참을 수 없는 분노를 요순堯舜과 우탕
禹湯에게 돌리자 임금이 이에 반박한다. 그
말의 요지는 명백하다. 그 임금들이 그른
것이 아니라, 대의명분도 없고 덕도 없으
면서 우왕이나 탕왕을 빙자하여 권력을 빼
앗은 자들이 그르다고 하는 것이다. 그 그
른 자가 누구인가 하면 자기를 내쫓고 왕위
를 빼앗은 수양대군이다. 단종은 자신의
입으로 원통함과 수양대군의 그릇됨을 강력히 설파하고 있는 것이다.

오늘날의 시각에서 보면 당연한 일 같지만, 실은 무서운 발언이라 할
수 있다. 이 작품이 쓰일 당시만 해도 단종은 아직 노산군으로 강등된
채 명예 회복이 안 된 처지였다. 공식적으로 그는 나라를 망친 죄인이었
다. 그를 폐하고 왕위에 오른 수양대군이 정당한 권력자였다. 이 작품은
그 사실을 정면에서 뒤집고 있는 것이다. 꿈과 환상의 장치를 빌려서,
다름 아닌 단종 자신의 입을 통해서 말이다. 숨겨진 역사의 진실이 천하
에 폭로되는 순간이다. 인간의 내면적 진실이 꿈을 통해 드러나는 것처
럼, 역사의 이면적 진실이 꿈의 형식을 빌린 환상을 통해 드러나는 순간
이다.

이어서 단종은 시를 한 수 지어 자신의 원통한 심경을 토로한다. 자신
의 한이 흐르는 강물처럼 한없이 깊다고 하면서 슬픔과 원망을 토로하는
시이다. 임금에 이어서 박팽년과 성삼문, 하위지, 이개, 유성원이 차례로
비분강개를 담은 시를 읊는다. 억울하게 죽은 이들이 차례로 나서서 슬
픔과 원한을 풀어내고 있는 상황의 비극적 파토스란 얼마나 강렬한 것인
지! 무장武將 유응부兪應孚가 자리에 뛰어들어 칼을 뽑아 들고 원한을 토
로할 때, 비극적 파토스는 극에 달한다.

그는 들어오더니 임금 앞으로 가서 배알하고는 다섯 사람을 돌아보면서 말하였다.

"참 한심하구나. 그대들 썩은 선배와는 함께 큰일을 성공시킬 수 없네."

곧 칼을 쑥 뽑아 들고 일어나 춤을 추면서 비분강개하여 노래를 부르니 그 소리는 마치 큰 종소리와 같았다. 그 노래는 이러하였다.

바람은 쓸쓸히 부는데	風蕭蕭兮
나뭇잎은 떨어지고 물결은 차네.	木落波寒
칼자루를 쥐고 긴 휘파람을 부니	撫劍長嘯兮
하늘엔 북두성이 이리저리 흩어져 있네.	斗星闌干
살아서는 충성스런 절개를 보전하고	生全忠節
죽어서는 정의의 넋이 되었네.	死爲義魄
이 마음은 무엇과 같으리	襟懷何似
강 위에 두둥실 저 달빛이네.	一輪江月
아아, 시초 계획이 신중하지 못했으니	嗟不可兮慮始
저 썩은 선비들을 누가 책망하리.	腐儒誰責

슬픈 역사의 주인공이 직접 토로하는 진실의 외침 속에 가슴 가득한 회한과 분노가 휘몰아치고 있다. 형장의 이슬로 스러진 존재가 이렇게 눈 부릅뜨고서 피를 토하는 심정을 표출하는 가운데, 칼에 베여 무덤 속에 파묻혔던 모순의 역사가 꿈틀거리며 되살아난다. 무거운 입을 열어 천둥처럼 외친다. "나를 기억하라!"고.

꿈의 역설, 문학의 역설

노래가 미처 끝나지도 않았는데, 달빛이 침침해지고 구름이 끼이더니, 비가 주르륵 쏟아지고 바람이 몰아쳤다. 갑자기 쾅쾅하는 천둥소리가 한바탕 울리더니 모두가 눈 깜짝할 사이에 흩어지고 없었다. 원자허도 또한 놀라서 깨어 보니, 곧 한 장면의 꿈이었다.

〈원생몽유록〉의 마지막 장면이다. 모두가 한 줄기의 꿈이었다. 하지만 어찌 그냥 묻어 둘 허튼 꿈이겠는가. 그 속에 역사의 진실이 깃들어 있는데 말이다. 불의하게 권력을 잡은 이들이 꽁꽁 숨겨 두려고 했던 부조리의 역사는 이렇게 '꿈의 문학'의 힘을 빌려 벌컥 튀어나왔으니, 그것은 어떤 힘으로도 막을 수 없는 일이었다. 개인의 내면적 진실이 꿈으로 표출되어 나오는 것을 막을 수 없는 것처럼 말이다.

그 꿈이 허튼 꿈일 수 없다는 것. 거기에 담긴 역사의 진실을 외면하고 묻어 둘 수 없다는 것. 작가는 그것을 논평자의 입을 빌려 다음과 같이 말하고 있다.

원자허의 친구 해월 거사가 이 말을 듣고는 비탄하면서 말하였다.

"대저 옛날부터 지금까지 내려오면서 임금이 암우暗愚하고 신하가 혼미昏迷하면 모두 나라가 전복되는 지경에 이르게 된 일이 많았다. 지금 살펴보니, 그 임금은 반드시 현명한 임금이었을 것이고, 그 여섯 사람은 또한 모두가 충의의 신하였을 것이다. 이러한 신하들이 이 같은 임금을 보좌하였는데도, 그러한 참혹한 일이 있을 수 있겠는가? 아아, 사세事勢가 그렇게 만들었을 것이다. 그렇다면 이를 시대와 세태에 돌릴 수도 없고, 또한 하늘에 돌릴 수도 없는 것이다. 하늘에 돌린다면 착한 사람에게는 복을 내리고, 악한 사람에게는 재앙을 내리는 것이 하늘의 도리가 아니겠는가? 하늘에 돌릴 수 없다면 어둡고 아득하여 이 이치는 알기가 어려울 것이며, 우주는 아득히 끝이 없을 것이니 다만 지사志士의 슬픔만 더하게 할 뿐이다."

사람들은 역사 속의 흥망성쇠를 '하늘'의 뜻으로 돌리곤 한다. 하지만 작가는 논평자의 입을 빌려 이 일이 하늘의 도리에 의한 것이 아님을 분명하게 지적하고 있다. 그것은 불의한 일이니 그렇게 덮어 둘 수 없다는 것이다. 그렇다면 어떻게 해야 하는가. 이 대목에서 작가는 '그저 슬플 뿐'이라며 입을 닫지만 그가 말하고자 하는 것은 분명하다. 그것은 바로 단종과 사육신의 절규를 통해, 무덤에서 되살아난 역사의 외침을 통해 제시된 그것, 역사를 기억하고 역사를 바로잡으라는 명령이다.

비현실적으로 보이는 꿈이 현실의 문제를 가장 정확히 드러낼 수 있다는 것. 꿈과 환상의 문학이 가장 치열한 현실의 문학이자 저항의 문학일 수 있다는 것. 이것이 곧 꿈의 역설이며 문학의 역설이다.

인용 작품

조신 46쪽
저자 일연
갈래 설화(불교 설화)
연대 고려 후기

원생몽유록 49, 50, 53, 54쪽
저자 임제
갈래 고전 소설(한문/몽유록)
연대 16세기

4 꿈으로 풀어낸 욕망과 이상

우리 고전 가운데 속 꿈과 환상의 문학을 말할 때 빼놓을 수 없는 작품이 김만중의 〈구운몽〉이다. 표제에서부터 꿈을 내걸고 있는 〈구운몽〉은 작품 전체에 걸쳐 하나의 거대하고도 찬연한 꿈의 형상을 펼쳐 내고 있다. 꿈의 문학, 환상 문학의 세계적인 명작이라 할 만한 이 작품에는 삶의 진정한 의미를 찾고자 하는 뜨거운 욕망과 이상이 깃들어 있다. 그것은 어떤 모습으로 그려지고 있을까.

꿈과 환상의 문학, 구운몽

흔히 〈구운몽九雲夢〉을 최고의 '꿈의 문학'이라고 말한다. 이때 '꿈의 문학'이란 말은 작품의 내용이 꿈의 형태로 제시된다는 것을 지칭한다. 이 작품은 성진이라는 한 젊은 승려가 꾼 하룻밤의 꿈을 파란만장하게 풀어 나가는 것을 주된 내용으로 하고 있다. 양소유라는 한 영웅적 인물의 전 생애가 그 꿈의 내용을 이룬다. 현실 세계 속에 존재하는 한 인간의 일시적 꿈을 그리는 것을 넘어서 인간의 삶 전체를 꿈으로 설정하고 장편의 소설적 서사를 펼쳐 나갔으니 유례없는 일이었다.

주목할 것은 작품 속에 펼쳐지는 삶의 질적 형상이다. 〈구운몽〉에 펼쳐지는 삶의 양상은 그 속성에서도 꿈과 환상의 요소를 짙게 내포하고 있다. 그 구도는 매우 미묘해서, 꿈속 세계로 설정된 양소유의 서사 외에 꿈 밖의 세계로 설정된 성진의 서사 역시 꿈과 환상의 요소를 짙게 지니고 있다. 꿈으로 설정된 양소유의 삶이 오히려 현실적이고, 현실로 설정된 성진의 삶이 오히려 환상적이라고 말해도 좋을 정도이다. 어느 한쪽은 꿈이고 어느 한쪽은 꿈이 아니라고 할 수 없는 그런 관계로 작품의 서사가 배치되어 있다. 작가 자신이 작중 인물의 입을 빌려 이러한 의미 구조를 설명하고 있기도 하다.

육관 대사가 말하였다.

"네가 흥을 타고 갔다가 흥이 다하여 돌아왔으니 내가 무슨 관여한 일이 있겠느냐? 또한 네가 '제자가 인간 세상의 윤회하는 일을 꿈으로 꾸었다.'고 하는데, 이것은 네가 꿈과 인간 세상을 나누어서 둘로 보는 것이다. 너의 꿈은 오히려 아직 깨지 않았다. 장주莊周가 꿈에 나비가 되었다가 나비가 또 변하여 장주가 되었다고 하니, 나비가 꿈에 장주가 된 것인가, 장주가 꿈에 나비가 된 것인가 하는 것은 끝내 구별할 수 없었다. 누가 어떤 일이 꿈이고 어떤 일이 진짜인 줄 알겠느냐. 지금 네가 성진을 네 몸으로 생각하고, 꿈을 네 몸이 꾼 꿈으로 생각하니 너도 또한 몸과 꿈을 하나로 생각지 않는구나. 성진과 소유가 누가 꿈이며 누가 꿈이 아니냐?"

김만중
선천에 유배되었을 때 어머니를 위로하기 위해 한글로 된 소설 〈구운몽〉을 지었다고 한다. 한글로 쓴 문학만이 진정한 국문학이라는 생각으로 한글 소설들을 지어 남겼다.

〈구운몽〉 속의 꿈과 환상을 이해하기 위해서는 성진이나 양소유 어느 한쪽의 삶에만 눈을 두어서는 곤란하다. 두 사람의 삶 모두에 꿈과 환상의 요소가 깃들어 있다. 그리고 양자는 서로 긴밀히 맺어져 하나의 서사로 귀일된다.

꿈과 현실, 전생과 이생을 한데 묶어 광대한 환상의 서사로 펼쳐 낸 작가 김만중金萬重(1637~1692)은 사대부였다. 그 환상의 서사는 곧 한 사대부 작가의 꿈으로서의 정체성을 지닌다고 할 수 있다. 그 꿈은 자신의 내면적 욕망과 이상의 최대치를 한껏 펼쳐 본 낭만적 꿈이다. 하지만 그는 사대부이기에 앞서 한 인간이었다. 그의 꿈이 지향한 것은 인간 본원의 그 무엇이었다. 사대부의 꿈이라고 하는 특수성을 뛰어넘는 보편적인 요소가 그 안에 깃들어 있다. 이 작품이 시대를 넘어서 21세기를 사는 현대인에게까지 깊은 영감을 전해 주는 것은 우연한 일이 아니다.

욕망과 이상의 판타지

〈구운몽〉은 성진의 삶으로부터 출발한다. 성진은 천하의 명산 가운데 하나인 남악 형산의 연화봉 아래에 도승 육관 대사가 연 도량에서 불도를 닦는 어린 승려였다. 육관 대사의 뒤를 이을 재목으로 성장해 가던 그의 삶에 어느 날 커다란 파문이 인다. 스승의 심부름으로 동정호 용왕의 잔치에 방문했다 돌아오는 길에 백옥교에서 꽃처럼 아름다운 팔 선녀를 만난 것이 사단이었다. 그 순간 성진의 내면에 잠들어 있던 세속적 욕망이 피어오르기 시작하여 갈등과 번민으로 이어진다. 결국 그는 육관 대사에 의해 연화도량에서 추방되어 속세, 곧 '인간 세상'으로 환생하게 된다.

주목할 것은 성진이 속한 공간이다. 성진이 기거하던 남악 형산 연화도량은 세상 한켠에 속한 공간이면서도 현실계보다 초월계의 면모를 더 많이 갖고 있다. 그곳은 남악 위 부인이라는 여선女仙의 공간과 통해 있으며, 용왕이 기거하는 동정호 용궁이라는 초월적 공간과도 통해 있다. 위 부인이 팔 선녀를 시켜 육관 대사에게 인사를 전하며, 용왕이 육관 대사의 도량에 와서 설법을 듣는다. 그 공간은 저승의 시왕이나 보살들과도 통해 있으니, 육관 대사는 성진을 추방함에 있어 저승의 역사로 하여금 성진을 데려가 환생의 처분을 내리도록 한다. 초월계의 질서에 의해 펼쳐지는 상황은 오롯한 꿈과 환상의 서사라고 할 수 있다.

초월계의 존재였던 성진이 환생하여 양소유라는 인물로 세상에 태어난다. 그런즉 양소유는 현실적 인물로서의 정체성을 지닌다고 할 수 있다. 하지만 그는 단순한 인물이 아니다. 초월적 존재인 성진의 내면적 욕망과 이상을 담지한 인물이다. 그 욕망과 이상을 한껏 펼쳐 나가는 것이 곧 양소유의 삶이 된다.

양소유의 삶은 말 그대로 '꿈처럼' 펼쳐진다. 그가 시골 처사의 만년의 자식으로 태어나서, 승승장구 속에 욕망과 이상을 성취하며 천하의 주인공이 되어 가는 과정은 마치 꿈처럼 호사롭다. 특히 그가 여덟 여인과 결연하는 과정은 가히 '환상적'이다. 당대 최고의 재자才子가 최고의 가인佳人들과 맺는 인연이 하나같이 기이하고 절묘하다.

성진과 팔 선녀의 만남(구운몽도)
백옥교에서 성진이 팔 선녀와 만나는 장면이다. 이 만남이 계기가 되어 성진은 속세와 연을 맺게 된다.

문득 바라보니 버들 수풀이 푸릇푸릇한 사이로 작은 누각이 비치어 매우 그윽하였다. 밑에서 내려 천천히 나아가니 푸른 버드나무 줄기들이 풀어 흩어져 그윽히 바람에 나부껴 볼 만하여 생각하였다. '우리 초楚 땅에도 비록 아름다운 나무들이 많지만, 이 같은 버들은 보지 못하였다.' 하고 드디어 〈양류사楊柳詞〉를 지어 읊었다.

버들 푸르러 베를 짠 것 같으니	楊柳靑如織
긴 가지 그림 같은 누각에 드리웠구나.	長條拂畫樓
원컨대 그대는 부지런히 심으세요.	願君勤栽植
이 나무 가장 멋지다오.	此樹最風流

버들은 어찌하여 푸르고 푸른가	楊柳何靑靑
긴 가지 비단기둥에 드리웠구나.	長條拂綺楹
원컨대 그대는 쓸데없이 꺾지 마오.	願君莫漫折
이 나무 가장 정이 많다오.	此樹最多情

시를 읊는 소리가 맑고 기이하며 깨끗하고 밝아서 마치 금석 한 덩어리에서 나는 듯하였다. 봄바람이 이를 거두어 누각으로 올리니, 누각 위의 미인이 한참 봄잠에 빠졌다가 시를 읊는 소리에 놀라 깨어 창문을 열고 난간에 의지하여 두루 바라보다가 양생의 눈과 우연히 마주쳤다. 그 미인의 구름 같은 머리가 귀밑까지 드리웠고 옥비녀는 반쯤 기울어졌으며 아직 봄잠이 부족해 하는 모습이 하도 천연스럽게 아름다워 이루 말로 형용할 수 없고 비슷하게조차 그릴 수 없었다.

양소유가 첫 여인 진채봉과 만나는 대목이다. 푸른 봄 경치 속에 시를 짓는 소년 과객과 봄잠이 덜 깬 미녀가 눈길을 마주치는 장면은 한 폭의 그림과도 같다. 더할 바 없이 아름답게 채색된 화사한 '꿈'의 형상이다.
이러한 호사로운 인연이 한 번도 아니고 무려 여덟 번이다. 애써 고민하고 분투하지 않아도 물 흐르듯 저절로 일이 풀린다. 실로 여덟 여인은 자연스럽고 거침없이 양소유에게 다가온다. 스스로 유모를 보내 청혼하는 진채봉, 은밀히 자신의 집으로 청하는 계섬월, 자연스럽게 혼약이 맺어지는 정경패, 처가댁에서 알아서 짝을 맺어 주는 가춘운, 아닌 척 찾아와 동침하는 적경홍……. '꿈'이나 환상이 아니고서야 어찌 이러한 일이 가능할까.

　여덟 여인과의 인연뿐이 아니다. 입신양명의 과정 또한 순탄하기 그지없다. 소년 장원은 따 놓은 자리였다. 그의 글 하나에 초楚와 위魏 두 나라가 복종하고, 연燕나라 역시 그의 행보를 기다려 감복하고 귀순한다. 난을 일으킨 토번 또한 그의 기세에 감히 맞서지 못하기는 마찬가지이다. 심지어 남해 용왕의 태자조차 그의 적수가 될 수 없었다. 그야말로 꿈같은 승승장구였다. 그가 벼슬길에서 맞이한 딱 한 번의 시련, 곧 난양 공주와의 혼인을 사양하다가 옥에 갇힌 일 또한 그의 성공을 더욱 빛나게 하는 장식과 같은 것이었다.

　〈구운몽〉 후반부는 양소유가 이룩한 그 현실적 성취를 한껏 선양하는 대목들로 점철되어 있다. 영양(정경패)·난양 두 공주에 진채봉을 잉첩勝妾*으로 아우른 호사로운 혼례. 계섬월과 적경홍의 합류로 더욱 흥성해지는 모친 헌수연獻壽宴*. 심요연과 백능파가 합세하여 방탕할 정도로 흐드러지게 베풀어지는 월왕과의 사냥 잔치! 그야말로 점입가경이다. 한 인간의 욕망과 이상이 한껏 펼쳐지는 하나의 완전한 '판타지'이다.

　마침내 한자리에 모여 양소유를 옹위하게 된 여덟 여인은 서로 추호의 범람한 마음도 갖지 않는다. 질투와 시기는 애당초 이들과 무관한 남의 일이다. 한뜻으로 남편을 받드는 이 여인들은 서로 형제의 의를 맺기에 이른다.

잉첩勝妾　귀인에게 시집가는 여인이 데리고 가던 시중드는 첩.

헌수연獻壽宴　부모의 장수를 비는 잔치.

유維 연월일年月日 제자 정씨 경패, 소화 이씨, 채봉 진씨, 춘운 가씨, 섬월 계씨, 경홍 적씨, 요연 심씨, 능파 백씨는 삼가 남해대사께 아룁니다. 제자 여덟 사람은 비록 다른 집안에서 났지만 자라서는 한 사람을 섬기게 되었으며 마음은 서로 하나입니다. 마치 한 나무에 달린 꽃이 바람에 날리어 어떤 것은 구중궁궐에 떨어지고, 어떤 것은 규중에 떨어지고, 어떤 것은 시골에 떨어지고, 어떤 것은 길거리에 떨어지고, 어떤 것은 변방에 떨어지고, 어떤 것은 강남에 떨어졌으나, 그 근본을 따진다면 어찌 다를 것이 있겠습니까. 오늘부터 맹세컨대 형제가 되어 죽고 살고 괴롭고 즐거운 모든 것을 함께하고자 합니다. 혹시 다른 마음을 품은 자는 곧 천지가 용서치 않을 것입니다. 엎드려 바라건대 대사께서는 복을 내려 주시고 재앙을 제거하여 주셔서 백 년 뒤에 함께 극락세계로 돌아가게 해 주십시오.

이러한 약속은 어김없이 지켜진다. 그리하여 여덟 명의 처첩이 변함없이 받드는 가운데 양소유는 재상으로서 20년 이상이나 태평성대를 누린다. 자녀들을 낳아 누구 하나 빠짐없이 훌륭히 키워 낸다. 그 모든 것이 완성된 시점에서 양소유는 비로소 인생의 의미를 반추하면서 성진으로 돌아갈 계기를 찾게 된다.

〈구운몽〉에 그려진 양소유의 삶은 양반 사대부의 욕망과 이상을 집약하고 있다. 집안의 가부장으로서, 한 나라의 신하로서 꾸는 꿈이 한데 응축되어 있다. 이를 '사대부의 꿈'이라 하는 것은 단지 양소유의 신분이 사대부이기 때문만은 아니다. 그 꿈을 자세히 들여다보면 사대부 특유의 관념과 의식이 짙게 투영되어 있음을 발견하게 된다.

양소유와 처첩 간에, 또한 처와 첩 간에 정연한 위계질서가 갖추어져 있음을 그 예로 들 수 있다. 이와 같은 정연한 질서가 임금과 신하, 나아가 중국과 오랑캐의 사이에도 엄연하게 가로놓여 있음은 두말할 필요도 없다. 〈구운몽〉의 꿈은 명백히 중세 봉건적이며 계급적이다.

하지만 그 꿈은 사대부의 꿈인 한편, 한 인간의 꿈이기도 하다. 세상 그 누가 마음에 맞는 이성과의 흥성하고 아름다운 결연을 원하지 않으랴. 그리고 마음속으로 부귀와 명예를 원하지 않는 이 또 어디 있으랴. 양소유의 인생 편력에 양반 사대부 이외의 다양한 독자들이 두루 공감하게 되는 바탕이다. 그 독자는 옛사람들에 한정되지 않는다. 현대의 우리 또한 그를 통해 새삼 자신의 삶과 꿈을 돌아보기는 마찬가지이다. 특히 그것은 자신의 '꿈'을 돌아보게 한다. 삶을 저 밑바닥에서 근원적으로 되돌아보면서 현실적인 삶의 과정에서 우리가 잊고 있었던 꿈을 환기하게 한다. 꿈을 되찾아 그 길로 나아가게끔 한다. 이렇게 이 작품은 한 개인의 꿈에서 우리 모두의 꿈으로, 한 개인의 판타지에서 모두의 판타지로 확장된다.

환상 속에 담아낸 삶의 철학

〈구운몽〉에 그려진 양소유의 삶. 그 배경은 현실이되 실제로는 꿈이었다. 어찌 보면 그것은 너무나 꿈같은 꿈이어서 애시당초 현실감이 떨어지는 면이 있었다. 거듭되는 기이한 연분은 그렇다 치더라도, 한 남자에 대한 여덟 여인의 한결같은 봉사가 어찌 가능한 일이겠는가. 김만중의 또 다른 작품 〈사씨남정기謝氏南征記〉에 잘 나타나 있듯이 긴장과 갈등, 험한 투쟁이 점철되는 것이 현실적 삶의 실상이다.

만약 〈구운몽〉이 양소유의 꿈같은 삶의 성취를 맘껏 그려 내는 데 그쳤다면, 어쩌면 허튼 공상의 문학이 되고 말았을지도 모른다. 하지만 그 꿈같은 성취는 작품 속에서 '허망한 꿈'으로 인식됨으로써 새로운 의미로 다가온다. 욕망과 이상을 한껏 펼쳐 내는 것, 그것은 궁극적 도달점으로 보였으나 그렇지 않았다. 그 성취란 모든 것이 이루어지는 순간 덧없이 사라질 무상한 것이었다. 양소유가 그 덧없음을 깨닫고 성진으로 돌아가는 순간, 양소유로서 이룬 모든 것을 뒤로하는 순간 양소유의 삶은 오히려 커다란 무게로 생생히 살아나 우리에게 '삶이란 과연 무엇인가' 하는 화두를 던진다.

"나는 회남淮南 땅의 베옷 입은 선비로서 성스러운 천자의 은혜를 입어 벼슬이 장수요 재상에 이르렀고, 또 여러 낭자와 서로 따르는 은정恩情은 백 년이 하루같이 똑같았으니, 만약 전생의 인연이 아니면 어찌 이렇게까지 할 수 있겠소? 사람살이는 인연으로 만났다가 인연이 다하면 각각 제 갈 데로 돌아가는 것이 천지간의 항상된 이치입니다. 우리들 백 년 뒤에 높은 대는 이미 무너지고 굽은 연못은 이미 메워지며 노래하고 춤추던 곳은 마른 풀에다 황폐한 안개 서린 곳으로 변해 나무꾼이며 소 치는 아이들이 오르내리면서 '이곳이 양승상이 여러 낭자와 노닐던 곳이다. 승상의 부귀와 풍류며 여러 낭자의 옥 같은 모습과 꽃 같은 태깔은 지금 어디에 있는가.'라고 한탄한다면 인생이 어찌 잠깐이지 않겠소이까?"

말이 다하기도 전에 구름 기운이 모두 걷혔는데 호승과 두 부인, 육 낭자는 모두 종적도 없었다. 매우 놀라고 당황해서 눈동자를 바로 하고 자세히 살펴보니 층층 누각이며 겹친 돈대, 틈 성긴 발이며 빽빽한 발들을 도대체 볼 수가 없었고, 제 몸을 돌아보니 홀로 작은 암자 가운데 부들방석 위에 있는데, 향로에는 불도 식고 해는 서산에 걸려 있었다. 자기 머리를 만져 보니 머리칼은 새로 깎아서 남은 뿌리가 뻐쭉뻐쭉하고 백팔 염주가 이미 목 앞에 늘어져 영락없는 소화상小和尙의 모습이요, 다시는 대승상의 위의 있는 모습이 아니었다. 정신이 아득하고 가슴이 뛰었다. 한참 만에 갑자기 깨달았는데 자기는 연화도량의 성진 소화상이었다.

꿈에서 깨어나는 성진(구운몽도)
양소유와 여덟 부인이 누대에서 이야기를 나누는 장면이다. 지팡이를 짚고 있는 사람이 육관 대사이다.

다시 불교에 귀의한 성진(구운몽도)
꿈에서 깨어난 성진과 팔 선녀가 불
제자 되기를 청하는 장면이다.

현실적 욕망과 이상이란 이렇게 무의미한 것인가? 그것
은 애착을 끊고서 초탈해야 하는 허망한 그 무엇인가?

이 의문에 대한 작품의 대답은 간단치 않다. 그것은 헛된
꿈처럼 보이지만, 앞서 육관 대사가 말했듯 한낱 꿈이라고
할 그 무엇이 아니다. 그 과정이 있었기에 새로운 성진이
있을 수 있었던 것이다. 그렇다면 그러한 욕망과 이상을
하나의 궁극적 목표로 삼아서 매달려야 하는 것일까? 아
니, 이 또한 단순히 답할 수 있는 바가 아니다. 그것은 의
미 있는 삶의 과정일 수는 있겠으나 궁극적인 도달점이 될
수는 없다.

성진과 양소유를 둘이자 하나로 설정하여 초월세에서 꾸
는 세속의 꿈과 세속에서 꾸는 세속의 꿈을, 그리고 세속에
서 꾸는 초월의 꿈을 한데 결합시킨 것, 거기 〈구운몽〉의
특별한 점이 있다. 이러한 구도를 통해 〈구운몽〉은 인생에
대한 본원적인 철학적 화두를 던지는 하나의 걸작이 될 수
있었다. 꿈과 환상을 마음껏 펼쳐 내되 그를 통해 현실을
돌아보게 하고, 현실을 그려 나가되 그 형상이 언제나 본원
적 꿈과 이상을 향해 열려 있도록 하는 작품이 바로 〈구운
몽〉이다. 그러한 현실과 환상 사이의 문학적·철학적 긴장
이 이 작품을 생생히 살아 있게 한다.

〈구운몽〉을 우리 고전이 도달한 최고의 환상 문학 가운
데 하나로 평가하는 것은 이런 이유 때문이다. 오늘날 우
리의 문학 작품 가운데도, 아니 세계의 문학 작품 가운데
도 이만한 작품을 만나기는 어렵다. 문학적 상상의 재미를
한껏 누리면서도 어느새 인생의 가치가 무엇인지를 근원적으로 성찰하
게 하는 그런 작품이, 다시 보고 또 볼수록 새로운 재미와 의미를 발견하
게 되는 이러한 걸작이 어찌 쉽게 나올 수 있으랴.

그렇다고 해서 이와 같은 작품이 〈구운몽〉뿐인 것은 아니다. 〈구운몽〉에 필적한 만한 꿈의 문학이 없지 않으니, 천상의 선관과 선녀가 꾸는 한바탕의 꿈을 더욱 장대하게 풀어낸 걸작 〈옥루몽玉樓夢〉은 좋은 예가 된다. 〈구운몽〉이 '꿈의 문학'이라면 〈옥루몽〉은 '꿈과 현실의 문학'이라 할 수 있을 정도로 상상의 세계 속에 현실적 삶의 양상을 사실적으로 담아 내고 있다. 어디 〈옥루몽〉뿐일까. 〈남가록南柯錄〉도 있고 이어서 살펴볼 〈삼한습유三韓拾遺〉도 있다. 고전 문학이 펼쳐 내는 꿈과 상상의 세계는 우리가 상상하는 것을 훌쩍 뛰어넘는다. 고전 문학, 거기에는 '상상 그 이상의 것'이 있다.

인용 작품

구운몽 57, 61, 63, 65쪽
저자 김만중
갈래 고전 소설(국문)
연대 17세기

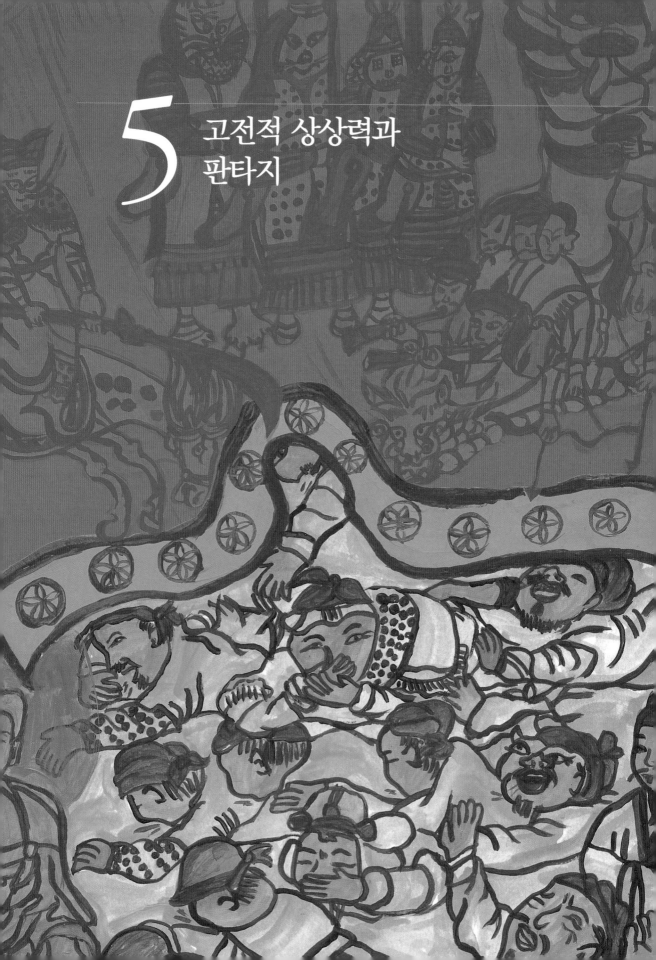

5 고전적 상상력과
판타지

흔히 판타지 문학을 현대 문화의 산물이라고 생각한다. 하지만 판타지적 상상력의 원형은 고전 문학 속에 있다. 그 가운데는 '판타지적인 것'의 수준을 넘어서 판타지 문학을 완벽하게 구현한 〈삼한습유〉가 있다. 고전적 판타지는 오늘날의 판타지와는 어떻게 다른 모습을 하고 있으며 우리에게 어떤 의미를 주는지, 그 낯설고 놀라운 상상의 세계로 함께 나아가 보자.

세상을 놀라게 한 소설 '삼한습유'

죽계일사가 〈삼한습유〉를 저술하니 내가 마왕이 싸우는 곳까지 읽고 나도 모르게 책을 덮고 탄식하고는 멍하니 망연자실하였다.

혹은 재능이 높이 뛰어나고, 혹은 얼음이 대번에 확 시원하게 풀리고, 혹은 무릎을 치느라 팔이 피로하고, 혹은 거품을 흘리면서 침이 튀고, 가까이는 밤새도록 잠을 설치고, 멀리는 석 달 동안 밥맛을 잊었소.

이는 김소행金紹行(1765~1859)의 장편소설 〈삼한습유〉에 대해 홍현주와 홍석주가 각기 한 말이다. 두 사람은 당대의 지식인이었거니와, 그들이 작품에 대하여 나타낸 반응은 의례적인 것이 아니었다. 그 마음이 온통 흔들리다가 망연자실하였다고 하니 놀라운 일이다. 과연 어떠한 작품이기에 내로라하는 지식인들의 마음을 뒤흔들었던 것일까.

〈삼한습유〉는 〈구운몽〉보다 긴 장편으로, 역사 현실과 환상의 세계를 넘나들며 광대한 서사를 펼쳐 나간다. 그 내용은 다음과 같이 시작한다.

단군이 평양에 도읍하고 삼국이 생겨난 뒤 많은 신기한 일이 있었는데, 그중 하나가 향랑의 일이다. 천상 옥녀의 화신으로 신라 땅에 태어난 향랑은 용모와 재주가 뛰어나 열다섯 살이 되자 많은 사람들로부터 청혼을 받았다. 그중 두 사람이 있었는데, 한 사람은 재주는 있지만 가난한 효렴이었고, 다른 사람은 재물은 있으나 재주가 없는 칠봉이었다. 향랑은 부모의 권유로 어쩔 수 없이 칠봉과 혼인한다. 하지만 시댁에서는 향랑이 가난하다는 이유로 향랑을 학대하여 그녀를 친정으로 쫓아내고 만다.

어머니가 죽자 삼년상을 마치고 외숙모 집으로 간 향랑은 외숙모가 개가를 권유하자 거부하고 자살을 시도한다. 마을의 부자가 향랑을 마음에 들어 하는 것을 알게 된 외삼촌이 또다시 개가를 강요하여 피할 수 없게 되자, 향랑은 마침내 〈산유화山有花〉 한 수를 읊고 나서 물에 뛰어들어 자살한다. 향랑이 죽은 지 사흘 뒤에 태수의 꿈에 나타나자 태수는 향랑의 시체를 찾고 사당을 지어 준다.   (줄거리 요약)

여기까지는 배경을 삼국 시대 신라 땅으로 설정한 것을 제외하면, '향랑'에 관한 유명한 고사에서 크게 달라진 점을 찾기 어렵다. 내용은 매우 현실적이어서, 현대 리얼리즘 소설을 읽는 것 같은 느낌을 준다. 그런데 향랑이 죽어서 하늘로 올라간 뒤, 서사는 전혀 다른 차원으로 전개되기 시작한다.

죽어서 하늘나라로 간 향랑은 후토 부인에게 청하여 세상에 환생을 시켜 달라고 한다. 제 뜻에 맞는 남자를 만나서 못다 한 삶을 이어 보겠다는 것이었다. 그러자 천상에 일대 논쟁이 벌어지는데, 마침내 그것이 합당한 일이라는 판단이 내려진다. 그래서 향랑의 환생이 결정된다. 그때 효렴은 부인이 죽고 자손이 없어 혼자 살고 있는 중이었다. 어느 날 그 앞에 향랑이 선녀의 모습으로 나타나 자신이 환생하게 되었음을 알리며, 혼인하여 함께 살기를 청한다. 효렴이 그 청을 받아들이자 향랑이 세상에 환생하는데, 태어난 지 이레 만에 어른이 되어서 본래 자기 모습을 찾는 것이었다. 향랑과 효렴은 이렇게 새로운 인연의 길로 접어든다.   (줄거리 요약)

죽음과 동시에 열리는 천상의 세계. 거기에는 수천수만의 신령이 깃들어 움직이고 있다. 한 여인의 환생조차도 그들한테는 큰 시빗거리이다. 치열하게 펼쳐지는 천상 신령과 성인들의 논쟁은 낯설고도 흥미진진하다. 마침내 환생이 결정된 뒤 향랑이 세상에 어린아이로 태어나 이레 만에 어른이 된다는 것 또한 현실적 사고를 단숨에 뒤집는 환상적 상상력이다. 하지만 향랑의 환생은 문제의 끝이 아니었다. '마魔의 세력'이 등장하면서 이야기는 예기치 않은 국면으로 접어든다.

요지연도瑤池宴圖(부분)

서왕모의 거처인 중국 곤륜산 요지에서 열리는 연회 장면을 그린 그림이다. 현실에서 벗어나 요지 같은 환상적인 신선 세계에 살고 싶은 바람을 담고 있다. 천상 세계에 대한 옛사람들의 상상력을 엿볼 수 있다.

> 이때 아홉 하늘과 열 땅의 귀마왕들은 인간들의 일을 망치는 것을 재미로 삼았다. 마왕은 죽었던 향랑이 환생하여 효렴과 혼례를 치르는 것이 이치에 맞지 않는 그릇된 일임을 지적하면서 전쟁을 일으켜 하늘의 선인들에게 도전한다. 마의 세력이 총결집하니 그 기세가 드높아 대적하기 어려웠다. 천군 쪽에 제갈공명과 항우, 그리고 김유신이 합세했으나 마모魔母의 술법을 앞세운 마군의 공격에 천군은 힘을 쓸 수가 없었다. 천군은 석가모니의 도움으로 가까스로 술법을 헤쳐 낸 뒤 반격에 나서 마군을 압박한다. 거듭된 싸움 끝에 수세에 몰린 마군의 청으로 양 진영은 강화를 맺게 된다.
>
> 전쟁이 끝나자 마침내 향랑과 효렴의 혼례가 거행된다. 효렴은 결혼 뒤 아찬 벼슬을 받아 나라의 중책을 담당하며, 당나라에 사신으로 다녀오는 등의 활약을 통해 신라의 삼국 통일에 큰 역할을 담당한다. 이후 향랑과 효렴은 산으로 들어가서 살다가 죽은 뒤 신선이 되어 사라진다. (줄거리 요약)

천상 세계의 논쟁을 거쳐 여인의 환생으로 이어진 서사는, 그것을 빌미로 '어둠의 세력'이 떨치고 일어남으로써 일대 전쟁의 서사로 이어진다. 단순한 전쟁이 아니라 신성계에서 천군과 마군이 맞서는 '판타지적 전쟁'이다. 그 전쟁은 제갈량과 항우, 김유신 등이 개입하면서 공상적 판타지와는 다른 '역사 판타지'의 양상으로 전개된다. 그 일대 격변의 귀결이 '삼국 통일'이었으니, 삼한三韓이 남긴 자취에는 이토록 놀라운 비밀이 숨겨 있었던 터이다.

천군과 마군의 대결과 그 의미

〈삼한습유〉의 판타지적 성격은 향랑이 억울하게 죽어 하늘로 올라가는 데서부터 본격화된다. 천계의 논쟁에서 천군과 마군의 대결로 이어지는 일련의 서사는 말 그대로 '환상적'이다. 중요한 것은 그 소설적 형상이 단순한 공상이 아니라 철학적 세계 인식을 함유하고 있다는 사실이다. 이제 이를 좀 더 자세히 들여다보자.

향랑이 환생하여 효렴과의 혼인을 이룰 것을 천계의 선인 후토 부인한 테 고하자 그는 저승의 여러 왕과 원로들을 청해서 향랑의 거취에 대해 묻는다. 모든 일은 법도와 이치에 따라 이루어져야 하는 법. 과연 그것이 법도에 맞는 일인지 판단해야 하는 상황이다. 천계의 선인이라도 할 수 있는 일과 할 수 없는 일이 있는 것이라서, 향랑의 환생은 그리 단순한 일이 아니었다. 의견을 들어 보니 그른 일이라고 하는 견해가 강력해서 쉽게 결론이 나지 않았다. 후토 부인이 다시 상제한테 도움을 청하자, 상제가 격문을 보내서 천지의 성인과 선가, 불가, 유가, 묵가의 학자들을 한데 모아 토론을 벌인다. 지상을 넘어선 천상의 일대 토론! 논란 끝에 선인들은 장자莊子의 의견을 취하여 공자孔子에게 이 일을 물어서 결정하기로 의견을 모은다. 공자가 보낸 회답은 향랑의 환생이 예禮에 맞는 일이라는 것. 드디어 향랑의 환생과 혼인이 결정된다. 상제는 지상의 김유신에게 사자를 보내 혼사를 주관하도록 부탁한다.

한 인간의 환생이란 어찌 보면 작은 일일지 모르나, 그 일을 놓고 천상의 선인들이 다 함께 모여 일대 토론을 벌인다. 그것이 대의명분을 중시하던 옛사람들의 삶의 방식이었다. 흥미로운 것은 그 토론에 천상의 선인들 외에 지상의 성인이었던 장자와 공자 등이 한데 어울려서 큰 몫을 한다는 사실이다. 천상 선인과 지상 성인의 회합과 토론이라니, 말 그대로 '꿈의 토론'이라 할 만하다. 따지고 보면 세상을 떠난 성인들이 초월계로 들어가 신령들과 함께 어울리는 일은 논리적으로 보아 얼마든지 가능한 일이기도 하다. 이승에서 성스러운 업業을 이룬 사람은 천계나 선

계로 들어간다는 것이 동양의 세계관이었으니, 그것은 허튼 공상이 아니라 철학적 기반을 지닌 상상력이었다고 할 수 있다.

향랑은 천계의 논쟁을 통해 환생이 결정되었다. 하지만 그것으로 끝이 아니었다. 그것은 단지 천계의 결정이었을 따름이라, 그 추이를 숨죽이며 지켜보던 세력이 있었다. 마왕을 정점으로 한 '어둠의 세력'이 그들이다. 천계의 힘에 오래 억눌려 있던 그들은 향랑의 환생이 결정되자 드디어 기회가 왔음을 느낀다. 천계의 힘이 일정한 선을 넘어섰다고 판단한 마왕의 세력은 그릇된 처사를 바로잡겠다는 명분 아래 총집결하여 거사를 일으킨다. 그리하여 마군과 천군 사이에 피할 수 없는 정면 승부가 펼쳐진다.

다음 날 마왕은 여덟 아들에게 명하여 각각 100만 명의 병사를 이끌고 공중에 사방으로 나누어 팔문금쇄진八門金鎖陣을 치게 하고, 자신은 마모와 큰아들 마독직군과 함께 300만 명을 이끌어 땅에 진을 쳤다. 동서남북 사방과 위아래로 하늘과 땅을 축으로 하여 머리와 꼬리가 서로 연결되어 완연히 구궁진九宮陣을 이루었다. 이때에 양웅의 가난 귀신, 항류의 궁한 귀신, 유종원의 졸렬 귀신이 모두 관을 털고 일어나 잇달아 마왕의 군문에 와서 절하였다. 기타 배우, 무당, 의사, 관상쟁이, 요물, 괴이한 중, 거사에게 붙어 계율을 지키지 못하게 하는 귀신, 무덤을 파는 도적, 간음하는 남자, 초상나는 것을 좋아라 하는 지관, 재앙을 즐거워하는 소인배, 무덤을 이장하여 복을 구하는 못된 아들, 세상을 속이고 백성을 속이는 요망한 사람, 소 모양 귀신이나 뱀 모양 귀신, 사납고 괴상하게 생긴 돼지 귀신 등 온갖 종류의 다른 기생할 곳이 없는 귀신들이 서로 이끌고 마왕의 진에 도착하여 그 수가 몇천인지 몇만인지 알 수가 없었다.

토백은 사방 정예 부대를 모두 합하여 200만 명을 스스로 이끌고, 구수장군九首將軍 훼虺와 삼목장군三目將軍 호虎를 좌우의 날개로 삼아 산과 들을 잇고, 늪지와 언덕과 골짜기를 감싸 안으며 진을 쳤다. 나타 태자는 천병 10만을 이끌어 몸소 진을 둘러 바깥쪽에서 적들을 맞았다.

마왕과 마모가 자식을 이끌고 떨쳐 일어나자 세상을 떠돌던 갖은 귀신들이 모여들어 엄청난 세력을 이룬다. 그 세력은 동양 철학에서 말하는 '음陰', 곧 어둠의 존재를 상징한다. 역으로 그 맞은편에 있는 천계의 세력은 '양陽', 곧 밝음의 존재이다. 음양의 세력 사이에 정면 대결이 펼쳐지고 있는 형국이다. 그것은 단순히 선악의 대결이라고 하는 상투적 설정을 넘어서 동양의 오랜 철학적 전통에 바탕을 둔 대립을 형상화한 것이라 할 수 있다. 〈삼한습유〉가 펼치는 판타지가 '동양적 판타지'임을 알 수 있는 대목이다.

마군의 기세에 눌린 천군은 항우와 제갈공명 등을 내세워 반격을 시도하며 기세를 올린다. 하지만 마군의 힘은 만만치 않았다. 마모가 치마를 둘러 천군을 뒤덮자 천군의 군사들이 치마에 깔려 전의를 상실하고 허우적댄다. 마모의 공격을 이겨 낼 방도를 찾지 못해 고민하던 천군은 힘들게 석가여래를 모셔 옴으로써 가까스로 치마 아래로부터 벗어난다. 이윽고 기세가 꺾인 마군이 물러선 뒤 화의를 청해 오자 그것을 받아들여 마침내 대전쟁은 마감되고 우주는 평화를 되찾게 된다.

이 전쟁의 전개에는 동양의 철학적 세계관이 시종일관 짙게 작용한다. 천군이 마군에게 밀리는 것은 양이 과도하게 주도권을 잡아 온 데 따른 자연스런 반작용이었다. 그들은 음의 힘에 적응하여 그것을 소화할 준비가 되어 있지 않았다. '성적 욕망'은 그 하나의 표상이다. 마모의 치마가 상징하는 것은 음의 기운으로서의 성적 욕망인 바, 그 아래 천군이 깔려서 신음하는 것은 크고도 넓은 성적 욕망의 힘이 세상의 밝은 도리와 행실을 무색하게 하는 것을 보여 준다. 양의 세력은 그것을 감당하고 풀어 나갈 힘을 갖추지 못하고 있던 바 거기에 속수무책으로 당하고 마는 것이다. 결국 그것을 헤쳐 나갈 수 있는 힘은 석가여래 부처한테서 나온다. 무욕無慾을 지향하는 불교의 철학이 성적 욕망을 내세운 음의 공세에 맞서는 새로운 대안이 되고 있는 상황이다. 그렇게 음과 양은, 세상의 주류와 비주류는 서로 얽혀서 순환하는 중이다.

천군과 마군의 싸움이 어느 한쪽의 일방적 패배와 궤멸로 귀결되지 않고 공존의 형태로 마무리된 것 또한 의미심장하다. 그것은 음과 양이란 어떤 형태로든 공존하면서 조화와 균형을 이루어 나가야 하는 것이라고 보는 동양적 세계관의 반영이라 할 수 있다. 빛이 없는 그림자가 있을 수 없고, 그림자 없는 빛이 있을 수 없는 법이니 조화와 균형으로의 귀결은 필연적이라 할 만하다. 그렇게 이 우주는 다시 힘겨운 균형을 이루었거니와, 그 균형이 얼마나 오래 지속될지는 아무도 모른다. 어디선가 법도가 크게 어그러지거나 힘의 균형이 깨어지면 세상은 다시 크게 요동칠 것이다.

향랑이 제 뜻에 맞지 않는 옹졸하고 허랑방탕한 남자를 만나 고통스러운 삶을 살다가 스스로 세상을 버린 일은 조신의 유명한 사건이었다. 김소행은 이 사건에 환상적 상상력을 불어넣어 한 편의 놀라운 판타지를 만들어 냈다. 향랑의 죽음 너머의 모습으로 눈을 돌려 드넓고 놀라운 초월적 세계를 횡단한 데 따른 결과였다. 음양의 철학적 세계관이 뒷받침됨으로써 그 판타지는 특별한 문학적 질서와 긴장을 펼쳐 내는 데 성공하였다. 그렇게 한 편의 놀라운 동양적 판타지, 한국적 판타지가 탄생되었다.

한국적 판타지의 길

고전 문학이 펼쳐 내는 문학적 상상력은 우리가 기대하는 것 이상이다. 현실과 환상을 넘나들며 놀랍고도 화려한 상상의 세계를 펼쳐 나간다. 현실의 틀에 갇히지 않고 상상력을 마음껏 펼쳐 내는 것은 설화나 고전 소설의 기본적인 문학적 지향성이다.

20세기가 현실의 시대이고 리얼리즘의 시대였다면 21세기는 상상력과 판타지의 시대이다. 상식을 뛰어넘는 독창적이고 기발한 상상의 세계를 찾아내는 것이 시대의 과제가 되었다. 하지만 기발함만으로는 부족하다. 세계와 인간에 대한 철학적 사유가 뒷받침되지 않은 환상적 상상력이란 공허한 것이 되기 쉽다. 오늘날 수많은 판타지 작품이 선보이고 있지만, 오래 살아남아 생명력을 발휘하는 작품이 적은 것은 이 때문이다.

민담과 신화, 소설에 이르는 우리의 전통 서사 문학은 미래적 상상력과 판타지의 방향과 관련하여 우리에게 시사점을 던져 준다. 자유롭고 놀라운 상상력도 그러하지만 그 바탕에 우리 고유의 문화와 철학이 가로놓여 있다는 사실에 특히 주목할 만하다. 〈구렁덩덩신선비〉 같은 민담에는 삶의 근본적 이치에 대한 보편적 성찰이 깃들어 있으며, 〈차사본풀이〉와 〈원천강본풀이〉 등의 무속 신화에 나타난 환상 공간에는 우리 민족의 우주관과 인생관이 투영되어 있다. 〈원생몽유록〉, 〈구운몽〉, 〈삼한습유〉 같은 작품에는 환상적 상상 세계 아래에 인간과 역사에 대한, 나아가 우주의 본원적 섭리에 대한 고민과 성찰이 담겨 있다는 사실 또한 우리가 이미 본 바와 같다.

《반지의 제왕》,《해리 포터》 같은 판타지 작품이 세계적으로 널리 읽히는 것을 보면서 그것을 모방하는 사례도 눈에 띈다. 어떤가 하면, 그 작품들은 나름의 문화적·철학적 전통에 기반하여 산출된 것이다. 그 바탕을 제대로 이해하지 못한 채 서사의 기법이나 형상화의 구체적 양태에만 눈길을 주는 것은 상상력의 '껍데기'에 얽매이는 것이라 할 수 있다. 그 속에서 움직이는 진정한 힘을 볼 필요가 있다.

미래를 바꿀 문학적 상상력은 허공에서 갑자기 뚝 떨어지는 것이 아니다. 그것은 우리 고유의 문화적·철학적 전통과 접속함으로써 힘을 낼 수가 있다. 미래의 상상력을 여는 힘이 우리 고전 문학 속에 깃들어 있다.

인용 작품

삼한습유 69~71, 74쪽
저자 김소행
갈래 고전 소설(한문)
연대 19세기

서사 무가, 아주 오래된 판타지

이 땅에서 오랫동안 연면히 이어 온 중요한 문학 양식에 '무가' 가 있다. '무가' 는 무당이 굿을 하면서 부르는 노래로, '굿 노래' 라고도 한다. '무당' 이나 '굿' 이라 하면 낯설고 이상한 것으로 여기는 경우가 많다. 일제 강점기를 비롯한 긴 세월 동안 무속을 미신迷信으로 취급해 왔기 때문이다. 하지만 무속과 굿은 오랜 역사를 지니는 우리나라의 전통 신앙이자 문화이다. 굿에는 노래와 춤 외에 재미있는 이야기가 담겨 있으며, 연극 형태의 흥겨운 놀이가 펼쳐지기도 한다. 굿은 하나의 '종합 예술' 이라 할 수 있다.

굿에서 펼쳐지는 춤과 노래는 좀 특별한 점이 있다. 인간이 '신神'과 더불어서 소통하고 즐긴다는 점이다. 굿에서 신은 빼놓을 수 없는 존재이다. 신을 청하여 소원을 빌고 그 뜻을 확인하는, 다시 말해 신과 마음을 나누는 행사가 바로 굿이다.

굿에서 불리는 무가 가운데는 이야기의 짜임새를 갖춘 것이 있는데, 이를 서사 무가敍事巫歌라 한다. 신의 근본과 내력을 풀어낸다는 의미에서 '본풀이' 라고도 한다. 제석신의 내력을 푸는 〈제석본풀이〉, 성주신의 내력을 푸는 〈성주풀이〉 등이 그것이다. 〈바리 공주(바리데기)〉, 〈칠성풀이〉, 〈장자풀이〉, 〈천지왕본풀이〉, 〈차사본풀이〉, 〈세경본풀이〉, 〈이공본풀이〉 등도 손꼽히는 서사 무가이다.

서사 무가는 신을 주인공으로 하는 신성한 이야기라는 점에서 신화神話의 성격을 지닌다. 이를 흔히 '무속 신화' 라고 일컫는다. 무속 신화는 잘 짜인 이야기 구조 속에 신비롭고도 경이로운 상상력을 한껏 펼쳐 내면서 깊은 감동과 깨우침을 전해 주고 있어 문학적 가치가 매우 높다. 〈단군신화〉와 〈주몽신화〉 같은 건국 신화도 고대 무속 신화와의 연관 속에서 형성된 것으로 보인다. 서사 무가 또는 무속 신화는 판타지 문학의 원형을 보여 준다는 점에서 주목할 만하다. 낯설고 환상적인 세계를 배경으로, 신이한 능력을 지닌 인물들이 일상 현실의 경계를 뛰어넘는 경이로운 서사를 펼쳐 낸다.

굿 무당이 굿을 벌이고 있는 모습을 그린 것이다. 그림에서 색색깔의 신복神服이 고리짝에 담겨 있는데, 무당은 이것을 굿의 거리에 따라 갈아입는다.

서사 무가 속의 공간은 인간과 신이 공존하며 소통하는 성속聖俗 복합계의 성격을 지닌다. 인간이 살아가는 이승과 사후 공간인 저승이 서로 짝을 이루어 주요 공간 배경을 이루고, 천상계와 지하계, 수중계 같은 신성神聖 공간을 넘나들며 서사가 펼쳐진다. 사계절이 함께 있는 원천강이나 생명의 꽃을 포함한 신비로운 꽃이 피어 있는 서천꽃밭 등은 완연한 환상의 공간이다. 그 속에서 펼쳐지는 놀라운 이야기들은 신성의 발현을 통한 근원적 자기 실현과 세상의 구원을 기본 주제로 삼고 있다.

현대에 유행하는 판타지 소설은 서양의 문화 전통에 뿌리를

제주 와흘리 본향당굿 제주에는 마을마다 마을신을 모시는 본향당이 있어 굿이 펼쳐지면 마을신에 관한 본풀이가 구연된다.

두고 있으며 서사적 장치와 기교에 의지하고 있는 측면이 짙다. 이에 비해 서사 무가는 인간과 우주, 존재와 가치에 대한 근원적 사유를 간직하고 있는 신성한 서사라는 점에서 원초적이고 철학적인 판타지라 할 수 있다. 서사 무가 외에 〈삼한습유〉와 〈남가록〉 등 유불선儒佛仙 사상에 바탕을 둔 문인 지식인의 판타지 작품들도 있었으니, 우리 고유의 판타지 문학 전통에 새롭게 관심을 가져 볼 일이다.

무당 부채 무당이 굿을 할 때 방울, 삼지창 등과 함께 많이 사용된다.

2 삶과 죽음

갈래 이야기 한문 소설, 기이한 이야기에서 풍자적 이야기까지

이일호, 〈생과 사〉(2009)

삶과 죽음은 하나

원어 원어 원어리 넘차 원어

북망산이 멀다더니 건넛산이 북망일세

원어 원어 원어리 넘차 원어

황천길이 멀다더니 방문 밖이 황천이라

원어 원어

불쌍하다 곽씨 부인 행실도 음전하고 재질도 기이터니

늙도 젊도 아니해서 영결종천하였구나.

원어 원어 원어리 넘차 원어

어화 너화 원어

〈심청전〉의 첫머리는 심청의 탄생과 어머니 곽씨의 죽음으로 열린다. 경판본 〈심청전〉은 이 대목을 슬쩍 넘어가지만 완판본 〈심청전〉은 이 슬픈 대목을 절절하게 그려 내고 있다.

산후 뒤탈이 나 숨을 거둔 곽씨 부인은 이제 막 황천길로 나서는 중이다. 과거 전통적인 장례식에서 상여 나갈 때 부르던 상두가가 황천길을 안내하고 있다. 상두가의 노랫말처럼 죽음의 공간인 북망산 혹은 황천은 결코 먼 곳에 있는 것이 아니다. 바로 앞에 보이는 산이 북망산이고 문을 열면 거기가 바로 황천이다.

삶과 죽음이 이웃처럼 붙어 있는 것을 극적으로 보여 주는 조각 작품이 이일호의 〈생과 사〉(2009)이다.

전시 공간에 뒹굴듯이 던져져 있는 두 개의 머리는 꼭 달라붙어 있다.

아래쪽 두상과 위쪽 두개골상이 작품의 제목처럼 각각 삶과 죽음을 상징하고 있음을 포착하기는 그리 어렵지 않다. 마치 시인 윤동주의 〈또 다른 고향〉에서 "고향에 돌아온 날 밤에 / 내 백골이 따라와 한방에 누웠다."라는 시구를 조각으로 빚어 놓은 것 같다.

그런데 잘 들여다보면 매우 역설적인 조각 작품이다. 해골이 잠든 듯 살포시 눈을 감은 아래쪽 두상의 볼을 물어뜯고 있는데, 언뜻 보면 죽음이 삶을 잠식하는 듯하다. 그런데 작가는 해골을 붉은색 계열의 빛깔로 표현하였다. 흔히 떠올리는 백골의 이미지와는 동떨어져 있다. 죽음을 상징하는 해골이 피가 도는 것처럼 살아 있고, 오히려 삶을 상징하는 아래쪽 두상은 죽은 것처럼 피부색이 납빛이다. 살아 있는 해골과 죽어 있는 삶이라니. 이렇게 되면 삶과 죽음의 경계가 모호해진다. 작가는 죽음 안에 삶이 들어 있고 삶 안에 죽음이 숨 쉬고 있음을 대조와 역설의 기법으로 표현하고 있다.

사실 생명이란 역설이다. 자연계를 들여다보면 죽음이 있어야 삶이 있고, 삶이 있어야 죽음이 있다는 역설적 진리가 여실히 드러난다. 우리가 생명을 유지하기 위해 얼마나 많은 동식물이 죽어야 하는가를 생각해 보면 알 수 있다. 인간 또한 언젠가는 스러져 미생물의 양분이 되어야 한다. 삶은 끊임없이 죽음에 빚지고 있다.

아프리카의 자연을 다룬 다큐멘터리를 본 적이 있다. 케냐의 마라 강가에 수십 만 마리의 누우 떼가 서 있다. 세렝게티 평원에 건기乾期가 찾아와 대지가 메마르면 누우들은 살기 위해 강을 건너야만 한다. 그런데 강에는 그들을 노리는 악어 떼가 아가리를 벌리고 있다. 누우들에게 마라 강은 삶과 죽음의 경계이다. 강을 건너는 동안 몇몇 누우는 악어의 제물이 될 수밖에 없다. 이 운명에 대해 한 시인은 "누군가의 죽음에 빚진 목숨이여, 그래서 / 누우들은 초식의 수도승처럼 누워서 자지 않고 / 혀로는 거친 풀을 뜯는가."(복효근, 〈누우 떼가 강을 건너는 법〉)라고 물었다. 시인은 자연에서 펼쳐지는 삶과 죽음의 드라마에서 '초식의 수도승'을 읽어 내고 있다.

　다시 〈심청전〉의 첫머리로 돌아가 보자. 〈심청전〉은 이 같은 자연의 질서 또는 생명의 원리를 심청의 탄생과 어머니의 죽음을 통해 이야기하고 있다. 〈심청전〉에서 심청의 이야기는 어머니의 죽음 뒤에 비로소 시작된다. 이렇게 시작된 심청의 이야기는 어떻게 전개되는가? 우리가 잘 아는 것처럼 아버지는 젖먹이 딸을 키우고 그 딸은 커서 아버지를 봉양한다. 그리고 마침내는 아버지의 생명과도 같은 개안開眼을 위해 딸은 죽음의 물, 인당수로 뛰어든다. 마치 누우가 강물에 뛰어들듯이. 이렇게 삶과 죽음은 맞물려 돌아간다.

　시와 소설, 그리고 조각 작품이 보여 주듯이 삶과 죽음은 문학과 예술에서 중요하게 다루는 주제 가운데 하나이다. 불후의 고전 가운데 인간의 삶과 죽음을 다루지 않은 작품이 몇이나 있을까? 이런 의미에서 우리 고전 문학에 나타나 있는 죽음을 통해 삶을 들여다보는 것은 한국 문학의 심연을 마주하는 일이기도 하다. 이제 그 심연으로 들어가 보자.

1 죽음의 두려움과 슬픔

죽음은 무엇보다 두려운 일이다. 그것은 미처 알지 못하는 세계의 문을 여는 것처럼 두려운 순간
이다. 더구나 우리는 어떤 사람의 죽음을 목도하고, 그의 죽음 이후 펼쳐지는 상황을 경험하며 살
아간다. 어느 순간 그 상황이 내 앞에 불현듯 도래하리라는 예감 때문에 두려워한다. 그리고 죽음
은 살아 있는 사람들에게는 슬픔을 남긴다.

남편을 잃고 아내를 여의고

우리 문학사의 첫 장면은 죽음에서부터 시작된다. 죽음이 문학과 불가분
의 관계를 이룬다는 사실을 이보다 잘 보여 주는 사례가 있을까? 〈공무
도하가公無渡河歌〉가 바로 그 예이다.

여보 물을 건너지 마오	公無渡河
당신은 그예 물을 건넜네	公竟渡河
물에 빠져 죽고 말았으니	墮河而死
아아 당신을 어찌할거나	當奈公何

어느 새벽 옛 조선의 뱃사공 곽리자고는 이상한 장면을 목격한다. 흰
머리를 풀어헤친 사내가 술병을 들고 거센 물결 속으로 들어가고 아내인
듯한 여자는 따라가며 말리는 장면이다. 그러나 아내의 만류를 뒤로하고
사내는 결국 시구처럼 물길에 휩쓸려 자취를 감춘다. 남편의 죽음 앞에
서 슬픔에 잠긴 여인은 공후箜篌를 뜯으며 슬픈 노래를 한바탕 부르고 나
서 남편의 뒤를 따른다. 〈공무도하가〉는 바로 이 여인이 남편의 죽음을
앞에 두고 부른 노래이다.

〈공무도하가〉에는 아직 결론이 나지 않은 의문들이 주렁주렁 달려 있
다. 작자는 누구인가? 백수광부白首狂夫의 아내인가, 곽리자고인가, 아니
면 사연을 전해 듣고 공후를 타면서 노래를 불렀다는 곽리자고의 아내
여옥인가? 죽음을 노래한 슬픈 서정시일 따름인가, 아니면 죽음과 재생

이라는 고대의 주술적 제의를 다룬 상징적 노래인가? 심지어 창작자, 창작 지역, 기록 형식을 근거로 하여 우리 시가가 아니라는 주장도 있었다.

그러나 이 노래가 우리의 심금을 울리는 까닭은 역시 죽음과 그에 따른 슬픔 때문이다. 세상 죽음 가운데 슬프지 않은 것이 없겠지만 가까운 혈육이나 가족의 죽음은 우리를 가장 슬프게 한다. 〈공무도하가〉는 술에 취해 강물로 뛰어드는 남편을 어쩌지 못한 아내의 슬픔을 강하게 드러내고 있다. 사내를 술과 강물로 이끈 것이 현실의 고통인지 존재의 불안인지는 알 수 없지만, 그 어떤 것도 여자는 해결할 수 없었다. 거기서 나오는 것이 "아아 당신을 어찌할거나"와 같은 탄식이고 체념이다. 배경 설화에 따르면 아내의 동반 자살은 이 체념의 극적인 표현인 셈이다. 죽음은 우리를 슬프게 하고, 어쩔 수 없다는 체념은 또 다른 죽음을 깨우는 것이다.

한 여성에게서 남편의 죽음은, 더구나 사랑하고 의지했던 남편의 죽음은 아마도 하늘이 무너지는 것 같은 사태였을 것이다. 특히 여성의 사회적 활동이 자유롭지 못하던 시대에는 더했으리라. 16세기 안동의 선비 이응태의 아내가 남편의 무덤 속에 넣어 준 한글 편지에도 그런 막막한 심정이 잘 드러나 있다. 이런 슬픔의 감정은 아내를 잃은 남편이라고 해서 다르지 않았을 것이다. 이 같은 남편들의 슬픔은 주로 죽은 이에 대한 슬픔의 감정을 토로하는 애도문哀悼文이나 제문祭文에 잘 나타나는데, 안민학安敏學(1542~1601)이 죽은 아내를 추도하며 쓴 글도 그런 사례이다.

남편 안민학은 아내 곽씨의 영혼 앞에 이야기하오.

나는 임인년(1542) 생이요, 그대는 갑인년(1554) 생으로 정묘년(1567) 열엿새 날에 결혼을 하니, 그때 나는 스물다섯 살이었고 그대는 열세 살이었소. 나는 아버지 없는 과부의 자식이고, 그대는 가난한 홀어미의 자식으로 우리는 만났소. 그대는 어린아이였고 나는 어른이었으나 어릴 때부터 나는 뜻이 굳지 못했소. 성현들의 가르침을 따라 부부 간에 지켜야 할 법도가 중요한 도리라고 생각했고, 그래서 그대와 가깝게 지내지 못하고 거리를 두었소. 그러니 그대와 정답게 말 한마디 나누고 같이 앉아 밥 한 끼 먹은 적이 있었겠소.

나는 그대에게 밤이나 낮이나 늘 가르치기를, 어머님 받들어 모시는 데 온 정성을 다하고 지아비의 뜻을 따르는 것이 부인네의 도리라고 하였소. 그렇게 십 년이 흘렀지만 그대는 내 뜻을 어긴 적이 없소. 하지만 가난한 집에 홀로된 시어머니가 계시고 나 또한 세상 물정에 어둡고 재주가 없어서 집안일을 잘 챙기지 못했으니, 어머니 받들어 모시는 도리를 다했다고 어찌 말할 수 있겠소.

그대는 자신이 입을 옷은 못 짓더라도 행여 옷감이 마련되면 내 옷을 지어 주려고 했소. 겨울에도 저고리와 장옷, 누더기 치마를 아무렇게나 걸치고 바지도 입지 못한 채 차가운 방에서 견뎠으니, 그대의 고생이 그보다 더할 수 있었을까?

그대가 점점 자라 키가 커 가는 것을 보고 나는 장난으로 놀리며 말하곤 했소.

"내가 그대를 길렀으니 나를 더욱 공경해야 할게요."

지금 그대는 죽어 넋이 되었지만 어찌 이 말을 잊었겠소.

이어지는 진술을 따라가 보면 아내 곽씨는 어린 나이에 가난한 집에 시집와서 갖은 고생을 하고 산후 조리를 잘못하여 병을 얻었다가 다시 유산을 하는 바람에 병이 깊어져 일어나지 못한다. 조선 시대에 흔히 있던 가난으로 인한 병과 죽음이었지만 스물셋, 아직은 청춘이다. 그 고통 속에서 남편은 과거를 회상한다. 어리고 헐벗었지만 도리를 다하던 아내의 죽음 앞에서 남편은 통곡한다. 그러나 그 통곡은 살아 있는 어미의 마음을 상하게 할까 염려되어 속으로 삭이며 우는 통곡이다. 남편은 죽은 아내 앞에서 "그대 삼년상을 지내고 좋은 아내를 구해 우리 자손을 잇는 데 어려운 일이 없도록 하려고 하오."라는 다짐을 한다. 조선 시대의 사정*을 생각한다면 하기 어려운 다짐이다. 그만큼 죽은 아내에 대한 안타까움과 미안함이 크다는 뜻일 것이다.

안민학의 애도문은 1576년 5월 10일, 입관할 때 넣은 글로 1978년에 묘를 이장할 때 무덤 속에서 발견되었다. 이 글은 임진왜란 이전에 쓰인

조선 시대의 사정 조선 시대에는 후손을 잇지 못하는 아내는 칠거지악에 해당되어 집에서 쫓겨나거나 남편이 후처를 들여도 하소연할 수 없었다.

한글 애도문이어서 문학사적 가치가 크다. 또한 고생한 아내를 잃은 조선 선비의 슬픔과 아내에 대한 애틋한 정을 느낄 수 있는 글이라는 데에도 남다른 가치가 있다.

누이의 죽음을 견디며

우리 문학의 역사에서 남편이나 아내의 죽음 못지않게 하나의 전통을 이루고 있는 것이 누이의 죽음에 대한 아픔과 슬픔의 노래이다. 이는 여성을 향한 남성의 정서적 표현을 대표한다고 해도 좋을 것이다. 이런 노래 가운데 첫 자리를 차지하는 것은 신라의 향가인 〈제망매가祭亡妹歌〉이다.

삶과 죽음의 길은

여기에 있는데 두려워하여

너는 간다는 말도

못다 이르고 갔는가

어느 가을 이른 바람에

여기저기 떨어지는 나뭇잎처럼

한 가지에 나고서도

가는 곳을 모르겠구나

아! 미타찰에서 만나게 될 너

도를 닦아 기다리겠노라

향찰鄕札로 기록된 이 노래에는 한 사내의 슬픔이 드러난다. 그 사내는 월명사月明師(?~?)라는 당대의 유명한 승려요, 향가의 가객이었다. 《삼국유사》에 따르면 월명사는 경덕왕 시절, 하늘에 두 개의 해가 출현한 괴변을 〈도솔가〉를 지어 불러 해결한 신화적 능력을 지닌 인물이기도 했다. 하지만 그는 화랑의 일원이자 승려로, 속세와의 인연을 끊었다. 하지만 그도 죽은 누이에 대한 인간적인 슬픔을 외면할 수 없었던지라 누

향찰鄕札 한자를 빌려 신라 말을 표기한 방식.

이를 위해 제祭를 올리면서 이 노래를 지어 부른 것이다. 그러자 갑자기 바람이 불어 종이돈을 휘감아 서쪽으로 사라진다. 종이돈은 죽은 사람이 극락에 갈 때 쓰라고 뿌리는 노잣돈이니 누이의 영혼은 서천 극락西天極樂으로 건너간 것이다.

〈제망매가〉는 죽음을 이야기하기 위해 나무와 나뭇잎이라는 절묘한 비유를 끌어들이고 있다. 나무는 계절에 따라 죽었다 살아나기를 반복하므로 이를 통해 불교의 윤회 개념을 표현하고 있다. 인생도 그러한 것이다. 죽음이란 깊은 가을 나뭇잎이 떨어지는 것과 같다. 그러나 나뭇잎은 저마다 지는 때가 다르고 바람에 날려 가는 곳도 다르다. 이승에서 잠시 오누이의 인연을 맺었지만 죽음이 그것을 이승과 저승으로 쉬이 갈라놓는 것처럼 말이다. 그래서 누이의 요절은 지극한 슬픔이지만 그리 슬퍼할 일만은 아닌 것이다. 도를 닦으면 미타찰, 곧 극락에서 만날 수 있다는 불심이 거기에 있기 때문이다. 〈공무도하가〉가 보여 주는 '어쩌랴' 하는 태도, 곧 체념의 정서와는 달리 '기다리겠노라'는 의지와 승화의 태도가 〈제망매가〉의 슬픔을 감싸고 있는 것이다.

비어져 나오는 슬픔과 절제된 슬픔 사이에서

〈제망매가〉는 향가라는 노래 형식을 지니고 있지만 크게 보면 죽은 이를 기리는 노래이자 시이다. 한문 글쓰기의 전통에서 보면 이런 글에는 제문祭文*과 묘지명이 있다. 이 중에서 누이를 기리는 대표적인 제문이 이덕무李德懋(1741~1793)의 〈누이를 기리는 제문祭妹徐妻文〉이라면, 묘지명은 박지원朴趾源(1737~1805)의 〈큰누님 박씨 묘지명伯妹贈貞夫人朴氏墓誌銘〉이다.

18세기 실학자로 서얼 지식인을 대표했던 문인 이덕무는 서른넷에 여섯 살 아래 누이동생의 죽음과 대면한다. 함께 규장각 검서관으로 근무했던 서이수徐理修(1749~1802)에게 열여덟에 시집갔던 누이가 병*으로 숨을 거둔 것이다. 이덕무는 그 슬픈 누이를 회상하면서 어린 시절의 이야기로 제문을 시작한다. 몹시도 예뻤던 누이의 모습을 떠올리면서 "업힐 때는 언제나 어깨를 잡고 손을 끌 땐 언제나 두 손을 잡던" 누이를 생각한다. 그리 곱고 살갑던 누이가 시집가 고생하다가 죽음에 이른 것이다. 슬픔은 운명의 날에 이르러 절정을 이룬다.

제문祭文 제사에서 낭송하는 글이다. 무덤 속에 넣어 죽은 이의 삶을 정리하고 기리는 글은 묘지명이라고 한다.

누이의 병 제문을 읽어 보면 누이의 병은 가난과 흉년에서 비롯되었음을 알 수 있다.

6월 3일 그날을 어찌 잊겠니? 폭우가 쳐 사방이 어두웠지. 그 전날 저녁부터 아침까지는 온 집안 식구가 굶었는데, 네가 알고 몹시도 불편해하더니 너의 병세가 그 때문에 악화되었는지? 네 아이를 그때 마침 돌려보냈는데 갑자기 네가 숨을 거두더구나. 늙으신 어버이는 흐느껴 울고 부모와 자식, 남겨진 모든 형제가 애고애고 세 번 곡을 하는데 그 소리 지극히도 애통하더구나. 이제 너는 영영 잠들었으니 애통한 이 소리도 못 들을 테지.

제문은 의례적인 글이고 여러 사람 앞에서 낭독을 하는 글이라 슬픔이 절제되어 있기는 하지만 그래도 스며 나오는 슬픔은 어찌할 수 없다. 혈육의 주검 앞에서 부모, 자식, 형제가 어우러져 곡을 하는 장면을 통해 슬픔을 드러내던 작자는 마무리 부분에서 "이제 너의 죽음을 겪고 보니 참으로 원통하고 참혹하구나. 너는 비록 편안할지 모르나 내가 죽은 뒤에 누가 곡을 해 줄까. 아득하고 깜깜한 흙구덩이 속에 어찌 옥 같은 너를 묻을 수가 있을까. 아아, 슬프다! 상향尙饗."이라고 하면서 슬픔을 직접 토로한다. 절제해야 하는 제문 밖으로 애통이 터져 나오는 형국이다. 죽음이 남은 이들에게 주는 슬픔과 아픔은 이런 것이다.

상향尙饗 신명이 작은 제물이나마 받아 먹기를 바란다는 뜻으로 제문 뒤에 쓰임.

그런데 같은 시기에 벗으로 살았던 연암 박지원의 〈큰누님 박씨 묘지명〉이 슬픔을 드러내는 방식은 사뭇 다르다. 이덕무가 제문을 쓰기 3년 전인 1771년, 서른다섯의 박지원은 마흔셋에 삶을 마감한 누이를 위해 묘지명을 쓴다. 하지만 법고창신法古創新의 글쓰기를 추구하였던 박지원은 묘지명의 관습적 형식을 버리고 전혀 새로운 형식의 묘지명을 쓴다. 본래 묘지명은 돌에 새겨 무덤에 넣는 글이기 때문에 지극히 형식적이다. 죽은 이의 행적과 가족 관계, 그리고 죽은 이에 대한 칭송을 주요 내용으로 삼는다. 하지만 연암은 그런 형식으로는 누이에 대한 자신의 마음을 다 드러낼 수 없다고 여겼던 것 같다. 그는 죽은 누이의 신원을 간략하게 소개하고 상여를 보내고 온 일을 서술한 뒤 대뜸 두 장면을 나란히 던진다.

법고창신法古創新 옛것을 본받아 새것을 창조함.

아아! 누님이 시집가던 날 새벽에 얼굴을 단장하시던 일이 마치 엊그제 같다. 나는 그때 막 여덟 살이었는데, 발랑 드러누워 발버둥을 치다가 새신랑의 말을 흉내 내 더듬거리며 점잖은 어투로 말을 하니, 누님은 그 말에 부끄러워하다 그만 빗을 내 이마에 떨어뜨렸다. 나는 골이 나 울면서 분에다 먹을 섞고 침을 발라 거울을 더럽혔다. 그러자 누님은 옥으로 만든 자그만 오리 모양의 노리개와 금으로 만든 벌 모양의 노리개를 꺼내 나에게 주면서 울음을 그치라고 하였다. 지금으로부터 스물여덟 해 전의 일이다.

강가에 말을 세우고 멀리 바라보니 붉은 명정銘旌이 펄럭이고 배 그림자는 아득히 흘러가는데, 강굽이에 이르자 그만 나무에 가려 다시는 보이지 않았다. 그때 문득 강 너머 멀리 보이는 산은 검푸른 빛이 마치 누님이 시집가는 날 쪽 찐 머리 같았고, 강물 빛은 당시의 거울 같았으며, 새벽달은 누님의 눈썹 같았다. 울면서 그 옛날 누님이 빗을 떨어뜨리던 걸 생각하니, 유독 어릴 적 일이 생생히 떠오른다.

첫 장면은 누이가 시집가던 날 어린 자신이 떼를 쓰던 아스라한 옛 기억의 한 장면이다. 그러나 그 장면은 어린 연암이 누이를 처음으로 잃던 장면이다. 어린 날의 상흔이라고 해도 좋을 것이다. 그런데 이 첫 장면이 영영 누이를 잃은 두 번째 장면, 누이의 상여가 떠나는 장면과 겹친다. 두 번의 상실이 슬픔을 배가시키는 형국이다. 그러나 연암은 슬픔을 앞서 드러내지 않는다. 다만 연암은 상여를 휩싼 먼 풍경을 누이의 쪽 찐 머리와 거울, 눈썹과 빗으로 읽으면서 감정을 극도로 절제하고 있다. 그러나 스물여덟 해를 사이에 둔 두 장면의 선명한 대비가 상실의 슬픔을 폭약처럼 장전하고 있다. 두 다리를 뻗고 통곡하는 자의 슬픔보다 그 곁에서 어금니를 물고 흐느끼는 자의 슬픔이 더 깊은 것처럼. 〈공무도하가〉에서 시작되어 〈제망매가〉에서 펼쳐진 죽음의 슬픔에 대한 표현은 연암 박지원의 〈큰누님 박씨 묘지명〉에 이르러 절경에 이르렀다고 해도 좋으리라.

2 저승, 죽음 너머의 세계에 대한 상상

죽음을 생각하면 떠오르는 공간이 저승이다. 천국·지옥과 같은 서구적 개념이 먼저 떠오를 수도 있겠지만 전통적 상상력이 빚어낸 공간은 저승이다. 인류는 죽음이 끝이 아니라 삶의 연장이라고 생각하였기 때문에 다양한 모습으로 사후 세계를 상상하였다. 한국인에게 그것은 이승과 잇닿아 있는 저승이다. 그래서 저승은 문학사의 첫 시기부터 현재까지 문학 작품의 주요 소재가 되어 왔다.

불교가 그린 죽음의 공포

죽음은 슬픈 일일 뿐만 아니라 두려운 일이다. 혈육이나 지인의 죽음은 슬픔과 고통을 동반하지만 그 죽음이 정작 자신의 문제일 때 죽음은 두려움과 고통으로 다가온다. 죽음을 받아들이고 죽음과 화해하는 방식으로 죽음의 두려움을 넘어서는 방법도 있겠지만 보통 사람들에게 화해는 쉽지 않은 일이다. 정신 분석학자 프로이트는 인간이 죽음과 화해하지 못할 때 죽음은 불안이 된다고 간파한 바 있다.

인간은 죽음의 불안과 두려움 앞에서 죽음 이후의 세계를 상상하게 된다. 서구 문화가 빚어낸 천국과 지옥, 혹은 연옥의 이미지나 불교의 극락과 지옥, 혹은 아마존 지역 원주민들이 상상해 낸 '천상에 있는 죽은 자들의 땅' 등은 모두 이런 상상의 산물일 것이다. 우리 문학 작품 속에 자주 등장하는 저승 역시 같은 상상의 소산이다. 그런데 우리 문화와 문학 속에 그려져 있는 저승-죽음의 세계는 독특한 모습을 지니고 있어 눈길을 끈다.

고려 시대와 조선 시대에 걸쳐 유행한 탱화˙ 가운데 하나가 '지장시왕도地藏十王圖'이다. 저승을 다스리는 10명의 왕이 저승에 온 인간들을 이승에서의 잘잘못에 따라 벌주고 상 주는 장면을 그린 그림이다.

다음 그림은 염라대왕이 인간 세계의 왕처럼 관을 쓰고 사모관대를 차린 신하와 신장神將들에 둘러싸여 재판을 하고 있는 모습이다. 아래쪽에는 잡혀 온 죄인들이, 다시 말하면 죽은 영혼들이 죄에 따른 판결을 받고 절구에 찧어지는 형벌을 받고 있다. 다른 그림들에는 죽은 이들이 톱으

탱화 부처, 보살, 성현 등을 그려서 벽에 거는 그림.

지장시왕도
조선 후기에 그려진 전남 보성 대원사의 지장시왕도(1766) 중에서 다섯 번째 왕인 염라대왕 부분이다.

법화영험전法華靈驗傳 고려 말기에 승려 요원이 《법화경》의 경험 사례를 모아 엮은 책.

수자리 국경을 지키던 일.

로 켜지거나 펄펄 끓는 솥에서 삶기거나 무거운 돌에 깔리는 형벌을 당하는 무서운 장면들이 연출되어 있다. 가히 극단적 죽음의 공포를 표현하고 있는 그림이다.

물론 이런 저승에 대한 이미지는 불교의 산물이다. 불교가 대중을 교화시키기 위해 발명해 낸 것이 '지옥'이라는 상상 세계이다. 그것을 잘 보여 주는 것이 14세기 고려 시대에 간행된 불교 설화집 《법화영험전法華靈驗傳》*이다.

〈하늘에서 태어난 죽은 아내〉라는 설화는 진법장이라는 인물이 죽은 아내를 만나는 데서 시작된다. 진법장은 수자리*를 살러 갔다가 아내의 부고를 듣고 돌아오는 길에 죽은 아내를 만난다.

아내가 말하였다.

"저는 이미 죽은 지 며칠이 됩니다."

순간 진법장은 가난뱅이들의 집 같은 여덟아홉 채의 집을 보았다. 진법장은 그중 한 구석진 칸에 있었다. 얼마 지나지 않아 그의 아내가 불려 가게 되었다. 진법장도 그 뒤를 따라갔는데 소머리 탈을 쓴 옥졸이 아내를 쇠꼬챙이에 꿰어서 부글부글 끓는 확탕鑊湯 속에 집어넣었다 뺐다 반복하는 것이었다. 아내는 확탕 속에 들어갈 때면 뼈와 살이 흩어졌고, 나올 때에는 원래 모습으로 돌아왔다. 옥졸은 그렇게 일곱 번을 반복한 뒤에야 다시 놓아주었다. 다시 만난 아내의 모습은 차마 볼 수가 없을 지경이었다.

아내가 진법장에게 말하였다.

"제가 당신의 후처가 되려고 전처를 죽였다고 하는데 제가 해친 것이 아닙니다. 낭군님 옷장에 오백 냥이 있고, 집에 소가 있는데 아마 천오백 냥은 될 겁니다. 시어머니와 의논하여 저를 위하여 《법화경》을 쓰는 데 공을 들인다면, 첩은 즉시 이 지옥으로부터 구원을 받을 것입니다. 저의 이 말을 시어머니께 전해 주세요."

《법화영험전》에 실려 있는 대부분의 이야기들은 《법화경(묘법연화경)》의 영험함을 알리려는 일종의 포교용 이야기이다. 그래서 《법화경》을 외우거나 베끼거나, 혹은 베끼기 위해 종이를 사기만 해도 병이 낫고, 지옥에 있는 사람이 극락에도 가고 죽은 사람이 살아나기도 하는 영험이 나타난다는 식으로 이야기가 전개된다. 〈하늘에서 태어난 죽은 아내〉 역시 전처를 죽였다는 누명을 쓰고 죽은 후처가 《법화경》에 의지하여 구원을 받은 이야기이다. 진법장은 집에 돌아와 소를 팔아 종이를 사는데 나중에 아내를 만난 곳에 찾아갔더니 "그대의 부인은 어제 종이를 살 때 이미 하늘에서 다시 태어났노라."는 소리를 들은 것이다.

그런데 이 불교 설화에서 흥미로운 부분은 진법장의 죽은 아내가 당한 지옥의 형벌이다. 이 형벌은 '확탕지옥'이다. '지장시왕도'에서 확탕지옥은 오관대왕五官大王이 다스리는 곳에서 시행되는 형벌로 표현되어 있다. 문학적 묘사와 그림의 표현이 일치되는 모습을 통해 이런 불교적 지옥 이미지가 고려와 조선 시대의 많은 사람들에게 널리 알려져 있었음을 확인할 수 있다. 불교는 이런 죽음에 대한 불안과 두려움을 양식으로 삼아 포교하였던 것이고, 이런 태도는 조선 시대에 들어와 유자儒者들에게 혹세무민惑世誣民이라는 지탄을 받기에 이른 것이다.

하지만 이런 지옥의 이미지는 문학의 중요한 자산이 되었다. 특히 소설이 그 자산을 잘 활용한 셈인데 16세기 초엽에 채수蔡壽(1449~1515)가 쓴 〈설공찬전薛公瓚傳〉이 좋은 사례이다. 〈설공찬전〉은 장가도 못 가고 병사한 설공찬의 원혼이 사촌인 설공침에게 수시로 들어와 괴롭히자 무당 김석산을 불러 귀신을 쫓는다는 이야기이다. 그 과정에서 설공찬의 원혼에게 사촌들이 저승 소식을 묻자 다음과 같이 대답한다.

확탕지옥
확탕은 죄인을 삶아 죽일 때 쓰는 이승의 형구이다. 중국에서 탐관오리를 처벌할 때 가마솥에 삶아 죽이는 팽형烹刑을 가했다는 기록이 남아 있는데, 이런 형벌 이미지가 지옥에 그대로 투영된 것이다.

저승에 대해 말하기를 "저승은 바닷가이로되 매우 멀어서 여기서 거기 가는 것이 40리인데 우리 달림은 매우 빨라 여기에서 술시에 나서서 자시에 들어가 축시에 성문이 열려 있으면 들어간다."라고 하였다. 또 이르기를 "우리나라 이름은 단월국檀越國이라고

한다. 중국과 모든 나라의 죽은 사람이 다 이 땅에 모이니 하도 많아 수효를 세지 못한다. 우리 임금의 이름은 비사문천왕이다. 육지의 사람이 죽으면 반드시 이승 생활에 대해 물으며 '네 부모, 동생, 족친들을 말해 보라.'며 쇠채로 치는데, 많이 맞는 것을 서러워하면 책을 살펴 명이 다하지 않았으면 그냥 두고, 다하였으면 즉시 연좌蓮座로 잡아간다. 나도 죽어 정녕코 잡혀가니, 쇠채로 치며 묻기에 맞기가 매우 서러워 먼저 죽은 어머니와 누님을 대니, 또 치려고 하길래 증조부 설위로부터 편지를 받아다가 주관하는 관원한테 전하니 놓아주었다. 설위도 이승에서 대사성 벼슬을 하였다시피 저승에 가서도 좋은 벼슬을 하고 있었다."라고 하였다.

〈설공찬전〉에는 앞서 불교 설화보다 저승에 대한 설명이 더 자세하다는 것을 알 수 있다. 이승과 다르지 않게 나라 이름과 왕의 이름이 있고, 성문이 열리고 닫히는 시간도 정해져 있다. 또 증조부 덕분에 형벌을 면하는 모습을 통해 이승의 권력이 저승에서도 통한다는 점도 알 수 있다. 이어지는 설공찬의 말에 따르면 사람의 목숨을 놓고 저승의 염라대왕과 이승의 천자가 협상까지 하는 곳이 저승이다. 죽음의 세계 역시 이승과 다르지 않은 지극히 세속적인 공간으로 인식되었던 것이다.

그런데 조선 시대에 저승에 대한 이야기를 하며 혹세무민하는 것은 국가에서 금지하는 일이었다. 조선은 유교 국가였고, 유가들은 저승과 같은 세계를 실재하는 것으로 보지 않았기 때문에 불교 식의 지옥에 대한 상상을 불온시하였다. 더구나 〈설공찬전〉에는 이승에서 임금을 했더라도 부당한 방법으로 당나라를 멸망시킨 주전충 같은 반역자는 지옥에 있다는 발언도 들어 있어, 연산군을 몰아내고 왕위에 오른 중종을 비판하는 것처럼 여겨질 소지도 있었다. 1509년에 채수를 처벌하라는 상소가 올라오고, 〈설공찬전〉이 금서가 되고 불태워진 것도 그 때문이었을 것이다. 이처럼 조선 시대에 와서 저승에 대한 이야기는 죽음에 대한 불안의 반영을 넘어 정치적인 불안을 조장하는 이야기가 되기도 했다는 점을 아울러 기억할 필요가 있다.

무속이 간직한 원형적 저승

죽음―저승에 대한 또 다른 이미지는 무속巫俗이 간직해 왔다. 무속의 저승은 앞에서 살핀 불교의 저승의 영향을 상당히 받았지만 한편으로는 전혀 다른 모습을 보여 준다. 아마도 이는 불교 전래 이전부터 우리 문화가 가지고 있었던 저승과 죽음의 세계에 대한 상상의 소산일 것이다.

무속의 죽음에 대한 생각을 가장 잘 보여 주는 것은 무가巫歌이다. 무가는 무당이 굿을 할 때 부르는 노래로, 대개 굿에서 모시는 신의 내력을 이야기한다. 이런 무가를 형식적으로는 서사 무가 또는 무속 신화라고도 부른다.

그런데 무속 신화의 저승에 대한 상상력에는 대단히 독특한 점이 있다. 무가 〈바리데기〉를 보면 저승은 지하에 있는 것도 천상에 있는 것도 아니다. 저승은 서쪽으로 삼천리를 가야 도달할 수 있는 공간이다. 〈바리데기〉에서 주인공 바리데기가 부친을 살릴 약수를 찾아 저승으로 가는 장면에는 분명 불교의 영향을 느낄 수 있다.

바리데기
바리데기(바리 공주)를 비롯하여 자청비, 소별왕과 대별왕, 강림 도령, 감은장 아기 등은 모두 무속 신화의 주인공이다.

반송盤松 키가 작고 가지가 옆으로 퍼진 소나무.

지장보살 무불 세계에서 육도 중생을 교화하는 대비보살로, 천란을 쓰고 가사를 입었으며 왼손에는 연꽃을, 오른손에는 보루를 들고 있다.

이때가 어느 때냐? 춘삼월 호시절이라. 오얏꽃 복숭아꽃 여기저기 만발하고, 향기로운 화초는 분분히 흘날리고, 노란 꾀꼬리는 버들 사이 날아들고, 앵무새 공작새는 깃을 다듬는다. 서산에 해는 지고 동산에는 달이 솟네. 앉아서 멀리 보니 어둑해지는 금바위에 반송盤松이 덮였는데 석가세존이 지장보살, 아미타불과 설법을 하시는구나. 아기가 가까이 가서 세 번씩 세 번 아홉 번 절을 하니 네가 사람이냐 귀신이냐? 날짐승도 길 버러지도 못 들어오는 곳인데 어찌하여 들어왔느냐? (중략)

가다가 죽사와도 가겠나이다. 비단꽃을 줄 것이니, 이것을 가지고 가다 보면 큰 바다 있을 테니 이것을 흔들면 큰 바다가 육지가 되느니라. 가시성 철성이 하늘에 닿은 듯하니 부처님 말씀을 생각하고 비단꽃을 흔드니 팔 없는 귀신, 다리 없는 귀신, 눈 없는 귀신, 억만 귀졸이 악머구리 끓듯 하는구나. 칼산 지옥 불산 지옥문과 팔만 사천 여러 지옥문을 열어 시왕 앞으로 갈 이 시왕 앞으로 가고 지옥으로 갈 이 지옥으로 보낼 때 우여, 슬프다.

바리데기는 지팡이를 한 번 휘둘러 1000리씩 3000리를 가는데 그곳에서 석가세존 등을 만난다. 거기까지가 평지 3000리이고, 험로 3000리가 더 남았는데 신들이 준 비단꽃을 흔들어 다시 삼천 리를 간다. 이 '배경재 본'에는 분명하게 드러나 있지 않지만 바리데기가 비단꽃을 들고 가다 만나는 큰 바다가 바로 이승과 저승의 경계이다. 황천강이라고도 하고 유사강이라고도 하는 이승과 저승을 가르는 물이다. 이 물을 건너면 저승에 이르는데 거기에는 온갖 귀신이 고통을 당하는 지옥이 사방으로 펼쳐져 있다. 이 지옥의 장면과 귀신들의 면모는 불교 설화에서 익숙하게 보던 것이다. 거기에 부처와 보살을 보태고 보면 〈바리데기〉는 분명 불교에 깊이 젖어 있다.

하지만 그것만이 아니다. 저승 한가운데 문이 있는데 문 앞에 무장신선이 서 있다. 다른 판본에는 동수산이라는 높은 산이 솟아 있는데 동수자라는 신이 거기 있다. 거기서 재생의 힘을 지닌 약수를 지키고 있는 것이다. 약수 옆에는 뼈를 살리고 살을 살리는 뼈살이나무와 살살이나무가 있다. 바리데기는 무장신선을 위해 물 3년 길어 주고, 불 3년 때어 주고, 나무 3년 베어 주는 노동과 아들 일곱을 낳아 주는 산통을 겪은 후에야 약수와 나무를 얻는데, 이본들을 보면 일반적으로는 나무가 아니라 꽃이다. 그리고 이 꽃이 피어 있는 곳은 서천꽃밭이라는 환상적인 공간이다. 제주도의 〈이공본풀이〉나 〈세경본풀이〉 등 여러 무가에 등장하는 우리 무속의 특이한 공간이다.

가다 보니 무릎까지 잠기는 물이 있어 그 물 넘어가고, 가다 보니 잔등이까지 차는 물이 있어 그 물 넘어간다. 가다 보니 목까지 찬 물이 있어 그 물 넘어가니 서천꽃밭이 다가온다. 서천꽃밭 수양버들 윗가지 위에 올라 보니 궁녀들이 서천꽃밭에 물을 주려고 연못에 물을 뜨러 온다.

아미타불
아미타불은 서방 정토에 있는 부처로, 대승 불교의 중심 부처이다. 이 부처를 염하면 죽은 뒤에 극락에 간다고 한다. 사진은 통일 신라 시대 때 만들어진 것으로 국보 27호로 지정되어 경주 불국사 극락전에 봉안되어 있는 금동아미타 여래 좌상이다.

〈이공본풀이〉의 할락궁이가 서천꽃밭의 꽃 감관인 아버지를 찾아가는 대목에서도 서천꽃밭이 등장한다. 서천꽃밭 역시 물을 건너 저승에 있는 공간으로, 할락궁이는 거기서 아버지를 만나 온갖 꽃을 얻어 죽은 어머니를 살리고, 자신과 어머니를 괴롭히던 장자 일가족을 멸망에 이르게 한다. 그때 사용하는 꽃이 도환생꽃이고 수레멸망악심꽃이다. 〈세경본풀이〉의 주인공 자청비도 선비들에게 살해당한 남편 문도령의 목숨을 서천꽃밭의 환생꽃으로 살려 낸다. 이처럼 서천꽃밭은 저승에 있는 생명의 공간이라고 할 수 있다. 물론 그 공간에는 생명의 이면인 죽음도 공존하고 있지만 말이다.

이처럼 저승이라는 공간에 지옥과 생명의 약물이 동시에 존재한다는 것이 무속 신화의 상상이다. 이는 대립적인 것이 공존한다는 점에서 대단히 역설적이지만 한편으로는 그런 역설이야말로 무속의 사유를 잘 표현하고 있는 것이다. 이는 바리데기가 아버지의 생명을 구하기는 하였지만 그 행위에 대한 보답을 거부한다는 사실을 통해서도 표현되고 있다. 바리데기는 아버지를 죽음으로부터 구원하였지만, 그 구원은 영원한 것이 아니다. 인간의 생명이 유한하듯이 말이다. 아들에 집착하는 아버지의 질병은 언제든 다시 도질 수 있고, 그 결과는 죽음일 수 있다는 메시지가 〈바리데기〉에 도사리고 있다. 이것이 바로 지옥과 생명수가 함께 있는 저승을 통해 무가 〈바리데기〉가, 나아가 무속 신화가 말하려고 하는 것이다.

이런 무속 신화의 상상력과 사유는 사실 신화 일반이 지닌 것이다. 신화는 자연의 생성과 소멸에 바탕을 둔 이야기이다. 그래서 자연 안에 생명과 죽음이 꼬리에 꼬리를 물고 순환하듯이 인간의 삶과 죽음도 그러하다고 신화는 말하고 있는 것이다. 무속 신화를 통해 우리는 불교 전래 이후 저승이 무서운 곳이라는 구체적 형상을 얻기는 하였지만 그 바탕에는 신화 본래의 상상력과 사유가 면면히 흐르고 있다는 것을 확인할 수 있다.

저승을 통해 펼친 철학

저승은 때로는 실재하는 공간이어서 두려운 공간이 아닌 비유적 공간으로 나타나기도 한다. 다시 말하면 저승의 실재를 증명하기 위해서가 아니라 저승을 부정하기 위해 저승을 끌어들이거나 부당한 현실을 비판하기 위해 저승을 적극적으로 소설화하는 경우도 있다는 것이다. 조선 시대에 들어와 유학이 지배적인 사상이 되어 불교나 무속의 저승을 부정하거나 비판하면서 그런 말들이 많아졌다. 그런 말들은 철학적 글로 쓰이기도 하고 소설로 형상화되기도 하였는데, 그 대표적인 예가 김시습金時習(1435~1493)의 철학 소설이라고 할 수 있는 〈남염부주지南炎浮洲志〉이다. 주인공 박생이 저승의 왕인 염마를 만나 벌이는 토론을 들어 보자.

남염부주지南炎浮洲志 전기傳奇 소설집인 《금오신화金鰲新話》에 실려 있다.

어느 날 박생은 방 안에서 등불을 돋우고 《주역》을 읽다가 베개에 기대어 옷을 입은 채 잠이 들었다. 문득 한 나라에 이르렀는데, 이는 바다 속의 한 섬이었다. 그 땅에는 전혀 초목이라고는 나지 않고, 모래와 자갈도 없었다. 신발에 밟히는 것이라고는 구리 아니면 쇠뿐이었다. 낮에는 거센 불길이 하늘까지 뻗쳐 땅덩이가 녹아내리는 듯했고, 밤에는 차가운 바람이 서쪽에서 몰아쳐 사람의 살갗과 뼈를 에이는 듯하여 그 고통을 견딜 수 없었다.

또한 무쇠로 만든 절벽이 성벽처럼 바닷가를 둘러싸고 있는데, 단지 철문 하나가 굳게 닫힌 채 굉장해 보였다. 문을 지키는 사람은 물어뜯을 것 같은 모질고 사나운 자세로 창과 쇠몽둥이를 움켜쥐고 바깥을 막고 있었다. 성안에 사는 백성들은 쇠로 만든 집에서 살고 있었다. 낮에는 열기로 살갗이 문드러지고 밤에는 추위로 몸이 얼어붙곤 하였다. 사람들은 단지 아침저녁에나 조금씩 꾸물거리며 웃고 이야기할 수 있었다. 그러나 사람들은 그다지 괴로워하지 않았다.

박생은 몹시 놀라 머뭇거리고 있는데 문지기가 소리쳐 불렀다.

박생은 꿈속에서 갑자기 염라국에 가게 된다. 그가 만난 저승은 심한 추위와 더위가 반복되는 철성鐵城으로, 불교나 무속에서 상상한 저승의 모습과 크게 다르지 않다. 김시습이 문자로 그려 낸 저승도는 불교가 제공한 상상의 소산이다. 그런데 여기서 우리의 주목을 끄는 것은 박생이 몹시 놀라 어쩔 줄 모르고 있는 상황이다. 염라국에 대한 두려움 때문이겠지만 숨겨진 뜻은 그 이상이다. 본래 박생은 유자儒者로 저승 같은 이단의 학설을 믿지 않았던 인물이었기 때문이다. 믿지 않았던 세계가 갑자기 눈앞에 펼쳐지자 당황하고 있는 것이다. 〈남염부주지〉는 단지 저승을 그리는 것이 아니라 저승을 통해 저승을 부정하는 유자들의 통념을 깬다. 그런데 통념의 부정은 거기서 그치지 않는다.

박생이 또 물었다.

"저는 일찍이 불자들로부터 하늘 위에는 천당이라는 즐거운 곳이 있고 땅 밑에는 지옥이란 고통스러운 곳이 있다고 들었습니다. 명부冥府*에서는 시왕十王을 배치하여 열여덟 지옥의 죄인을 문초한다고 하더군요. 그 말이 정말입니까? 또 사람이 죽은 지 이레가 지난 후 그 영혼을 위해 부처님께 공양드리고 재를 베풀며, 대왕께 제사를 드리며 종이돈을 사르면 지은 죄가 면해진다고 했습니다. 비열하고 포악한 사람들을 왕께서는 너그러이 받아 주십니까?"

왕이 크게 놀라며 말하였다.

"나는 그런 말을 들은 적이 없습니다. 옛사람이 말하기를 한 번 음이 되고 한 번 양이 됨을 도道라고 하였고, 한 번 열리고 한 번 닫힘을 변變이라 하였으며, 낳고 또 낳음을 역易이라 하였고, 망령됨이 없음을 성誠이라 하였습니다. 사리가 이와 같을진대 어찌 건곤乾坤 밖에 또 건곤이 있으며, 천지 밖에 또다시 천지가 있겠습니까? (중략) 신의 세계에서는 존엄함을 숭상하니, 어찌 한 지역에 왕이 그렇게 많겠습니까? 선생은 한 하늘에는 두 개의 해가 없고, 한 나라에는 두 왕이 없다는 말을 듣지 못하였습니까? 그러니 그런 말은 믿을 것이 못됩니다. 재를 베풀어 영혼을 달래고, 왕에게 제사한 후 종이돈을 사르는 일들이 무엇을 위함인지 나는 이해하지 못하겠습니다. 선생은 인간 세상의 속임수를 낱낱이 말씀해 주십시오."

명부冥府 불교 용어. 사람이 죽은 뒤에 심판을 받는 곳을 말한다.

박생은 이승의 불교의 행태를 거론한다. 《법화영험전》이 강조하고 있는 천당과 지옥에 대한 이야기가 바로 그것이다. 지옥이라는 고통스러운 공간이 실재하며, 지옥에 간 사람이라도 종이돈을 사서 제사를 드리면 죄를 면할 수 있다는 현실 불교의 주장이 옳은가를 심문하고 있는 것이다.

그런데 이런 질문에 염마는 의외의 대답을 한다. 요컨대 천당도 지옥도 없고, 종이돈으로 죄를 면한다는 것은 속임수에 지나지 않는다는 가혹한 답변이다. 더 흥미로운 것은 염마가 천당과 지옥을 부정하기 위해 사용한 옛사람의 말, 다시 말해 '도道·변變·역易'에 대한 설명은 《주역周易》에 나오는 표현이고, '성誠'에 대한 설명은 《중용中庸》에 나오는 말이라는 점이다. 불교의 상상력이 만들어 낸 저승의 염마가 유가의 논리를 사용하여 불교의 주장을 반박하고 있다는 것이다. 저승을 부정하던 박생이 저승을 만나 놀랐듯이 《법화영험전》이 이야기하는 지옥설을 긍정한 사람이라면 염마의 이런 주장 앞에서 다시 놀라고 주저할 수밖에 없을 것이다. 다시 한 번 세간의 통념이 부정되는 순간이다.

박생과 염마의 토론, 이승과 저승의 대화는 여기서 한 번 더 나아간다. 이제 대화는 이승의 현실 정치를 겨냥한다.

박 서생이 다시 역대 제왕들이 이도異道를 숭상하다가 재앙을 당한 일을 이야기하니, 왕은 이맛살을 찌푸리면서 말하였다.

"백성들이 임금의 공덕을 칭송하는데도 물난리나 가뭄이 닥치는 것은 하늘이 임금으로 하여금 모든 일에 삼갈 것을 거듭 경고하기 때문입니다. 백성들이 임금의 정사를 원망하는데도 상서로운 일이 일어나는 것은 요괴가 임금에게 아첨하여 더욱 교만하고 방종하게 만들려 하기 때문입니다. 비록 제왕에게 상서로운 일이 일어난다고 하더라도 어찌 백성들이 편안할 것이라고 생각할 수 있겠습니까? 그렇다고 원통함을 말하겠습니까?"

박 서생이 말하였다.

"간사한 신하들이 벌떼처럼 일어나고, 큰 난리가 계속 일어나는데도 임금은 백성들을 위협하고 그것을 잘한 일로 생각하고, 후세에까지 이름 남기기를 탐낸다면 어찌 나라가 편안할 수 있겠습니까?"

왕은 한참 동안 묵묵히 생각하다가 탄식하면서 말하였다.

"선생의 말씀이 옳습니다."

이도의 숭상이란 고려나 조선의 왕들이 불교나 도교에 빠진 것을 지적한 표현이다. 이는 앞에서 살폈던 불교에 대한 비판의 연속이면서 동시에 그것을 왕의 통치와 연결시켜 현실 정치를 더불어 비판하는 것이다. 작가 김시습이 생육신의 한 사람으로서 세조의 단종 폐위에 대한 강한 반감을 가지고 있었던 것을 생각한다면 이는 세조에 대한 우회적 비판일 수도 있다. 세조는 《금강경언해金剛經諺解》나 《대장경大藏經》을 편찬하고 궁궐 내에 사찰을 건립할 정도로 불교와 친한 왕이었기 때문이다. 〈남염부주지〉는 저승을 다스리는 염마를 통해 제왕에게 일어나는 상서로움과 백성들의 안녕은 별개이며, 그 상서로움은 오히려 제왕을 방종하게 만들려는 귀신의 장난이라는 주장을 하게 한다. 세조를 비롯한 역대 왕들이 불교 등의 종교적 수단을 통해 의도적으로 상서로움을 조장하였던 행위에 대한 비판인 것이다.

〈남염부주지〉는 저승의 염라를 통해 염라국을 부정하게 하고, 저승을 통해 이승의 정치를 비판하게 한다. 앞서 우리는 삶과 죽음이 서로 연결되어 있다는 문학의 인식을 살핀 바 있고, 저승에 대한 다양한 상상력의 모습을 일별한 바 있다. 〈남염주부지〉의 저승에 대한 상상은 전혀 다른 모습을 가지고 있다는 점, 다시 말해 이승을 부정하고 비판하기 위한 하나의 수단이었음을 새롭게 알게 되었다. 이를 통해 우리는 저승에 대한 상상이 우리 문학사를 얼마나 풍요롭게 만들었는가를 새삼 확인할 수 있다.

3 귀신 혹은 죽음의 귀환

저승은 죽은 혼령들이 머무는 공간이지만 혼령들 가운데는 저승에도 들지 못하고 떠도는 존재들이 있다. 이름하여 귀신이다. 귀신이 무엇인가에 대해서는 귀신론이라는 유학자들의 논변이 있고, 불교의 설명도 있다. 하지만 문학을 통해 만나는 귀신은 대개 무언가 맺힌 것이 풀리지 않아 산 자들의 주변을 떠도는 존재들이다. 문학이 이들을 주목하는 것은 이들이 우리의 삶에 개입하여 파문을 일으키기 때문이다.

원한이 불러낸 귀신

우리 고전 문학, 특히 서사 문학은 귀신 없이 전개되기 힘들 정도로 귀신 이야기로 가득 차 있다고 해도 과언이 아니다. 우리 서사 문학의 수원지인 《삼국유사三國遺事》를 보면 여러 귀신 이야기가 등장하는데, 주로 귀신을 제압한 이야기이다. 사륜왕(진지왕)의 혼령과 도화녀 사이에서 태어난 비형랑이 귀신을 부리고 제압한 이야기나 동해 용왕의 아들 처용이 역신疫神을 쫓아낸 이야기가 그렇고, 승려 밀본이 귀신을 물리친 이야기가 그렇다. 그러나 이들 귀신 이야기는 주로 귀신을 제압하는 신적 존재들의 위력을 드러내는 데 초점이 맞춰져 있다. 따라서 귀신이라는 얼굴로 돌아오는 죽음의 귀환을 살피는 데 적절한 사례라고 할 수는 없을 것이다.

죽음의 귀환을 만날 수 있는 초기 서사 문학의 적절한 사례들은 《수이전殊異傳》에 모여 있다. 〈지귀志鬼〉, 〈수삽석남首揷石枏〉, 〈최치원崔致遠〉 등이 그런 이야기들이다. 그런데 흥미로운 것은 이들 이야기 속에 등장하는 귀신들이 하나같이 풀지 못한 사랑의 욕망을 원한으로 지닌 존재들이라는 점이다. 〈지귀〉는 선덕 여왕을 짝사랑하는 역졸 지귀를 불귀신으로 만든다는 이야기인데, 화마火魔를 쫓는 민간 신앙과 결부되어 있다. 그에 비해 〈수삽석남〉은 본격적인 원혼의 귀환에 대한 이야기이다.

신라에 최항이라는 사람이 있었는데 자가 석남이었다. 최항에게는 애첩이 있었으나 부모가 못 만나게 하여 여러 달 동안 보지 못하였다. 그로 인해 최항은 갑자기 죽었는데 여

드레가 지난 밤중에 첩의 집에 찾아왔다. 첩은 죽은 줄 모르고 반색을 하며 맞이하였다.

최항은 머리에 꽂은 석남나무 가지를 나눠 꽂아 주며 첩에게 말하였다.

"부모님께서 그대와의 동거를 허락하였기에 왔소."

최항은 마침내 첩을 데리고 집으로 돌아왔다. 그런데 담장을 넘어 들어간 최항은 새벽이 될 때까지 아무런 소식이 없었다.

그 집안사람이 새벽에 나와 그녀를 보고 온 까닭을 묻자 첩이 자초지종을 이야기하였다. 그러자 집안사람이 말하였다.

"항이 죽은 지 여드레가 지나 오늘 장례를 치르려 하는데 그 무슨 괴이한 말이오?"

첩이 대답하였다.

"그이가 저에게 석남나무 가지를 나누어 주었어요. 이게 증거예요."

그래서 관을 열고 보았더니 시신의 머리에 석남나무 가지가 꽂혀 있었고, 옷이 젖어 있었을 뿐만 아니라 신발도 신고 있었다. 첩은 최항이 죽은 것을 알고는 숨이 끊어질 듯 통곡하였는데 그때 최항이 소생하였다. 두 사람은 20년을 해로하다가 죽었다.

왜 최항이 갑자기 죽었는지에 대해 〈수삽석남〉은 분명히 이야기하고 있지 않지만 만나고 싶은 사람을 만나지 못한 심화心火가 원인이었으리라. 최항의 가슴에 쌓인 부모와 애첩에 대한 원망이 그를 원혼으로 만든 것이다.

그런데 눈길을 끄는 것은 원귀의 귀환이 사실인 것처럼 진술되고 있다는 점이다. 사실이라는 점을 강조하기 위해 석남나무 가지라는 증거물이 제시된다. 시신의 젖은 옷과 신발도 더불어 제시된다. 여기에는 귀신은 실재하는 존재라는 믿음, 나아가 삶에 대한 원망願望이 간절하면 죽음이 유예될 수 있으며 삶과 죽음이 소통 가능한 영역이라는 옛사람의 인식이 담겨 있다. 이런 믿음과 인식을 이해한다면 최항의 느닷없는 소생도 납득할 수 있다. 간절한 원망은 죽음의 문도 열 수 있다는 믿음이 생사의 경계를 넘어 최항을 돌아오게 한 것이다.

〈수삽석남〉과 달리 실존 인물인 최치원*의 체험을 기술한 〈최치원〉은

최치원 당에서 이름을 떨친 후 포부를 안고 신라로 돌아왔으나, 정치적 뜻을 이루지 못한 채 현실을 등진 인물이다.

다른 귀환의 경로를 취한다. 〈최치원〉 속의 최치원은 실제의 그와는 달리 전기 소설의 주인공처럼 불우한 인물이며, 귀녀들과의 만남을 경험한 후 현실을 등지는 다른 경로를 밟는다. 이 소설은 주인공 최치원의 관점에서 보면 두 원혼을 만나 자신의 불우를 나누고 자신의 현실을 성찰하는 과정이지만, 원귀들인 두 낭자의 관점에서 보면 전혀 다른 이야기가 된다.

〈최치원〉에 등장하는 팔랑과 구랑 자매는 원치 않는 결혼이라는 장벽에 부딪힌다. 〈수삽석남〉에서 최항의 부모는 결혼을 반대했지만 〈최치원〉에서 두 낭자의 아버지는 강제 결혼을 집행하려고 한다. 결혼 상대는 소금 장수, 차 장수이다. 이들 두 장사치는 당대의 부를 상징하는 사람들이다. 이런 억압적인 상황에서 두 낭자가 병들어 죽었는지, 자살했는지는 분명치 않지만 원귀가 된다. 쌍녀분이라는 무덤으로 지상에 남아 원혼 역시 지상을 떠돌고 있는 것이다. 생전에 이루지 못한 사랑의 정념을 가슴에 간직한 채, 사연을 듣고 위로의 시를 남긴 청년 최치원을 만난 것이다. 여기서 원귀들은 소심한 청년 최치원을 적극적으로 유인한다. 적극적인 해원解冤을 시도하는 셈이다. 따라서 두 낭자의 관점에서 보면 〈최치원〉은 이루지 못한 삶의 비원을 한 지식인 청년을 통해 성취하는 전기 소설이다. 결국 죽음과 삶의 만남은 죽은 자는 죽은 자대로 산 자는 산 자대로 자신들의 회포를 푸는 과정이었다. 귀신이 죽음의 문제이면서도 삶의 문제인 것은 이런 까닭이다.

신라·고려 시대의 이런 귀신 이야기의 흐름은 조선 전기 전기 소설의 개화라는 결과를 낳는다. 《금오신화金鰲新話》나 《기재기이企齋記異》*가 그런 꽃들이다. 그런데 두 작품집에 각각 실려 있는 〈만복사저포기萬福寺樗蒲記〉와 〈하생기우전何生奇遇傳〉을 견주어 보면 흥미로운 사실이 발견된다. 두 소설 모두 낙척한 서생이 귀녀들을 만나는 이야기로, 만남의 형식이라는 면에서 이들은 〈최치원〉을 계승한 작품들이다. 〈최치원〉에서처럼 원귀들이 소외된 서생을 찾아와서 사랑을 나누지만 생사의 조우가

기재기이企齋記異 조선 명종 8년 (1553)에 간행된 신광한의 작품집. 〈하생기우전〉 등 4편의 작품이 수록되어 있는데, 《금오신화》를 계승한 전기 소설로 평가받는다.

이룩한 결과는 서로 상당히 다르다. 먼저 김시습의 〈만복사저포기〉를 보자.

> 그 뒤 양생은 슬픔을 견디지 못하고, 가산과 농토를 모두 팔아 저녁마다 제를 드렸는데, 하루는 그녀가 공중에서 그를 불러 말하였다.
> "당신의 은덕으로 저는 이미 다른 나라의 남자의 몸으로 태어나게 되었습니다. 비록 삶과 죽음으로 나뉘었지만 당신의 두터운 은정에 깊이 감사를 드리옵니다. 당신은 다시 깨끗한 업보를 닦아 저와 같이 윤회의 바퀴를 벗어나시옵소서."
> 양생은 그 뒤로 다시는 장가를 들지 않고 지리산에 들어가 약초를 캐고 살았다 하나 어떻게 삶을 마쳤는지 알지 못한다.

《금오신화》에 실려 있는 〈만복사저포기〉의 양생은 개녕동이라는 죽음의 공간으로 가서 귀녀들과 마음을 나누고 동침한 후 세상에 대한 뜻을 잃는다. 다시 말하면 죽음과의 접촉이 일상적인 삶에 대한 부정을 초래한 것이다. 양생이 들어간 산은 삶의 저편에 대한 상징으로 제시된다. '부지소종不知所終', 곧 어떻게 죽었는지 모른다는 결말은 삶에 대한 양생의 태도 변화를 상징하는 것이면서 귀녀들과의 만남이 다른 형태로 지속되는 것이다. 양생은 원혼들을 만난 후 일상적 삶으로 돌아올 길을 영영 잃어버렸기 때문이다.

이런 만남과 결말을 두고 작가 김시습의 현실에 대한 부정의식을 표현한 것이라는 해석은 그래서 가능하다. 김시습 자신이 머리를 깎고 일상적 삶을 떠났듯이 〈만복사저포기〉의 주인공 양생 또한 그랬던 것이다. 부처님과 벌인 저포놀이는 사실은 여자를 얻어 정욕을 채우는 데 목적을 둔 놀이가 아니라 자신의 운명 또는 목숨을 건 한바탕의 내기였던 셈이다.

16세기에 신광한申光漢(1484~1555)이 쓴 〈하생기우전〉은 〈만복사저포기〉와는 다른 길을 선택한다. 이 작품에서도 연거푸 과거에 낙방한 청년

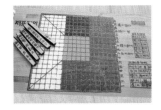

저포놀이
〈만복사저포기〉에서 주인공 양생은 만복사의 구석방에서 배필이 없음을 슬퍼하며 지내다가 부처와 저포놀이를 해서 이긴 대가로 아름다운 처녀를 얻는다. 저포놀이는 오늘날의 윷놀이와 비슷하다.

하생과 재상가 딸 원혼의 만남이 이야기를 이끌어 간다. 그러나 두 사람의 만남은 황금자와 같은 징표를 계기로 삶 속에서의 만남으로 이어진다. 맺힌 한 때문에 썩지 않고 있던 몸이 하생의 도움으로 되살아난 것이다. 되살아난 처녀와 하생은 혼인하여 해로한다. 죽음과의 만남이 주인공을 삶에 대한 부정이 아닌 삶을 긍정하는 방향으로 이끈 것이다. 이런 결말은 앞 시기 〈수삽석남〉이 이미 보여 주었던 방향이다. 15세기 김시습이 전기 소설을 통해 보여 주었던 문제의식이 16세기 신광한에 이르러서 약화되었다고 평가하는 까닭이 여기에 있다. 그러나 한편으로는 이미 〈수삽석남〉이 보여 주었던 죽음에 대한 인식, 다시 말하면 삶과 죽음 사이의 소통에 대한 믿음이나 기대가 재현된 것이라고 할 수도 있을 것이다.

원귀, 억압된 목소리의 귀환

조선 후기를 거치면서 귀신은 더 적극적인 문제들과 만난다. 원귀가 현실의 모순에 문제를 제기하는 것이다. 이는 조선 후기에 들어서면서 여성에 대한 사회적 억압이 심화된 사정과 무관하지 않다. 고대 국가 이래 남성 중심적 문화가 강조되면서 여성이 사회적으로 소외되어 온 것이 사실이지만 조선 후기에 들어 맏아들을 중심으로 상속과 제사가 이루어지면서 여성의 목소리는 더욱 잦아들 수밖에 없었다. 현실 속에서 여성이 발언을 할 수 없을 때 그 발언은 현실 저 너머에서 들려올 수밖에 없다. 원귀는 바로 이러한 억압된 목소리의 귀환이다.

　원귀 설화는 다양하지만 가장 두드러진 형태를 꼽자면 상사뱀 이야기일 것이다. 대표적인 이야기가 성현成俔(1439~1504)이 지은 《용재총화慵齋叢話》에 실려 있는 〈홍재상 이야기〉이다.

현달 벼슬, 명성이 높아서 이름이 세상에 드러남.

홍재상이 아직 현달* 하지 못했을 때 도중에 비를 만나 굴 속에 들어갔다가 열일고여덟 살 되는 예쁜 여승을 만났다. 그는 여승과 정을 통하고 모월 모일에 맞이하러 오겠다고 약속하였다. 약속이 지켜지지 않자 여승은 마음의 병을 얻어 죽었다. 공이 남방절도사가 되었을 때 어느 날 도마뱀 같은 것이 이불 위로 지나가 아전을 시켜 죽이게 했는데 다음 날 또 나타났다. 또 죽였지만 그 후 죽일 때마다 점점 커져 나중에는 큰 구렁이가 되었다. 군졸로 하여금 사방을 지키게 하고 사방에 불을 피우곤 했지만 막을 수 없었다. 할 수 없이 공은 구렁이를 함 속에 넣어 함께 지냈다. 그 후 공은 정신이 점점 쇠약해지고 얼굴빛도 파리해지더니 마침내 병들어 죽었다.

지체 높은 양반과 여승의 관계를 고려한다면 굴 속에서 통한 정이 남녀 간에 이루어진 자연스런 사랑일 리 없다. 욕정에 못 이긴 남성의 강요에 의한 것이기 십상이다. 이런 상황에서 여성이 몸을 허락하는 것은 목숨을 건 행위일 수 있다. 더구나 여승이 아닌가. 그런데도 홍재상은 약속을 어겼고 그 결과는 한을 품은 여승의 죽음이었다. 여기까지가 이야기의 도입부라면 본론은 병사한 여승이 구렁이가 되어 돌아오는 것이다. 이 이야기를 전하는 사람이나 듣는 사람이나 흥미를 느끼는 대목이 바로 여기이다.

보통 원귀는 죽은 모습 그대로 나타나는 경우가 많지만 상사병으로 죽은 귀신은 뱀*의 형상으로 나타나는 경우가 일반적이다. 원초적 생명력이나 애욕과 같은 뱀의 상징성이 원귀에 대한 상상으로 발현된 결과라고 할 수 있다. 그런데 이 이야기의 문제적 상황은 홍재상이 상사뱀을 물리칠 수 없다는 데 있다. 죽일수록 커지는 상황, 결국은 동거할 수밖에 없는 상황, 마침내 홍재상 자신도 병사할 수밖에 없는 상황을 이 이야기는 우리 앞에 던지고 있다.

상사뱀 이야기는 한을 품고 죽은 한 여승의 복수극처럼 보인다. 홍재상의 처지에서 보면 분명 복수를 당한 것이다. 그러나 여승의 처지에서 보면 생전에 이루지 못한 사랑을 죽어서 이룬 것이라고 할 수도 있다. 원귀의 복수극으로 보면 이 이야기는 홍재상의 신의를 비판하는 것이다. 동시에 홍재상이 거짓 약속을 쉽게 할 수 있도록 허용한 당대의 남성 중

뱀 우리 민속에서는 상사병으로 죽어 뱀으로 변한 원혼을 상사뱀이라고 하는데, 상사뱀도 일종의 귀신이다.

내훈
조선 시대 성종의 어머니인 소혜왕후 한씨가 《소학》, 《열녀》, 《명심보감》 등에서 역대 후비의 언행에 본보기가 될 내용을 추려 엮은 책이다.

심적 문화에 대한 비판이 이야기 속에 숨겨져 있다. 귀신과의 사랑이라는 관점에서 보면 마치 〈최치원〉이나 〈만복사저포기〉의 원귀들처럼 여승의 억압된 욕망이 지독할 정도로 표현된 것이다. 다시 말하면 조선 사회가 《내훈內訓》으로 상징되는 여성 교육을 통해 억압하려고 했던 여성의 성적 욕망에 대한 문제 제기일 수도 있는 것이다.

이번에는 조금 다른 형태의 구전 설화인 〈일월산신이 된 황씨 부인〉을 만나 보자.

지금부터 약160여 년 전 순조 때 청기면 당리에 살던 우씨의 부인 평해平海 황씨黃氏는 남편과 혼인하여 금실 좋게 살았으나 딸만 아홉을 낳아 시어머니 학대가 극심하였다. 황씨 부인은 아들을 낳지 못한 죄책감으로 더 이상 시어머니와 남편을 대할 수가 없어 아홉째 딸이 젖을 뗄 무렵 갑자기 자취를 감추고 말았다. 우씨 댁에서는 황씨를 찾았지만 찾지 못하였다. 이 무렵 일월산에는 산삼이 많이 났는데 산삼 캐는 사람이 산삼을 캐려고 자기가 지어 놓은 삼막蔘幕에 갔더니 황씨 부인이 소복을 입고 단정히 앉아 있었다. 겁이나 돌아서려는데 황씨 부인이 말을 하기에 돌아보니 분명 살아 있는 황씨 부인이었다. 황씨 부인은 시어머니와 남편과 딸의 안부를 묻고는 자기가 여기 있다는 말을 하지 말 것을 부탁하였다. 산삼 캐는 사람도 그렇게 약속하고 돌아섰지만 어쩐지 마음이 섬뜩하여 그 길로 산에서 내려와 우씨 댁에 가서 그 이야기를 전하였다. 금실 좋게 살던 우씨는 그 동안 부인을 잃고 삶의 재미도 모른 채 살다가 부인의 소식을 듣고는 곧장 달려갔다. 과연 부인이었다. 그러나 "여보!" 하며 손을 덥석 잡자 부인은 사라지고 백골과 재만 남았다. 우씨는 탄식하며 이를 거두어 장사를 지냈다. 그 후 마을 사람들이 황씨 부인의 한을 풀어 주기 위해 그 자리에 당을 짓고 황씨 부인당이라 했다고 한다.

경북 영양 지역에서 전해오는 전설인데 꽤나 사실감이 있다. 구체적인 시기와 지역과 이름까지 제시되어 있고, 황씨 부인당이라는 증거물까지 있으니 황씨 부인의 영험을 믿는 사람들에게 이 이야기는 허구가 아니라 사실로 여겨질 법하다. 시집살이의 고통을 체험한 여성들에게는 더 실감

하는 이야기일 것이다.

이 전설의 백미는 원혼의 귀환이다. 얼마나 한이 맺혔으면 죽은 지 오래되어 백골과 재만 남을 정도인데도 소복을 하고 단정히 앉아 있었을까? 이야기를 듣는 이들의 마음속에 자연스레 이런 물음이 들게 만드는 이야기이다. 남편이 손을 잡자 몸이 사그라졌다는 것은 자신의 처지를 알아줄 사람, 한을 풀어 줄 사람을 학수고대하였다는 뜻이다. 이렇게 죽은 황씨 부인이 아들을 점지해 주는 산신이 되었다는 것은 역설이지만 한편으로 보면 이해할 만한 일이다. 얼마나 아들에 한이 맺혔으면 죽어서 같은 처지에 있는 며느리들에게 아들을 점지해 주는 신이 되었을까? 뼈와 재로 사그라진 황씨 부인의 귀환은, 즉 산신이 된 황씨 부인의 현존은 결국 아들에 대한 집착이 낳을 수 있는 비극적인 결과에 대한 강력한 고발장이다.

이런 원귀들의 이야기가 모여 조선 후기에 한 편의 소설로 탄생한 것이 〈장화홍련전〉이다. 소설과 동화, 그리고 영화로 만들어졌던 이 이야기의 핵심은 억울하게 죽어 원귀가 된 장화와 홍련 자매가 자신들의 누명을 벗기 위해 지속적으로 고을 부사에게 나타난다는 데 있다. 마음 약한 신임 부사들이 기겁해서 죽지만 원귀는 죽지 않는 부사가 부임할 때까지 계속 출현한다. 이 원귀의 지속적인 출현은 한 고을을 흉흉하게 만들 뿐만 아니라 왕의 근심거리일 정도로 국가적인 문제가 된다.

그렇다면 왜 장화와 홍련은 상사뱀처럼 원한을 맺히게 한 계모 허씨나 허씨의 아들 장쇠에게 달라붙어 그들의 피를 말려 죽이지 않고, 고을 부사에게만 계속 나타나는 것일까? 아마도 그것은 사랑과 통정이라는 개인적인 문제가 아니라 한 양반 가정 내에서 일어난 살인 사건이기 때문일 것이다. 또 장화나 홍련의 처지에서 보면 자신들의 누명이 공식적으로 벗겨져야 사회적 불명예에서 벗어날 수 있기 때문일 것이다. 실제로 언니를 따라 자살한 홍련은 처녀가 아이를 유산했다는 누명을 쓰고 피살된 언니를 대신해 부사 앞에 나타나 이렇게 말한다.

이 불측한 누명을 설원할 겨를이 없사옵기로 더욱 원통하여 능내마다 원통한 사연을 아뢰고자 하온즉 모두 놀라 죽사오매 뼈에 맺힌 원한을 이루지 못하옵더니 이제 천행으로 밝으신 사또를 맞자와 감히 원통한 원정을 아뢰오니 사또는 소녀의 서러운 혼백을 어여 뼈 여기사 천추의 원한을 풀어 주옵시고 형의 누명을 벗겨 주옵소서.

　원귀 홍련이 간절히 바라는 것은 천추의 원한을 푸는 것, 곧 누명을 벗는 것이다. 하지만 현실에서는 누구도 이들의 누명을 벗겨 줄 수가 없다. 더구나 두 자매가 유일하게 기댈 수 있는 존재인 부친 배 좌수는 장화가 유산을 했다는 청천벽력과 같은 모함을 들은 후 사리 분별력을 잃는다. 배 좌수는 문제를 해결하려고 하기보다는 고을 좌수로서의 명예를 잃지 않으려고 애쓰는 어리석은 인물이다. 이런 상황에서 장화와 홍련의 유일한 출구는 원귀로 출현하여 고을 사또에게 해원을 간구하는 길뿐이다. 즉 죽음이 현실의 문을 두드리고 있는 것이다. 이렇듯 〈장화홍련전〉에는 삶은 죽음과 무관할 수 없다는 강력한 목소리와 더불어 죽은 이들의 목소리에 귀를 기울여야 개인의 삶도 사회도 건강해질 수 있다는 메시지가 담겨 있다.
　죽은 이들의 목소리를, 그것도 여성들의 원성을 한꺼번에 가장 많이 들을 수 있는 작품은 아마도 〈강도몽유록江都夢遊錄〉일 것이다. 〈강도몽유록〉은 작자를 알 수 없는 17세기 몽유록 소설인데 원귀들의 원성의 향연을 꿈속 세계에서 펼쳐 놓고 있다. 이들의 원성을 엿듣는 사람은 아무도 돌보지 않던 강화도에 들어와 시신을 수습하던 청허 선사이다. 그런데 특이하게도 모여 앉은 원귀들은 모두 여성이다. 몇몇 여귀들의 목소리를 들어 보자.

한 여자가 울먹거리며 말하였다.
"종묘사직이 전란을 입어 그 참상은 이루 다 말할 수 없습니다. 슬픈 일입니다. 하늘이 무심탄 말인가요, 아니면 요괴의 장난인가요. 구태여 그 이유를 따지고 든다면 바로 우

리 낭군의 죄이겠지요. 높은 지위와 중책을 진 사람이 공론公論을 무시한 결과이옵니다. 사사로운 감정에 이끌려 편벽되게도 강도江都의 중책을 제 자식에게 맡겼지요. 자식 놈은 중책을 잊고 밤낮 술과 계집 속에 파묻혀 마음껏 향락에 빠졌습니다. 장차 닥쳐올 외적의 침입을 까맣게 잊어버렸으니 어찌 군무에 힘쓸 일을 생각이나 했겠습니까. 깊은 강, 높은 성, 천혜의 요새를 갖고도 이처럼 대사를 그르쳤으니, 죽어 마땅하지요. 슬프다, 이내 죽음이여! 저는 떳떳이 자결했다고 자부합니다만 제 자식 놈은 살아서 나라를 구하지 못하였고 죽어서 또한 큰 죄를 지었으니 천추의 오명을 어떻게 다 씻어 버리겠어요. 쌓이고 쌓인 원한이 가슴 속속들이 박혀 한때라도 잊을 날이 없어요.”

그 부인의 말이 채 끝나기도 전에 한 부인이 앉은 자리에서 뛰쳐나왔다. 그 부인도 품은 뜻을 토하는데, 그 얼굴은 이미 철 지난 꽃잎처럼 시들었고 바싹 말라 있었다. 하늘이 무너지도록 탄식하며 말을 하였다.

“나는 왕비의 언니로 대신의 아내가 되어 부귀영화가 극에 달했는데 내 평생에 오늘과 같이 참혹한 일이 있을까 생각이나 했겠어요. 그러나 사람의 일이 한번 이같이 되니, 나의 이 슬픈 죽음도 남과 다를 바 없습니다. 다만 정렬로 표창하여 죽은 넋을 빛내줄 뿐이니, 이것은 불량한 내 자식의 그릇된 처사입니다. 적군이 아직 밀려오기도 전이었지요. 강원에 못 이겨 칼을 들어 죽었으니 어찌 여론이 없었겠습니까. 억지로 정절을 만들어 정문旌門을 세웠으니 모두가 다 세상 사람들의 웃음거리가 되었지요.”

강도江都
강화도를 말한다. 강화도는 고려 때 몽골의 침입 이후 병자호란 때도 조정이 난을 피해 천도한 곳이다. 사진은 병자호란 때 청군에 의해 강화도가 함락되자 남문루 위에 화약을 쌓고 불을 붙여 순국한 선원 김상용 선생을 추모하기 위해 세운 순절비이다.

첫 번째 목소리의 주인공은 병자호란 때 남한산성에서 인조를 모시던 김류의 아내이자 강화검찰사 김경징의 어머니 유씨이다. 유씨는 남편과 아들의 잘못을 비판한다. 많은 사람의 의견을 무시하고 아들을 중요한 자리에 앉힌 남편의 잘못, 맡은 소임을 망각한 채 술 취해 놀다가 강화도를 쑥밭으로 만들어 버린 아들의 잘못을 호되게 나무란다. 두 번째 목소리 역시 아들을 고발한다. 적군이 밀려오기도 전에 아들은 어머니에게 자결을 강요한다. 정절의 훼손을 가문의 치욕으로 여기는 조선 문화의 결과이겠지만 그보다 어머니가 고발하는 것은 그렇게 해서라도 정문을 세워 가문을 억지로 빛내려는 아들의 그릇된 태도이다.

이런 식으로 십여 명이 넘는 여귀들이 한자리에 모여 한을 토로한다. 앞 사람이 말을 채 마치기도 전에 뒷사람이 말을 이으며 여귀들은 모두 말을 하고 싶어 입을 달싹거린다. 그런데 이들이 급하게 뱉어 내는 말은 병자호란 시절 국정을 운영했던 남성들에 대한 강력한 비판으로 집약된다. 조선 사회에서 할 말을 제대로 하지 못했던 여성들이 그 원통한 사정을 무리지어 모인 귀신들의 입을 통해 한꺼번에 쏟아 내는 것이다. 하지만 이들의 말은 다른 몽유록에서 보듯이 논쟁을 불러오는 것이 아니라 서로 공명을 불러일으키면서 여귀들을 비판의 주체로 만든다. 다시 말해서 〈강도몽유록〉은 여귀들을 불러내어 남성 중심적인 17세기 조선 사회를 반성하고 있는 것이다.

그런데 좀 디 주목해야 힐 대목이 마지막 귀신의 말이다.

"첩은 기생이라, 노래와 춤으로 널리 이름났습니다. 뭇 사내의 경쟁 속에서 밤마다 운우지정雲雨之情을 즐겨 인생의 환락이 극도에 달했습니다. 그런데 혼자 곰곰이 생각해 보니 사람에게 귀한 것은 정절입니다. 그래서 하루아침에 마음을 가다듬고, 깊은 규중에 틀어박혀 오래도록 한 남편을 섬겨 다시는 두 마음을 먹지 않으려고 결심했습니다. 그러나 뜻밖에도 난리가 일어나 꽃 같은 청춘이 그만 지고 말았습니다. 사실 오늘 밤 높은 분들의 모임에 낀다는 것은 제게 너무나 과분하온데 외람되게도 귀한 여러분의 곁에 끼어 좋은 말씀을 많이 들었습니다. 높은 절의와 아름다운 정렬에 하늘이 감동할 것이고, 사람이 탄복할 것입니다. 몸은 비록 죽었지만 죽은 것이 아닙니다. 강도가 함락되고 남한산성이 위태로워 상감마마의 욕되심과 나라의 치욕이 임박하였지만, 충신절사는 만에 하나도 없었습니다. 다만 부녀자들의 정절만 늠름하였으니, 이는 참으로 영광스런 죽음이었습니다. 그런데 왜 그렇게 서러워들 하십니까?"

이 말이 끝나자마자 좌중의 여러 부인이 일시에 통곡하였다. 그 소리가 참담하기 그지없어 차마 들을 수 없었다.

〈강도몽유록〉에서 맨 마지막에 등장하는 여귀는 본래 기녀였다. 그런데 역설적이게도 기녀의 입에서 가장 중요한 것이 정절이라는 말이 튀어나온다. 자신이 정절을 지키지 못했기 때문에 정절이 귀중하다는 것을 알았다는 것이다. 기녀의 말만 보면 기녀는 다른 사대부 집의 여성들의 정절을 찬양하기 위해 등장시킨 조연쯤으로 보인다. 실제로 작가에게는 그런 의도가 있었을 것이다. 절의를 지키지 못한 남성과 절의를 지킨 여성들을 대비시킨 뒤에 기녀까지 동원한 것을 보면 그렇다. 그러나 더 중요한 점은 기녀가 다른 사대부 가문의 여성들과 동석하고 있다는 것이다. 현실에서는 동석할 수 없는 관계이지만 죽음의 세계에서 작가는 이들을 동석시키고 있다. 이는 마치 말할 수 없는 여성이 여귀가 되어 말을 하는 것과 마찬가지이다.

이렇듯 죽음은 현실의 질서를 무의미하게 만들지 않는가! 죽음을 통한 현실 비판은 이처럼 다양한 모습으로 문학 속에서 변주되고 있는 것이다.

인용 작품

수삽석남 111쪽
작가 미상
갈래 설화
연대 미상

만복사저포기 115쪽
작가 김시습
갈래 고전 소설(한문/전기)
연대 15세기

홍재상 이야기 116쪽
작가 성현
갈래 설화
연대 15세기

일월산신이 된 황씨 부인
118쪽
작가 미상
갈래 설화(전설)
연대 미상

장화홍련전 120쪽
작가 미상
갈래 고전 소설
연대 조선 후기

강도몽유록 121, 124쪽
작가 미상
갈래 고전 소설(한문)
연대 17세기

4 죽음을 넘어서는 길

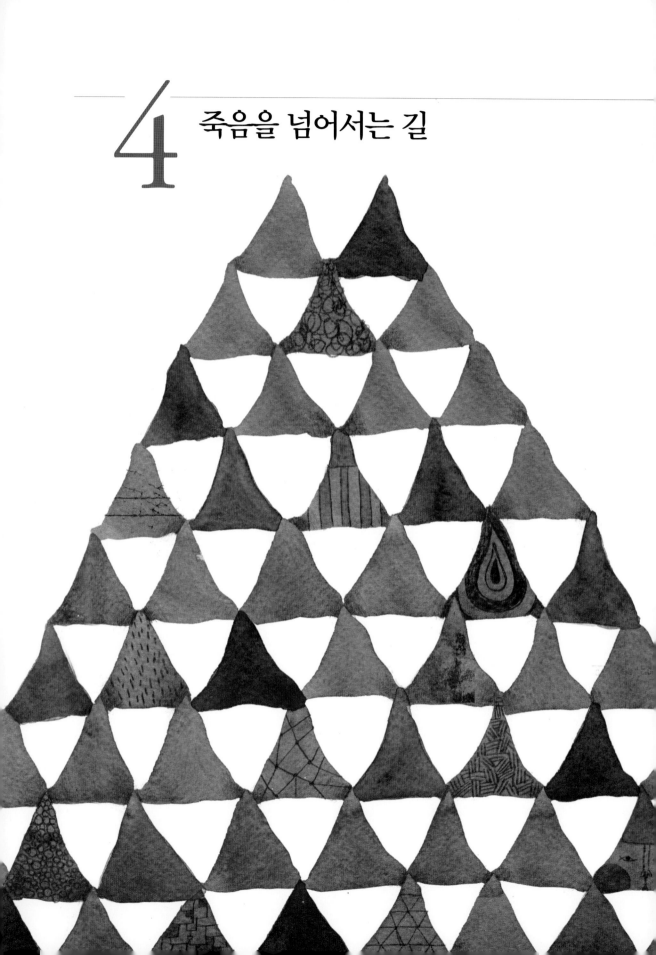

인간에게 죽음은 피할 수 없는 삶의 일부이다. 그렇기 때문에 인간은 영원한 삶을 꿈꾼다. 그래서 문학은 죽음을 넘어서려는 인간의 꿈을 다양한 방식으로 표현해 왔다. 문학사에서 이런 꿈은 대개 종교적, 철학적 신념을 기반으로 삼고 있다. 신념 없이 죽음을 넘어서기는 어렵기 때문일 것이다. 무속, 불교, 유가, 도가 등의 사유는 고전 문학 작품 속에서 다양한 인간들이 죽음을 극복하는 길을 밝혀 주었다.

사는 것도 죽는 것도 모두 괴롭다

기록 문학과 죽음의 초월이 만나는 첫 장면은 아무래도 불교와 관련을 가진다. 《삼국유사》가 이 문제에 대한 거의 유일한 창고이기 때문이다. 먼저 《삼국유사》에 실려 있는 이야기 〈사복이 말하지 않다蛇福不言〉를 만나 보자. 이 이야기는 불교가 죽음을 대하는 태도를 흥미롭게 형상화하고 있다.

서울 만선북리萬善北里에 있는 과부가 남편도 없이 태기가 있어 아이를 낳았는데 열두 살이 되어도 말을 못하고 일어나지 못하므로 사동蛇童 이라고 불렀다. 어느 날 그의 어머니가 죽었는데 그때 원효가 고선사高仙寺에 있었다. 원효는 그를 보고 맞아 예를 했으나 사복은 답례도 하지 않고 말하였다.

"그대와 내가 옛날에 경經을 싣고 다니던 암소가 이제 죽었으니 나와 함께 장사 지내는 것이 어떻겠는가?"

원효는 좋다며 함께 사복의 집으로 갔다. 거기서 사복이 원효에게 계戒를 주게 하자 원효는 그 시체 앞에서 빌었다.

"세상에 나지 말 것이니, 그 죽는 것이 괴로우니라. 죽지 말 것이니 세상에 나는 것이 괴로우니라."

사복이 그 말이 너무 번거롭다고 하니 원효가 고쳐서 말하였다.

"죽는 것도 사는 것도 모두 괴로우니라."

이에 두 사람은 상여를 메고 활리산活里山 동쪽 기슭으로 갔다. 원효가 말한다.

"지혜 있는 범 을 지혜의 숲 속에 장사 지내는 것이 또한 마땅하지 않겠는가."

사동蛇童 이 작품에서는 사복蛇卜, 사파蛇巴·사복蛇伏이라고도 썼다.

지혜있는 범 호랑이는 문수보살을 태우고 다니는 짐승으로, 문수보살 자신을 상징하기도 한다. 여기서는 사복의 어머니가 문수보살로 환생할 만큼 업보를 쌓았음을 암시한다.

사복은 이에 게偈를 지어 말하였다.

옛날 석가모니 부처님께서는,

사라수娑羅樹 사이에서 열반하셨네.

지금 또한 그 같은 이가 있어,

연화장蓮花藏 세계로 들어가려 하네.

말을 마치고 띠풀의 줄기를 뽑으니, 그 밑에 명랑하고 청허淸虛한 세계가 있는데, 칠보七寶로 장식한 난간에 누각이 장엄하여 인간의 세계는 아닌 것 같았다. 사복이 시체를 업고 그 속에 들어가니 갑자기 그 땅이 합쳐져 버렸다. 이것을 보고 원효는 그대로 돌아왔다.

    신라의 유명한 고승 원효와 무명의 이인異人 사복이 연출하는 참으로 희한한 이야기이다. 원효도 길거리에서 춤을 추면서 불교를 전하고 요석 공주와 결혼하여 설총을 낳기도 한 이인이지만 사복은 그보다 한 수 높은 인물이다. 그런 사복은 말도 못하는 아이였고, 어떻게 보면 살아서 특별히 한 것도 없는 인물이다. 그런데 이야기는 이런 사복을 당대의 최고 승려인 원효와 견주고 있다. 어떻게 이런 비교가 가능할까? 열쇠는 '사복이 말하지 않다'라는 제목 뒤에 숨어 있는 사복의 몇 마디 말에 있다.

    사복은 죽은 자신의 모친을 암소라고 말한다. 말도 안 되는 소리 같지만 이 발언 속에 불교의 생사에 대한 인식이 담겨 있다. 잘 알려져 있듯이 불교에서는 생명 있는 존재들은 끊임없이 삶의 바퀴를 이어 간다고 말한다.* 삶의 다음 모습을 결정하는 요소는 지금 어떤 업보를 쌓느냐, 다시 말하면 어떻게 사느냐는 것이다. 그러니 전생에 원효와 사복의 경전을 싣고 다니던 암소가 죽었다는 사복의 말은 어머니에 대한 욕이 아니라 찬양이다. 전생에 좋은 업을 쌓았기 때문에 인간으로 태어났다는 뜻이니 말이다.

육도윤회六道輪廻 불교의 윤회설에 따르면 이승에서의 업業에 따라 지옥·아귀·축생·아수라·인간·천상이라는 여섯 개 중 하나의 세계에 다시 태어난다고 한다. 삶이 마치 수레바퀴처럼 돌아간다는 생각이다.

그런데 이야기는 여기서 한 걸음 더 나간다. 상여를 메고 활리산 동쪽에 장사를 지내러 간 사복은 연화장 세계로 들어가겠다는 깨달음의 노래를 남기고 모친과 함께 땅속으로 들어가 버린다. 여기서 연화장이란 연꽃으로 만들어진 세계, 곧 불교에서의 정토(극락)를 말한다. 노래의 전반부에 나오듯이 석가모니가 든 열반, 곧 깨달은 자만이 들어갈 수 있는 세계이다. 이 연화장으로 사복이 어

연화장
연꽃에서 태어난 세계란 뜻의 연화장세계는 극락이라고도 한다. 아미타불의 깨달음의 즐거움만 있는 곳이다. 그림의 위쪽은 아미타삼존이 모셔져 있고 그 아래 연못에는 극락에 다시 태어난 사람들의 모습이 보인다.

머니의 시신을 지고 들어갔다는 것은 말도 못하고 몸도 가누지 못했던 장애인이 깨달음을 얻었다는 뜻이고, 더불어 그 사복을 키우다 죽은 어머니 또한 정토에 들어갔다는 뜻이다. 순식간에 벌어진 이 갑작스럽고도 엄청난 사태 앞에서 원효는 하릴없이 발길을 돌린다. 고승을 우습게 만드는 이런 일이 어떻게 가능했을까?

원효는 '너무 번거롭다'는 사복의 면박을 당하고 나서 '사는 것도 죽는 것도 모두 괴롭다'는 단구短句를 입에 올린다. 생사에 대한 불교의 이해를 압축한 말이다. 생사의 반복적 윤회가 괴로우니 그것을 넘으라는 뜻이다. 석가모니가 보리수 아래서 그랬듯이 깨달음을 얻어 정토에 들어가라는 것이다. 그런데 〈사복이 말하지 않는다〉는 그 깨달음이 사복처럼 못난 존재에게도, 사복의 어머니같이 이름 없는 여성에게도 가능하다고 이야기한다. 사복이, 사복의 모친이 뭘 했기에?

두 사람은 보리수 아래서 고행을 한 것이 아니라 현실 속에서 힘겹게 살았다. 속에는 비상한 깨달음이 감춰져 있는지 몰라도 겉으로 보기에 사복은 장애인이다. 사복의 어머니는 아버지도 없이 장애아인 사복을 키우며 갖은 고생을 한 사람이다. 그런데 〈사복이 말하지 않는다〉는 그 안에 해탈이 있다고 말한다. 사복이 말도 못하고 몸도 제구실을 못하기 때

문에 오히려 악업을 쌓지 않은 것, 어머니가 그런 자식을 키우며 선업을 쌓은 것 등, 이런 평범한 실천 안에 연화장이 있다고 이야기하고 있는 것이 아닐까. 사복과 사복의 어머니가 띠풀 줄기 밑에 펼쳐져 있는 정토에 들어가고 오히려 고승 원효가 이승에 남은 이유가 여기에 있다. 이런 것이 불교가 말하는 역설적 진리이고, 불교가 삶과 죽음을 초월하는 방법이다.

이 같은 죽음에 대한 적극적 이해가 한 편의 흥미로운 이야기로 펼쳐지는 현장을 우리는 《삼국유사》의 〈김현이 호랑이를 감동시키다金現感虎〉에서 다시 만날 수 있다. 잘 알려져 있는 이 이야기는 탑돌이를 하다 만난 두 남녀의 연애담으로 시작된다. 하지만 따라간 처녀의 집에서 처녀의 정체가 드러나고, 오빠들의 악행에 대한 하늘의 징벌이 예고되면서 갈등은 고조되고 연애는 심각한 위기에 빠진다. 그런데 〈김현이 호랑이를 감동시키다〉의 압권은 바로 이 위기를 해결하는 방법이다.

처녀가 들어와 김현에게 말하였다.
"처음에 저는 낭군이 우리 집에 오시는 것이 부끄러워 짐짓 사양하고 거절했습니다. 이제는 숨김없이 감히 진심을 말씀드리겠습니다. 또 저와 낭군은 비록 유類가 다르기는 하지만 하루 저녁의 즐거움을 얻어 중한 부부의 의를 맺었습니다. 세 오빠의 악은 하늘이 이미 미워하시니 한 집안의 재앙을 제가 당하려 하오나, 보통 사람의 손에 죽는 것이 어찌 낭군의 칼날에 죽어서 은덕을 갚는 것과 같겠습니까. 제가 내일 시가市街에 들어가 심히 사람들을 해치면 나라 사람들이 저를 어찌할 수 없으므로, 임금께서 반드시 높은 벼슬로써 사람을 모집하여 저를 잡게 할 것입니다. 그때 낭군은 겁내지 말고 저를 쫓아 성 북쪽의 숲 속까지 오시면 제가 기다리고 있겠습니다."
김현이 말하였다.
"사람이 사람과 사귐은 인륜의 도리지만 다른 유와 사귐은 대개 떳떳한 일이 아닙니다. 그러나 이미 이렇게 되었으니 진실로 하늘이 준 다행인데 어찌 차마 배필의 죽음을 팔아 한 세상의 벼슬을 바라겠소."

처녀가 말하였다.

"낭군은 그 같은 말을 하지 마십시오. 이제 제가 일찍 죽는 것은 대개 하늘의 명령이며, 또한 저의 소원이며 낭군의 경사이며, 우리 일족의 복이며, 나라 사람들의 기쁨입니다. 한 번 죽어 다섯 가지 이로움을 얻을 수 있는 터에 어찌 그것을 어기겠습니까. 다만 저를 위하여 절을 짓고 불경을 강하여 좋은 인과응보因果應報를 얻는 데 도움이 되게 해주신다면 낭군의 은혜, 이보다 더 큼이 없겠습니다."

그들은 마침내 서로 울면서 작별하였다.

위기를 해결하기 위해 호랑이 처녀는 자신의 목숨을 내놓겠다고 한다. 나아가 자신의 목숨 값으로 배필의 인연을 맺은 김현의 은덕을 갚겠다고 한다. 김현이 만류하자 호랑이 처녀는 저 유명한 '다섯 가지 이익五利'을 내세우면서 김현을 설득한다. 나로부터 시작해서 너, 가족, 나라 사람들로 확산되는 유익이다. 하지만 생각해 보면 '내 목숨' 보다 나은 유익이 있을 수 있겠는가. 그렇기에 남을 위해 목숨을 내놓는 희생이란 더없이 소중한 것이다. 이런 희생을 불교에서는 보살행菩薩行이라고 한다. 석가모니의 전생담 가운데 한 왕자가 굶주린 호랑이 새끼들을 위해 자신의 몸을 던지는 이야기가 있는데 이것이 바로 보살행이다. 철저히 나를 버려 남을 이롭게 하는 이타행利他行이다. 일연 스님이 호랑이 처녀와 김현의 사랑이라는 기이한 이야기를 《삼국유사》에 실어 놓은 이유가 여기에 있다.

그런데 우리가 더 눈여겨 읽어야 할 대목은 희생을 말하는 존재가 석가모니나 고승이 아니라 '호랑이'라는 점이다. 여자로 변신해 김현 앞에 나타나기는 했지만 호랑이는 호랑이이다. 하지만 호랑이 처녀는 자신의 오빠들처럼 비린내에 코를 벌름거리지 않고 인간을 위해, 연인을 위해 몸을 던진다. 자신의 본성에 위배되는 행위를 한 것이다. 〈사복이 말하지 않다〉에서 불경을 나르던 암소처럼 다른 존재를 위해 자신을 희생하여 선업을 쌓은 것이다. 사실 이런 호랑이의 행위는 멀리 신화적 세계에 정신의 뿌리를 둔 것이다. 원시 사회에서 인간과 동물은 서로 선물을 주고받는 관계였는데, 이런 관계가 가능했던 것은 특정 동물과 인간 종족이 피를 나눈 형제요, 자매라고 믿었기 때문이다. 이런 사유를 우리는 토테미즘이라고 한다. 호랑이 처녀는 자신에게 사랑이라는 선물을 준 김현에게 자신의 몸을 선물로 내놓고, 김현은 호원사라는 절을 죽은 호랑이 처녀에게 선물로 바친다. 둘은 인간과 동물이라는 경계를 넘어 서로에게 선물이 된다. 이 선물의 정신이 바로 불교의 보살행이다.

불교는 죽음을 존재의 끝이라고 여기지 않는다. 삶이란 해탈에 이르지 않는 한, 정토에 들어가지 않는 한, 다음 삶으로 건너가는 하나의 징검다리일 뿐이다. 그러니 이 삶을 초월하는 방법은, 아니 죽음을 이기는 길은 이생에서 신업을 쌓고, 깨달음을 얻는 데 있다. 호랑이 처녀처럼 타자를 위해 자신을 선물로 주는 방법도 그 한 길이다. 그렇게 선물로 주는 순간, 사복이 들어갔던 연화장의 세계가 열릴 수 있다고 보는 것이다. 연화장은 다른 데 있지 않다. 띠풀 아래, 이승의 사복의 어머니와 같은 삶 속에 있다.

죽음 앞에서 쓰는 시

불교와 달리 유자儒者들에게는 윤회전생과 같은 죽음에 대한 이해가 없다. 제자 자로가 죽음에 대해 묻자 공자가 "아직 삶에 대해서도 모르는데 어찌 죽음에 대해 알려고 하는가?"라고 반문했다는 유명한 일화 속에는 유자들의 죽음에 대한 생각이 잘 압축되어 있다. 이처럼 유자들은 죽음보다는 어떻게 살 것인가에 관심을 가졌지만 동시에 예禮의 관점에서 조상들에 대한 제사를 중시했다. 송나라 때 유학을 새롭게 구축한 주자朱子는 사람이 죽은 지 얼마 되지 않았을 때는 그 기운이 아직 흩어지지 않았기 때문에 후손들이 제사를 지내면 죽은 조상이 감응한다는 견해를 내놓기도 했다. 유가의 죽음에 대한 이해의 일단이다.

그런데 다른 시각에서 이 문제에 접근할 수도 있다. 불교가 출가를 통해 속세와의 인연을 끊는 것을 중시하여 승려들의 결혼을 금지한 반면, 유가들은 제사를 잇는 것을 중시하여 후손을 귀하게 여겼다. 특히 조선 시대에 들어와 유학이 정치철학으로 자리 잡으면서 예의 정통성이 중요해졌다. 왕위가 맏아들을 통해 계승되어야 하듯이 조상에 대한 제사도 맏아들을 통해 잇는 것이 지상의 과제가 되었다. 그래서 아들 낳는 일이 며느리의 가장 중요한 책무가 되었고, 제사를 맡은 맏아들이 재산 상속권을 독차지하게 되었다. 이는 17~18세기에 들어와 일어난 일이다. 〈홍길동전〉에서 서벌의 문제를 제기한 것도 적장자만이 상속과 제사의 권리를 지녔기 때문이고, 〈사씨남정기〉의 사씨가 교채란을 첩으로 들인 것도 아들을 낳기 위한 고육지책이었다.

제사
유교를 제사의 종교라고 하는 이유는 아들을 통해 혈통이 이어진다는 신념 때문이다. 사진은 해남 윤씨 고산 윤선도 종가의 제사 지내는 모습이다.

이렇게 장자를 통해 이어지는 제사, 그와 더불어 족보가 중요하게 여겨진 이유는 유가들이 아들을 통해 혈통이 이어지는 한 가문의 존재가 지속된다고 여겼기 때문이다. 나는 죽어도 내 삶이 후손을 통해 연속되므로 내 존재는 영속된다는 것이 생사에 대한 유가들의 신념이었다.

혈통의 지속이 죽음을 넘어서는 유가적 방법이었기 때문에 자식의 죽음, 그것도 아들의 죽음은 더없이 고통스러운 것이다. 외아들을 잃은 조위한趙緯韓(1567~1649)의 제문祭文은 그래서 더 깊은 슬픔을 자아낸다.

자식이 비록 재주가 없더라도 부모 된 마음으로 어찌 차마 자식 죽는 것을 아무렇지도 않게 여기겠느냐. 하물며 너는 나이가 어려서 아직 약관도 되지 않았는데 노성老成한 듯했고 재주가 두각을 나타냈으며 훌륭하게 될 실마리가 이미 드러났다. 말과 재주가 다른 사람들보다 아주 뛰어났지. 내가 잘못이 있으면 너는 진심으로 그 잘못을 지적해 주어 나는 늘 자중하고 조심하며 너를 내 지기知己로 여겼단다. 또 선천적으로 재주가 많아 잡술에 두루 능통하여 침술, 약술, 점술 등 배우지 않은 것이 없었지. 매번 절구絶句를 지을 때 말이 너무 슬프고 가슴 아파서 내가 다시는 그런 글을 짓지 말라고 경계했는

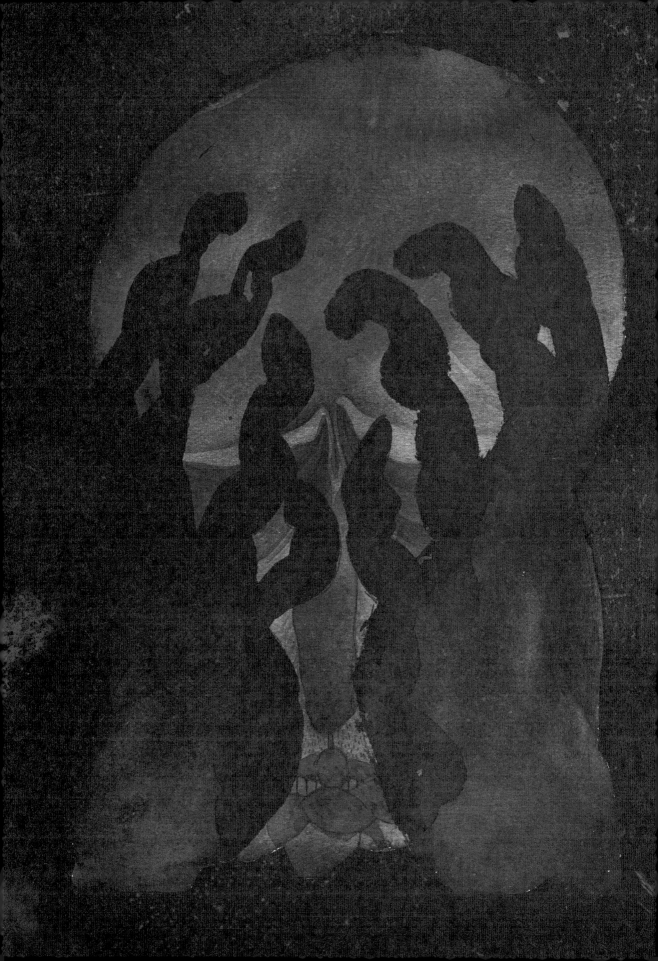

데 끝내 그런 시 짓는 것을 고칠 수 없었지. 그 또한 세상에 오래 살 수 없음을 미리 알았기 때문에 그러한 글을 지은 것이냐. 아! 내가 어찌 차마 너의 혼령에 제사를 지내겠느냐. 네 관을 덮던 날, 나는 우리의 끝없는 정을 적어 너의 관에 넣었다.

소설 〈최척전崔陟傳〉의 작가로 문학사에 잘 알려진 조위한은 1625년 병으로 앓던 아들 의侗의 죽음과 마주한다. 그런데 그 아들은 보통 아들이 아니다. 외동아들일 뿐만 아니라 재주가 남다르고 조숙하여 아버지가 친구로 여길 정도로 믿음직한 아들이었다. 조위한이 스스로 썼듯이 어떤 자식의 죽음이라도 고통스럽기는 매한가지겠지만 유독 아끼던 자식의 죽음이 더 슬픈 것 또한 인지상정이다.

이런 조위한의 슬픔이 집약된 곳이 "아! 내가 어찌 차마 너의 혼령에 제사를 지내겠느냐."라는 구절이다. 제사는 살아 있는 자식이 돌아가신 부모를 위해 지내는 것이고, 제사의 지속을 통해 종족의 생명이 지속되는 것이다. 그런데 거꾸로 아버지는 살아 있고 아들이 죽었으니 제사가 끊어질 수밖에 없는 것이다. 유가들에게 이보다 큰 고통은 있을 수 없다. 물론 조위한과 같은 시대를 살았던 장유가 요절한 벗 김세민을 위해 지은 제문에서 "죽음이 그대의 마음을 망하게 하였으나 그대의 정신을 빼앗을 수는 없다."라고 토로한 것처럼 정신력으로 죽음의 슬픔을 이길 수는 있겠지만 정신력이 슬픔을 다 가져갈 수는 없는 것이다. 유가들이 종종 불교에 마음을 의지한 것도 의지력으로 극복할 수 없는 죽음의 고통 때문이었을 것이다.

유가들은 한편으로는 자신의 신념을 위해 목숨을 초개와 같이 버릴 수도 있었다. 이 역시 의義를 위해 목숨을 버리면 그 신념이 후손에게 이어지기 때문에 생명도 신념도 영속될 수 있다는 죽음에 대한 이해의 결과이리라. 달리 말하면 신념으로 죽음을 선택함으로써 죽음을 넘어서는 태도라고 해도 좋을 것이다. 무수한 사례 가운데, 우리는 1910년에 있었던 사건 하나를 만날 수 있다.

1910년, 경술국치庚戌國恥를 만난 매천梅泉 황현黃玹(1866~1910)은 삶을 고민한다. 1905년 을사조약이 체결된 후 김택영을 따라 중국으로 망명하려던 계획도 좌절된 터였다. 나라 잃은 백성으로, 그보다는 유자로서 어떻게 살아야 하는가? 부챗살처럼 많은 삶의 갈래 속에서 황현은 절명을 선택한다.

황현
조선 후기의 유학자. 황현에게 자결은 유자들이 최고의 가치로 여기는 어진 삶을 사는 하나의 방법이었다.

난리를 겪다 보니 백발의 나이에 이르도록	亂離袞到白頭年
몇 번이나 목숨을 끊으려다 이루지 못했네.	幾合捐生却末然
오늘은 참으로 어찌할 수 없고 보니	今日眞成無可奈
바람에 너울대는 촛불이 가을 하늘에 비친다.	輝輝風燭照蒼天
새 짐승 슬피 울고 바다 산도 찡그린다.	鳥獸哀鳴海岳頻
무궁화 강산은 벌써 가라앉았구나.	槿化世界已沈淪
추등 아래 책 덮고 옛일을 생각해 보니	秋燈掩卷懷千古
인간 세상에서 선비 노릇 참으로 어렵구나.	難作人間識字人

목숨을 끊기 전 황현은 〈절명시絕命詩〉 네 수를 남긴다. 시인은 한일합병이 이루어진 날, 초가을 촛불 아래 앉아 마지막 시를 쓰고 있다. 외세가 국권을 넘보는 시기를 살아오면서 겪은 치욕과 근심으로 시인은 백발의 나이에 이르지 않았는데도 이미 백두의 몸이 되었다. 생각하면 목숨을 끊고 싶은 때가 한두 번이 아니었는데 뜻을 이루지 못하다가 바로 오늘, 어찌할 수 없는 순간이 되었다는 것이다. 첫 수 네 번째 연에서 바람에 흔들리는 촛불은 나라의 운명이기도 하고, 자신의 목숨이기도 하다.

이렇게 시작된 시는 세 번째 수에 이르면 감정이 극에 이른 다음 성찰로 치닫는다. 시인의 마음속에서는 산천도 짐승도 괴로워하는 소리가 환청처럼 들린다. 무궁화의 나라로 불려 온 땅이 무궁하지 못하고 꺼져 버렸으니 그 절망과 고통이 인간 세상을 넘어선다는 것이다. 이런 상황을 돌아보자니 배운 사람 노릇, 선비 노릇을 제대로 했느냐, 이런 반문이 폐부를 찌른다. 셋째 수를 써 내려가던 시인의 마음이 이러하지 않았을까? 결국 시인은 선비로 살기 위해 죽음을 선택한다. 그는 더덕술에 아편을 타 삼킨다. 선비를 기른 지 오백 년이나 된 나라가 망했는데 자결하는 선비 한 사람이 없다면 통탄할 일이라는 것, 이것이 유가인 황현이 죽음을 선택한 뜻이었다.

황현에게 죽음은 삶의 한 방식이었다. 그것이 바로 선비가 사는 길이었다. 이런 황현의 자결은 유가들의 죽음에 대한 태도를 상징적으로 보여 준다. 그는 나라의 벼슬을 한 적이 없으니 망한 나라나 왕에 대한 의리를 지킬 의무는 없다고 생각하였다. 그래서 자신은 자결을 통해 충忠이 아니라 인仁을 이룰 뿐이라고 하였다.

죽음 같은 현실을 벗어나는 길

유가 지식인들 가운데는 이와는 전혀 다른 길을 추구하거나 선택했던 이들도 있었다. 현실을 초월하되 불교가 제시하는 방향과는 다른 방향, 다시 말하면 자연 속으로 들어가 자연과 합일을 이루거나 수련을 통해 인간의 존재 자체를 벗어 버림으로써 영생을 추구하는 것이었다. 삼국 시대 이전부터 지속되어 온 해동도가海東道家의 전통, 서적을 통해 들어온 노장 철학의 생사관이 바로 그것이다.

이런 도가적 지향은, 당쟁이 심화되어 지식인들이 정치적 삶으로부터 벗어나기를 꿈꾸었던 16세기 이후에 특히 두드러지게 나타난다. 이런 태도가 문학에서는 유선시遊仙詩나 인물전을 통해 잘 드러난다. 먼저, 심의沈義(1475~?)가 지은 〈반도부蟠桃賦〉의 일부를 살펴보자.

삶과 죽음 부질없음을 슬퍼하면서　　　　悲生死之浮休兮

티끌세상 벗어나 먼 길 떠났네.　　　　超塵寰以遠徂

하늘나라 신선 세계까지 올라가　　　　路上界之仙府兮

아래 땅의 풀 더미를 굽어보았지.	俯下土之積蘇
요지를 지나서는 돌아옴도 잊었는데	過瑤池以悵忘歸
왕모가 날 이끌고 길을 인도하였네.	王母鉥余以啓途
한 알의 신령한 복숭아를 주는데	贐一顆之神核兮
그 향기 너무나 짙었다네.	芳酷烈其闇闇
가만히 받아 씹어 삼키니	漠虛靜以咀嚼兮
이 몸 문득 진인으로 되돌아가서	忽乎吾將返眞
어지러이 두둥실 날아올라	紛仙仙而徂搖兮
아득한 동해 바다 넘놀았다네.	遠絕垠乎東溟

반도蟠桃 신선과 선녀가 먹는 음식을 뜻한다. 여기서는 동아시아의 유토피아 공간에서 자라는 신비한 과일, 즉 먹으면 무병장수한다는 복숭아이다.

시인은 인간 세상을 벗어나 신선 세계에 이르리 반도蟠桃*를 먹고 진인眞人이 되는 체험을 노래하고 있다. 물론 이 체험은 가상 체험이다. 유선시는 몽유록과 마찬가지로 시의 화자가 꿈속에서 신선계를 경험하고 돌아오는 형식으로 이루어져 있는데, 〈반도부〉도 그런 공식을 따르고 있다. 몽중의 가상 속에서 화자가 도달한 진인이란 선도仙道를 수련하는 사람들이 이룩하고자 하는 최고 단계의 인간, 삶과 죽음을 초월한 인간이다. 시인은 상상을 통해 죽음이라는 육체의 한계에 갇힌 인간 세계를 넘어서려고 한다. 이것이 도가들 혹은 도가적 사유가 현실을 초월하려고 하는 방법, 곧 죽음에 맞서는 방식이다. 그렇다면 〈반도부〉의 작자는 왜 이런 상상을 했을까?

육체의 한계에 갇힌 삶을 넘어서고 싶다는 욕망은 누구에게나 있는 것이다. 그러나 현실의 삶이 고단할 때, 현실을 의식적으로 부정하고 싶을 때 그런 욕구는 더 커진다. 예를 들면 사화士禍로 인해 현실을 부정하려고 하는 풍조가 지식인들 사이에 강했던 16세기가 그런 시대였다. 몽유록 소설의 첫 작품으로 평가되는 〈대관재몽유록大觀齋夢遊錄〉의 작가이기도 한 심의도 그런 인물 가운데 하나였다. 심의는 기묘사화己卯士禍의 주동자였던 심정沈貞(1471~1531)의 동생으로, 중종반정 이후 1507년 과거

에 급제하여 벼슬길에 나섰다가 염증을 느끼고 바보로 자처하면서 벼슬을 그만둔 인물이다. 아마도 형이 벌인 일에 대한 불안, 시대에 대한 불만이 적지 않았을 것이다. 덕분에 그는 결국 처형당한 형과 달리 사화를 면했고, 자신의 욕구를 문학에 담았다. 현실에서는 뜻을 펴지 못했던 최치원을 천자로 삼아 이상적인 문장의 왕국을 상상한 〈대관재몽유록〉이나 〈반도부〉에 드러난 진인의 형상은 16세기 조선 사회에 대한 불만을 드러내는 방법이자 그런 현실 자체를 넘어서고 싶다는 욕망의 표현일 것이다. 이렇게 보면 처형이라는 종말을 맞은 형과 달리 언제 어떻게 죽었는지를 알 수 없는 심의의 삶이 범상치는 않다.

현실에 대한 부정이라는 시각에서 보면 사상이나 실천에서 심의보다 더 나간 인물이 허균許筠(1569~1618)이다. 허균은 많은 문학 작품을 남겼지만 그의 도가적 사유나 삶의 태도가 잘 구현된 작품은 〈남궁선생전南宮先生傳〉이다. 〈남궁선생전〉은 여러모로 〈홍길동전〉과 가까운 작품이다. 〈홍길동전〉의 주인공 홍길동 역시 율도국을 건설한 이후 선도를 수련하여 신선이 되어 승천하고 있지 않은가.

〈남궁선생전〉의 주인공 남궁두南宮斗는 전라도의 상당한 부자였다. 그가 서울에서 진사 벼슬을 하는 동안 고향에 혼자 남아 있던 애첩이 조카와 간통을 한다. 분통이 터진 그는 두 남녀를 활로 쏘아 죽이고 서울로 돌아온다. 하지만 그 일이 결국 탄로가 나서 붙잡힌 끝에 갖은 악형을 당한다. 아내의 도움으로 겨우 풀려난 남궁두는 삶에 회의를 느껴 금대산金臺山에 들어가 중이 되는데, 거기서 한 노인을 만나 도가의 방술을 배우게 된다. 그 장면을 잠깐 들여다보자.

남궁두는 꿇어앉으며, "저는 어리석고 우둔하여 아무런 기예技藝가 없습니다. 스승님께서 방술方術을 많이 알고 계시다는 말을 듣고 한 가지의 방술이라도 행하고 싶어 천 리 먼 길을 왔지만 1년을 지내고야 겨우 찾았습니다. 제자가 되어 배우려 하오니 가르쳐 주소서." 하였다. 장로長老가 "죽을 때가 가까운 사람일 뿐인데 무슨 방술이 있겠소." 하자

궁두는 계속 절하며 간절히 애걸했으나 굳게 거절하며 문에서 나오지도 않았다. 궁두는 처마 아래서 엎드린 채 새벽이 되도록 호소하였고 아침이 되어도 그만두지 않았으나 장로는 아무도 없는 것같이 여기며 결가부좌를 하고 참선에 들어가 사흘을 보냈다. 궁두가 갈수록 더 정성을 드리자 장로는 그때에야 그의 정성을 알아보고는 문을 열어 방으로 들어오도록 해주었다.

방은 한 길밖에 되지 않았고 목침 하나가 놓여 있으며 북쪽 벽을 뚫어 여섯 굽이의 감실龕室을 만들었다. 자물쇠로 닫아 놓고 열쇠 하나를 감실 기둥에 걸어 놓았고 남쪽 창문 위의 선반에는 대여섯 권의 책이 있을 뿐이었다. 장로가 오래도록 물끄러미 바라보더니 "그대는 참을성이 많은 사람이네. 성품이 투박하여 다른 방술은 가르쳐 줄 수 없으나 죽지 않는 방술 정도는 가르쳐 줄 수 있겠네."라고 했다. 남궁두가 일어나 절하며, "그거면 족합니다. 다른 무엇이 필요하겠습니까?"라고 하였다. 장로長老가 "대저 방술이란 먼저 정신을 모은 후에 이를 수 있는 것이라네. 더구나 혼과 정신을 단련하여 신선이 되고 싶어 하는 사람에게 있어서야 더 말할 나위가 없네. 정신을 모으는 일은 잠을 자지 않는 데서 시작되는 것이니 그대는 먼저 잠을 자지 않도록 하게나."라고 하였다.

남궁두가 그곳에 도착한 지 나흘이 되도록 장로는 음식을 먹지 않고, 어린아이처럼 하루에 한 차례 검은 콩가루 한 홉만 먹고도 전혀 배고프고 피로한 기색이 없어 마음으로 별다르게 여기고 있었는데, 그런 가르침을 받고는 온 정성을 다해 소원을 이뤄 달라고 빌었다. 첫날 밤에는 앉아서 사경四更이 넘자 눈이 저절로 감겼으나 참아 내고 새벽까지 보냈으며, 둘째 날에도 정신이 흐리고 고달파 움직일 수도 없었으나 각고의 뜻으로 굳게 참아 냈다. 셋째와 넷째 날의 밤에도 피로하고 고달파 앉아 있을 수도 없었으나 머리를 벽에 찧으며 겨우 참아 냈다. 그러다가 일곱째 밤을 지냈더니 툭 트이듯 정신이 맑아져 상쾌함을 느낄 수 있었다. 장로가 기뻐하며 "그대는 정말로 큰 인내력을 가졌으니 이루지 못할 일이 없겠네." 하고는 두 가지의 경전經傳을 꺼내 주었다.

이렇게 하여 제자가 된 남궁두는 날마다 경전을 읽고 벽곡辟穀과 호흡으로 기운을 조절하면서 장장 7년 동안 수련을 한다. 그러나 결정적인 순간에 남궁두는 욕심을 부려 스승의 단계까지 이르지 못한다. 다만 사

람들 사이에서 사는 지상선地上仙이 되어 800년은 살 수 있는 경지에는 이르게 된다. 그 후 남궁두는 스승이 시키는 대로 속세에 돌아와 신분을 숨긴 채 새로 장가를 들고 살았는데, 때마침 파직을 당하고 부안에서 살던 허균이 자신을 찾아와 선가仙家의 비결을 알려 주었다는 것이다.

남궁두가 엄청난 인내력을 가지고 수련했던 것처럼 도가가 죽음을 넘어서는 방법은 초월적인 신에 기대는 방법이 아니다. 보통 사람들이 먹는 음식을 먹지 않고 솔잎이나 검은 콩가루 같은 것을 생식하면서 호흡을 통해 신체를 단련하고, 마침내는 수련을 통해 인간의 신체의 한계를 벗어나려고 한다. 따라서 현실에 만족하는 사람, 현실 너머의 세계를 동경하거나 추구하지 않는 사람이 이런 고행을 선택할 이유가 없다. 불우한 현실을 벗어나려고 하는 지식인들에게 도가가 특히 매력적이었던 이유가 여기에 있다. 남궁두나 남궁두를 만난 뒤 그의 이야기를 소설로 쓴 허균이 그런 지향을 지닌 인물이었다. 그들에게 도가의 사유는 죽음이라는 인간의 유한성을 넘어서는 방법이면서 동시에 죽음 같은 현실을 벗어나는 길이기도 했던 것이다.

죽음을 넘어서는 죽음

불교나 유교의 죽음에 대한 인식이 한반도 밖에서 들어온 것이라면 더 근원적인 죽음에 대한 인식, 죽음을 넘어서려는 태도를 확인할 수 있는 무속巫俗은 우리 내부에서 자생한 것이다. 그중 문학의 관점에서 우리의 관심을 끄는 것은 굿을 할 때 부르는 무가巫歌이다. 무가에는 죽음에 관한 한국인들의 근원적인 사유가 스며 있는데 대표적인 작품이 주인공의 저승 여행을 다룬 〈바리데기〉이다. 〈바리데기〉는 죽을병에 걸린 부친을 살릴 약을 구하기 위해 막내딸 바리데기가 저승을 여행하는 이야기이다.

대왕마마 내외가 한날한시에 똑같이 병이 들어 시녀 상궁들은 걱정이 많았다. 하루는 대왕마마가 상궁을 부르더니, "옛날의 문복이 용하더구나. 가서 점 한번 쳐 보아라." 하고 문복할 것을 명하였다.

상궁이 천하궁의 갈이 박사를 찾아가 점괘를 들었다.

"동쪽에는 해가 떨어지고 서쪽에는 달이 떨어지니 양전마마가 한날한시에 승하하리다. 바리 공주의 사처를 찾으소서."

상궁으로부터 점괘를 들은 대왕마마는 길게 탄식하였다.

"종묘사직을 뉘게다 전하고 조정 백관은 뉘게 의지할고, 만백성은 뉘게 의탁하고, 시녀 상궁은 뉘게 의지할쏘냐."

눈물을 흘리다가 언뜻 잠이 들었는데 뜰 가운데에 난데없는 청의 동자가 나타나 절을 한다.

"어떠한 동자인데 깊은 궁중에 들어왔느뇨?"

동자가 올리와서 아뢴다.

"양전마마가 한날한시에 승하하시게 될 것입니다. 지금 사자들이 오고 있습니다."

"조정 백관에 원망이 있더냐? 시녀상궁에게 원책이 있더냐? 만인에게 원한이 있다더냐?"

대왕이 묻자 동자가 대답한다.

"원책도 아니고, 원망도 아닙니다. 옥황상제가 점지한 칠 공주를 버린 죄로 그러합니다."

"그러면, 어찌 다시 회춘하리오?"

"다시 회춘하려면 동해 용왕과 서해 용왕이 있는 용궁에서 약을 잡수시거나, 삼신산 불사약과 봉래방장 무장승의 양현수藥水를 얻어 잡수시면 회춘하리다. 바리 공주 사처를 찾으소서."

하고 동자는 온데간데없이 사라졌다. 그제야 깨어보니 남가일몽 꿈이었다.

대왕마마는 신하들을 불러 물어보았다.

"약수를 얻어다가 나를 회춘시킬 신하가 있는가?"

"동해 용왕도 용궁이고 서해 용왕은 천궁이고 봉래방장 무장승의 양현수는 수용궁이라 살아 육신은 못가고 죽어 혼백만 갈 수 있는 곳입니다. 거행할 신하 없습니다."

신하들이 아뢰는 말을 들은 대왕은 눈물을 흘리면서 용상을 치며 탄식하였다.

바리데기의 부친인 대왕이 죽을병에 걸린 것은 하늘의 뜻이 있어 점지된 일곱 번째 공주를 버린 탓이다. 대왕은 종묘사직을 이을 아들을 원했지만 아들은 태어나지 않았다. 그래서 기대를 배반하고 태어난 막내 공주를 버린 것이다. 〈바리데기〉의 문제의식은 여기에 있다. 버려서는 안 되는 존재를 죽으라고 버린 잘못이 이 무속 신화가 우리에게 던지는 문제의식이다.

그런데 우리가 주목해야 할 부분은 이 문제를 해결하는 무속 신화의 방법이다. 병을 치료할 방법이 내부에는 없다는 것이다. 궁 안에 있는 공주와 신하들 가운데 약을 구하러 갈 인물이 없을 뿐만 아니라 약은 이승에는 없다. 약을 구하려면 버린 일곱 번째 공주를 찾아야 하고, 죽어 혼백만 갈 수 있는 저승에 가야 한다. 〈바리데기〉 신화는 이승의 문제를 저승을 통해, 왕궁 내부의 문제를 왕궁 외부로 버린 존재들 통해, 아버지 혹은 부모의 문제를 딸을 통해 해결하려고 한다. 다시 말하면 나의 문제를 너를 통해, 너의 문제를 나를 통해 해결하려고 시도한다. 이런 무속 신화식 문제 해결 방법에 무속의 죽음에 관한 상상, 죽음을 넘어서려는 길이 숨어 있다.

무속에서 죽음의 세계는 이웃에 있는 벗처럼 삶에 달라붙어 있다. 그래서 죽은 자를 잘 모셔야 산 자의 삶도 편안해질 수 있다. 이승의 상대편에 저승이 있으므로, 이승의 삶을 마치면 저승에 가고 저승에 있다가 때가 되면 이승으로 나오기도 한다. 이승과 저승이 서로 벗처럼 서로 잘 어울려 있을 때 이승의 삶도 저승의 삶도 편안한 것이다. 이런 생각을 더 확장해 보면, 삶 속에 죽음이 있고 죽음 속에 삶이 있다는 사유라고 할 수 있다. 〈바리데기〉 신화를 통해 드러나는, 무속이 죽음을 넘어서는 길은 바로 삶 속에 죽음이 있고 죽음 속에 삶이 있다는 인식이 아닐까?

상례 가운데 '다시래기'라는 진도의 민속 의례가 있다. 슬픔이 지극한 장소에서 웃음을 자아내는 놀이를 벌인다는 역설적 사고가 이 놀이의 배경을 이루고 있는데, 이 놀이의 압권은 출산 장면이다. 초상집에서 태

바리데기의 세계관 이승이 아니라 저승에 약이 있다고 하는 〈바리데기〉의 세계관도 이와 같은 무속의 죽음관에서 나온 것이다.

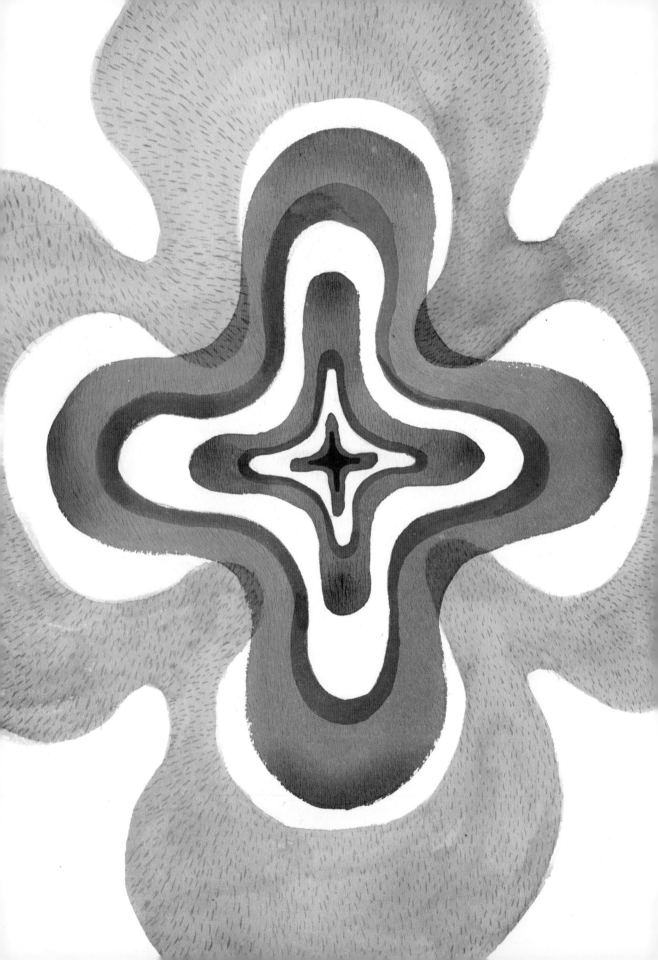

어나는 신생아라는 역설은 다시래기라는 전통적인 우리의 민속 의례가 죽음을 어떻게 생각하고 죽음을 어떻게 넘어서는가를 극적으로 보여 준다. 죽음은 끝이 아니며 새로운 삶으로 연결되는 통과 의례 과정이라는 생각이 이 의례 안에 깔려 있는 것이다. 진도의 무속인 다시래기 의례와 〈바리데기〉 무가는 죽음을 다루는 방식에서 서로 다르지 않다.

다시래기
장례 풍속의 하나로, 출상하기 전날 밤 초상집에서 상두꾼들이 춤추고 노래를 부르며 노는 놀이이다. 이는 죽음을 문화적으로 수용하는 과정이라 할 수 있다. 사진은 중요무형문화재인 진도 다시래기 재연 장면.

그런데 여기서 우리가 더 읽어 내야 할 무속의 길이 있다. 그것은 〈바리데기〉의 마지막 대목에 잘 드러나 있다. 천신만고 끝에 저승에서 약수와 환생화를 구해 와 부친을 살려 낸 뒤 다음과 같은 장면이 이어진다.

환궁하여 정좌한 후에 대왕마마는 바리 공주에게 물었다.

"이 나라 반을 베어 너를 주랴?"

"나라도 싫소이다."

"그러면 사대문에 들어오는 재산 반을 나누어 너를 주랴?"

"그도 다 싫소이다. 그간 저는 죄를 지어 왔나이다."

"무슨 죄를 지어 왔는가?"

"부모 위해 약수 구하러 갔다가 무장승을 만나 일곱 아들을 낳아 왔나이다."

"그 죄는 네 죄가 아니라 우리 죄라."

대왕마마는 무장승 입시할 것을 명하였다. 잠시 후 신하들이 돌아와 아뢴다.

"광화문에 사모뿔이 걸려 못 들어오나이다."

"옥도끼로 찍고 들어오게 하라."

무장승이 입시하니 대왕마마는 깜짝 놀라 "몸 생김이 저만하고 일곱 아들 있다 하니 먹고 살게 하여 주마." 하자, "비리공덕 할아비와 할미도 먹고 입게 제도하여 주옵소서." 하고 바리 공주는 자신의 양부모인 비리공덕 할아비 할미의 은덕을 아뢰었다. 대왕마마는 모두에게 골고루 은덕을 베풀어 제도해 주었다.

바리데기
〈바리데기〉는 오늘날에도 창작 판
소리극이나 소설 등으로 재창작되
거나 작품의 소재로 활용되고 있다.
사진의 왼쪽은 바리데기 설화를 소
재로 한 판타지 발레 〈바리〉(1998)
의 한 장면이고, 오른쪽은 연극 〈바
리데기〉 포스터이다.

　부왕은 자신을 구한 딸에게 나라의 절반, 재산의 절반, 말하자면 권력
과 부를 답례로 주겠다고 말한다. 그러나 바리데기는 이를 모두 거부한
다. 바리데기는 자신의 공덕을 내세우지 않는다. 저승은 죽지 않고는 길
수 없는 곳, 그래서 바리데기는 자신의 목숨을 던져 저승 여행을 다녀왔
다. 그러나 자신의 생명을 희생한 대가를 바라지 않는다. 대신 두 가지
를 요구한다.

　하나는 자신이 오히려 죄인이니 단죄하라는 것이다. 부모 허락도 없이
결혼해 아들 일곱을 낳았다는 이유에서였다. 그러나 속내를 뒤집어 보면
무장승과 결혼해서 아들을 낳아 주지 않으면 약수를 구할 수 없었다는
뜻이 숨어 있다. 이 말은 결국 '네 죄가 아니라 우리 죄'라는 부왕의 잘
못을 시인하게 하는 효과를 지닌다. 죽을병에 걸리지 않으려면 하늘이
낸 딸을 버려서도 안 되고, 아들에 그렇게 집착해서도 안 된다는 뜻이다.
왕권의 상징이라고 할 수 있는 광화문을 저승에서 온 무장승 때문에 부
수지 않을 수 없다는 삽화도 부왕이 죄를 시인하는 장면의 변주일 것이
다. 다른 하나는 양부모의 은덕에 대한 보답이다. 덕분에 비리공덕 할미
와 할아비는 신이 되어 제사를 받게 된다. 이처럼 바리데기는 자신에 대
한 보답보다는 타자들에 대한 보답을 바란다. 철저히 자신을 버리는 자
기희생의 삶을 바리데기는 보여 준다.

　바리데기가 망자의 저승길을 인도하는 저승의 오구신이 되거나 판본

에 따라 무당이 되어 죽은 영혼을 저승에 인도하는 존재가 되는 것은 이런 자기희생의 연장선에 있다. 말하자면 자신을 죽음에 이르게 하는 희생을 통해 죽음을 넘어서려는 의식이 〈바리데기〉 무가 안에, 그리고 무속과 신화 안에 있는 것이다. 바로 이 대목에서 우리는 앞서 언급한 불교와 신화가 만나는 지점을 확인할 수 있다. 〈김현이 호랑이를 감동시키다〉의 호랑이 처녀가 자기희생을 통해 다섯 가지 유익을 이루었듯이 〈바리데기〉의 바리데기 역시 자기희생을 통해 보모를 살리고 양부모를 봉양하고, 자신은 종신토록 망자를 인도하는 일을 하는 등 여러 유익을 이룬다. 현실의 무속이 지닌 여러 가지 부정적인 모습에도 불구하고 무속이 죽음을 넘어서는 길을 우리는 〈바리데기〉를 비롯한 무가와 민속 의례 속에서 이렇게 만날 수 있다.

인용 작품

사복이 말하지 않다 127쪽
작가 일연
갈래 설화
연대 고려 후기

김현이 호랑이를 감동시키다 130쪽
작가 일연
갈래 설화
연대 고려 후기

조위한의 제문 133쪽
작가 조위한
갈래 한문 산문(제문)
연대 17세기

절명시 136쪽
작가 황현
갈래 한시
연대 대한제국 시기

반도부 137쪽
작가 심의
갈래 한시
연대 16세기

남궁선생전 140쪽
작가 허균
갈래 고전 소설(한문)
연대 17세기

바리데기 143, 147쪽
창본 배경재 본
갈래 무가(무속 신화)
연대 미상

한문 소설, 기이한 이야기에서 풍자적 이야기까지

《훈민정음》이 창제되기 전까지, 우리의 문학 활동은 구술에 의존하거나 한자를 통해 이루어졌다. 소설의 경우도 마찬가지이다. 우리나라 최초의 소설인 김시습의 《금오신화》도 한문으로 쓰였다. 물론 《금오신화》 이전에도 소설이 존재했다. 나말 여초에 편찬된 《수이전》에 실려 있는 〈최치원〉과 같은 작품이 그런 정황을 잘 보여 준다. 당나라에 유학을 간 신라의 지식인들은, 그곳에서 유행하던 전기 소설傳奇小說에 흥미를 느껴 직접 짓기도 하였다. 《금오신화》는 나말 여초 이후 전기 소설의 창작 경험이 축적된 한문 소설의 걸작이라 할 수 있다.

《금오신화》에 실린 다섯 작품의 면면은 참으로 흥미롭다. 〈만복사저포기〉·〈이생규장전〉·〈취유부벽정기〉는 젊은 서생이 원한을 품고 죽은 여인과 생사를 넘어선 애틋한 만남을 가졌다는 이야기이고, 〈남염부주지〉와 〈용궁부연록〉은 젊은 서생이 꿈속에서 염라대왕 또는 용왕과 같은 비현실계 인물에게 인정을 받고 돌아왔다는 이야기이다. 여기서 눈길을 끄는 것은 나섯 편에 등장하는 남자 주인공들의 모습이다. 이들은 모두 뛰어난 재주를 가졌지만 현실에서 펼치지 못하고 소외된 젊은 지식인이다. 이 때문에 깊은 고독에 빠져 있는가 하면, 참기 어려운 울분을 품고 있다. 작가 김시습은 현실 세계에서 버림받은 자신의 우울한 심사를 작품 속 주인공에게 투영시켜 때로는 죽은 여자와의 기이한 사랑으로, 때로는 초월적 존재와의 기이한 만남을 통해 해소하였던 것이다.

김시습과 금오신화 본격적인 한문 소설의 시대를 연 김시습은 기이한 이야기를 담은 전기 소설 《금오신화》를 창작하였다.

하지만 귀신과의 만남이든 초월적 존재와의 교섭이든, 모두 실현 불가능한 상황 설정이라는 점에서 공통된다. 비현실적인 방법으로밖에 풀 수 없는 현실 세계와의 단절을 보여 주고 있다. 그래서 작품 전편에는 비극적 정조가 짙게 배어 있다. 이 같은 작품의 비극성은 주인공의 최후 모습을 통해 절정에 이른다. 기이한 경험을 겪고 난 남자 주인공들은 하나같이 시름시름 앓다가 죽거나 세상과의 인연을 끊고 자취를 감춰 버리는 식이다.

이런 전기계傳奇系 한문 소설은 17세기에 이르러 한층 수준이 높아진다. 권필의 〈주생전〉, 조위한의 〈최척전〉이라든가 작자 미상의 〈운영전〉은 요즘 소설과 비교해도 손색이 없을 만큼 뛰어나다. 물론 한문 소설은 이런 전기계 외에도 사마천의 《사기》에 실려 있는 열전列傳의 형식에서 출발한 전계傳系 한문 소설이 있

박지원의 한문 소설 조선 후기 사회 비판
풍자 소설의 대표적 작가인 박지원은 시정의 사람들을
주목하여 풍자 소설의 주인공으로 삼기도 하였다.
위는 조선 시대 시정 모습이고, 아래는 박지원의
문집인 《연암집》이다.

고, 시정에서 떠돌던 이야기를 소재로 삼아 사대부들이 창작한 야담계野談系 한문 소설이 있다. 우리가 잘 알고 있는 허균의 〈장생전〉·〈남궁선생전〉이라든가 박지원의 〈양반전〉·〈허생전〉과 같은 작품이 전자라면, 《청구야담》·《계서야담》·《동야휘집》과 같은 야담집에 실려 있는 소설적 작품은 후자에 해당한다.

이런 전기계 한문 소설, 전계 한문 소설, 야담계 한문 소설은 모두 비교적 짧은 단편 소설이다. 이에 반해 조선 후기에 이르면 작품의 편폭이 무척 방대해진 한문 장편 소설들도 여럿 나타난다. 국문으로 창작되었는지 한문으로 창작되었는지 의견이 엇갈리고 있지만 17세기 후반에 이미 김만중의 〈구운몽〉이라든가 조성기의 〈창선감의록〉과 같은 한문 장편 소설이 폭넓은 사랑을 받고 있었다. 그러다가 19세기에 이르면 한문 장편 소설이 본격적으로 등장하는데, 김소행의 〈삼한습유〉, 남영로의 〈옥루몽〉, 서유영의 〈육미당기〉 등을 대표적인 작품으로 꼽을 수 있다.

3 이상향을 찾아서

갈래 이야기 시조, 가장 정제된 한국의 정형시

샤갈Marc Chagall, 〈파라다이스〉(1961)

현실의 모순과 고통을 넘어선 그곳, 이상향

이상향은 사람들이 가고 싶어 하지만 현실 세계에는 존재하지 않는 공간이다. 그럼에도 불구하고 사람들이 갈 수 없는 나라인 허구의 세상을 상상한 이유는 무엇일까?

독일 철학자 에른스트 블로흐는 말한다. 현실 사회에서의 굶주림과 사회적 억압이 더 나은 세상을 바라는 사람들의 꿈과 의지를 낳게 한다고. 몹시도 추운 겨울 저녁, 몇 끼를 굶은 거지 소년에게는 허기를 달랠 수 있는 한 그릇의 밥과 언 몸을 녹일 수 있는 따스한 아랫목이 간절할 것이다. 피부색이 다르다는 이유로 학교에서 왕따를 당하는 학생에게는 말씨나 생김새에 관계없이 누구라도 정겨운 친구가 될 수 있는 아름다운 학교가 절실할 것이다. 이렇듯 결핍을 보상받고자 하는 원초적 욕망과 자그마한 꿈들이 유토피아를 상상하는 원천이 된다.

사람들이 지구상에 자리 잡고 살기 시작한 이래 오늘날에 이르기까지 모든 사람들의 욕망을 완벽하게 충족할 수 있었던 황금 시대는 단 한 번도 없었다. 이 때문에 동서고금을 막론하고 유토피아에 대한 상상력은 존재했으며 지금도 계속되고 있다. 한 예로 제주도 사람들의 관념 속에 이상적인 섬으로 남아 있는 이어도에 관한 얘기를 들어 보자.

설화에 따르면 이어도는 제주도에서 강남국으로 가는 뱃길 어딘가에 존재한다는 이상향이다. 이곳을 다녀왔다는 사람들에 관한 이야기도 있다. 옛날 조천리에 사는 조동지라는 사내가 중국에 말을 바치러 갔다가 태풍을 만나 표류하던 끝에 홀로 살아남아 다행히 한 섬에 닿게 된다. 이 섬은 과부들만 사는 여인들의 나라였다. 이곳 여인들의 환대를 받으며 꿈같은 날을 보내던 조동지는 어느 날 불현듯 고향이 그리워졌다. 그리하여 달 밝은 밤이면 바닷가에 나와 파도 소리를 가락 삼아 고향을 그리워하는 노래를 불렀다. 마침 지나가는 중국 상선을 얻어 타고 무사히 귀향할 수 있었는데, 이때 그를 따라온 여인을 마을 사람들은 이어도 할머니라는 뜻의 '여돗할망'이라 불렀고 그녀가 죽은 후에는 마을의 당신으로 모셨다고 한다.

이어도와 관련된 이야기 중에는 이처럼 해피엔딩으로 끝나는 것이 있는가 하면 비극적 전설도 있다. 어느 사내가 아내를 버려 두고 이어도에서 첩과 함께 행복하게 살고 있었는데, 홀로 된 아내가 시아버지에게 부탁하여 배를 만들어서 고생 끝에 이어도까지 찾아간다. 아내는 남편을 설득하여 다시 제주로 향하지만 오는 길에 배가 풍파를 만나 죽고, 그 슬픈 소식을 들은 마을 사람들이 제사를 지내 주었다고 한다.

제주 민요나 제주 사람들의 관념 속에 조각조각 남아 있는 이어도의 모습은 다채롭다. 그곳은 미역이나 전복을 마음껏 채취할 수 있는 풍요의 고장이기도 하고, 죽은 뒤에 안식을 누릴 수 있는 피안의 이상향이기도 하다. 바람 많고 돌 많은 척박한 땅의 사람들, 파도와 싸워 가며 물질로 생계를 연명했던 해녀들이 힘겨운 생활 현실을 초월하고자 꿈꾸었던 이상향이 바로 이어도인 것이다. 이어도는 지금도 소설가나 시인들의 작품 속에서 우리 시대의 고민과 꿈을 담아 새록새록 재창조되고 있다. 소설로는 정한숙과 이청준의 〈이어도〉, 현대시로는 고은과 권도중의 〈이어도〉 등이 있다.

사람은 동물과 달리 현재보다 더 나은 삶을 갈망하며, 상상력을 통해 그러한 삶의 청사진을 제시할 수 있다는 특징이 있다. 인류의 탄생 이래 주어진 삶의 조건을 뛰어넘고자 하는 욕망과 더 좋은 세상에 대한 동경은 항상 있었으며, 이러한 소망이 다채로운 모습의 이상향을 그려 냈다. 고대 그리스의 위대한 시인 호메로스Homeros는 〈오디세이아〉에서 '파라다이스Paradise'를 노래했고, 헤시오도스Hesiodos는 '황금시대Golden Age'

를 이야기했다. 사악한 도시 공간과 대비되는 순수한 전원 세계인 베르길리우스의 이상향 '아르카디아Arcadia'가 있는가 하면, 그리스도의 재림과 더불어 이룩되는 새로운 종교적 이상향 '천년왕국Millennium'도 있고, 16세기에 토마스 모어가 유토피아로 제시한 과학적 이상 국가도 있다.

동아시아에도 아주 오랜 옛날부터 이상향에 관한 이야기가 존재해 왔다. 유덕한 사람을 통치자로 하여 조화로운 사회 질서 속에서 모든 사람이 복락을 누리는《예기》의 '대동세계'가 있는가 하면, 탈정치적 공간인 전원 세계에서 절제된 욕망을 유지하는 도연명의 '무릉도원'이 있고, 신선들의 권능으로 만물의 생명력이 넘치고 물질적 풍요가 보장되는 장자의 '막고야산邈姑射山'이 있다. 미륵하생이나 후천개벽의 종교적 유토피아는 물론, 청나라 말에 강유위가 구상한 과학적 유토피아도 존재한다. 한국에도 '이어도'를 비롯한 다채로운 이상향의 모습이 보인다.

우리는 왜 고전 문학에서 이상향을 주목하는가? 문학적 사고는 주어진 현실에 안주하지 않고 더 나은 세계와 행복한 삶을 추구한다는 점에서 유토피아의 사유와 닮은 점이 많다. 고전 문학에는 우리 선인들이 꿈꾸었던 다양한 모습의 이상향이 존재한다. 이를 꼼꼼하게 읽어 봄으로써 우리는 선인들이 당대의 문제적 현실을 초극하여 보다 아름답고 행복한 세계를 만들고자 했던 내력을 알 수 있다. 오늘날 우리에게도 여전히 숙제로 남아 있는 보다 완전한 사회의 건설에 관한 선조들의 열망과 지혜를 고스란히 배울 수 있는 것이다.

1 유가적 이상 국가의 설계도

세상이 너무도 부조리하여 행복이나 희망을 기대할 수 없다면 어찌할까? 그 세계의 통치 질서가 미치지 않는 외딴곳을 찾아 숨어 사는 것이 하나의 방법일 수 있다. 그러나 좀 더 적극적이고 합리적인 사람이라면 세상 자체를 살 만한 곳으로 바꾸어 보고자 할 것이다. 유가의 유토피아적 상상력은 현실 세계를 이상 국가로 탈바꿈시키려는 데 초점을 둔다. 요순 시대를 지금 이 땅에 구현하여 만백성이 등 따습고 배부른 세상을 만들어 보자는 생각이다.

유가적 이상 국가의 모형, 대동사회

"사람을 죽이는데 지팡이와 칼로 하는 것에 차이가 있나요?"

맹자가 물으니 양나라 혜왕이 대답한다.

"다름이 없지요."

또 묻는다.

"칼로 죽이는 것과 정치로 죽이는 것에 차이가 있나요?"

"없습니다."

그제서야 맹자는 정작 하고 싶었던 말을 쏟아 놓는다.

"왕의 부엌에는 기름진 고기가 있고 왕의 마굿간에는 살진 말도 있는데, 백성들의 얼굴에는 굶주린 기색이 있고 들판에는 굶주린 시체가 있다면 이것은 짐승을 몰고 와서 사람을 먹게 하는 것이지요."

짐승을 몰고 와서 사람을 먹게 하다니……. 도대체 무슨 말인가? 임금이 백성들로부터 세금을 혹독하게 거둬들여 부엌을 풍요롭게 하고 기르는 짐승을 살찌우면, 백성만 죽어나는 포악한 정치가 될 수밖에 없다는 말이다. 이어서 맹자는 아퀴*를 짓는다. 이 따위 정치를 행한다면 어찌 백성의 부모 노릇을 할 수 있겠느냐는 것이다. 참으로 날카롭고 매서운 비판이다.

> 아퀴 일이나 말을 마무르는 끝맺음.

유가의 이상 국가는 위와 정반대되는 나라를 말한다. 《예기禮記》에는 행복한 나라의 모습이 잘 그려져 있다. 이 책에서는 똑똑한 사람을 뽑고 능력 있는 사람에게 일을 맡기며, 서로 믿고 화합하며, 사람들로 하여금 분수에 맞는 일을 하게 하면 이상향인 '대동 세계大同世界'를 이룰 수 있다고 하였다.

　대동 세계란 현명하고 능력 있는 사람이 나라를 다스리고, 사리사욕을 추구하기보다는 공동의 선을 지향하는 사회이다. 또한 국가는 민생의 복지에 힘쓰고, 국민들은 도덕과 윤리 준칙에 따라 행동하는 사회를 말한다. 공자가 언급했다고 하는 이 사회는 사람들의 끝없는 인격 도야와 합리적 통치 방식을 모색함으로써 성립할 수 있다는 점에서 도가의 유토피아와는 현저하게 다르며, 강력한 현실 개혁적 지향을 지닌다.

　성리학을 국가의 이념으로 삼았던 조선 시대에는 이러한 유가적 공동체를 실현하고자 하는 소망이 문학 작품에 나타나고 있는데, 〈홍길동전洪吉童傳〉의 '율도국'이 대동 세계형의 이상향과 유사하다. 오늘날 우리들의 관점으로 본다면 〈홍길동전〉에 나타나는 이상 국가는 다소 실망스러울 수도 있다. 홍길동 자신이 병조판서라는 벼슬을 요구한 것이 그런 느낌을 갖게 하는데, 이는 그가 불평을 제기했던 봉건적 국가 체제 자체를 인정하는 것이기 때문이다. 나아가 율도국이라는 또 다른 나라의 정벌을 통해 이상사회를 실현하고자 하는 것으로 보아 〈홍길동전〉이 기존의 국가를 넘어선 새로운 대안을 제시하고 있다고 보기 힘든 측면도 있다.

　길동이 삼군을 거느리고 북을 울리며 본진으로 돌아와 음식을 베풀어 군사를 위로한 후에 율도왕을 왕례로 장례를 지내 주었다. 삼군을 재촉하여 도성을 에워싸니, 율도왕의 큰아들이 이 소식을 듣고 하늘을 우러러 탄식하다가 이어 자살하니, 모든 신하들이 하릴없어 왕권을 상징하는 도장인 옥새를 받들어 항복하였다. 길동이 대군을 이끌고 도성에 들어가 백성을 위로하고, 율도왕의 아들을 또한 왕례로 장례를 지냈다. 각읍에 크게 사면하고, 죄인을 다 석방하며, 창고를 열어 백성을 먹이니, 온 나라에서 그 덕을 칭찬하지 아니하는 사람이 없었다. 날을 가리어 왕위에 오르고, 홍승상을 추존하여 태조대왕이라 하고 능의 이름을 현덕릉이라 하였다. (중략) 새 왕이 왕위에 오른 후에 시절은 태평하고 풍년이 들며, 백성을 편안하여 사방에 일이 없고, 교화가 크게 행해져서 백성들이 길에 떨어진 물건을 주워 갖지 않았다.

사람은 그 시대의 지배적인 생각의 틀을 홀로 뛰어넘기 힘들다. 따라서 허균許筠(1569~1618)에게 민주 국가의 이상을 기대한다는 것은 우리의 지나친 요구이다. 허균 또한 중세적 지식인이었고, 그가 창조한 홍길동 역시 중세적인 생각의 틀 안에서 만들어진 민중 영웅이었다. 홍길동은 이 땅의 백성이었기에 불충不忠스러운 반역을 통해 왕이 되기보다는, 인접국의 정벌을 통해 그가 꿈꾸었던 이상 국가를 건설하는 것이 지극히 자연스러울 수도 있다.

유가적 이상향인 대동 세계에서는 신분상의 위계 질서가 존재한다. 다만 각자의 위치에서 행복한 나라를 유지하기 위해 최선을 다할 뿐이다. 위에서 알 수 있듯이 홍길동은 무력으로 율도국을 정벌하지만, 적국에 대해서도 최대한 예의를 갖추는 덕성을 발휘한다. 율도왕과 자살한 그의 장남을 정성껏 장례를 지내 준다. 그뿐만 아니라 사면령을 내려 죄인을 석방하고 백성들을 구휼한다. 봉건 국가에서 민본이라는 이념, 즉 백성들이 국가의 기틀이라는 관념은 항상 강조되는 것이지만, 대개는 말뿐이었다는 점에서 홍길동이 점령국에서 취한 조치들은 자애스러운 통치자로서의 면모를 유감없이 보였다고 할 만하다.

율도왕이 된 이후 나라의 상황을 보면 태평성대의 모습 그대로이다. 현명한 통치자로서 왕도 정치를 실현했기 때문일 것이다. 특히 마지막 구절인 "교화가 크게 행해져서 백성들이 길에 떨어진 물건을 주워 갖지 않았다."로 미루어 보면 여기가 곧 《예기》에서 말한 바, 대도大道가 행해지는 대동 세계와 다름없다. 더할 나위 없이 풍요로운 오늘날에도 길거리에 값나가는 물건이 떨어져 있다면 주워 가고 싶은 욕망을 억제하기가 쉽지 않음에 비추어 본다면, 율도국의 백성들은 본능적인 물욕을 절제하고 공공선을 추구하는 미덕을 지닌 사람들이라 할 수 있다.

조선 후기, 특히 영·정조 대에 이르러 실용과 실질을 중시하는 학풍이 자리 잡으면서 지식인들이 꿈꾸던 이상향의 면모도 좀 더 구체적인 형상으로 나타난다. 현실감은 증대되고 더욱 역동적이며 정치적 성격이 뚜렷

택리지
실제로 평생 동안 살 만한 땅을 찾아 다녔던 이중환이 오랫동안 궁리한 성과를 담은 책이다. 이상향의 한 가지 조건으로 '인심人心'을 강조했는데, 더불어 사는 사람들의 순박한 마음과 훈훈한 풍속이 더할 나위 없이 중요하다는 것이다. 율도국에서도 이러한 모습을 확인할 수 있다.

하여 종래의 유토피아 형상과는 사뭇 다른 모습을 보여 준다. 박지원朴趾源(1737~1805)의 〈허생전許生傳〉에는 대동 사회형의 유토피아를 이루기 위한 사회적 조건이 좀 더 구체적으로 나타난다.

허생은 늙은 사공을 만나 말을 물었다.

"바다 밖에 혹시 사람이 살 만한 빈 섬이 없던가?"

"있읍지요. 언젠가 풍파를 만나 서쪽으로 줄곧 사흘 동안을 흘러가서 어떤 빈 섬에 닿았읍지요. 아마 사문沙門과 장기長崎의 중간쯤 될 겁니다. 꽃과 나무는 제멋대로 무성하여 과일 열매가 절로 익어 있고, 짐승들이 떼지어 놀며, 물고기들이 사람을 보고도 놀라지 않습디다."

그는 대단히 기뻐 "자네가 만약 나를 그곳에 데려다 준다면 함께 부귀를 누릴 걸세."

라고 말하니, 사공이 그러기로 승낙을 하였다.

드디어 바람을 타고 동남쪽으로 가서 그 섬에 이르렀다. 허생은 높은 곳에 올라가서 사방을 둘러보고 실망하여 말하였다.

"땅이 천 리도 못 되니 무엇을 해 보겠는가? 토지가 비옥하고 물이 좋으니 단지 부가옹富家翁은 될 수 있겠구나."

"텅 빈 섬에 사람이라곤 하나도 없는데, 대체 누구와 더불어 사신단 말씀이오?"

사공의 말이었다.

"덕德이 있으면 사람이 절로 모인다네. 덕이 없을까 두렵지, 사람이 없는 것이야 근심할 것이 있겠나?"

사람들이 일하지 않고도 자연의 산물을 두루 누릴 수 있는 풍요로운 곳은 아니더라도 최소한 노동의 대가가 보장될 수 있는 정도의 기름진 땅은 이상향의 첫 번째 조건이다. 즉 사람들이 일한 만큼 수확을 거둘 수 있도록 토질도 좋고 기후도 온화한 장소가 있어야 한다. 그만큼 지리적 조건이 중요한 것이다. 다행스럽게도 허생이 찾은 무인도는 꽃과 나무가 제멋대로 무성하여 과일 열매가 절로 익고, 짐승들이 떼 지어 놀 수 있는 곳이었다. 그 다음 조건은 유가적 이상인 덕치德治가 실현되는 곳이어야한다. '덕이 있으면 사람은 절로 모인다.'는 허생의 말은 덕의 정치를 펼칠 수 있는 어진 통치자가 있다면 따르는 백성들이 많아 능히 국가를 이룰 수 있다는 유가적 사유가 반영된 진술이다. 그러나 텅 빈 무인도에 누가 백성으로 들어올 것인가? 허생의 해결책은 기발하다.

이때, 변산邊山에 수천의 군도群盜가 우글거리고 있었다. 각 지방에서 군사를 뽑아 수색을 벌였으나 좀처럼 잡히지 않았고, 군도도 감히 나가 활동을 못해서 배고프고 곤란한 판이었다. 허생이 군도의 산채를 찾아가서 우두머리를 달래었다.

"1000명이 1000냥을 빼앗아 와서 나누면 하나 앞에 얼마씩 돌아가지요?"

"일 인당 한 냥이지요."

"모두 아내가 있소?"

"없소."

"논밭이 있소?"

군도가 어이없어 웃었다.

"땅이 있고 처자식이 있는 놈이 무엇 때문에 괴롭게 도둑이 된단 말이오?"

"정말 그렇다면, 왜 아내를 얻고, 집을 짓고, 소를 사서 논밭을 갈고 지내려 하지 않는 것이오? 그럼 도둑놈 소리도 안 듣고 살면서, 집에는 부부의 즐거움이 있을 것이요, 돌아다녀도 잡힐까 걱정을 않고 오래도록 의식이 풍족할 텐데."

"아니, 왜 바라지 않겠소? 다만 돈이 없어 못할 뿐이지요."

허생은 당시 변산 지역에 우글거리던 군도群盜, 즉 관군에 쫓겨 굶주리고 있으며 정부의 입장에서도 골칫거리이자 위협적 존재였던 떼도둑을 선택한 것이다. 영조 시대 당시 실제로 많은 문제를 일으켜 군왕 영조가 현상금까지 내걸었던 군도, 실상 그들도 체제 모순의 심화 과정에서 자기 땅을 잃고 떠돌아다니다가 목에 풀칠하기 위해 도둑이 되었지만 본래는 선량한 농민들이었다. 이러한 도둑들을 무인도에 불러 모은다면 조선은 근심거리가 없어져서 좋고, 새로운 세상은 백성들을 확보할 수 있어서 좋으니 기막힌 방책이라 할 만하다.

이렇게 백성들까지 모았으니 본격적인 유토피아 건설을 실행할 차례이다. 허생은 30만 냥을 풀어 도둑들에게 아내가 될 여자 한 사람과 소 한 필씩을 데리고 오라고 한다. 가족을 이루어 대를 잇기 위해서는 아내가 필요하고, 농업 생산력을 높이기 위해서는 소가 없어서는 곤란하기 때문이다. 허생 자신은 2000명이 1년간 먹을 식량을 준비하여, 이것들을 모두 싣고 섬으로 들어간다. 모두들 집을 짓고 살면서 농사를 지으니 워낙 비옥한 땅이라 쌓인 곡식이 어마어마하였다. 이에 허생은 때마침 흉년이 든 나가사키에 무역을 하여 은 100만 냥을 벌어들인다. 이로써 본다면 〈허생전〉의 이상국은 풍요로운 농업 생산에 기반을 둔 농업 국가이되, 자급적이고 폐쇄적인 수준에 머물지 않고 국제 무역을 통해 막대한 은을 벌어들이는 무역 국가이다. 당시 세계 최대의 은 소비처가 중국이었고, 동아시아 국가의 외교나 무역에서 은이 주요한 품목이라는 점을 감안하면 이 이름 없는 이상국이 동아시아 경제의 흐름에서 중요한 역할을 한 셈이다.

이렇듯 부유하고 평화로운 공동체를 건설하였으니 유토피아에 대한 박지원의 꿈은 실현된 것인가? 그렇지 않다. 그의 꿈은 이보다 훨씬 컸다. 그의 포부는 아주 넓은 땅에 터전을 마련하여 나라를 먼저 부강하게 한 다음, 따로 문자를 만들고 의관衣冠을 새로 제정하려 하였던 것이다. 이는 소박한 욕망과 절제에 기반한 소국과민小國寡民, 즉 적은 백성들로 이루어진 조그마한 나라라는 금욕적 유토피아가 아니라,

땅이 넓고 부강한 신문명의
제국을 건설하고자 하는 꿈이다.
일부 식자층만이 쓸 수 있고
허위의식의 표상이 되어 버린
문자라든가 전투 상황에서뿐만
아니라 일상생활에서도 지극히
불편한 한복 등의 요소를 일시에 혁신하여
새로운 문명국가를 건설하고자 하는 야무진
생각의 이면에는 조선 사회의 현실에 대한
비판적 인식이 담겨 있음을 놓쳐서는
안 된다. 이용후생利用厚生의 수준 높은
청나라 문명은 오랑캐의 것이라고
외면하면서, 중화의 계승자라는
나른한 환상 속에 옛 제도를 고수하고
있는 조선 땅의 답답한 지식인들과
통치자들이 문제였던 것이다.

"내가 처음에 너희들과 이 섬에 들어올 때엔 먼저 부강하게 한 연후에 따로 문자를 만들고 의관衣冠을 새로 제정하려 하였더니라. 그런데 땅이 좁고 덕이 엷으니, 나는 인제 여기를 떠나련다. 다만, 아이들을 낳거들랑 오른손에 숟가락을 쥐고, 하루라도 먼저 난 사람이 먼저 먹도록 양보케 하여라."

다른 배들을 모조리 불사르면서,

"가지 않으면 오는 이도 없으렷다."

하고 돈 50만 냥을 바다 가운데 던지며,

"바다가 마르면 주어 갈 사람이 있겠지. 100만 냥은 우리나라에도 용납할 곳이 없거늘, 하물며 이런 작은 섬에서야!"

했다. 그리고 글을 아는 자들을 골라 모조리 함께 배에 태우면서,

"이 섬에 화근을 없애야 되지." 하였다.

그의 꿈을 실현하기에 그 섬은 땅이 좁고 덕이 엷었다. 고작해야 천 리도 못 되는 땅이었으니 큰 뜻을 펴기에는 너무 좁고, 덕성을 갖춘 참된 지도자가 없기에 정치적 포부를 펼칠 수도 없다. 결국 기획했던 거대한 이상국 건설 프로젝트는 폐쇄적인 작은 공동체로 회귀하고 만다. 마지막 장면을 보면 허생은 그 섬의 사람들로 하여금 오른손으로 숟가락을 들게 하고 윗사람에게 양보하는 최소한의 규율과 윤리만을 남긴 채 식자층은 모조리 배에 태워 돌려보낸다. 그리고 50만 냥의 돈을 바다에 버리고 교통수단인 배마저 불태워 버린다. 원시적인 유토피아로 되돌아가 버린 것이다.

박지원은 허생이라는 기이하고도 비범한 선비를 통해 유가적 이상이 실현되는 유토피아를 꿈꾸었다. 그러나 봉건 사회의 끝자락에서 그의 꿈은 결국 백일몽이 되고 말았다. 허생이 이룩한 조그만 이상국마저도 유토피아의 운명이 그러하듯, 결국은 갈 수 없는 신비의 섬으로 남았다. 그럼에도 불구하고 허생의 실험은 현실 변혁의 강력한 의도를 내포하고 있다는 점에서 단순한 몽상과는 커다란 차이가 있다.

역사 현실에 발을 딛고 이상 세계를 꿈꾸다

허균과 박지원은 모두 그들이 살았던 시대의 불합리성을 극복하기 위해 이상 국가를 그려 냈지만, 그것은 결국 소설이라는 허구적 공간이었을 뿐이다. 그러나 이상향의 꿈은 소설적 상상력 속에서만 있는 것이 아니라 구체적인 역사 현실에서도 찾아볼 수 있다. 사람이라면 누구나 자기가 사는 세상이 더욱 평화롭고, 더욱 풍요로우며, 더욱 행복스런 곳이기를 바란다. 사람들의 역사는 그러한 열망을 실현하기 위해 노력했던 자취들을 보여 준다. 그러나 현실은 생각보다 복잡하여 이러한 꿈의 실현이 쉽지만은 않다. 오늘날의 정치에서도 이념이 다른 집단들의 이해관계가 충돌하듯이, 중세 시대에도 계층이나 신분, 이념 지향에 따른 권력 갈등이 빈번하여 나라를 극심한 혼란의 위기 상황에 빠뜨린 경우가 비일비재하였다. 《삼국유사三國遺事》에 실린, 통일 신라가 중대에서 하대로 넘어가던 시기에 나라를 다스렸던 경덕왕의 경우를 보자.

경덕왕이 재위한 24년에 오악五岳과 삼산三山의 신들이 때때로 궁전 뜰에 나타나 왕을 모셨다. 3월 삼짇날에 왕이 귀정문 누각 위에 행차하여 주위의 신하들에게 말하였다.

"누가 길에 가서 잘 차려입은 스님 한 분을 모시고 오겠는가?"

이때 마침 위엄을 갖춘 말쑥한 차림의 큰스님 한 분이 길에서 배회하고 있었다. 좌우 신하들이 그를 목격하고 왕에게 데려가 뵙게 하니 왕이 말하기를 "내가 말한 그런 스님이 아니다." 하고는 물리쳤다. 이때 한 스님이 다 해진 옷을 입고 벚나무로 만든 통을 지고 남쪽에서 오고 있었다. 그가 걸머지고 있는 통 속을 보니 차茶를 달이는 도구만 가득 들어 있었다. 이윽고 왕이 말하였다.

"그대는 누구시오?"

"충담忠談입니다." (중략)

"짐이 전에 스님이 기파랑을 찬양하여 지은 사뇌가의 뜻이 매우 고상하다고 들었는데, 과연 그런가요?"

"그러하옵니다."

"그렇다면 짐을 위해 백성을 다스려 편히 살게 하는 노래를 지어줄 수 있겠소?"

충담이 곧바로 왕의 명을 받들어 노래를 지어 바쳤다. 왕이 가상히 여겨 충담을 왕사王師로 봉했으나, 그는 두 번 절하고 굳이 거절하며 받지 않았다.

신라 경덕왕 집권기에 오악과 삼산의 신神들이 때때로 궁궐의 뜨락에 출현하였다고 한다. 이것은 도대체 무슨 징조일까. 산속에 있어야 할 산신들이 자리를 이탈하여 도회지의 궁중을 방문했다는 사실은 좋지 않은 징조이다. 신라의 산신들은 각 지역을 대표한다는 상징성을 지닌다. 이들의 궁궐 출입은 신라 각처에 심상치 않은 위기 상황이 발생했고 이러한 메시지를 왕에게 직접 전하고자 했기 때문으로 짐작할 수 있다.

경덕왕의 시대는 귀족 세력 간의 정치적 다툼이 치열하여 나라가 분열될 위기 상황에 놓여 있었다. 왕 또한 후사가 없어 오랫동안 애태우기도 하였다. 이에 경덕왕은 전제 왕권을 강화하여 위기를 돌파하고자 한다. 그래서 그는 선진적인 중국의 정치 제도를 수용하여 관직을 개편하고 중앙 및 지방 귀족들을 철저하게 통제했는데, 이는 귀족들의 반발을 사게 되었다. 또한 대규모 공사를 추진하여 왕의 권위를 높이고자 했다. 이를 위해 과중한 세금과 고통스런 부역이 백성들에게 부과되었으니 그들의 삶은 얼마나 피폐하였고, 원성은 얼마나 높았겠는가? 게다가 천재지변 또한 어느 때보다 자주 발생한 탓에 백성들은 주림을 이기지 못하고 나라를 떠나기까지 하였다고 한다.

오악 삼산의 신들은 이와 같은 백성들의 참상과 혼란한 나라의 상황을 왕에게 보고하기 위해 몸소 궁궐까지 찾아온 것이다. 왕으로서도 그냥 보고만 있을 수는 없던 바, 그는 귀정루에 행차하여 향가를 잘 불렀던 충담사忠談師(?~?)를 초청하여 〈안민가安民歌〉를 짓게 하였다고 한다. 아마도 하늘과 땅, 그리고 귀신까지 감동시킨다는 향가의 효력을 잘 알았던 탓일 게다.

임금은 아비요

신하는 사랑하시는 어미요,

백성은 어리석은 아이라고

하실진대 백성이 사랑을 알리라.

대중大衆을 살리기에 익숙해져 있기에

이를 먹여 다스릴러라.

이 땅을 버리고 어디로 가겠는가

할진대 나라 보전保全할 것을 알리라.

아아, 임금답게 신하답게 백성답게

한다면 나라가 태평하리라.

경주 남산 삼화령의 연화좌대
충담사가 해마다 차를 달여 남산 삼화령 부처님을 공양했다는 곳이다. 현재 미륵세존은 남아 있지 않고 좌대만 전한다. 충담사가 경덕왕에게 이 차를 올리면서 〈안민가〉를 지어 바쳤다고 한다.

〈안민가〉의 첫 4행에서 작가는 임금과 신하, 백성 등 나라를 구성하고 있는 사람들의 직분에 대해서 지적하고 있다. 그러나 가정법을 활용한 제4행에서 알 수 있듯이 이는 결국 민본주의를 환기하여 왕에게 충직하게 간언諫言하는 성격을 지닌다. 왕은 아버지로서, 신하는 어머니로서 백성들을 사랑하고 구휼할 때, 백성이 그들의 참된 사랑을 깨달을 수 있다는 것이다. 무척이나 당연한 사실인데 왜 이런 말을 했는가 하면 파벌 싸움으로 갈등과 반목을 일삼고 있는 지배층의 정치적 현실을 문제 삼은 것이다. 그들의 본래 소임과 책무를 깨닫고 본연의 역할에 충실하라는 요구이다. 그 다음의 5~8행은 왕을 정점으로 하는 국가와 국가의 기둥이 되는 백성의 관계를 주로 경제적인 측면에서 강조하고 있다. 백성이 체제의 근간임을 알면서도 그들을 죽음의 길로 몰아넣어서는 곤란하다. 천재지변으로 인한 폐해가 그 어느 때보다도 심각한 상황에서 통치자들은 백성들을 누구보다도 불쌍하게 여기고 이들을 구휼하기 위해 최선을 다해야 하는 것이다. 왕이 없는 나라를 상상할 수 없듯이 백성 없는 왕 또한 있을 수 없는 것이다. 마지막 9~10행에서 충담사는 모든 나라의 구성원들이 각자의 위치에서 성실하게 직분을 수행할 때 나라가 태평할 수 있으리라 충고하고 있다. 위기의 국가 현실을 개혁하여 사랑이 넘치는 대동 사회를 만들고자 했던 충담사 나름의 고심 어린 생각을 풀어 놓았던 것이다.

조선 초기 악장의 제작자들은 충담사의 비판적인 노래와는 달리, 새로 창건한 왕조의 앞날을 낙관적 어조로 송축하였다. 어떤 사람들은 악장을 아첨의 노래라고 하여 그 문학적 진실성을 크게 의심하기도 하지만, 꼭 그렇게 볼 일은 아니다. 부패한 고려 왕조를 뒤엎고 역성 혁명에 성공한, 이른바 혁명파 사대부들은 그 누구보다도 강렬한 이상 국가 건설의 소망을 지니고 있었고, 실제로 조선 왕조의 문물 제도 마련에 열정적으로 참여한 사람들이었다. 이들은 이상 사회라고 여겨졌던 주나라의 제도를 탐구하여 새로 만든 나라에 적용하고자 하였고, 왕권王權과 신권臣權의 견제와 조화를 통한 이상적인 정치질서를 수립하고자 애썼으며, 백성들의 삶을 안정화시키고 복리를 늘려 가고자 노력하였다. 비록 악장이 송축의 문학에 걸맞게 수사적으로 과장되고 국가적 이데올로기로 덧칠되어 있다고 할지라도, 그 속에 사대부들의 이상 국가에 대한 비전이 투사되어 있다는 점을 간과해서는 곤란하다.

정도전鄭道傳(1342~1398)의 〈신도가新都歌〉를 감상해 보자.

예전 양주楊州 고을이여
이곳에 새 도읍 좋은 경치로구나.
개국성왕開國聖王이 태평성대를 이루셨도다.
도성답구나, 지금의 경치 도성답구나.
성상께서 만년을 누리시어 온 백성이 모두 즐겁도다.
아으 다롱디리
앞은 한강물이여 뒤는 삼각산이여
복福이 많은 강산 사이에서 만세를 누리소서.

잘 알려졌듯이 이 노래는 조선의 새로운 도읍 한양과 건국주인 이성계의 덕을 예찬한 것이다. 예전부터 사람이 살아왔던 유서 깊은 고장 양주, 여기에 새로운 도읍이 멋지게 들어서서 장엄한 풍경을 이루는 데 대한 감격에서 노래는 시작된다. 그러나 이러한 감흥은 단지 눈에 보이는 경관 때문만은 아니다. 백성들을 위하여 수많은 난관과 역경을 이기고 새로이 나라를 건국한 태조의 노력과 그 결과로 나타난 백성들의 태평스런 삶이 풍경 속에 녹아들어 있기에 이토록 감격스러웠으리라.

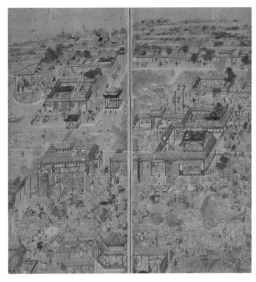

태평성시도太平成市圖
조선 시대 성안의 생활 모습을 그린 것으로, 각 계층의 인물들이 일하고 여가를 즐기는 모습을 생동감 있게 표현하였다. 조선 사회가 지향하는 이상 사회의 모습을 엿볼 수 있다.

이 작품이 노래하는 대상은 한양이지만 송축의 범위는 훨씬 크다. 한양은 조선의 서울이라는 상징적 공간일 뿐 왕이 주재하는 통치의 공간은 조선 전체이기 때문이다. 그리하여 온 백성과 더불어 모두 즐겁고 태평한 삶을 누릴 수 있는 나라와 임금이 오래도록 남아 있기를 기원하며, 다시 한 번 한양의 축복받은 풍광을 강조하고 있다. 이 노래에는 어디 한구석이라도 남루하거나 어둡지 않고, 신선하고도 환한 기운이 느껴지는 복된 이상 세계가 그려져 있다. 당시 사대부의 낙관적 세계 인식이 담겨 있는 것이다.

이런 인식은 작품에 따라 다채롭게 나타난다. 예컨대 악장 〈북전北殿〉에는 물질적인 풍요로움이 강조된다. 들판에는 서늘한 가을바람에 무르익은 벼 이삭이 출렁인다. 그래도 풍년이 계속되니, 남아서 썩는 것이 곡식이요 곳간에서 녹스는 것이 돈꿰미이다. 계절이 순조롭게 바뀌고 알맞은 날씨가 계속되니 백성들의 생활은 윤택해져, 끼니마다 밥 짓는 연기가 피어오르지 않는 집이 없다. 성군聖君의 아름다운 다스림에 풍요롭고 평안한 백성들의 생활이 날마다 이어지고 있으니, 유가들이 꿈꾸어 온 최고 이상 국가의 형상이다.

사실 이러한 세계는 조선 역사상 존재한 적이 없다. 최고의 생산력과 복지 제도를 갖추었던 세종 대의 실록만 들추어보더라도 국왕은 거의 해마다 중신重臣들과 흉년의 대책을 논의했던 사정이 나타난다. 따라서 이러한 세계는 현실과 유리된 이상향에 가깝다. 그렇다고 해서 이러한 형상이 공허하다고만 여길 일은 아니다. 조선 초의 사대부에게 이러한 세계는 지향해야 할 당위의 세계였고, 노력을 통해 나아갈 수 있는 곳이었기 때문이다.

썩은 정치 현실로부터의 탈출, 강호의 이상향

유가 사대부의 인생길은 무엇인가? 부지런히 독서를 하여 자신을 수양하고 세상을 다스릴 수 있는 역량을 갖춘 후 입신출사하여 왕의 덕정德政을 보좌하고 백성들의 삶을 행복하게 하는 것, 이것이 바로 그들이 걸어가야 할 정석적인 길이었다. 그러나 현실의 정치판에 부도덕한 군주가 자리잡고 있고, 관료들은 저마다의 이해관계에 얽매여 온갖 모함과 참소가 들끓고, 피흘리는 정치 싸움이 지속되고 있다면이야 어찌할 것인가. 사태가 이렇다면 강호로 물러나서 조용하게 자신의 덕성을 닦는 것이 도리일 것이다.

새소리 들리고, 맑은 물이 흐르며, 솔바람이 불어오는 강호자연은 부조리한 시대를 살아가는 유가 사대부들에게는 세상을 피하여 홀로 수양할 수 있는 휴식처이자 일종의 이상향이었다. 이 자그마한 이상향은 대체로 분열된 시대가 만들어 낸 안식의 장소이며, 세상과의 소통을 거부하는 닫힌 곳으로 설정된다. 우리 문학사에서 이러한 이상향이 시적 상상력을 통해 자주 나타난 시기는 강호가도가 활짝 꽃핀 16세기이다. 16세기는 이른바 '사화기士禍期'라고 하는, 훈구파와 사림파가 치열한 싸움을 벌였던 시대이다. 이 당쟁에서 운 좋게 살아난 사대부나 미리 몸을 피해 자신의 인격 도야에 힘쓰고자 한 사대부들이 선택하는 곳이 강호 세계였다. 16세기의 사대부 이별李鼈(?~?)이 지은 〈장육당육가藏六堂六歌〉*를 보자.

장육당육가藏六堂六歌 장육당 이별이 지은 여섯 수의 노래라는 뜻이다. 현재는 네 수만 전한다.

버 귀가 **소란타면** 네 쪽박도 버려야지.

네 귀를 씻은 샘물 여 소는 못 먹이리.
공명은 헌신짝이니 벗어나서 노닌다네.

옥계산 나리는 물 못을 이뤄 달빛 담네.
맑으면 갓을 씻고 흐리면 발 씻으리.
그 남은 세상 사람이야 청탁을 그 뉘 알리.

까마득한 옛날에 중국의 태평 시절을 열었던 요堯임금은 자신의 왕위를 자식이 아닌 나라를 잘 다스릴 수 있는 이에게 물려주고자 하였다. 이때 패택沛澤이라는 곳에 허유許由라는 사람이 살았는데 어질다는 소문이 자자하였다. 이 말을 들은 요임금이 그에게 천하를 맡기려 하자, 허유는 그를 피하여 영수潁水가의 기산箕山에 숨어 농사를 짓고 살았다. 그래도 요임금이 미련을 떨치지 못하고 그를 구주九州의 장으로 임명하려 하니, 허유는 더러운 말을 들었다며 영수 강물에 귀를 씻었다. 소에게 물을 먹이려 왔던 친구 소부巢父가 그 사연을 듣고서는 소를 끌고 상류 쪽으로 올라갔다. 더러운 말이 들어간 귀를 씻은 더러운 물을 소에게 먹일 수 없었기 때문이다. 이들은 천자의 지위도 우습게 아는 현명한 은자들이었다.

인용한 첫 번째 작품은 이 두 사람의 대화를 초중장에 배치하였다. 그런 다음 작자는 종장에서 자신의 마음을 위 은자들과 일치시킨다. 공명을 헌신짝처럼 여기며 강호 세계에서 한가로이 노닐겠다는 심산이다.

두 번째 작품은 작자가 은거했던 황해도 평산 옥계산의 아름다운 자연을 배경으로 하고 있다. 달빛이 어릴 정도로 맑은 시냇가에서 서정적 자아는 굴원의 〈어부가〉에서 보여 준 어부의 처세를 동경한다. 이 작품에서 어부는 지혜로운 은자의 형상인데, 세상이 맑으면 벼슬을 하고 세상이 흐리면 은거하겠다는 뜻을 노래한 바 있다. 위 작품에서 맑으면 갓을 씻는다는 것은 세상이 맑으면 벼슬하겠다는 의미이며, 흐리면 발을 씻는다는 것은 세상이 흐리면 은거하겠다는 의미이다. 그 은거의 공간은 부정한 세상 사람들이 도저히 발 디딜 수 없을 만큼 지극히 맑고 깨끗한 곳이다.

익제 이제현의 후손인 이별의 가문은 경주 이씨 명문이었다. 이별은 형제가 여덟이었는데 모두 재주가 뛰어났다고 한다. 그 가운데 가장 빼어났다는 이원李黿이 셋째이고, 이별은 다섯째였다. 평화롭던 집안과 형제의 우애는 무오사화로 인하여 풍비박산이 난다. 김종직의 문인이었던 이원은 무오사화에 연루되어 귀양을 갔다가 갑자사화 때 사형을 당했다. 또한 부친과 형제 모두 매질을 당하고 먼 지방으로 유배되었다. 당시 과거 시험을 준비하던 이별에게는 실로 청천벽력이었다. 형제까지 죽음으로 몰고 간 비정하고 부조리한 정치 현실에 실망하여 그는 세상을 버리고 황해도 평산에 은거하게 된다. 그가 평산에서 보인 울분은 이러한 시태 현실에서 비롯된 것이었다.

이 시기에 이러한 아픔을 간직한 사람이 어찌 이별뿐이었겠는가. 평생을 벼슬길에서 보냈지만, 이현보李賢輔(1467~1555)가 〈어부단가漁夫短歌〉에서 나타내 보인 내면 지향도 이와 유사한 바가 있다.

이 중에 시름없으니 어부漁父의 생활이로다.
일엽편주一葉扁舟를 만경파萬頃波에 띄워 두고
인세人世를 다 잊었으니 날 가는 줄을 알랴.

굽혀 보면 천심녹수千尋綠水 돌아보니 만첩청산萬疊靑山
십장十丈 홍진紅塵이 얼마나 가렸는고
강호에 월백月白하거든 더욱 무심無心하여라.

첫 번째 작품에서 화자는 시름없는 것이 어부의 생활이라고 말한다. 만 물결 일렁이는 널따란 강물 위에 조각배 하나를 띄우고, 물결 흐르는 대로 몸을 맡겨 두는 자유로운 삶이다. 이렇게 살다 보면 인간 세계의 시간 질서마저도 초월할 수 있다는 것이다. 여기서 인간 세계란 부조리한 정치가 판치는 저 바깥의 세상을 말한다. 두 번째 작품에서는 인간 세상에 대한 부정적 심리가 경물의 감각적 이미지를 통해 나타난다. 뱃전에서 강물을 내려다보면 그 심연을 알 수 없을 정도로 물결이 푸르고, 주위를 돌아보면 헤아릴 수 없을 만큼 푸른 산이 겹겹으로 둘러싸고 있다. 그러나 그 너머로는 열 길의 붉은 먼지가 장막처럼 드리워져 있다. 여기서 붉은 먼지는 어두운 정치 현실의 상징이다. 이러한 상황에서 화자는 '무심無心'의 경지를 추구하고자 한다. 하얗게 내리비치는 달빛의 이미지는 세속의 찌든 때를 말끔히 씻어 내어 무심의 경지로 들어가고자 하는 화자의 소망을 잘 보여 준다.

이처럼 분열된 시대의 이상향은 부정한 국가 권력이 미치지 않는, 궁벽한 강호의 맑고 깨끗한 공간에 설정된다. 그 속에서 자아는 맑은 강호를 벗삼아 하늘이 부여한 참된 본성을 보존하고 마음을 닦는다. 그러나 근본적으로 이들은 유가 사대부들이기에 수직적 통치 질서와 인륜을 기반으로 하는 유가의 질서 체계를 거부할 수는 없었고, 현실 정치에 대한 관심을 완전하게 접을 수도 없었다. 강호에 있으면서 시름과 인간 세상을 이야기한다는 것 자체가 이러한 내면 심리의 표현이라고 할 수 있을 것이다.

유가의 이상 국가는 국가 체제를 기본으로 한다. 구성원들의 신분과 역할이 정해져 있으며, 각자의 도덕적 본성에 따라 자신의 일을 성실하게 수행하면 이상 국가를 실현할 수 있다. 그러나 최초의 설계도가 담긴 《예기》의 시대부터 중세가 막을 내린 19세기 말까지 동아시아에서 이러한 이상향이 실현된 적은 한 번도 없었다. 아무리 정교하게 설계된 이상 국가라 하더라도 사사로운 욕심에 따른 갈등과 쟁투를 피할 수 없다. 오히려 국가의 폭력을 피한 곳에서 개인적 은둔의 이상향이 만들어졌으니 아이러니하다고 하겠다.

2 작은 나라 적은 백성,
도가적 이상향

거대한 제국에서 사는 국민들은 행복할까? 다른 나라의 공격을 받아 가족이 헤어지는 아픔을 겪을 일은 상대적으로 적어 보이지만, 커다란 나라를 유지하기 위해서는 강력한 규율과 많은 세금 등을 필요로 한다. 그렇다면 나라를 작게 만들어서 백성들이 편한 대로 살게 한다면 어떨까? 이것이 도가의 생각이었다. 그들은 정치나 제도의 속박이 없이 인간 본성에 따라 소박하게 살아갈 수 있는 이상향을 꿈꾸었다.

이웃 나라의 닭 우는 소리 들리는 땅

노자나 장자 등 도가 사상가들은 인위적으로 만들어 낸 제도나 정치를 그다지 신뢰하지 않는다. 그보다는 꾸밈없이 자연의 순리에 따르는 삶을 소중하게 여긴다. 이를 흔히 무위자연無爲自然이라고 한다. 또한 도가적 인물들은 항상 겸손하고 행동을 삼가서 작은 것도 크게 보고 적은 것도 많게 보는 태도를 지니고자 하였다.

노자는 자신이 살던 동주東周 사회의 부조리한 정치 질서를 비판하면서, 전쟁과 억압이 없고, 빈부 격차가 없으며, 혹독한 세금도 없는 평화로운 이상 사회를 구상하였다. 《도덕경道德經》에 서술된 이 이상 사회는 아주 작은 공동체 사회로, 인위적인 질서나 문명을 거부하고 인간에게 주어진 본성대로 소박한 욕망을 유지하며 살아가는 원시적인 사회이다. 최소한의 기록을 위해서 결승문자結繩文字 정도를 사용하고 쌓아 놓은 재산이 없으니 그로 인한 다툼이나 전쟁도 없는 평화로운 곳이다. 따라서 이곳은 역사적 진보도 문명의 발전도 정지된 사회이다. 이웃나라를 서로 바라볼 수 있고 닭과 개 짓는 소리가 들려도 죽을 때까지 왕래조차 없는 닫힌 공간, 그곳이 바로 도가의 이상향이다.

노자의 이런 구상은 동진東晉의 전원 시인 도연명陶淵明(365~427)에 의해 문학적으로 아름답게 채색되면서 사람살이의 구체적인 모습이 드러나는 낭만적인 유토피아로 다시 태어나게 된다. 바로 〈도화원기桃花源記〉에 그려진 '무릉도원武陵桃源'이다. 진나라 때 무릉에 사는 한 어부가 시내에서 고기를 잡다가 떠내려 오는 복사꽃을 발견한다. 꽃잎이 어디에서 왔는지 그 근원을 찾아가다 이상향을 발견하였는데, 그 세계의 모습이 이러했다.

서로 격려하여 농사에 힘쓰고	相命肆農耕
해가 지면 쉬는 집으로 가네.	日入從所憩
뽕과 대나무는 그늘 드리우고	桑竹垂餘蔭
콩과 기장 때를 따라 심는다오.	菽稷隨時藝
봄 누에 쳐서 긴 명주실 거두고	春蠶收長絲
가을에 수확해도 바치는 세금 없네.	秋熟靡王稅
황폐한 길이 왕래를 막았으니	荒路曖交通
닭과 개는 서로들 울고 짖구나.	鷄犬互鳴吠
제사는 여전히 옛법대로이고	俎豆猶古法
의복도 새로운 제도가 없다오.	衣裳無新製
아이들은 마음껏 다니며 노래하고	童孺縱行歌
노인들은 즐겁게 놀러 다니는구나.	斑白歡游詣
풀이 자라면 시절이 온화할 줄 알고	草榮識節和
나뭇잎 시들면 바람 매서울 줄 아네.	木衰知風厲
비록 세서 절후의 기록이 없어도	雖無紀歷志
사계절이 절로 한 해를 이룬다.	四時自成歲
기쁘고 넘치는 즐거움 있으니	怡然有餘樂
무슨 일에 애써 지혜를 쓰랴.	于何勞智慧

지극히 평화로운 모습이다. 사람들은 서로 도와 일을 하고 계절따라 농작물이 자란다. 가을에 풍요로운 들판을 바라봐도 걱정이 없다. 세금을 거두는 국가 기구도 관료 조직도 없기 때문이다. 옛날의 법식 대로 제사 지내고, 옷 또한 케케묵은 것인데도 부끄럽지 않고, 아이의 노랫소리와 노인들의 기쁨이 거리를 메우는 즐거운 세상이다. 사람들이 애써 시

간의 흐름을 계산해 놓은 달력이 없어도 계절은 저절로 흘러가고, 이러한 자연법칙에 따르면서 욕심 내지 않고 만족하며 살아간다. 이들은 인간의 지혜가 구축한 윤리나 제도 없이도 자연의 조화로운 질서와 일치된 삶을 누린다. 이는 평등한 원시 공동체 사회의 꿈을 반영한 것으로, 앞서 살펴본 노자의 꿈을 계승한 것이다.

도연명이 이러한 아름다운 이상향을 그려 낸 것은 그가 살았던 시대 현실과 관련이 있다. 그가 살았던 위진 시대는 귀족 사회로 귀족들이 대부분의 땅을 차지하고 군사력을 소유하였으며, 이를 기반으로 농민들을 수탈하였다. 따라서 농민들의 반란과 유리걸식*이 끊일 새가 없던 혼란한 시대였다. 도연명 자신도 벼슬길에 나아갔다가 물러나기를 몇 차례 반복하다가 끝내 부조리한 정치 현실과 타협할 수 없어 벼슬자리를 버리고 전원으로 돌아왔던 것이다. 〈도화원기〉는 극도로 혼란한 시대를 체험한 도연명이 그의 정치적 소망을 투영하여 초기 도가의 이상적 공동체를 본받아 새롭게 그려 낸 것이다.

도연명의 작품은 중국은 물론 한자 문명권의 동아시아 여러 나라에 문학과 음악, 회화 등 여러 분야의 예술 세계에 큰 영향을 끼쳤다. 안견이 그린 〈몽유도원도〉가 대표적이다. 이외에도, 많은 시인들이 이 시에 대한 화답시를 짓거나, 새롭게 한국적으로 모습을 바꾸어 도화원적 이상향

유리걸식流離乞食 정처 없이 떠돌아다니며 빌어먹음.

몽유도원도
조선 세종 때 안평대군이 도원을 유람한 꿈 이야기를 듣고 안견이 그린 그림이다.

을 창작했다. 고려의 시인 진화陳澕(?~?)가 지은 〈도원가桃源歌〉를 보자.

풀과 나무를 살펴보아 추위와 더위 알고	坐看草樹知寒暑
웃으며 어린아이와 다니다가 앞뒤를 잊겠네.	笑領童孩忘後先
어부가 한 번 보고 곧 배를 돌리니	漁人一見卽回棹
안개 긴 물결만 속절없이 만고에 아득하여라.	煙波萬古空蒼然
그대 못 보았나, 저 강남의 마을에	君不見江南村
대나무가 지게문 되고 꽃이 울타리 된 것을.	竹作戶花作藩
맑게 흐르는 시냇물에는 찬 달이 어지럽고	淸流涓涓寒月漫
푸른 나무는 적적한데 그윽한 새가 지저귀네.	碧樹寂寂幽禽喧
한스러운 것은 백성들 생활이 날로 피폐해 가는데	所恨居民産業日零落
고을 아전들은 세미 받으러 늘 문 두드리는 것이라.	縣吏索米長敲門
다만 와서 핍박하는 바깥 일만 없다면	但無外事來相逼
산촌의 곳곳마다 모두 다 도원이라오.	山村處處皆桃源
이 시에 담긴 뜻 있으니 그대는 버리지 말고	此詩有味君莫棄
고을 기록에 적어 두었다가 자손들에게 전하게나.	寫入郡譜傳兒孫

진화의 시에 묘사된 이상향의 모습은 도연명의 〈도화원기〉와 거의 차이가 없다. 진화는 도원이라는 이상 공간과 강남 마을이라는 현실 세계를 선명하게 대비시키고 있다. 때에 따라 꽃피고 새 울며, 달 떠오르는 강남 마을의 아름다운 경치는 그야말로 무릉도원의 모습이다. 그러나 경치만 아름답다고 무릉도원이 될 리 없다. 끝부분에서 놀라운 반전이 일어난다. 그곳은 실상 고을 아전들의 세금 독촉으로 백성들의 생활이 나날이 피폐해져 가는, 비극의 땅이었던 것이다.

공자가 어느 날 수레를 타고 태산 기슭을 지나가고 있을 때, 애절한 울음소리가 들려왔다. 가던 길을 멈추고 살펴보니 길가 풀숲에 있는 세 무덤 앞에서 부인이 울고 있었다. 제자인 자로子路가 연유를 알아보았더니,

그곳은 호랑이가 득시글거려 수년 전에는 시아버지가, 작년에는 남편이, 그리고 이번에는 자식이 잡아먹힌 곳이었다. 그렇다면 왜 떠나지 않느냐고 물었더니 이곳에 살면 혹독한 세금에 시달리거나 못된 벼슬아치에게 재물을 빼앗기는 일이 없기 때문이라는 대답이었다. 그 말을 전해 들은 공자는 제자들에게 말하였다. "잘 기억해 두거라. 가혹한 정치는 호랑이보다 더 무섭다는 것을……".《예기》의 〈단궁기〉에 나오는 이야기이다.

　도가의 이상향이 왜 국가나 정치 등 인위적인 제도 등을 부정하는지 이로써 명확해진다. 아름다운 강남 마을이 끝내 이상향이 될 수 없었던 이유도 가혹한 정치 때문이다. 권력을 가진 자들이 핍박하는 일만 없다면 우리 땅의 산마을 모두가 도원일 것이라는 진화의 메시지는 시대적 차이를 막론하고 새겨들을 만하다. 진화는 도화원의 모티프를 빌려 와서 폭압적인 민중 현실을 고발한 것이다.

이 땅의 무릉도원은 어디인가

도연명의 〈도화원기〉는 이른 시기에 한반도에 수용되어 다양한 갈래의 문학으로 재창조되었다. 이로써 우리 땅에도 다채로운 무릉도원이나 도화원이 생겨나게 된다. 수용의 동기는 분명하다. 중세 시대에 이 땅에서도 백성들의 삶은 고통스러웠으며 전쟁으로 인한 슬픔이 더하면서 이상 세계에 대한 열망을 낳았다. 그렇게 그려진 이상향은 무릉도원과 유사한 점이 있다. 그곳은 우리가 살고 있는 현실 세계의 어디엔가 있지만, 아무도 가 본 적이 없는 미지의 세계이다. 또한 폭력적인 현실 정치의 힘이 미치지 않는 곳이라서 행복하기 그지없는 곳이다.

　민중들의 입을 통해 전해 오다가 문헌으로 기록된 설화 가운데 《청학집靑鶴集》에 수록된 태평동太平洞에 관한 이야기 한 편을 감상해 보자.

　　매창梅窓이 함경도 갑산甲山 지방을 유람하다가 처사 임정수를 만났다. 이 사람은 태평동의 주인으로 자는 춘방, 호는 잠룡자라 하였다. 태평동은 갑산에서 동북으로 이틀쯤

청학집靑鶴集 이 책의 지은이 조여적은 조선 중기 사람으로 여러 번 과거에 떨어지고 나서 도가의 신선술을 익혔다. 사람의 수명과 앞날을 예측하기도 하고, 영약을 만들어 병든 사람을 고치기도 했다고 한다. 그가 신선적인 인물들의 행적이나 시문을 모아 만든 책이 《청학집》이다.

태평동太平洞 청학동, 이하동, 희룡굴 등과 함께 대표적인 도가적 이상향의 공간이다.

가는 곳에 있다.

매창이 잠룡을 따라 태평동을 찾아갔는데 이판령에 이르니 바윗길이 높고 험하였다. 바위 가운데 돌 하나를 밀치니 굴 문이 보였다. 굴을 들어가 본즉 좌우가 석벽으로 되어 있고, 사람 하나 겨우 지날 만한 좁은 길이 있었는데 촛불 다섯을 태우고 지나가서야 좀 넓어졌다. 돌 사이에는 웅황雄黃, 자석영紫石英, 석종유石鍾乳 등이 많이 자라고 있었다. 또 촛불 두 개를 태우면서 지나가니 깊은 못이 나왔다. 넓이가 수십 보쯤 되는데 그 위에 외나무다리를 걸쳐 놓았다. 다리를 건너서 또 촛불 세 자루를 태우고 걸어가니 산 뒤로 굴 하나가 나왔다. 사방이 절벽으로 에워싸이고 그 안에 삼십 리쯤 되는 들판이 있었는데, 여기가 곧 태평동이었다. 세금도 없고 전쟁도 미치지 못하는 곳이라서 태평동이라 한다. 맑은 샘, 흰 돌, 약초와 아름다운 나무가 있고 땅은 비옥하여 벼농사가 잘 되었다. 사람은 너덧 집이 살고 있는데 잠룡의 집은 영일당이라고 하였다. 뜰에는 구슬처럼 아름다운 꽃이 있고 단지에는 향기로운 술이 있었다. 매창이 이곳은 바로 낙원이라 하며 여러 날 머무르며, 여러 수의 글을 지었다.

태평동은 한반도의 북쪽 끝에 있었다는 이상향이다. 널찍한 동굴 안에 있으며, 너덧 집이 농사를 지어 생활하고 세금과 전쟁이 없는 곳이라서 도화원과 매우 비슷하다. 이 태평동을 찾아가는 길이 도화원에 비해 훨씬 멀고 또한 복잡한 미로라서 신비감이 더해진다. 그런데 무릉도원과 달리 벼농사를 짓고 약초가 자란다고 하니 조선의 현실에 맞게 토속화된 공간이라 할 만하다. 뜰에 아름다운 꽃을 기르며, 향기로운 술을 담고, 글을 사용하는 걸 보면 원시적인 무릉도원보다 훨씬 문명화된 장소이다. 또한 이곳의 주인인 임정수가 바깥 세계에 출입한다고 하니 덜 폐쇄적인 공간이기도 하다. 바로 이러한 점이 다소나마 이야기의 리얼리티를 증가시킨다. 무릉도원이 낯설게 느껴진다면, 이 태평동은 담장 너머의 이웃집 풍경인 듯이 익숙하게 여겨지는 것이다. 그럼에도 불구하고 여기를 탐방한 매창이 낙원이라고 말했듯이 하나의 이상향임이 분명하다.

무릉도원은 도가적 인물만 활용했던 모티프는 아니다. 오히려 유가 사대부들이 자신들의 문학 작품에 무릉도원의 상상력을 펼친 사례가 훨씬 많다. 그렇다면 유가 사대부들도 도교적인 사상과 세계관에 매혹된 것일까? 꼭 그렇지는 않다. 현실주의자인 유가 사대부들은 허황한 이야기를 믿지 않는다. 유방선柳方善(1388~1443)의 한시 〈청학동靑鶴洞〉을 살펴보면서 유가 사대부들의 생각을 더듬어 보기로 하자.

잡초가 뒤덮여 동서를 헤매는데	榛莽掩翳迷西東
이제껏 푸른 학만이 깃들어 쉬고	至今靑鶴獨棲息
벼랑 따라 외길이 겨우 통하였지.	緣崖一路纔相通
좋은 밭 비옥한 흙은 탁상처럼 반듯한데	良田沃壤平如案
무너진 담, 무너진 길은 쑥 덤불 속에 묻혀 있네.	頹垣毀逕埋蒿蓬
깊은 숲이라 닭과 개는 보이지 않고	林深不見鷄犬行
해가 지자 원숭이들의 울음만 들리는구나.	日落但聞啼猿狨
아마도 이곳은 옛날 은자가 살던 곳이니	疑是昔時隱者居
사람은 신선 되어 떠나고 산만 남았네.	人或羽化山仍空
신선이 있고 없고야 논할 틈이 없지만	神仙有無未暇論
그저 속세를 떠난 고상한 선비가 좋다오.	只愛高士逃塵籠
나 여기 집을 짓고 숨어 살면서	我欲卜築於焉藏
해마다 기이한 풀 꺾으며 여생을 보내려네.	歲拾瑤草甘長終
천태*의 지난 일이야 모두 허무맹랑하니	天台往事儘荒怪
무릉의 유적도 기실 몽롱하다오.	武陵遺迹還朦朧
대장부의 출처를 어찌 구차히 할 것인가.	丈夫出處豈可苟
몸을 깨끗이 하려다 인륜을 어지럽힘은 참으로 무지한 일.	潔身亂倫誠悾悾
나 이제 노래 지음이 무궁한 뜻 있으니	我今作歌意無極
옛적 시를 지어 선물했던 늙은이가 우스워라.	笑殺當日留詩翁

천태天台 절강성 천태현에 있는 천태산을 말한다. 한나라 때 유신·완조가 약초를 캐러 갔다가 신선을 만났다고 한다.

이 시의 앞부분에서 유방선은 산세가 빼어난 지리산의 험한 길을 따라 청학동을 찾아가는 여정을 묘사한다. 이어서 사람도 개와 닭도 없이 폐허가 되어 버린 인가人家의 자취를 발견한다. 그러고는 이곳이 청학동이라 짐작하고서 사람들이 모두 신선이 되어 하늘로 올라갔을 것이라고 추정해 본다. 그러나 이는 새로운 장소를 발견하여 기쁨이 샘솟는 상태에서 발현된 낭만적인 상상력일 뿐 실제로 작자가 그렇게 믿었다고 보아서는 곤란하다. 아마도 중국 서한西漢 때 회남왕淮南王이었던 유안劉安이 스스로 만든 단약을 먹고 신선이 되어 하늘로 올라갔는데 솥에 남은 그 찌꺼기를 개와 닭이 먹고 함께 승천하였다고 하는 신비로운 고사 등을 연상해 본 것이리라.

바로 그 다음 부분에 유자로서의 사고방식이 서서히 드러난다. 작가는 신선이나 도가적 이상 세계로서의 무릉도원을 모두 허황하다고 하면서 다만 붉은 먼지 날리는 속세를 피해 은둔하면서 청정한 삶을 살았던 고사高士들만을 긍정한다. 그래서 자신도 이곳에 숨어 살면서 한가로운 여생을 보낼까 생각해 보기도 한다. 그러나 이것도 잠깐 스치는 생각일 뿐이다. 이러한 삶은 유가 사대부의 처세관에 어긋나기 때문이다. 유자들의 처세는 수기치인修己治人, 곧 자신의 몸을 닦아 도덕적 인격이 완성되면 벼슬길로 나아가 백성을 위한 정사政事를 펼쳐야 한다. 자기 한 몸 깨끗이 하려고 은거의 길을 택하는 것은 결국 인륜을 어지럽히는 일이 된다.

이처럼 유가 사대부들은 허구적 이상향의 실재를 믿지 않았다. 다만 아름답고 신비로운 경치를 대하면 이곳이 무릉도원이 아닐까 하면서 시적 흥취를 높였던 것이다. 이러한 상황을 알려주는 조식曺植(1501~1572), 박인로朴仁老(1561~1642), 조황趙幌(1803~?)의 시조들을 차례로 보자.

두류산頭流山 양단수兩端水를 예전 듣고 이제 보니
도화桃花 뜬 맑은 물에 산그림자 잠겨 있네.
아희야 무릉武陵이 어딘가 나는 옌가 하노라.

명리名利에 뜻이 없어 베옷에 막대 짚고
물 찾아 산 찾아서 피세대避世臺에 들어오니
어즈버 무릉도원武陵桃源도 여기런가 하노라.

구학산九鶴山 깊은 골에 도화유수 따라 드니
깊숙한 한 동천洞天이 무릉선원武陵仙源 아닐런가.
두어라 이 생生에 남은 세월 술 마시며 보내리라.

이 작품들 모두 작가가 탐방했던 실제의 산에 있
는 아름다운 골짜기들을 무릉도원에 빗댄 것이다.
사실 무릉도원은 아름다운 곳이고 폭정이 없는 사
회인데, 앞에서 진화도 얘기하였듯이 국가 권력이
미치지 않는 곳이라면 우리나라의 자연 가운데 아
름다운 곳은 어디든 무릉도원이 아니겠는가? 조식
은 지리산 계곡의 복숭아 꽃잎이 뜬 맑은 물을 보
고서, 박인로는 현재 포항시에 속한 구인봉 절벽
아래에 있는 피세대의 아름다운 경치를 보고서, 그
리고 조황은 제천에 있는 구학산 골짜기의 복숭아
꽃잎이 뜬 냇물을 보고서 그것을 무릉도원이라고
여긴다. 이쯤 되면 도화원은 본래의 의미를 상실하
고 우리나라의 아름다운 자연 경치에 대한 관습적
인 상징으로 기능하고 있다고 보아야 할 것이다.

금강전도
겸재 정선이 영조 10년(1734)에 내
금강의 모습을 그린 것이다. 유가 사
대부들은 아름다운 자연에서 무릉
도원을 엿보았다.

신선들의 영원한 삶까지 넘보다

조선 후기의 야담에 나타난 이상향은 다소 특이하다. 야담이란 장르에는
민중의 생활 정감이 담겨 있으며 사실성보다는 허구성이 강하다. 또한
야담은 엄격한 사실보다는 문학적 진실성을 추구하기 때문에 현실적 욕

망을 가미한 발랄한 상상력이 두드러진다. 조선 사회가 흔들리던 조선 후기, 중세 해체기의 변환기적 사회상을 체험하면서 야담의 작가들은 자연스레 유가적 질서에 대한 회의나 비판적 시각을 갖추게 되었다. 이에 따라 야담의 세계에서는 사람이 지닌 본능적 욕구가 긍정되기도 하고 기이한 사람이나 세계에 대한 관심이 인간주의적 관점에서 펼쳐지기도 한다. 이런 점에서 도가적 상상력과 연결되는 지점이 있다.

그네들이 사는 곳으로 갔더니, 주위가 수십 리나 되는 섬이었다. 그곳은 인가가 수백 호인데, 옷차림은 중국과 비슷했으며, 풍속이 순박하고 예스럽고 예의가 있었다. 서로 술과 먹을 것을 가지고 와서 소년들을 대접하는 것이었다. 섬 이름을 의도義島라고 하는데, 임금이나 윗사람이 없고 조세나 공납을 바치는 것도 없었다. 그네들이 이 섬에 정착한 지 오래되었으나, 땅은 비좁고 사람이 적어 무엇보다도 혼인이 어려웠다. 소년들 중에 나이 많은 사람에게 청혼을 해서 혼인이 이루어졌다.

계생은 그네들에게 물어보았다.

"이 땅은 어느 나라와 통합니까?"

"통하는 나라는 없다. 다만 이 땅에는 삼麻이나 면화가 없어, 매년 한 번씩 중국 절강으로 나가서 의복가지를 사온단다."

"우리 조선은 매년 중국에 사신을 보내지요. 중국만 가면 조선으로 돌아갈 길이 있겠지요. 청컨대 절강 갈 때 따라가겠습니다."

장차 그 섬을 떠날 즈음, 혼인했던 사람은 그 신부 때문에 고민하였다. 신부가 신랑을 위로하며 말하였다.

"당신이 고국에 돌아가시면 부모 형제를 뵈올 텐데, 어찌 일개 여자에게 정을 두어 망설이시나요? 왜 그리 대장부답지 않습니까?"

배가 떠날 때, 신부는 술과 음식을 잘 장만하여 뱃머리에서 전송하더니, 배가 닻줄을 풀자 신랑에게 말하였다.

"저는 오늘 당신이 보는 앞에서 죽어 제가 결단코 개가改嫁하지 않겠음을 밝히옵니다."

그리고 갑자기 바닷물에 몸을 던졌다. 온 배의 사람들이 크게 놀랐다.

소년들은 중국으로 갔다가, 우리 사신을 따라 귀국길에 올랐다. 아내를 잃은 그 사람은 슬픔과 그리움으로 병을 앓다가, 압록강을 건널 무렵에 죽었다. 나머지 소년들은 모두 무사히 고향에 돌아갔다고 한다.

〈의도기義島記〉라는 야담의 앞부분이다. 이 이야기는 평양 사람 계생桂生의 학동 시절 체험담 형식으로 짜여 있다. 계생은 10여 명의 또래 소년들과 대동강 남쪽에 사는 스승에게 글을 배우러 다녔는데, 어느 날 뱃사공이 없는 빈 배를 타고 강을 건너다가 큰 바람에 표류하여 바다까지 밀려간다. 여러 날 떠밀려 다니다가 어느 섬에 도착하여 굴 속에 몸을 피했는데, 마침 지나가는 배가 있어 구원을 요청하게 된다. 뱃사람들과 말이 통하지 않아 필담을 나누었는데, 조선 땅까지 데려다 줄 수 없으니 대신에 그들이 사는 곳으로 가자고 한다.

여기서 의도의 주민들은 누구일까. 작품 후기에 따르면 만주족인 청나라의 지배에 반대하여 바다 가운데의 섬으로 망명한 명나라의 유민으로 추측된다. 말은 통하지 않으나 필담이 가능하고 옷차림이 중국과 비슷했다는 내용이 좀 더 확신을 갖게 한다. 이곳은 수백 호의 집에 땅이 비좁고 사람이 적다는 점에서 소국과민小國寡民의 사회임을 알 수 있다. 또한 임금이나 윗사람이 없고 조세나 공납을 바치는 것도 없었다는 점에서 무릉도원과 닮아 있다. 이곳은 풍속이 순박하고 예스럽고 예의를 갖춘 사람들이 사는 곳이어서 삼정의 문란˚으로 고통스러웠던 조선의 현실과는 동떨어진 이상 세계이다. 당시 조선에서 무지막지한 수탈의 체험을 겪은 민중이라면 의당 한번쯤 꿈꿔 보았을 해방의 땅이라 할 수 있다.

이 작품에서 돋보이는 부분은 함께 갔던 소년의 사랑 이야기이다. 의도의 처녀와 결혼했던 소년은 사랑과 귀향 사이에서 갈등하게 되고, 신랑에게 귀향을 독려하고 음식까지 장만하여 배웅하던 신부는 순결한 사랑을 지키기 위하여 바닷물에 몸을 던져 죽는다. 아내를 잃은 그 사람도 슬픔과 그리움으로 병을 앓다가 마침내 압록강을 건널 무렵에 죽고 만다.

삼정의 문란 조선 국가 재정의 3대 요소인 전정·군정·환정 제도가 어지러워졌음을 말한다. 전정은 논밭의 소출량에 근거한 세금 제도, 군정은 군역과 관련한 제도, 환정은 정부 보유 미곡의 대여 제도이다.

서로에 대한 사랑이 얼마나 깊었으면 죽음의 세계에서 재회하고자 하였을까. 인간 본연의 정감과 참된 사랑에 대한 작가의 통찰력이 여운을 길게 남긴다. 이 이야기는 조선 후기의 사회상에 대한 반성과 인간의 애정에 대한 성찰을 담아 유토피아적 상상력으로 집약해 낸 작품이라 할 만하다.

도교의 여러 계파 가운데 신선술을 추구하는 단정파丹鼎派라는 집단이 있다. 신체적 수련이나 단약丹藥을 만들어 먹음으로써 불로장생의 신선이 되는 꿈을 이루고자 하는 것이다. 현대의 과학이나 의학으로 볼 때 황당한 일이지만, 삶의 유한성을 넘어서고자 하는 사람들의 욕망은 집요하여 이런 일이 성행하였다. 진 시황이나 한 무제가 벌인 불사不死의 노력은 유명한 사례이거니와, 우리나라에도 조선 중기에 이렇듯 신선술을 닦았던 사람들의 이야기들이 전해 온다. 다음은 《청구야담》에 실린 〈동해의 단구를 다녀온 유동지識丹邱劉郎漂海〉라는 이야기이다.

고성군高城郡에 사는 유동지劉同知는 동네 사람 24명과 함께 배를 타고 한 섬에 미역을 따러 갔다. 큰 풍랑을 만나서 배가 가라앉아 표류하였는데 겨우 세 명만이 살아남아 한 곳에 닿았다. 갑자기 두 동자가 나타나 선생의 명령이라면서 깃술잔에 물을 따라 주니 세 사람이 이를 마시고 기력을 회복하였다. 그들은 동자를 따라가서 노옹老翁을 만났

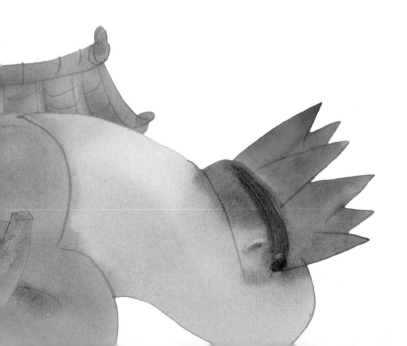

는데, 노옹은 그 섬이 동해의 단구丹邱°라고 하였다. 그곳에서는 물만 마시고 풀로 옷을 입는다고 한다. 그들은 노옹을 졸라서 그곳에서 3만여 리 떨어진, 해 돋는 곳을 구경할 수 있도록 허락을 받았다. 세 사람이 배에 올라 동자가 준 경액瓊液을 세 번 마시자, 배가 이미 언덕에 닿았다. 그리하여 인간 세상의 해돋이와는 견줄 수 없는 일출을 볼 수 있었다.

그들이 고향에 돌아가기를 원하자, 노인은 섬의 하루는 인간 세상의 일 년에 해당되어 표류한 지 벌써 50년이 지났다며 돌아가도 낯설 것이라며 만류하였다. 그래도 돌아가기를 간청하니, 노인은 배에 태워 보내면서 지남철을 주어 가야 할 방향을 알려 주었다. 유동지는 배 속에서 경액을 세 병 훔쳤다.

그들이 동자의 도움으로 고성에 되돌아와보니, 만나는 사람마다 낯이 설었다. 부모와 처자식이 죽은 지 오래되었고 손자가 집주인으로 있었다. 유동지는 훔친 경액을 하루에 한 번씩 먹어 200년 동안이나 병이 없이 지냈다. 그후 고성의 원님이나 수령 등이 부르면 가서 단구에 대한 이야기를 해 주곤 했다.

표류를 하다가 바다 가운데의 이상향에 도달했다는 것은 〈의도기〉와 비슷하다. 그러나 유동지가 도착한 세계는 단구라는 신선의 세계이다. 이곳에 사는 사람들도 보통 사람들이 아니라 신선술을 익힌 사람들이다. 이곳의 사람들은 물만 마시고 풀로 옷을 입는다고 한다. 이들은 시간과 생명을 늘리는 경액이라 불리는 신비로운 약물을 먹고 부상扶桑의 아름다운 일출을 구경한다. 인간 세상에서는 도저히 겪어 볼 수 없는 판타지의 세계 체험이다. 작품의 후반에서 현실계와 신선계를 대비함으로써 이야기는 더욱 신비감을 자아낸다. 향수를 못 이겨 돌아온 고향에서는 이미 먹은 경액으로 인하여 50년의 시차가 있었고, 더욱이 훔친 경액을 마심으로써 200년은 무병장수했다고 하니 그야말로 믿기 어려운 이야기이다. 유토피아의 꿈에다가 흐르는 세월 앞에서 유한한 존재일 뿐인 인간으로서 누구나 가졌을 법한 장생불사의 소망을 겹쳐 본 것이라 할 수 있다.

행복하게 살고 싶다는 사람들의 욕망은 끝이 없다. 도가의 유토피아적 상상력은 다양한 방식으로 이러한 욕망을 담아 내고 있다. 누구나 평등하게 살아갈 수 있는 조그마한 나라에 대한 구상에서부터 질병과 죽음을 넘어서서 신선처럼 살아갈 수 있는 인간 개조에 이르기까지, 그 상상의 폭은 놀랍기 그지없다. 중세 동아시아의 보편 문명권에 속했던 우리나라에서도 이러한 상상력을 낭만적으로 변용하여 한국적 정취에 알맞은 이상향과 신선적 인물을 창조해 냈다. 어느 시대, 어느 나라라고 해서 행복에 도달하는 꿈이 없을 수 있겠는가. 도가적 이상향의 발랄하고 자유로운 주민들은 오늘날에도 여전히 그리움의 대상이 될 만하다.

3 꿈과 환상의 초월적 이상향

새장에 갇힌 솔개는 마음껏 날아오르던 푸른 하늘이 얼마나 그리우며, 우리 속의 얼룩말은 뛰놀던 초원이 얼마나 그리울까. 꿈과 환상의 형식을 통해 묘사되는 유토피아는 대개 존재 현실에 대한 지독한 회의와 극심한 소외감에서 비롯되는 경우가 많다. 환상의 세계에서는 마음껏 자유로움을 추구할 수 있기 때문이다. 환상의 유토피아는 현실 비판의 알레고리나 호쾌한 경세의식을 드러내는 수단이 되기도 한다.

꿈속에서 본 환상의 유토피아

한국의 고전 문학에서 꿈은 대개 현실에서 이루지 못한 욕망을 충족하는 공간으로 활용되는 경우가 많다. 〈구운몽九雲夢〉을 예로 들어 보자. 육관대사의 젊은 제자 성진은 우연히 만난 팔 선녀를 못 잊어 애태우다가 꿈속에서 모두 만나 두 여인은 아내로, 여섯 여인은 첩으로 인연을 맺지 않았던가. 그 꿈의 바탕이 되는 현실은 결핍의 공간이라고 할 수 있다. 실제로 꿈을 깨고 난 성진은 까까머리의 사미승이었을 뿐이다.

일부의 몽유록계 소설에서도 작자의 소망을 마음껏 실현할 수 있는 이상향이 나타난다. 최초의 몽유록인 〈대관재몽유록大觀齋夢遊錄〉에서 작자인 심의審議(1475~?)는 꿈속에서 최치원이 천자로 있고 이규보를 비롯한 역대 문인들이 관료로 있는 천상의 문장왕국에 도달한다. 그곳은 완연한 문인들의 이상 세계였다. 그곳에서 작자는 천자의 총애를 받아 관직을 제수받고 자신의 시론詩論을 인정받으며, 김시습의 반란을 뛰어난 말솜씨로 물리치기도 한다. 그러나 작가는 진골이라는 이유로 다시 인간 세계로 돌아오면서 꿈에서 깨어나게 된다.

왜 주인공은 현실 공간이 아닌 꿈속에서만 그가 갈망했던 문장왕국에서 문인으로서의 기량을 마음껏 펼치며 영화를 누릴 수 있었을까? 여기에는 그가 살았던 15세기 후반의 역사 현실이 배경으로 자리 잡고 있다. 심의는 사림파와 훈구파 간의 정치적 다툼이 가장 치열한 시기에 살았으며, 그 어느 쪽에서도 환영받지 못하는 처지였다. 문장왕국은 현실 세계에서 소외된 심의 같은 사대부가 몽상 속에서나마 욕망을 성취해 보고자 한 끝에 만들어 낸 이상 세계라 할 수 있다. 따라서 우리는 작품을 좀 더 지혜롭게 읽을 필요가 있다. 즉 화려하고 이상적인 문장왕국이란 결국 정치적 다툼으로 얼룩진 조선 전기 관료 사회의 이면이었다는, 반어적 이해가 요구되는 것이다.

고산孤山 윤선도尹善道(1587~1671)는 예순여섯 되던 해, 꿈속의 천상 체험을 그린 〈몽천요夢天謠〉라는 연시조를 창작하였다.

상시常時런가 꿈일런가 백옥경에 올라가니
옥황玉皇은 반기시나 신선들이 꺼려하네.
두어라 오호연월五湖烟月이 내 분수에 옳으리.

풋잠에 꿈을 꾸어 십이루十二樓에 들어가니
옥황은 웃으시되 신선들이 꾸짖는다.
어즈버 수많은 백성을 어느 틈에 물으리.

하늘이 무너질 때 무슨 꾀로 기웠을까.
백옥루 중수할 때 어떤 장인이 이뤄 벌까.
옥황께 물어보자 했더니 다 못하고 왔구나.

이 작품에서 특이한 점은 시적 화자가 꿈속에서 도달한 천상 세계가 그다지 유쾌하고 아름답지만은 않은 곳이라는 점이다. 아니 오히려 심각한 갈등이 있는 장소라는 표현이 정확하다. 첫 번째 연을 보자. 생시인지 꿈인지 불분명한 가운데, 화자는 하늘 위에 있는, 옥황상제가 살고 있다는 백옥경에 올라간다. 그런데 하늘의 최고 통치자인 옥황상제는 자신을 반기지만, 그 아래의 신선들은 모두들 꺼려한다. 두 번째 연에서 보듯 오히려 화자를 꾸짖기조차 한다. 이러한 푸대접에 그는 곧 '두어라'라고 체념하면서 '오호연월', 즉 아름다운 강호 자연이야말로 곧 자신의 분수에 맞을 것이라고 한다.

이 시에서 화자는 누구이며, 왜 백옥경에 올라갔을까? 도가적 상상력이 그려 낸 백옥경이란 속세의 인간들이 감히 출입할 수 없는 곳이다. 여기서 화자는 '오호연월'이라는 지상 세계로 귀양 온 신선, 즉 적선謫仙임이 분명한데 불행하게도 옥황 주변에서 권력을 쥔 신선들과는 적대 관계이다. 그가 이 불편한 관계를 감수하면서까지 백옥경에 올라간 이유는 무엇일까? 세 번째 연에 해답이 있다. 백성들의 삶을 돌보아야 한다는 애민의식愛民意識이 강렬했기 때문이다. 백성들은 늘 현실 모순의 뒤안길에서 힘겨운 삶을 지탱해 나갔던바, 이들에게 덕정德政을 베풀 것을 요구한 것이다. 유가 사대부의 경세 의식이다.

호남 출신으로는 드물게 정치적 소수자인 남인이었던 탓에, 그리고 불의와 타협 없이 살았던 강직한 성격 탓에 윤선도의 삶은 파란만장하였다. 그는 평생 동안 많은 세월을 유배지에서 보냈다. 〈몽천요〉를 지은 시기는 효종이 등극한 지 3년째 되던 해이다. 대군 시절 자신의 사부였던 윤선도에게 효종이 벼슬을 내리자, 윤선도는 끝내 왕명을 거역할 수 없어 예조참의에 취임하게 된다. 이것이 이 시조에서 백옥경에 올라가 옥황을 뵙는 것으로 비유되었다. 벼슬길에 오르자 그는 평소의 강직한 성품대로 〈시무팔조〉를 올려 인재 등용과 붕당 혁파를 주장하고 나아가 당대의 권력자였던 원두표를 탄핵하는 상소를 올렸다. 결과는 불을 보듯 뻔했다. 윤선도는 온갖 비방을 듣고 삭탈관직을 당하여 해남으로 돌아오게 된 것이다. 신선들, 곧 권세를 쥔 간신들의 비방과 '오호연월'로 낙향하게 된 작중 배경이 바로 이것이다. 이렇게 본다면 이 작품에서 이상향의 배경인 백옥경과 옥황, 신선들, 그리고 이들과 시적 화자의 관계는 현실 정치의 우의적 상징이며, 적선의 모티프는 강력한 현실 비판적 기능을 지녔다고 할 수 있다. 이렇듯 조선조의 사대부들에게 유토피아는 단지 환상적이고 낭만적인 공간만이 아니라, 매우 강한 현실 비판의 알레고리로 기능하는 장소기도 했다.

윤선도의 〈몽천요〉처럼 송강松江 정철鄭澈(1536~1593)의 〈관동별곡關東別曲〉에서도 꿈속의 이상 세계는 정치적 의미를 띠는데, 호방한 풍류와 낙관적 관료 의식이 투사되어 긍정적인 모습으로 형상화된 것이 특징이다.

송근松根을 베고 누워 풋잠이 얼핏 드니
꿈에 한 사람이 나에게 이른 말이
그대를 내 모르랴 천상의 신선이라.
황정경黃庭經 한 자를 어찌 잘못 읽어 두고
인간 세상 내려와서 우리를 따르는가.
잠깐만 가지 마오! 이 술 한잔 먹어 보오.
저 먹고 날 먹이거늘 서너 잔 기울이니
따슨 바람 산들산들 두 어깨를 추켜드니
구만리 장공을 잠깐이면 날겠도다.
이 술 가져다가 온 세상에 고루 나눠
수많은 백성을 다 취케 만든 후에
그제야 다시 만나 또 한잔하자꾸나.
말 마치자 학을 타고 하늘로 올라가니
공중 옥피리 소리 어제던가 그제던가.
나도 잠을 깨어 바다를 굽어보니
깊이를 모르거니 끝인들 어찌 알리.
명월이 온 산 온 마을에 아니 비친 곳이 없다.

옛 신선들의 자취를 찾으며, 관동 기행의 마지막 여정인 망양정에 올라 술을 마신 채 잠이 든 화자가 꿈의 형식을 통해 신선 체험의 흥취와 감회를 드러낸 대목이다. 정철의 호방한 기질은 천상에서 내려온 신선과의 대화를 통해 자기 자신 또한 황정경을 잘못 읽어 지상 세계로 유배 온 적선이었다고 상상하는 데서 절정에 다다른다. 그가 꿈속에서 만난 신선과 천상 세계는 윤선도가 그렸던 것처럼 간신배와 궁궐이라는 현실 정치의 알레고리가 아니라, 그야말로 도가적 세계관 속에서 상상해 낸 참다운 신선과 이상 세계인 것이다. 이러한 경지는 정철이 도가의 이념에 함빡 빠졌기 때문이라기보다는 여행길에서 드러난 사선四仙에 대한 관심과 한잔 술의 취흥이 그의 드높은 풍류 정신과 어우러져 만들어 낸, 자아의 무한한 확장이라는 차원에서 이해하는 편이 좋을 듯하다. 신선들과의 대화를 통해 달아오른 작자의 감성은 급기야 산들산들 부는 바람에 어깨를 들어 날갯짓이라도 한다면, 유유히 구만리 장공으로 날아갈 수 있으리라는 느낌에 젖어들게 한다. 이 얼마나 자유롭고 호쾌한 상상력인가.

그러나 그는 유가 사대부이고, 강원도 관찰사로서 부임지를 향해 가는 여정이었다. 이러한 목민관으로서 그는 신선이 건네준 술을 온 세상에 고루 나눠 수많은 백성을 다 취케 만들고자 한다. 그의 경세적 이상은 자기 혼자만의 즐거움이 아니라, 이를 온 세상 온 백성들과 함께 나누자는 데 있다. 이 꿈이 실현된다면 그가 다스리는 지상 세계 또한 유토피아가 아니겠는가. 이러한 시적 상상력 속에 담긴 주제의식은 신선들이 떠나고

꿈을 깬 이후에도 이어진다. 즉 결말부에 해당하는 '온 산 온 마을'을 비치는 명월이 이를 암시한다. 여기에서의 '명월'은 단지 아름다운 풍경을 묘사하는 자연 소재만은 아니다. 유가 사대부들의 문학적 관습에서 밝은 달은 대체로 맑은 덕성과 밝은 지혜를 갖춘 통치자를 상징한 것이다. 따라서 이 대목은 군주의 은혜와 덕성이 온 세계를 뒤덮는, 왕도 정치의 실현에 대한 소망을 드러낸 것이라 할 수 있다.

이상에서 살펴본 꿈속의 유토피아는 대체로 현실 세계와 오버랩 되어 있다. 이는 이들 작가가 관료 체험이 있는 유가 사대부였기 때문에 그들의 경세 의식과 도선적 상상력이 뒤섞여 나타난 탓이다. 그렇다면 땀 냄새 밴 인간의 자취마저 전혀 보이지 않는 완전한 신선적 유토피아는 없을까. 우리는 유선 문학의 세계에서 그 면모를 엿볼 수 있다.

천상의 신선 세계에서 노닐다

유선 문학이란 작가가 낭만적 상상력을 한껏 펼쳐서 선계仙界에서 환상적으로 노닐었던 것을 표현한 문학이다. 어떻게 이런 문학이 가능할까. 허난설헌許蘭雪軒(1563~1589)의 〈꿈에 광상산을 노닌 시의 서문夢遊廣桑山詩序〉을 보면 그 창작 과정을 이해할 수 있을 것이다. 그녀는 이 작품에서 꿈속 이상향의 모습과 체험한 사건을 섬세하게 묘사하고 있다.

을유년 봄 나는 상을 당하여 외삼촌 댁에서 지냈다. 어느 날 밤 꿈에 바다 위 산에 올랐는데 산은 모두 구슬과 옥이었고, 뭇 봉우리는 온통 첩첩이 쌓여 있었다. 흰 옥과 푸른 구슬이 반짝거려서 눈이 어지러워 바로 볼 수 없었고, 무지개구름이 그 위를 에워싸니 오색 빛깔은 곱고도 선명하였다. 옥 샘물 몇 줄기가 벼랑 사이에서 쏟아지는데, 콸콸 하는 소리가 옥패 울리는 것 같았다.

두 여인이 있었는데 나이는 스물 남짓하였고 얼굴은 모두 빼어나게 고왔다. 한 사람은 자주빛 노을 옷을 걸쳤고, 한 사람은 푸른 무지개 옷을 입었다. 손에는 모두 금빛 호로병을 들고 사뿐사뿐 걸어와 내게 절을 하였다. 시냇물을 따라 굽이굽이 올라가니 신기한 화초가 흐드러지게 피었는데 이루 다 말할 수 없었다. 난새와 학과 공작과 비취새가 좌우로 날며 춤을 추고, 숲 끝에선 온갖 향기가 진동하였다.

그녀가 도착한 바다 가운데의 유토피아는 온통 흰 옥과 푸른 구슬로 만들어진 산에 무지개구름이 감돌고 있는, 황홀하게 아름다운 곳이다. 노을 옷과 무지개 옷을 입은 선녀들의 말에 따르면, 이곳은 10주의 선경 가운데 가장 빼어난 광상산이라는 선계이다. 이름 모를 온갖 꽃이 향기를 뿜어 내고 아름다운 새들이 춤추며, 푸른 바다가 붉은 햇살을 목욕시키는 신비롭고도 환상적인 공간인다.

16~17세기에 집중적으로 창작된 유선시에는 이토록 아름다운 유토피아의 형상이 가득하다. 어째서 이러한 상상이 가능했을까? 우리는 이러한 유선 문학의 작자들이 뛰어난 재주를 지니고도 세상에서는 쓰이지 못한 문인들이었다는 사실을 주목할 필요가 있다. 그들이 현실 사회에서 느낀 좌절감과 상처, 그리고 압박감이 얼마나 컸겠는가. 불우한 세상에서 정신의 해방과 자유를 추구하고자 한 열망이 도가적 취향과 만나 이토록 아름다운 관념의 공간을 만들어 낸 것이다. 허난설헌 또한 마찬가지이다. 시인으로서 탁월한 재능을 지녔음에도 불구하고 남성 중심의 가부장적 사회 체제에서는 이를 펼쳐 낼 도리가 없었으며, 무능한 남편과의 만남, 고부간의 갈등, 잇따른 아이들의 죽음 등으로 그녀가 살고 있는 세상은 온통 슬픔과 억압의 공간이었다. 이 지옥 같은 현실에서 그녀의 자유로운 영혼이 그려 낸 신선계는 어떠한 반목과 갈등도 없고 모든 것이 조화롭고 충만한 상상의 나라, 즉 비현실적이고도 허구적인 세계였던 것이다.

허난설헌은 모두 99수의 유선시를 지었는데, 이 방면에서 가장 많은 작품을 남긴 작가이자 대표적인 시인이다. 스물일곱 살의 꽃다운 나이로 요절했다는 점을 감안한다면 놀랍기 그지없다. 이러한 작품 수는 그녀의 짧은 생애가 그만큼 고통스러웠음을 말해 준다. 그녀의 유선시는 남성 중심의 예교에 대한 항거이자 여성 억압의 숨막히는 봉건 체제에서의 탈출을 위한 자유 선언이다. 무엇보다도 그녀가 지은 유선시의 내용이 이를 증명한다. 허난설헌 시의 주인공들은 대부분 여신女神들로서 선계라는 자유공간에서 총명함과 재능으로 마음껏 자아를 실현하며, 때로는 대담하게 애정을 추구하기도 한다. 그녀의 작품 가운데 〈선계를 바라보는 노래望仙謠〉를 살펴보자.

서왕모 중국 신화에 나오는 신녀神女의 이름. 불사약을 가진 선녀라고 하며, 음양설에서는 일몰日沒의 여신이라고도 한다.

기이한 꽃 부드러운 바람에 파랑새 날고	瓊花風軟飛靑鳥
서왕모의 기린 수레 봉래산으로 향하네.	王母麟車向蓬島
난초 깃발 꽃술 배자 흰 봉황을 타고	蘭旌蘂帔白鳳駕
난간에 기대어 웃으며 신기한 풀을 꺾는구나.	笑倚紅欄拾瑤草
하늘 바람 불어와 푸른 치마 헤집으니	天風吹擘翠霓裳
옥고리 경패 소리 댕그렁 댕그렁.	玉環瓊佩聲丁當
선녀들 짝을 지어 옥 거문고 연주하니	素娥兩兩鼓瑤瑟
세 번 꽃 피는 계수나무 봄 벼음 향기롭네.	三花珠樹春雲香
동 트자 부용각에서 잔치를 마치니	平明宴罷芙蓉閣
청동은 푸른 바다를 백학 타고 건너가네.	碧海靑童乘白鶴
자줏빛 퉁소 소리 사무쳐 오색 노을 날리고	紫簫吹徹彩霞飛
이슬 젖은 은하수엔 새벽별이 지는구나.	露濕銀河曉星落

이곳은 검은 바다로 둘러싸여 있는 봉래산이라는 선계이다. 파도가 높아 접근할 수 없는 이 환상적인 이상향에 서왕모는 기린 수레를 타고 날아온다. 밤이 되면 그녀는 신선들과 더불어 부용각에서 잔치를 벌인다. 봉황을 타고 온 신선들은 웃으며 신기한 풀을 꺾는데, 어디선가 산들바람이 불어와 선녀들의 치맛자락을 헤집어 차고 있던 패옥이 댕그렁거린다. 시각적 이미지와 청각적 이미지가 어우러지는 가운데 아름답고 평화로운 선계의 정경이 그림처럼 드러난다. 거문고 소리 따라 계수나무 봄

향기 퍼지면서 어느덧 동이 터 올라 잔치는
끝이 난다. 이제 신선들이 돌아가야 할 시간
이다. 날이 새면 은하수에 놓인 다리도 끊기
고 백옥경의 구슬문도 닫히기 때문에 서둘러
야 한다. 청동이라는 선녀가 흰 학을 타고 통
소를 불며 오색 노을을 헤치고 앞장 서서 승
천하면 뭇 신선들이 뒤를 따른다. 잔치는 끝
나고 새벽별이 진다 해서 서글플 일이 전혀
없다. 이들은 죽음 따위를 걱정할 필요가 없
는 신선들이고 잔치는 날마다 또 열릴 터이기
때문이다. 영원히 순환하는 시간 속에 유락
은 끝이 없다.

이처럼 선계는 죽음을 초월한 영원의 세계
이지만 신선들도 인간처럼 사랑의 기쁨과 이
별의 슬픔, 그리고 사무치는 그리움에 잠 못
이루는 존재라는 점이 눈길을 끈다. 선계에
대한 동경이 담긴 〈유선사遊仙詞〉 87수 중 37수를 보자.

신선도
서왕모가 봉황의 일종인 난鸞새를
타고 내려오는 모습이다. 허난설헌
이 그린 선계와 신선의 모습을 짐작
하게 한다.

청동이 과부 지뷔기 일천 년   青童孀宿一千年
천수신랑과 좋은 인연 맺었구나.   天水仙郎結好緣
천상의 음악은 밤새 처마 밖의 달에까지 울리고   空樂夜鳴簷外月
북궁 선녀는 주렴 앞에 내려오네.   北宮神女降簾前

청동은 인간 세상에 마음을 둔 죄로 상제로부터 벌을 받아 지상으로
내려온 선녀이다. 대담한 그녀는 천수 소년 조욱에게 열렬히 구애하여
결국 두 사람은 혼인하게 된다. 천년 동안을 과부로 살았던 청동의 재혼
잔치에 어찌 음악이 빠질까. 하늘 음악이 요란하게도 달까지 울려 퍼지

고 북궁 선녀인 항아도 하객으로 참여한다. 과부의 개가 금지라는 조선의 율법과는 달리, 이렇게 과부 선녀도 멋진 신랑을 찾아 사랑의 결실을 맺는 것이다. 이른바 거리낌 없는 자유연애가 이 천상 공간에서는 가능한 일이다. 중세적 관념에서 볼 때 그야말로 자유로운 유토피아의 모습이라 할 수 있다.

　유선시를 여성들만 창작한 것은 아니다. 조선의 상당수 남성 시인들도 유선시를 남겼다. 〈승천행升天行〉을 통해 신흠申欽(1566~1628)이 상상한 선계 유람을 만나 보자.

구약방 구약에 들어 있는 단약방문丹藥方文을 말한다. 구약은 아홉 개의 대롱인데, 이 대롱에는 단약방문이 들어 있는 책들을 갈무리하였다고 한다.

활락도 몸을 수양하는 방법이 적혀 있는 도서道書.

아득한 저 하늘 사이에	杳杳太淸間
옥황상제의 집이 있었네.	乃有玉皇家
나에게 구약방을 가르쳐 주고	敎我九籥方
나에게 활락도를 전해 주었지.	貽我豁落圖
뒷 수레에다 푸른 용에 멍에 채우고	蒼螭駕後車
노을 깃발과 함께 올라갔도다.	霞斾與之俱
이리저리 배회하며 꽃향기를 즐기고	徙倚弄華芳
한가로이 영지를 완상하였네.	容與玩靈芝
목마르면 맑은 이슬을 마시고	渴飮沆瀣漿
부상의 못에서 휴식을 취하였지.	休憩扶桑池
찬란한 선도의 꽃은	燦爛蟠桃花
천년 묵은 가지에 두루 피었도다.	開遍千歲枝
되려 우스운 것은 서왕모가	却笑西王母
머리털이 실처럼 하얗게 된 것이라네.	曜然首如絲

　작자인 신흠의 선계 체험에 따르면 그곳은 인간 세계와 유사한 점이 있다. 우선 뭇 별과 해, 달, 구름, 무지개, 천둥, 번개가 있고, 사계절이 뚜렷한 곳이다. 시적 화자가 옥황상제의 집에 이르자 그는 친절하게도

구약방과 활락도를 가르쳐 주는데 이는 모두 신선이 될 수 있는 연단술에 관한 책들이다. 이어서 화자는 용이 끄는 수레를 타고 선계를 유람하면서 향그러운 꽃향기를 맡고, 한가로이 영지를 거닐다가 맑은 이슬을 마시면서 부상의 연못에서 휴식을 취한다. 더없이 아름답고 평화로운 곳이며 신비로운 세계이다. 지상에서는 꿈도 꾸지 못할 황홀한 유희의 세계이다. 그곳에는 천도 복숭아의 꽃이 천년 묵은 가지에서도 피어나는데, 불사의 약을 가진 선녀 서왕모의 하얗게 센 머리털과 대비된다. 영원한 푸르름만이 존재하는 장소인 것이다.

신흠과 같은 유가 사대부에게 이러한 선계의 놀음은 진정으로 현실의 탈출구가 될 수 있었을까? 현실주의자인 작가가 그 맥락을 몰랐을 리 없다. 세속의 고달픔에서 벗어나 잠시 천상으로의 관념적 도피를 시도하여 다소나마 위안을 얻는다 하더라도 이것이 곧 자신의 존재를, 그리고 몸담고 있는 사회를 근본적으로 변화시키는 데는 무력한 것이라는 사실을. 유선의 세계는 암담한 현실과의 갈등적 상황에서 낭만적으로 꾸며진 환상적 공간이며, 동경과 위안의 장소였다. 이러한 유선시는 부조리한 현실을 극복할 수 있는 근본적인 대안을 제시하지는 못함으로써 조선 중기 이후 서서히 내리막길을 걷게 되었다.

수중의 환상적 이상향, 용궁 탐방기

초월적 이상향이 일상 공간을 벗어나고자 하는 의지에서 싹튼 상상력의 소산이라면, 그것이 반드시 천상에 있어야 할 이유는 없다. 고전 소설에서는 물속의 이상향, 곧 용궁을 그려낸 작품이 적지 않다. 용궁이라고 해서 반드시 바다 속에 있는 것은 아니다. 김시습金時習(1435~1493)의 〈용궁부연록龍宮赴宴錄〉에 등장하는 수중의 이상향은 개성의 천마산에 있는 박연폭포 물속 깊이 자리 잡고 있다. 김시습의 소설에 등장하는 초월적 공간이 대개는 일부 현실계와 중첩되고 소통 또한 어렵지 않듯이, 용궁에 들어가는 것 역시 수월하다.

한생이라는 이름난 문사가 어느 날 박연의 용왕에게 초청을 받아 준마를 타고 한순간에 용궁에 당도한다. 용왕이 딸을 시집 보내기 위해 가회각이라는 누각을 하나 지었는데, 여기에 쓸 상량문을 지어 달라는 것이었다. 한생은 한순간에 글을 지어 올리고서 연회를 즐긴 다음 용왕의 호의로 용궁을 구경하게 된다.

용왕은 구름을 불어 날리는 사람에게 명령하여 구름을 걷게 하였다. 그래서 어떤 사람이 대궐 뜰에서 입을 오므려 한 번 훅 부니까, 하늘이 환하게 밝아졌다. 그런데 산과 바위와 암벽과 벼랑이라고는 한생의 시야에 전혀 들어오지 않았다. 다만 바둑판같이 넓고 평평한 세계가 수십 리쯤 되었다. 옥처럼 아름다운 꽃과 나무가 그 안에 줄지어 심어져 있고, 바닥에는 금모래가 깔려 있으며, 둘레에는 금 담장이 둘러져 있었다. 그리고 행랑과 뜨락에는 모두 푸른 유리 벽돌이 깔려 있어, 광채와 그림자가 서로 어우러졌다.

용왕은 두 사람을 시켜 한생을 인도하여 관람하게 하였다. 한생이 그들을 따라 한 누대에 이르렀는데, 이름하여 조원지루朝元之樓였다. 이 누각은 순전히 유리로 이루어져 있는데, 진주 구슬로 장식되어 있으며, 황금색과 푸른색이 뒤섞여 어우러져 있었다. 한생이 그 누각에 오르자 마치 허공에 오른 것 같았다. 그것은 1000층이나 되었다. 한생은 꼭대기 층까지 다 올라가 보려고 하였다. 그러나 사자가 말하였다.

"여기는 용왕에서 신통력으로 혼자 오르실 뿐입니다. 저희들도 역시 전부 다 관람하지는 못했습니다."

대개 이 누각의 맨 꼭대기층은 구름 하늘과 나란하기 때문에 진세의 보통 사람은 도저히 오를 수 없는 듯하였다. 한생은 7층까지 올라갔다가 내려왔다.

한생은 또다시 한 누각에 이르렀다. 이름하여 능허지각이었다. 한생은 물었다.

"이 누각은 무엇에 소용됩니까?"

사자는 말하였다.

"이 누각은 용왕에서 하늘에 조회하실 때 의장을 정돈하고 의관을 갖추는 곳입니다."

한생은 청하였다.

"의장을 관람하였으면 합니다."

사자가 한생을 인도하여 한 곳에 이르렀다. 거기에 둥근 거울같이 번쩍번쩍 빛이 나는 물건이 있는데, 눈이 아찔하여 자세히 볼 수가 없었다. 한생은 말하였다.

"이것은 무슨 물건입니까?"

사자는 말하였다.

"번개를 맡은 전모의 거울입니다."

또 북이 있는데, 크기가 전모의 거울과 같았다. 한생이 그것을 쳐 보려고 하였다. 그러자 사자는 말리면서 말하였다.

"한 번 치면 온갖 물건이 모두 진동할 것입니다. 이게 바로 우레를 맡은 뇌공의 북입니다."

이 용궁의 수직적인 계층 질서는 지상 세계와 비슷하다. 최고의 우두 머리는 하늘을 다스리는 옥황상제이고, 옥황상제에게 조회하는 용왕이 그 다음이다. 그러나 지상 세계와 분명 다른 점은 번개와 우레, 비와 바 람을 일으키는 기계 장치들이 있다는 점이다. 이러한 장치들을 움직이면 지상에는 번개치고 비바람이 몰아칠 터이니 지상보다는 한 차원 높은 세 계이다. 용궁의 궁실들도 특이하다. 푸른 유리로 이루어져 있고, 진주 구 슬로 장식되어 있으며 금 담장에 둘러싸여 있다. 푸른 유리라는 점에서 물빛과 일치하는 투명성과 깨끗함이 돋보이고 금빛으로 상징되는 고결 성이 배어 있는 곳이기도 하다.

그러나 〈용궁부연록〉은, 장소가 갖는 신비로움도 의미가 없진 않지만, 주인공 한생의 행적이 더욱 각별하다. 김시습의 분신으로 볼 수 있는 주 인공 한생은 이미 현실 세계에서 글재주로 이름을 떨쳤으며, 용궁의 초 청을 받아 그 세계에서도 문장 실력을 인정받는다. 현실계로 돌아와서는 명리에 뜻을 두지 않고 명산에 들어가 어디에서 세상을 마쳤는지 알 수 도 없다고 한다. 이러한 행적으로 볼 때, 한생은 현실 세계에서 부귀공명 을 누리고자 하는 세속적 욕망도, 이상 세계에서 영원한 삶을 추구하고 자 하는 허황한 욕심도 없다. 은거의 삶이 이를 분명하게 보여 준다. 그의 용궁 체험은 글쓰기로 표상되는 이상적인 자아실현에 초점이 놓여 있었

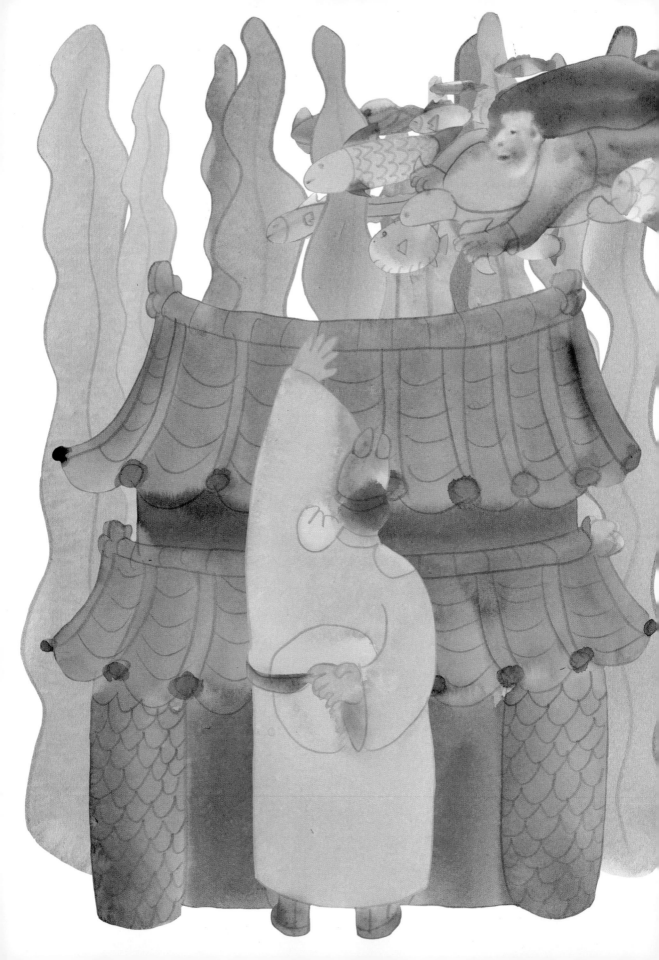

다고 생각할 수 있다. 앞서 심의의 〈대관재몽유록〉에서 보았듯이 문인으로서의 최고 이상은 문장력의 탁월성을 인정받는 것이다. 이것이 증명되었다면, 더 이상 무엇을 바라겠는가. 자신의 이상 실현 하나에 매진하면서도 그 외의 모든 일에 초연할 수 있는 그의 정신 세계가 놀랍기만 하다.

조선 후기 판소리계 소설 〈심청전沈淸傳〉에 등장하는 용궁은 인당수에 빠진 심청이 도달한 곳으로, 죽은 어머니와의 재회 공간이며 그녀 자신 또한 미래의 왕비로 다시 태어나는 공간이기도 하다. 심청처럼 힘겨운 삶을 살았던 조선 후기 민중의 소망이 반영된 공간이라 할 만하다.

수정궁으로 들어가니 인간 세계와는 다른 별천지였다. 남해 광리왕이 통천관을 쓰고 백옥홀을 손에 들고 호기 찬란하게 들어가니 삼천팔백 수궁부 내외의 대신들은 왕을 위하여 영덕전 큰 문 밖에 차례로 늘어서서 환호성을 울렸다. 심 낭자 뒤로 백로 탄 여동빈, 고래 탄 이적선과 청학 탄 장녀가 공중을 날아다니고 있었다. 집 치레를 보자 하면 능란하고 장하구나 고래뼈를 걸어서 대들보를 삼으니 신령스런 빛깔이 햇빛에 빛나고, 물고기 비늘을 모아서 기와로 삼으니 상서로운 기운이 공중에 어린다. 값진 보물로 치장한 궁궐은 하늘의 빛과 어울리고, 입고 있는 의복은 인간의 온갖 의복과도 비길 수 없었다. (중략)

하루는 광한전 옥진부인이 오신다 하니 수궁이 뒤눕는 듯, 용왕이 겁을 내어 사방이 분주하였다. 원래 이 부인은 심 봉사의 처 곽씨 부인인데 죽어서 광한전 옥진 부인이 되어 있었다. 그 딸 심 소저가 수중에 왔단 말을 듣고 상제께 말미를 얻어 모녀 상면하려고 오는 길이었다. 심 소저는 뉘신 줄을 모르고 멀리 서서 바라볼 따름인데, 무지개 어린 오색 가마를 옥기린에 높이 싣고, 벽도화 단계화를 좌우에 벌여 꽂고, 각궁 시녀들은 곁에서 모시고 청학 백학들은 앞길을 인도하고 봉황은 춤을 추고 앵무는 벌여 섰는데, 보던 바

처음이었다. 이윽고 가마에 내려 섬돌에 올라서며,

"내 딸 심청아!"

　판본에 따라 조금씩 다르지만, 〈심청전〉에 묘사된 용궁 또한 온갖 화려한 보화로 꾸며져 있으며, 음식은 무엇 하나 진귀하지 않은 것이 없다. 심청이 인당수에 빠지기 직전부터 옥황상제의 그녀가 오게 되면 특별하게 대접하라고 명령을 내린다. 마침내 심청은 사해용왕과 염라대왕, 그리고 수많은 선녀들의 호위를 받으며 용궁에 안내되어 극진한 대접을 받고 호화로운 연회의 주인공이 된다. 이곳은 그녀가 지상에서 보낸 쓰리고 아픈 삶을 일시에 보상받는, 지극히 풍요롭고 아름다운 공간이다.

　그러나 〈심청전〉 전체의 서사 전개에서 이곳은 다시 인간 세계로 나아가기 위한 기착지일 뿐이다. 다시 모녀는 이별하고 심청은 옥황상제의 명에 의해 꽃에 담겨 인당수로 돌아가게 된다. 혼약의 기한이 가까워졌기 때문이다. 이런 점에서 본다면 〈심청전〉에서의 용궁은 옥황상제의 주재하에 인간의 운명을 예정 조화적으로 실현하는 공간이기도 하다. 심청이 황후가 될 조짐이 이곳에서 이미 나타나고 있었던 것이다. 이렇듯 〈심청전〉에서 그려진 용궁은 효성이 지극했던 심청이 고통스러웠던 지상의 삶을 마감하고, 고결한 존재로 다시 태어나 지상으로 복귀할 수 있는 터전의 역할을 한다. 〈심청전〉의 민중적 상상력은 이러한 환상적 이상향의 설정을 통해 더 나은 삶을 추구하는 인간의 의지에 대해 넉넉한 믿음을 보여 주었던 것이다.

　실현 가능성의 측면에서 본다면 꿈과 환상의 이상향은 그야말로 나무에 올라가서 물고기를 구하는 식이다. 아무리 중세 시대의 사람들이라 할지라도 천상과 수중에 선계의 이상 세계가 실재한다고 믿었던 사람이 얼마나 될지 의문이다. 그렇다면 이 환상의 유토피아는 현실에서 고통받는 사람들의 몽롱한 도피처에 불과했을까. 그렇지는 않다. 환상의 이상향은 인간 세상 너머의 또 다른 세계를 그려 냄으로써 당대의 인간 존재

의 의미와 인간 세상의 질서를 다시 생각해 보게 한다. 말하자면 현실과
반대되는 세계를 보여 줌으로써 현실의 질서를 비판적으로 인식할 수 있
게끔 한다. 천년 과부였던 청동선녀가 사랑하는 소년 조욱과 재혼하는
이야기나 눈 먼 아비를 위해 목숨을 버렸던 심청이 용궁에서 보상받는
이상향의 이야기 등에서 사람들은 현실 세계에서 왜곡된 인간 존재나 부
당한 현실 질서에 대해 비판적 거리를 확보할 수 있기 때문이다.

인용 작품

몽천요 194쪽
작가 윤선도
갈래 연시조
연대 17세기

관동별곡 196쪽
작가 정철
갈래 가사
연대 16세기

**꿈에 광상산을 노닌
시의 서문** 198쪽
작가 허난설헌
갈래 한문 산문(시 서문)
연대 16세기

선계를 바라보는 노래
200쪽
작가 허난설헌
갈래 한시
연대 16세기

유선사 37수 201쪽
작가 허난설헌
갈래 한시
연대 16세기

승천행 202쪽
작가 신흠
갈래 한시
연대 17세기

용궁부연록 204쪽
작가 김시습
갈래 고전 소설(한문/전기)
연대 15세기

심청전(완판본) 207쪽
작가 미상
갈래 고전 소설(판소리계)
연대 조선 후기

4 종교가 그려 낸 피안의 세계

종교적 이상향은 적어도 그 교도들에게는 실재한다고 믿어지는 곳이다. 종교적 이상향은 합리적 진실보다는 신앙적 신념의 문제인 것이다. 물론 종교적 이상향을 추구하는 데 현실 변혁을 통한 지상 천국의 건설을 목표로 두는 쪽도 있다. 그러나 이 완전한 세계에 도달하기 위해서는 숭고한 구도적 자세가 요구된다는 점은 어느 쪽이나 마찬가지이다.

극락정토의 불교적 이상향

불교에서는 번뇌와 죽음이 끊이지 않는 중생들의 현실 세계를 예토穢土, 즉 더러운 땅이라고 부른다. 불교의 이상향은 그와 반대되는 세계, 즉 고통도 번뇌도 없는 세상인데 이를 정토淨土라고 부른다. 정토에 가기 위해서는 맑고 깨끗한 마음을 가지고 세속적 욕망에서 벗어나야 한다. 현세의 신분이나 지위는 아무 상관없이 깨달음의 마음만 갖게 된다면 누구나 그곳에 갈 수 있다고 한다.

신라 문무왕 때에 분황사 서쪽에 신 만드는 일을 직업 삼아 처자를 거느리고 살던 광덕이란 남자가 있었다. 그는 친구 엄장과 약속하기를 먼저 극락세계에 가는 사람은 상대방에게 꼭 알려 주기로 하였다. 어느 날 광덕이 먼저 서방 세계로 떠나자, 엄장이 장례를 치러 주고 나서 그의 부인과 결혼한 뒤 잠자리를 요구한다. 광덕의 부인은 그를 꾸짖으며 죽은 남편은 함께 살았던 10년 동안 한 번도 동침하지 않고 매일 밤 몸을 단정히 하고 아미타불을 염송하였다고 알려 준다. 이에 부끄러움을 느낀 엄장도 그날부터 정성껏 수행하여 마침내 극락세계에 올라갔다고 한다. 광덕廣德(?~?)이 수행할 때 불렀다던 향가 〈원왕생가願往生歌〉가 《삼국유사》에 실려 전한다.

달아, 이제
서방西方까지 가셔서
무량수불無量壽佛 앞에

일러다가 사뢰소서.

다짐誓 깊으신 존尊을 우러러

두 손을 모두워

원왕생願往生 원왕생願往生

그리워하는 사람 있다고 사뢰소서.

아아! 이 몸을 남겨 두고

사십팔대원* 四十八大願 이루실까.

사십팔대원四十八大願 아미타불이
법장비구法藏比丘였을 때 세운 48가
지의 큰 소원.

이 작품은 시적 화자가 서쪽으로 흘러가는 달님을 통해 서방 세계를 주
재하는 아미타불에게 자신의 메시지를 전달하는 형식을 취하고 있다. 이
작품에서 화자는 달님을 동쪽에서 띠시 이두운 지상 세계를 비추다가 마
침내 서방의 초월적 이상향에 도달하는 존재라고 생각한다. 전하는 말의
내용은 바로 지상 세계를 지나갈 때 달이 목격한 사실이다. 저 아래에서
어느 사내가 무량수불을 향해 두 손을 모으고 정성껏 '원왕생'을 염송하
더라는 것이다. 이 정도로도 안심이 되지 않았는지 화자는 자신을 끝내
어두운 지상계에 남겨둔다면 아미타불조차 그가 세웠던 소망을 이루지
못하리라는 믿지 않은 협박을 덧붙인다. 서방 정토를 향한 집념과 숭고
한 구도의 자세를 엿볼 수 있는 대목이다.

서방 정토가 어떠한 곳이기에 이들은 죽음을 초월하여 그 세계에 도달
하고자 했을까? 서방 정토의 모습은 나옹 화상 혜근惠勤(1320~1376)의 〈승
원가僧元歌〉에 상세하게 묘사되어 있다.

극락세계 장엄보소. 황금이 땅이 되고

칠보 못 넓은 못이 곳곳에 생겼으니

꽃 가득 실려 있고 물 아래 펼친 모래

순색으로 황금이요 못 안의 연꽃들은

푸른 연꽃 누런 연꽃 붉은 연꽃 흰 연꽃과

수레바퀴 같은 연꽃 사철 없이 피어 있고

(중략)

가지가지 새 짐승이 칠보 못 향나무 틈에

이리 날아 저리 가고 저리 날아 이리 오니

가며 오며 우는 소리 소리마다 설법이요

청풍이 소소하면 칠보 가로수 요란하고

웽경댕경 나는 소리 온갖 풍류 울리고

들리는 소리마다 염불 설법뿐이로다.

그뿐인가? 저 극락은 농사를 아니해도

옷밥을 생각하면 옷밥이 절로 오네.

　　황금 모래가 깔린 칠보 연못에 갖가지 연꽃이 사시사철 피는 곳, 허공 속의 누각이 갖가지 보석으로 꾸며져 있으며 온갖 새 짐승들이 자유로이 지저귀며 오가는 곳, 새들의 노래와 풍경 소리 사이로 염불과 설법의 소리가 들리는 곳, 노동의 고통이 없어도 저절로 옷과 밥이 생기는 곳, 이곳이 바로 서방 정토이다. 《아미타경阿彌陀經》에 묘사된 극락정토는 서쪽을 향하여 10만 억 불국토를 지난 곳에 있다고 한다. 중생이 이곳에 가기 위해서는 계율을 지키며 공덕을 쌓고 참선과 염불 수행을 정성껏 하면 된다. 그리하면 고통스런 육도 윤회에서 벗어나 광명한 극락세계에서 자유로움을 누릴 수 있다.

죽어야만 갈 수 있는 이 종교적 이상향에 대한 갈망은 현실 세계에 대한 근원적 회의에서 출발한다. 〈제망매가〉에서 볼 수 있듯이 현실 세계는 죽음의 고통에서 벗어날 수 없는 곳이며, 〈우적가遇賊歌〉에서 암시한 바 물욕에 젖은 도둑들이 들끓는 세계이다. 이러한 지상 세계에 대한 환멸과 영원한 삶에 대한 그리움이 결국 초월적 이상향을 향한 구도의 길에 나서게 하는 것이다.

만복의 땅, 천주교의 이상향

불교의 이상향이 '극락정토'라면 천주교의 이상향은 '천당'이다. 18세기 후반 중국에서 전래된 천주교는 조선인들의 사유 체계에 커다란 충격으로 다가왔다. 도무지 이해할 수 없는 내용들이 많았기 때문이다. 그럼에도 불구하고 천주교인들이 하나둘씩 생겨나서 자아와 영혼에 눈을 뜨고 모든 사람은 하느님 앞에서 평등하며 한 형제라는 깨달음으로 나아가기 시작했다. 양반과 상민의 차별을 바탕으로 사회적 위계 질서를 강조했던 전통의 유학자들 입장에서 본다면 기가 막힐 일이다. 전지전능한 신을 인정하고 인간은 그 피조물에 불과하다고 보는 천주교의 교리 또한 전통 사상에서 받아들이기 어려운 것이었다. 그 때문에 천주교는 국가를 뒤엎을 만한 매우 불온한 사상으로 간주되었고, 참혹한 박해를 받았다. 그러나 수많은 박해에도 불구하고 천주교는 신의 섭리 안에 있는 인간 존재에 대해 이야기하고 신에게 복종하며 성실하게 살아가야 할 인간상에 대해 설교하였다. 죽음과 더불어 인간의 육신은 소멸되지만 영혼은 불멸하여 선악의 행위 결과에 따라 천당과 지옥으로 나아간다는 믿음을 전파하였다.

천주교의 교리를 전달하고자 하는 천주가사에서 설정한 삶의 목표는 천당에 들어 영생을 누리는 것이다. 인간의 영혼이 끝내 도달해야 할 천당의 모습은 어떠할까.

가사이다 가사이다 천당으로 가사이다.

천당이 어디런고 만복지소 여기로다.

(중략)

맑은 강 맑은 물 흘러 있고 푸른 못과 나무숲들 벌여 있어

시들지 않는 초목이요 여위지 않는 꽃이로다.

사시 없는 상춘이요 밤이 없는 낮이로다.

백옥경 군은 곳에 십이문 열리이고

황금 흰 벽 황홀하니 값없는 보배로다.

오색구름 어린 곳에 기린 봉황 넘노난듯

천신들은 연주하고 성인들은 경탄하니

향기로운 사랑이요 융융한 화평이라.

영원한 시간 가지 않아 끝없이 누려 가니

샘 내는 이 뉘 있으며 미워할 이 뉘 있으리.

충만할사 이 복이여 충만하니 틸할런가.

가득할사 이 복이여 가득하니 넘칠런가.

생전복을 돌아보아 천당 복을 감력이라.

인천의 양반 출신으로 천주교에 입교하였다가 1839년에 기해박해로 체포되어 이듬해에 순교한 민극가閔克歌(1778~1840)의 〈천당강론天堂講論〉이다. 여기서 천당은 한마디로 '만복지소', 즉 수많은 복락을 누릴 수 있는 곳이다. 이곳은 사시사철이 봄이며 밤도 없이 대낮이 이어지는 곳으로 늙음이나 죽음을 걱정할 필요가 없는 영원불멸의 공간이다. 주변 경관을 보면 맑은 강과 푸른 물이 숲 사이에 흐르고, 시들지 않는 꽃과 초목 사이로 기린과 봉황이 노닐며, 백옥경의 도성에 황금 궁전이 황홀하다. 그 형상은 이미 대중에게 익숙한 도가적 상상력을 빌려다가 활용한 면이 있다. 사람살이의 모습을 보면 시기와 질투, 증오할 만한 사람이 전혀 없으며, 음악이 흐르는 가운데 향기로운 사랑과 그윽한 평화가 넘쳐난다. 영원불멸의 안식과 평화가 구현된 완벽한 이싱 세계의 모습이다.

불교와 천주교의 초월적 이상향은 인간의 상상력이 미칠 수 있는, 완벽한 모습을 취한다는 점에서 서로 유사하다. 그리고 그 아름다운 피안의 세계에 도달하기 위해서는, 계율을 지키는 절제적 삶의 자세와 숭고한 구도의 정신이 요구된다는 점에서도 크게 다르지 않다.

민중 종교의 지상 천국 만들기

이상향을 저 멀리 피안의 세계에다 두고 몇몇 선택받은 사람들만이 갈 수 있게 하기보다는 바로 이 땅을 지상천국으로 만들어 모든 사람이 이상국의 주민이 되게 한다면 어떨까. 이렇듯 발칙하면서도 혁명적인 생각들의 자취를 조선 후기 민중 신앙과 종교에서 찾아볼 수 있다.

조선 후기에 사회 모순이 걷잡을 수 없이 심화되면서 조선 왕조의 멸망을 예언하는 비기류와 예언서들이 나타나기 시작하였다. 《정감록鄭鑑錄》과 같은 책이 대표적이다. 이러한 책의 내용은 조선 왕조는 이미 운수가 다하였고, 다시 새로운 인물에 의해 새로운 나라가 건설되리라는 민간 신앙의 일종으로, 흔히 '진인 출현설'로 집약된다. 예컨대 이씨의 한양 도읍의 운수가 끝난 다음에는 정씨의 계룡산 도읍 몇백 년이 있고, 다음은 조씨의 가야산 도읍 몇백 년이 있다는 식이다. 극도의 현실 모순 속에서 변혁을 향한 열망이 민란으로 연결되면서, 이러한 관념들은 민중운동에 활력을 불어넣기도 하였다. 새로운 사회를 향한 갈망은 자연스럽게 이상향에 대한 상상력을 동반하게 된다.

조선 후기에 민간에 유행하였던 유토피아 중의 하나가 '삼봉도 이야기'이다. 함경도 경흥에서 맑은 날에 멀리 바라다보인다는 이 섬은 토지가 기름지고 생산도 풍요로웠는데, 세금을 피해 나라를 떠난 무리들이 1000여 명이나 살고 있다는 것이다. 이른바 삼정의 문란 등으로 힘겨운 삶을 살아야 했던 민중들이 억압과 고통이 없는 세계를 그려 낸 것이었다.

이렇듯 해방된 삶을 향한 열망은 구체적인 변혁 운동으로 이어지기도 한다. 영조 연간에 발생했던 괘서 사건'에 관련된 심문 기록을 보면 정진인鄭眞人이라는 비범한 존재가 등장한다. 그는 금산에 사는 정씨가 낳은 아들인데, 태어난 지 하루도 안 되어 말을 하고 몸 크기가 삼척동자였다고 한다. 황진기라는 사람이 바로 이 정진인을 모시고 울릉도 월변의 섬에서 나와 서울을 함락시키고, 가난과 귀천이 없는 평등하고 정의로운 정씨의 새 나라를 건설한다고 한다. 삼봉도가 도피적 이상향이라면 이는 체제 변혁적 이상향으로서 주목할 만한 현상이다. 자신이 몸담고 있는 사회 자체를 변혁하여 자유와 평등이 보장되는 새로운 이상향을 만들고자 한 것이기 때문이다. 이제 이상향은 저 멀리 외딴 곳에 신비스러운 모습으로 남아 있는 것이 아니라, 사회적 실천을 통해 현실 세계에서 구현될 수 있으리라는 믿음이 억압 받는 민중 사이에 퍼지고 있었던 것이다.

조선 후기의 대표적인 민중 종교인 동학의 후천개벽後天開闢은 지상 천국의 또 다른 표현에 해당한다. 후천개벽이란 인간의 의지적 노력으로 하늘과 땅을 새로이 여는 것이다. 다시 말해 새로운 세상을 창조한다는 의미이다.

괘서 사건 조선 중기 이후, 삼정의 문란과 세도 정치에 시달린 백성이 괘서나 방서 따위의 벽보를 붙여 나라를 비방하거나 민심을 선동한 사건을 말한다.

십이 제국 괴질 운수 다시 개벽 아닐런가.

태평성세太平盛世 다시 정해 국태민안國泰民安 할 것이니

개탄의 마음 두지 말고 차차차차 지버어라.

하원갑下元甲 지나거든 상원갑上元甲 호시절의

만고 없는 무극대도無極大道 이 세상에 날 것이니

너도 또한 나이 적어 억조창생 많은 백성

태평곡 격양가를 머지않아 볼 것이니

이 세상 무극대도 무궁하게 전해지리

하늘 뜻 사람 마음 네가 알까 하늘님이 뜻을 두면

금수 같은 세상 사람 얼풋이 알아버네.

수운水雲 최제우崔濟愚(1824~1864)의 《용담유사龍潭遺詞》에 실린 〈몽중노소문답가夢中老少問答歌〉의 한 대목이다. 작품을 보면 국태민안한 태평성대의 이상 사회가 정해진 운수에 따라 다른 곳이 아닌 바로 이 땅에서 실현된다는 신념이 강하게 드러나고 있다. 수많은 백성들이 격양가를 부르는 그 태평성대는 저절로 이루어지는 것이 아니다. 후천개벽을 향한 실천적인 노력이 부단하게 이어져야 가능하다. 최제우는 '아서라 이세상은 요순지치라도 부족시오, 공맹지덕이라도 부족언이라.'라고 하면서 유가의 덕치를 넘어서는 새로운 정치 원리를 요구했다. 하늘님을 모시는 인간은 존엄한 존재이며, 신분 차별이나 성 차별이 없는 평등한 존재라는

용담정
최제우가 도를 깨달은 곳으로, 여기서 동학의 교리를 가사로 표현한 《용담유사》를 지었다고 한다. 경북 경주시 현곡면에 있다.

각성이 필요하다고 하였다. 이에 따라 저마다의 욕구를 적절하게 절제하며 인간과 자연을 공경하는 인간형의 창조가 필요하다고 보았다. 또한 제국주의의 침탈 속에 민족의 운명이 풀잎처럼 스러진다면 지상 천국의 건설은 물 건너가게 된다고 하면서 외세의 억압 없는 민족의 주체성과

민족 간의 평등성을 강조하였다.

　동학의 이러한 꿈은 현실 사회 속에서 결국 좌절되었지만 몇몇 사람만
이 궁벽한 도피처에서 안온한 삶을 추구하는 소극적 유토피아보다 모든
국민이 자신의 땅에서 평등하게 대우받고 인간다운 삶을 유지하자는 적
극적인 이상 국가를 모색했다는 점에서 그 지향은 위대했다고 평가할 수
있다. 그것은 오늘날에도 여전히 유효한 우리의 꿈이기도 하다.

　사회주의적 유토피아의 실험이 실패로 귀결되면서 정치적 의미에서의
이상향은 이제 사라진 듯 보인다. 그러나 사람들이 꿈꾸는 이상적인 사
회 체제는 언제나 부정적인 현실과는 반대되는 이상적인 세계로 제시되
어 왔다. 따라서 현실이 여전히 삶을 힘들게 한다면 '미래의 약속'인 유
토피아는 언제나 새롭게 탄생할 수 있다. 또 다른 사회에 대한 영원한 꿈
으로서의 이상향이 단지 몽상에 그치지 않기 위해서는 무엇보다도 우리
가 살고 있는 세계와의 간극을 줄이고자 하는 노력이 필요하다. 그렇게
밀고 나간다면 언젠가 우리의 후손들은 그 땅의 주민 등록증을 발급받을
수 있지 않을까.

인용 작품

원왕생가 211쪽
작가 광덕
갈래 향가
연대 신라 시대

승원가 212쪽
작가 나옹 화상 혜근
갈래 불교 가사
연대 고려 후기

천당강론 215쪽
작가 민극가
갈래 천주 가사
연대 19세기

몽중노소문답가 218쪽
작가 최제우
갈래 동학 가사
연대 19세기

시조, 가장 정제된 한국의 정형시

서양의 소네트, 일본의 하이쿠, 중국의 절구 등이 그 나라의 대표적인 정형시라면, 이에 해당하는 우리의 시가가 바로 '시조'이다. 시조는 우리의 전통적인 시가 양식 중에서 가장 오랫동안 많은 사람들에 의해 창작되어 불리었고, 현재에도 계승되고 있는 갈래이다.

시조는 언제 출현하였을까? 문헌적 증거를 엄격하게 고집하는 사람들은 시조가 개인 문집에 실리기 시작한 16세기에 발생했다고 주장하지만, 14세기에 발생했다고 보는 것이 통설이다. 왜냐하면 간결하고 담백하게 절제된 시조의 언어와 형식은 사대부층의 미의식에 부합하는바, 조선 시대 사대부의 전신이라 할 수 있는 신흥사대부 계층이 14세기에 이르러 새로운 정치 세력으로 급부상하여 주류적인 담당층 역할을 하였기 때문이다. 음악적인 측면에서 시조의 악곡은 궁중악이었던 〈정과정〉의 엽葉이란 부분에서 파생되어, 조선 초기에 정착되었을 것으로 추정되는 것도 또 하나의 이유이다.

시조의 형식적인 틀은 어떠한가? 시조는 네 개의 음보(소리마디)가 한 행을 이루고, 이러한 행이 세 개가 모여 하나의 완성된 작품을 이루는 4음보격 3행시이다. 그러나 음보를 구성하는 음절 수에는 차이가 있으며, 이것이 반복, 전환, 완결로 이어지는 정형적 구조의 핵심을 이룬다. 다음 매죽헌梅竹軒 성삼문成三門(1418~1456)의 시조를 통해 시조의 형식과 내용이 어떻게 맞물려 있는지 살펴보자.

> 이 몸이 / 죽어 가서 / 무엇이 / 될꼬 하니
> 봉래산 / 제일봉에 / 낙락장송 / 되었다가
> 백설이 / 만건곤할 제 / 독야청청 / 하리라.

이 작품에서 초중장은 3음절 또는 4음절 음보가 규칙적으로 반복되어 시상을 흥기시켜 서서히 고양시켜 나간다. 죽은 이후에 낙락장송이 되고자 하는 비감한 소망이 펼쳐지고 있는 것이다. 그러나 종장 2음보에서는 5음절 음보를 사용하여 평정한 흐름을 차단하고 시적 긴장을 응축시킨다. 즉 5음절 음보의 빠른 호흡과 더불어 흰눈이 온 세상을 뒤덮는 극한 상황이 시상의 흐름 속에서 정점에 위치하게 하고, 이후 다시 4·3음절 음보를 배치하여 이완과 완결의 정형적 구조를 완성하고 있다. 독야청청이라는 불굴의 의지와 결연한 시적

조선 후기의 시조집 18세기 이후 전문 가객과
가단歌壇이 등장하면서 시조집의 편찬도 활발해졌다.
왼쪽은 시조집 《청구영언》이고, 오른쪽은 《가곡원류》이다.

봄날의 흥취 봄날, 양반가 후원에서 전문 예인들이 참석한 연회가 열렸다.
가운데 무릎을 세우고 앉은 가기歌妓가 가곡창을 한다. 조선 후기 시조 향유의
풍경을 엿볼 수 있다. 신윤복의 그림 〈상춘야흥常春野興〉.

화자의 모습이 제시되면서 전체의 시상이 마무리되고 있다.

　1920년대에 들어와서 시조를 국민 문학으로 부활시키자는 시조 부흥 운동이 있었지만, 실상 조선 시대에 시조 향유층은 그다지 넓지 않았다. 사대부층이 주류를 이루어, 강호 자연 속에서 심성을 기르며 유유자적하는 삶을 그리거나, 사회적 이상의 실현을 위해 백성들에게 유가의 윤리를 설파하거나, 우국·기행·세태와 관련한 작품을 남기기도 하였다.

　한편, 사대부 연회의 동반자였던 기녀들은 특유의 여성 정감을 애정 시조로 담아내기도 하였다. 그러다가 18세기 무렵부터 중인 가객들이 향유층으로 등장하여 창작과 가창이라는 두 측면에서 시조의 편폭을 매우 확대시켰으며, 상당량의 가집을 편찬하여 풍부한 시조 유산을 오늘날에 전해 주었다.

4 다른 세계와의 만남

갈래 이야기 기행 문학, 여행 체험과 상상의 판타지

혼일강리역대국도지도混一彊理歷代國都之圖(1402)

한반도, 미지의 세계와 만나다

동서양을 잇는 상징을 아는가? 바로 비단길Silk Road이다. 이 길은 동양에서 서양으로 건너간 비단을 매개로 생겨난 이름이다. 고대 동양과 서양의 만남은 중국에서 중앙아시아를 거쳐 인도로 이어지는 비단길을 따라 이루어졌다. 동양은 서양으로부터 보석·옥·직물과 같은 물산과 함께 불교·이슬람교와 같은 문화를 수용했다. 그런 점에서 비단길은 문명을 잇는 가교이자 교류의 마당이었다. 비단길이 그러하듯이 인류 문명이 생겨난 이후부터 동양과 서양은 끊임없이 만나고 교류해 왔다. 비단길의 동쪽 종착지인 한반도는 고대부터 이 길을 통해 이역과 교역하는 일이 잦았다. 한반도의 고대 문화에 큰 영향을 끼친 불교의 전래도 이 비단길과 관련이 깊다.

인도의 승려들이 중국을 거쳐 고대 삼국으로 들어와 불법을 전하고, 한반도의 승려들도 불법과 구도求道를 위해 중국을 거쳐 인도와 서역西域까지 여행을 했다. 이들은 동아시아를 넘어 다른 문명권의 문화를 찾아나섬으로써 누구도 몰랐던 새로운 이역의 문화를 만났다. 혜초의 여행기는 이렇게 탄생되었다. 그 밖에도 한반도의 수많은 승려들이 비단길을 따라 구도의 길을 떠났을 것이다. 이들은 구도를 위해 다른 문명권의 미지의 세계로 떠난 세계인이다.

이처럼 미지의 세계를 직접 만나는 경우가 있는가 하면 중국으로부터 새로운 문화를 받아들이고, 중국을 통로로 세계의 다양한 문화와 만나는 경우도 있었다. 주로 육로를 통한 사행使行의 길이다. 전근대 중국 중심의 세계 질서 속에서 한반도는 항상 중국과 관계를 맺고 중국으로부터 많은 영향을 받았다. 중국을 의식하고 중국의 동향에 민감하게 반응하는 것은 세계의 흐름에 적극 동참하는 과정이기도 했다. 전근대 세계는 문명 단위로 하나의 세계를 형성했기 때문이다.

한반도가 미지의 세계와 만나는 또 하나의 통로는 해양이다. 세계사의 중심으로 떠오른 국가들 가운데는 해양 국가가 많았다. 고대 유럽 역사에서는 그리스와 로마가 지중해를 장악해 대제국을 건설한 바 있다. 대항해 이후 에스파냐와 포르투갈이 식민지를 건설한 것도 해양을 통해서였다. 서양의 국가들은 바다를 지배하고, 동양권에 식민지를 구축하면서 제국으로 떠올랐다. 일본 역시 해양을 건너 온 포르투갈과 네덜란드의 문화를 수용하여 근대화의 기틀을 마련하고, 해양을 활용해 제국주의의 길로 나섰다.

삼면이 바다로 둘러싸인 한반도 역시 고대로부터 해양과 관계가 깊었다. 한반도는 삼국 시대부터 동아시아의 해양 문화가 이동하는 경로에 있었다. 고구려·백제·신라·가야가 7세기까지 일본 열도에 진출한 것도 그렇고, 가락국 허왕후의 경우도 해양으로부터 한반도에 들어온 사례라 하겠다. 또는 이역에서 바다를 표류하다 뜻하지 않게 방문하는 경우도 있었다. 표류는 원하지 않은 미지 세계로의 여행이다. 표착지 국가의 이문화를 기록한 표류기는 두 나라의 상호 인식에 큰 영향을 준다. 〈하멜 표류기〉는 표류가 남긴 결과물인데, 서구에 조선을 알리고, 서구인의 조선 인식에 크게 작용을 한 기록물이다. 이역인의 뜻하지 않은 표류가 두 문화가 교류하는 데 첨병 역할을 한 셈이다.

이처럼 역사적으로 한반도는 해양과 밀접하다. 한반도가 해양을 장악했을 때 대외적으로 세력을 떨쳤으며, 이문화와의 교류도 활발하였다. 고려의 개성에는 서역인이 왕래하였다. 하지만 조선은 해양을 등한시하여 바다로부터 온 세력의 침략을 받았다. 이후에도 한반도는 바다 너머 세계에 무관심하다 근대 전환기에는 결국 주권마저 빼앗기고 만다.

요컨대 육로와 해양을 통한 만남은 문명 간의 교류를 의미한다. 이러한 경험은 공동체의 삶과 의식에까지 영향을 끼친다. 특히 미지의 타자와 만나 교류하는 것은 세계에 대한 안목을 넓히고 세계 속에서 나를 되돌아보게 만든다. 우리의 고전 문학에서 이러한 시야를 담하고 있는 작품들은 일국을 넘어 세계와 소통하고, 자국을 객관적으로 바라보게 하는 계기를 마련한다는 점에서 의미가 있다. 이제부터 고전 작품 속에서 다른 문화와 만나고 다른 세계를 살피는 모습들을 하나하나 찾아보기로 하자.

1 세계를 향한 발걸음

대항해 시대 이전 세계는 각 지역별로 하나의 독자적 문명 단위를 이루며 발전하였다. 동아시아는 한자 문화권을 형성하였는데, 이는 한자(한문)를 기반으로 하는 문명권을 말한다. 전근대에서 하나의 문명이 보편성을 지니는 것은 세계사적 현상이다. 하지만 각 지역의 문화(문명)는 지리적 여건과 교통수단의 어려움 때문에 쉽게 서로 만나지 못했다. 개인이 이문화와 만나기 위해 길을 찾아 나서는 것은 목숨을 걸고 미지의 세계를 탐험하는 것과 같았다.

다른 문명을 찾아 나선 세계인

한국 문학에서 가장 오래된 고전 작품 가운데 혜초慧超(704~787)의 《왕오천축국전往五天竺國傳》이 있다. 세계적인 여행기로 평가받고 있는 이 책은 서역과 아랍의 문화를 기록한 오래된 책 중의 하나이다. 한반도에 살던 전근대인은 한자 문화권 너머에 있는 다른 문명을 몰랐다. 하지만 혜초는 인도와 이슬람의 서역 및 아랍을 4년간(723~727)이나 두루 여행하고 기록을 남긴다. 다음은 그 한 대목이다.

다시 파사국波斯國(페르시아)에서 북쪽으로 열흘쯤 가 산으로 들어가면 대식국大食國(사라센 지역)에 이른다. 대식국 왕은 본국에 살지 않고 소불림국小拂臨國(비잔틴 제국)에 가서 살지만, 소불림국을 쳐서 얻기 위해서 소불림의 산 많은 섬山島에 가서도 산다. 처소는 대단히 견고한데 왕이 그렇게 만들었다. 이 땅에는 낙타, 노새, 양, 말, 모직물, 모포가 나며 보물도 있다. 의상은 가는 모직으로 만든 헐렁한 적삼을 입고, 또 그 위에 한 장의 모직 천을 걸친다. 이것을 걸옷으로 한다. 왕과 백성의 의상은 한 가지로 구별이 없다. 여자도 헐렁한 적삼을 입는다. 남자는 머리는 깎지만, 수염은 그대로 두며 여자는 머리를 기른다. 식사는 귀천을 가리지 않고 다 같이 한 그릇에서 먹는다. 손에 숟가락과 젓가락도 들었으나 보기에 매우 흉하다. 자기 손으로 잡은 것을 먹어야 무한한 복을 얻는다고 한다. 이 나라 사람들은 살생을 좋아하고 하늘을 섬기나 불법佛法을 알지 못한다. 이 나라 관행에는 무릎을 꿇고 절하는 법이 없다. (중략) 또 대식국의 동쪽에 여러 호국이 있다. 바로 안국安國(부하라), 조국曹國(카부단), 사국史國(키시시), 석라국石騾國(타슈켄트), 미국米國(펜지켄트), 강국康國(사마르칸트) 등이 그러한 나라들이다. 비록 나라마다 왕이 있기는 하나 모두 대식국의 관할하에 있다. 나라가 협소하고 군사도 많지 않아 스스로 막아 내기란 불가능하다. 이 땅에서는 낙타, 노새, 양, 말, 모직물 같은 따위가 난다. 의상은 모직 상의와 바지, 그리고 가죽 외투가 있다. 언어는 다른 여러 나라와 다르다. 또한 이 여섯 나라는 조로아스터교를 믿지만 불법은 알지 못한다. 유독 강국에만 절이 하나 있고 승려가 한 명 있지만, 그 또한 불법을 이해하여 공경할 줄 모른다. 이들 호국에서는 모두 수염과 머리를 깎고 흰 펠트 모자를 즐겨 쓴다. 풍속이 지극히 고약해서 혼인을 막 뒤섞어서 하는바, 어머니나 자매를 아내로 삼기까지 한다. 파사국에서도 어머니를 아내로 삼는다. 그리고 토화라국吐火羅國(토카리스탄)을 비롯해 계빈국이나 범인국, 사율국 등에서는 형제가 열 명이건 다섯 명이건, 세 명이건 두 명이건 간에 공동으로 한 명의 아내를 취하며, 각자가 부인을 얻는 것은 허용하지 않는다. 그것은 집안 살림이 파탄되는 것을 두려워해서이다.

혜초는 4년간의 여행 체험을 《왕오천축국전》으로 남기면서 40여 개 지역의 견문을 개괄적으로 기술하였다. 하지만 각 지역에 대한 구체적인 서술은 성글고 간략하다. 소불림국은 지금의 시리아 지역에 해당한다. 혜초는 또 아라비아를 대식이라 명명한 최초의 인물이기도 하다. 그 밖의 소국들은 모두 지금의 아랍권에 속하는데, 당시 대식국의 관할하에 있던 나라들이다. 혜초는 이 책에 소국의 구체적인 이름에서부터 정치 관계, 군사력을 비롯하여 물산과 특이한 풍속에 이르기까지, 아랍권에

왕오천축국전
727년 혜초가 쓴 이 책은 당시 인도와 비단길 지역의 종교와 풍속, 문화를 풍부하게 기록하였다.

관한 풍속지로서 손색이 없는 정보들을 담아냈다.

　혜초가 무엇보다 주목한 것은 당과 신라에서 전혀 견문할 수 없던 물산과 풍속이다. 혜초는 각 소국에서 생산되는 물산과 옷차림, 사람의 기질과 식생활, 언어의 사용과 다양한 종교 생활, 그리고 혼인 풍습에 이르기까지 이문화의 이모저모를 기술하고 있다. 혜초는 또한 이 여행기 속에 한시를 남겨 생사를 넘나드는 이역異域에서 겪은 자신의 고단하고 외로운 정감을 드러내기도 한다. 《왕오천축국전》에는 모두 다섯 수의 한시가 실려 있는데, 구도자의 내면과 고단하고 힘든 여정을 생생하게 느낄 수 있다. 그중 한 수를 보자.

그대는 서쪽 이역이 멀다고 원망하고	君恨西蕃遠
나는 동쪽 길이 길다고 탄식하네.	余嗟東路長
길은 험하고 눈 덮인 산은 아득한데	道荒宏雪嶺
험한 골짜기에는 도둑떼가 극성이네.	險澗賊途倡
새도 날다가 가파른 산꼭대기에 깜짝 놀라고	鳥飛驚峭嵲
사람은 기우뚱한 나무 다리 건너기조차 힘들구나.	人去難偏樑
평생 눈물을 훔쳐 본 일 없건마는	平生不捫淚
오늘 밤은 하염없이 눈물을 뿌리누나.	今日灑千行

　혜초는 토화라국에서 동쪽으로 가 호밀胡蜜(와칸) 왕의 거성居城에 이르렀을 때 이역 땅으로 들어가는 당나라 사신을 만난다. 그는 눈 덮인 파미르 고원을 넘어야 하는 처지에다 도둑떼가 들끓는 이역, 게다가 새조차 놀라는 가파른 산에서 당나라 사신을 만나 자신의 정감을 그대로 표출하고 있다. 평생 눈물 한번 흘리지 않았던 강인한 혜초. 하지만 구도를 위해 떠난 머나먼 행로는 실로 험난하여 목숨조차 걸어야 하는 고난의 연속이었다.

　혜초는 이러한 고난을 무릅쓰고 4세기 인도와 중앙아시아의 속내를

다양하게 체험하고 생생한 기록으로 담아내고 있다. 이는 당나라 고승 현장玄奘(602~664)의 구법 행적기인《대당서역기大唐西域記》를 보완하고 있어 더욱 귀중하다. 이 점에서 혜초의《왕오천축국전》은 문명사적 의미를 지니는 기념비적 작품이라 할 수 있다. 게다가 이 여행기는 한자 문화권과 이슬람 문화권을 연결시켰다는 점에서 동서 문명 교류사의 중요한 성과일 뿐만 아니라, 세계적인 기행 문학으로도 손색이 없다. 무엇보다 혜초는 일국을 넘어, 저 아시아 대륙을 가로질러 마침내 아랍 제국에까지 발길을 옮겼다는 점에서 한반도 최초의 세계인이자 문명 개척의 선구자라 할 만하다.

이처럼 다른 문명을 찾아 나선 또 한 명의 한반도 출신 세계인이 있다.

바로 고선지高仙芝이다. 그는 고구려계 당나라 장수로 원정길에 올라 비단길을 제패한 인물이다. 우리나라에서는 크게 주목받지 못했지만 중국사에서는 '서역 수호신'으로 불리는가 하면, 아랍 사료에는 '중국 산맥의 왕'으로 묘사될 만큼 서역에까지 이름을 떨친바 있다. 조선 후기 실학자 한치윤韓致奫(1765~1814)은 그의 방대한 역사서 《해동역사海東繹史》에서 다음과 같이 기술하고 있다.

소발률국小勃律國의 왕이 토번吐蕃(티벳트족)의 꾐에 빠진 탓에 서북 지방의 20여 개국이 모두 토번에 속하게 되었다. 당나라 황제가 천보天寶 6년(747)에 고선지에게 조서를 내려 나아가 토벌하게 하였는데, 이로 인해 그 나라를 평정하고는 회군하였다. 그런 다음 판관判官 왕정분王庭芬을 보내어 승전을 보고하자, 황제가 고선지를 승진시켜 홍려경어사중승鴻臚卿御史中丞으로 삼고 부몽영찰夫蒙靈詧을 대신하여 사진절도사四鎭節度使가 되게 하였다.

고선지는 747년 당나라 황제의 명을 받고 파미르 고원에 올라 중국을 위협하는 토번을 무찔렀다. 그는 높고 가파른 파미르 고원과 다르코트 고개를 넘나드는 원정으로 주변 72개국을 단숨에 함락시킨다. 이어서 고선지는 서쪽 비단길을 지배하는 제왕으로 명성을 떨친다. 그는 한반도의 1.5배에 달하는 '돌아올 수 없는 사막' 타클라마칸과 세계의 지붕으로 불리는 파미르 고원, 중앙아시아에서 가장 아름답다는 와칸 계곡과 히말라야 힌두쿠시 산맥의 다르코트 정상에 이르는 비단길을 장악한 것이다.

혜초가 구도를 위해 이역까지 갔다면, 고선지는 토벌의 임무를 띠고 다른 문명과 만났다. 그는 대당大唐 제국 건설이라는 명분 아래 파미르 고원을 다섯 차례나 넘나들면서 큰 전공을 세웠다. 고선지의 원정은 파미르 고원을 경계로 당나라 제국과 이슬람 제국이 병립하는 새로운 세계 질서를 성립시키는 데 결정적 공헌을 한다. 이는 다른 문명과의 만남은 물론 동서 교류에 전기를 마련하고 있다는 점에서 의미가 있다.

다른 문명에서 온 허왕후

문명의 만남과 교류는 기본적으로 사람들의 왕래를 통해 이루어진다. 인류의 역사를 보면 인간은 우리가 상상하는 것 이상으로 서로 교류하고 문화를 주고받았다. 일본의 고대 문화에 지대한 영향을 끼친 도래인渡來人은 한반도에서 건너간 사람들이다. 한반도 역시 다양한 외래인과 교섭하며 외래 문화를 자기화하였다. 고대 한반도에 거주한 선조들은 다른 문화를 수용하고 이를 자기화하는 과정에서 새로운 문화를 생성하는 등 당대 문화에도 기여한 바 있다. 이러한 사례는 김수로왕과 허왕후의 혼인에서 엿볼 수 있다. 이에 관한 《삼국유사》의 〈가락국기駕洛國記〉 기록을 보자.

가락국기駕洛國記 이 책의 저자는 고려 문종 때 금관주(지금의 김해 지역)의 지사였던 문인이라고 추측하고 있다. 현재 책은 남아 있지 않고, 일부 내용이 《삼국유사》에 기록되어 전해진다.

왕은 왕후와 함께 잠자리에 드니, 왕후가 조용히 말하였다. "저는 본래 아유타국의 공주

로 성은 허許가요, 이름은 황옥黃玉이며, 나이는 열여섯입니다. 제가 본국에 있을 적에 올해 오월에 부왕과 왕후께서 저에게 말씀하시기를, '아비와 어미가 어젯밤 꿈에 같이 하느님을 만나 뵈었더니, 하느님이 이르기를 가락국 시조 임금 수로는 하늘이 내려 보내어 왕위에 오르게 하였는데 신령스럽고 거룩한 이는 오직 그분이라 하였다. 그가 새로 그 나라를 다스리는데 아직 배필을 정하지 못하였으니, 그대들은 모름지기 공주를 보내어 그의 짝을 삼게 하라 하시고 말을 마치자 하늘로 올라갔다. 잠을 깬 뒤에도 하느님의 말씀이 아직 귀에 쟁쟁하니 너는 이 자리에서 곧 부모를 하직하고 그에게로 가거라.' 하셨습니다. 그래서 저는 바다를 건너 멀리 남해에 가서 찾기도 하였고 방향을 바꾸어 멀리 동해로도 가 보았습니다. 그러다가 이제 보잘것없는 몸으로 외람히 존귀한 얼굴을 뵈옵게 되었습니다."

왕이 대답하였다. "나는 나면서부터 자못 현명하여 미리 공주가 멀리서 올 것을 짐작하고 아래 신하들이 왕비를 들이라는 요청이 있었으나 듣지 않았더니, 지금 현숙한 그대가 스스로 왔으니 이 몸에게 커다란 행복이로다."

드디어 동침하게 되어 이틀 밤 하루 낮을 지냈다. 이때서야 공주가 타고 온 배를 본국으로 돌려보내게 하였는데, 뱃사공 열다섯 명에게 쌀 열 섬씩과 베 서른 필씩을 주었다.

이 설화는 김해 가락국의 시조인 수로왕이 인도 아유타국의 공주를 맞이하여 혼인하는 내용이다. 김수로왕과 허왕후의 결연은 설화이므로 그 내용을 모두 믿을 수는 없다. 따라서 설화가 상징하는 의미를 역사적 문맥으로 음미해 보아야 한다. 허왕후가 가락국에 온 시기는 1세기 무렵이므로, 《삼국유사》의 편찬 시기를 감안하면, 이 설화가 원형대로 보존되었다고 보기는 어렵다. 우리는 허왕후가 온 아유타국이 실제 어느 곳인지 여러 가지로 추측할 수 있을 뿐, 정확한 사실 여부조차 확인할 수 없다. 분명한 것은 허왕후와 함께 온 일행이 모두 불교를 믿고 있었고, 이들이 해양으로부터 가야로 들어왔다는 점이다. 그런데 이 무렵 가야는 불교를 받아들이기 전이었으며, 허왕후는 미지의 문명권에서 온 집단을 상징한다. 허왕후 일행은 가야에서는 볼 수 없는 온갖 비단, 옷과 피륙,

금, 은, 주옥과 같은 아름다운 패물, 그릇 등을 들여왔다. 이들의 항해술과 불교 문화, 그리고 새로운 문물 등은 가야에 적지 않은 문화적 충격을 주었을 것이다.

그럼에도 불구하고 김수로왕은 해상으로부터 온 이역의 문물을 적극 받아들이는 한편, 허왕후와 혼인한 후 가야를 성장시킨다. 이처럼 그의 선정은 이역 문화의 수용과 깊은 관련이 있다. 허왕후의 사례에서 보듯이, 고대 문학에서 이문화와의 만남을 포착한 작품은 지속적으로 산출되어 왔다. 이문화와의 만남과 교류는 우리 문학의 중요한 자산이자 우리 문화가 이문화와의 교섭 속에서 성장해 왔다는 사실을 보여 주는 중요한 증거이다.

다른 문명과 만난 흔적

고대 한반도는 서역과 물자를 교역하는 것을 비롯하여 인적 교류와 문화를 주고받는다. 당나라로부터 한반도로 들어온 서역 악기는 그중의 하나이다. 최치원崔致遠(857~?)이 지은 한시 《향악잡영鄕樂雜詠》도 이러한 서역 문화의 흔적을 간직하고 있다. 《향악잡영》 5수는 당시 신라에서 유행하던 다섯 가지 놀이를 주제로 하고 있다. 작품의 소재는 모두 이역 문화의 일종인데, '금환金丸(공 던지기)'·'월전月顚(탈춤)'·'대면大面(탈춤)'·'속독束毒(탈춤)'·'산예狻猊(사자춤)' 등이 그것이다. 이 가운데 〈산예〉를 한번 보자.

최치원
신라의 귀족 출신으로 당에 유학하여 과거에 합격한 뒤 여러 해 동안 당에서 관리 생활을 하였다. 신라로 돌아와 정치 개혁에 나섰으나 귀족들의 저항에 부딪혀 관직에서 물러났다.

저 멀리 사막을 건너 만 리를 오느라	遠涉流沙萬里來
털옷은 다 해어지고 먼지를 뒤집어썼네.	毛衣破盡着塵埃
머리를 흔들고 꼬리를 휘두름에 어진 덕이 배었으니	搖頭掉尾馴仁德
굳센 그 기상 어찌 온갖 짐승 재주와 같을쏘냐.	雄氣寧同百獸才

최치원은 이미 열두 살에 당나라에서 유학한 육두품 출신의 지식인이다. 그는 빈공과에 합격하여 당나라에서 벼슬을 하면서, 세계 제국 당나

라의 속내를 깊이 통찰한 국제 감각을 지닌 인물이었다. 이 한시는 비단길의 끝인 서역에서 전래된 사자춤을 읊고 있다. 이 춤은 중국의 서안, 난주, 돈황 등 비단길을 따라 발달하였는데, 비단길의 동쪽 끝인 신라에까지 전해진 것으로 보인다. 최치원이 살던 시기에 사자춤은 널리 전파되어 민간의 놀이 문화로 정착한다. 《향악잡영》에서 포착한 나머지 놀이도 모두 서역에서 전래된 것이다. 특히 사자춤은 봉산 탈춤과 북청 사자놀음 등에 그 흔적을 남기고 있다.

이외에도 신라 시대에 서역과 교류한 흔적을 곳곳에서 확인할 수 있다. 8세기 통일 신라 원성왕의 무덤으로 알려진 경주의 괘릉에 세워진 8척 무인상은 서역 아랍인의 모습을 하고 있다. 까무잡잡한 피부, 복슬복슬한 수염과 부리부리한 눈, 우람한 체격 등이 그러하다. 서역인의 무시무시한 외모를 지닌 무인상을 세워 왕릉을 수호하고자 한 신라인의 바람을 반영한 것이다. 이러한 사례는 아라비아인들이 신라 사회에서 활발하게 활동하였음을 보여 준다.

다음은 신라의 대표적 향가인 〈처용가處容歌〉이다. 신라가 이슬람 국가와 교류한 흔적을 보여 주는 작품이기도 하다.

신라의 무인상
원성왕의 무덤을 지키는 석상으로, 서아시아인의 얼굴과 닮았다. 이 석상을 통해 그들이 신라에 왔거나, 신라인들이 그들과 교류하였음을 짐작할 수 있다.

서울 밝은 달밤에
밤늦도록 놀고 지내다가
들어와 자리를 보니
다리가 넷이로구나.
둘은 내 것이지만
둘은 누구의 것인고?
본디 내 것(아내)이다만
빼앗긴 것을 어찌하리.

이란 압바스 왕조의 지리학자였던 이븐 쿠르다지바Ibn Khurdādhibah가 쓴

《제도로 및 제왕국지》에는 아랍 사람들이 신라에서 반입한 물품과 신라로 반출한 물품 등을 두루 열거하고 있다. 또 페르시아의 상인 술라이만 Sulaiman al-Tajir은 851년에 쓴 여행기 《중국과 인도 소식》에 "중국의 바다 다음에는 신라의 도서가 있다."고 적고 있다. 이처럼 이슬람 문명은 9세기 중엽에 한반도의 신라를 알았거니와 교역한 것으로 보아 두 문명의 만남과 교류의 전통은 상당히 오래된 것이었다. 〈처용가〉는 이러한 문화적 교류의 산물로 이해할 수 있다.

　879년에 지어진 〈처용가〉는 8구체 향가로, 신라 헌강왕 때 처용이 지은 노래이다. 위 작품에서 처용은 역신과 함께 자고 있는 아내를 보고도 이를 대담하게 인정한다. 사람들은 이러한 처용의 여유와 담대함, 그리고 관용을 기린다. 그래서 사람들은 부엌이건 우물이건 질병이 도는 곳에 〈처용가〉를 써 붙이고 액을 물리치는 부적으로 삼았다고 한다.

　그런데 이 작품에는 배경 설화가 존재한다. 《삼국유사》는 〈처용가〉와 관련한 설화를 다음과 같이 소개하고 있다.

동해 용의 한 아들이 헌강왕을 따라 서울로 가서 왕의 정사를 도왔는데 그의 이름이 처용이다. 왕은 처용에게 미녀를 아내로 주고, 그의 마음을 잡아 두려고 급간級干 벼슬을 주었다. 그런데 그의 아내가 무척 아름다웠기 때문에 역신疫神이 흠모하여 사람의 모습으로 변신하여 밤에 그의 집에 가서 몰래 같이 잤다. 처용이 밖에서 돌아와 잠자리에 두 사람이 있는 것을 보고 〈처용가〉를 부르며 춤을 추면서 물러났다. 그때 역신이 모습을 나타내고 처용 앞에 꿇어앉아, "내가 공의 아내를 사모하여 지금 범하였는데도 공은 노여움을 나타내지 않으니 감동하여 아름답게 여기는 바입니다. 맹세코 지금 이후부터는 공의 형상을 그린 것만 보아도 그 문에 들어가지 않겠습니다."라고 했다. 이로 인하여 나라 사람들은 처용의 모습을 그려 문에 붙여 사기邪氣를 물리치고 경사스러움을 맞아들였다는 것이다.

이처럼 〈처용가〉는 액운을 막는다는 점에서 축사逐邪와 벽사진경僻事進慶을 노래한 것으로 이해할 수 있다. 여기서 주목할 것은 '처용'의 존재이다. 《삼국유사》는 처용을 동해 용왕의 아들로 묘사하고 있다. 반면에 《삼국사기》에는 개운포(지금의 울산)에 나타난 이상한 생김새와 괴이한 옷차림의 괴한이라고 되어 있다. 모두 실존 인물로 기록하고 있다. 처용의 모습을 본떠 만든 탈을 보면, 툭 튀어나온 주먹코에 눈은 크고 쌍꺼풀이 짙다. 이러한 모습은 당시 한반도에 거주한 사람과는 사뭇 다르다. 또한 처용의 얼굴색은 붉기도 하고 갈색이기도 하다. 외모만 놓고 보면, 처용은 영락없이 이역인의 모습이다. 실제로 많은 학자들이 처용을 먼 이역에서 들어온 인물로 이해하고 있다. 이야기에서 그를 동해 용왕의 아들로 설정한 것은 실존 인물을 설화적 시각으로 각색한 것이라 할 수 있다.

처용무
신라 때부터 시작된 처용무는 처용의 가면을 쓴 다섯 명이 동서남북과 중앙의 다섯 방향을 상징하는 옷을 입고 화려하고 현란한 춤사위를 펼치는 춤이다. 조선 성종 때부터 궁중 무용으로 자리를 잡아 연회 등 궁중 행사에 올려졌다. 그림은 숙종 45년(1719)의 기로연을 그린 화첩 《기사계첩》 가운데 처용무가 나오는 장면이다.

이문화와의 만남은 〈쌍화점雙花店〉에서도 볼 수 있다. 이 작품은 《고려사》 악지樂志 속악조俗樂條에 '삼장三藏'이라는 제목으로 전한다. 또한 《고려사》 열전에는 제목 없는 한역 가사가 전한다. 작품의 전문은 조선 전기에 엮은 가사집 《악장가사樂章歌詞》에 실려 있어 국문 가사로 된 전편의 모습을 확인할 수 있다.

만두집에 만두 사러 갔더니
회회回回아비 내 손목을 쥐더이다.
이 소문이 가게 밖에 나며 들며 하면
다로러거디러 조그마한 새끼 광대 네 말이라 하리라.
디러둥셩 다리러디러 다리러디러 다로러거디러 다로러
그 자리에 나도 자러 가리라.
위위 다로러 거디러 다로러
그 잔 곳같이 난잡한 데가 없다.

고려 충렬왕 때 지어진 〈쌍화점〉의 제1연이다. '쌍화雙花'는 상화霜花

떡으로 무슬림 고유의 빵, 즉 만두라고 한다. 고려 시대 쌍화와 함께 전래된 무슬림 음식으로는 송도 설薛씨가 시작했다는 꼬치구이 '설적薛炙'도 있다. 《고려사》에는 1024년 "서역 대식국의 열라자悅羅慈(Al Razi) 등 100명이 와서 토산품을 바쳤다."는 기록이 있고, 이듬해 "하선夏先(Hassan) 라자羅慈(Razi) 등 100여 명이 왔다."는 기록도 있다. 여기서 대식국은 아랍지역을 뜻한다. 고려는 이들 대식국의 사람에게 객관客館까지 마련해 대접하고, 돌아갈 때 황금과 비단을 하사했다고 한다. 고려의 수도 개경과 가까운 예성항이 일본과 중국, 그리고 페르시아의 아랍계 상인들로 북적이던 국제 무역항이었음은 알려진 사실이다.

작품 속의 회회아비는 원元 제국 당시 한반도에 진출한 이슬람 계통으로 지금의 위구르인을 말한다. 오랜 기간 중앙아시아의 초원을 지배해 온 이들 회회인들은 고려의 수도 개경을 중심으로 공동체를 형성하며 생활한 것으로 알려져 있다. 이들은 18세기 중엽 청나라에 복속되기 전까지 비단길의 요충지에서 동서 교역을 주도하기도 했다.

이 작품에서 '쌍화점'과 '회회아비'에 대한 이해가 중요하다. "만두 사러 갔더니 회회아비가 내 손목을 쥐더라."는 대목을 제대로 해석하는 것이 작품 이해의 관건이다. 회회아비가 만두 가게에 만두 사러 간 고려 여성의 손목을 쥔 것은 퇴폐적 사회상의 단면으로 볼 수도 있으나, 당시 생활 문화의 자유로움과 역동성을 보여 주는 것으로 이해할 수도 있다. 서로 다른 두 문명이 활발하게 교류하는 가운데 인간의 본능인 사랑과 낭만이 자연스럽게 표출된 장면으로 볼 수도 있지 않을까? 이 작품에서 시적 공간이 되는 만두 가게에 이어 2연과 3연에 등장하는 사찰과 술집 등은 유흥 공간으로 그려져 있다. 이러한 유흥 공간을 설정한 것 역시 이슬람 상인들과 관련이 깊다. 교역을 위해 고려로 들어온 이슬람계 상인은 만두 가게와 술집 같은 유흥의 공간에서 주로 활동했기 때문이다.

이처럼 민간에서 널리 유행하던 노래에 무슬림이 등장할 정도로 고려 시대에 이슬람은 친숙한 존재였다.

근대의 길을 찾아 세계로 나선 지식인

기나긴 중세가 지나고, 근대 서구 문명이 던진 충격과 함께 동아시아 각국에서는 중국 중심의 세계관과 한자 문화권의 소우주가 해체되고, 새로운 문명에 대응하기 위한 모색이 시작된다. 조선의 지식인 역시 세계의 흐름에 참여하기 위하여 근대 문명의 세계로 나아가기 시작한다. 구한말 개화사상의 선구자였던 유길준俞吉濬(1856~1914)의 《서유견문西遊見聞》은 그러한 모색의 결실이다. 《서유견문》은 서양 각국의 지리와 역사를 비롯하여 정치와 경제, 과학기술 등 광범위한 분야를 소개하며 서구 문명에 대한 체계적인 소개서 역할을 한다. 유길준은 "개화란 인간 세상의 천사만물千事萬物이 가장 선하고도 아름다운 경지에 이르는 것을 말한다. 그러므로 어떤 것이 개화된 경지라고 한정할 수는 없다."면서, 낙후된 조선을 문명개화하는 데에 이 책의 목적이 있음을 밝혔다. 그 일부를 보자.

30여 년 전 하이드 공원에서 박람회를 열었을 때, 영국 제품은 오로지 기계의 힘을 사용한 것뿐이어서, 자연스럽고 우아한 운치가 도무지 없었다. 다른 나라의 기술에 비하여 사흘 거리 정도나 뒤떨어졌다. 이 소문이 세상에 널리 퍼지자 영국 공업의 명성이 땅에 떨어져 옛날의 면목을 완전히 잃게 되었다. 그러자 임금과 신하, 위와 아래가 이를 걱정하고 경계하여 이 회관을 세우고, 국민을 장려하여 기술 공업을 발전시키자는 대책에 합심하고 노력하였다. 채 몇 년이 지나지 않아 여러 가지 공업 기술이 다른 나라들을 압도하여, 영국에서 수출하는 공산품은 천하에 맞설 나라가 없게 되었다. '이는 영국 사람들이 나라 사랑하는 정성이 두텁고 사물의 이치를 연구하는 학식이 고명하여 그렇게 되었다.'고도 하지만, 박람회가 끼친 이익이 역시 컸다.

유길준은 '임금과 신하, 위와 아래'가 힘을 합쳐 뒤처진 공업을 일으켜 전 세계에 공산품을 수출하는 영국 경제의 역동성을 직접 견문한다. 그는 세계 제일의 산업 국가로 성장한 영국의 동력을 '나라 사랑하는 정성'과 '사물의 이치를 연구하는 학식'에서 찾고 있다. 유길준은 '국민을 장려하여 기술 공업을 발전'시켜 가는 영국식 경제 발전 모델을 주목하고, 이것이 조선을 문명개화로 견인할 수 있을 것으로 판단한 듯하다. 그가 서구 문명을 조선의 미래상에 오버랩한 것도 이 때문이다.

근대의 갈림길에서 서구 문명을 견문한 유길준. 그는 무엇보다 주체적이고 능동적인 문명개화를 기대한다. 유길준은 '개화하는 일을 힘써 행하고자 하는 자는 개화의 주인이고' 이를 '두려워하고 미워하면서도 마지못해 따르는 자는 개화의 노예'라 하고, 국가와 국민이 모두 개화의 주인이 되어야 한다고 강조한다. 여기에 그치지 않고 그는 "개화하는 일은 남의 장기를 취하는 것에만 있는 것이 아니라, 자신의 훌륭하고 아름다운 것을 보전하는 데 있다."라면서 문명개화를 위한 구체적인 방향까지 제시하였다. 서구 문물이 아무리 우수하다지만, 그것만을 추종하고 자신의 것을 업신여긴다면 '개화의 죄인'이라고 말한다. 유길준은 《서유견문》에서 조선의 주체적 문명개화를 강조하고 있는 것이다.

실제로 조선은 문명개화를 위한 노력을 이어 간다. 1893년 고종은 미국과 수교한 지 10년이 지난 시점에서 시카고 만국 박람회의 참가를 결정하였다. 고종은 이를 위해 이조참의 정경원鄭敬源(1841~1898)을 미국에 파견한다. 정경원은 시카고 만국 박람회의 전시를 마치고 돌아와 견문한 내용을 〈박람기博覽記〉와 〈박물회약기博物會約記〉로 남긴다. 그는 〈박람기〉에서 시카고 만국 박람회가 개장하던 날의 풍경을 이렇게 기록하고 있다.

서유견문
조선인 첫 유학생인 유길준이 잠시 미국에서 유학한 다음 유럽 여행을 하고 돌아와 그곳에서 보고 배운 것을 정리하여 쓴 책이다. 서양 사회의 모습을 상세하게 소개하고 개화의 필요성을 주장하였는데, 1885년부터 집필하여 1895년에 간행되었다.

의식이 끝나고 다 해산하니 알렌이 와서 곧 박물博物을 개시開市하고 있는 유리옥으로 갔다. 길 옆으로 의장儀仗이 매우 엄숙하고 보졸步卒이 창과 포를 가지고 좌우를 옹호하고 말을 탄 병사가 길에 서로 열을 지어 있어 사람의 출입을 금지하였다. 알렌이 조선사로 박람회에 간 뜻을 살려 순시와 단속에 나섰다. 그런 뒤에 옥에 들어갔는데 얼마 안 되어 대통령이 그곳에 나타났다. 대통령 몸을 보호하기 위하여 길을 순찰하는 사람이 와서 각국 사신들을 길 좌우에 세우니, 질서를 추구하는 우리나라와 뿌리를 같이하는 것이다. (중략) 자세히 살펴보니 대통령이 평민들과 함께 있어 잠시 위엄을 갖춘 의식은 다시 볼 수 없고 길가의 백성들이 대통령을 보아도 경례할 뜻이 없더라. 개략적으로 하는 말이 사람은 모두 스스로의 권리가 있는 것이니 저 사람들이 그러한 사람들이라고 하고 있다. 내가 그 같은 사람이라면 나는 어찌 사람 측에 속한다고 할 수 있을까? 아, 예법의 파괴가 온나라에 이 같은 지경에 이르렀구나!

정경원은 여기서 미국 국민이 대통령을 대하는 모습을 보고 충격을 받는다. 전근대 군신 관계의 인식을 가진 정경원은 대통령에게 '예禮'를 표하지 않는 미국 국민의 행동을 의아하게 생각한다. 그는 미국식 정치 구조와 국민의 권리를 이해할 수 없었기 때문에 미국 국민의 행동을 예법 파괴로 규정하고 만다.

정경원은 만국 박람회가 시작되자, 조선 물품을 전시하느라 밤잠까지 설친다. 전시회장에서 말과 행동을 각별히 조심하는 등 예의를 지켜 조선의 위상을 세계에 알리고자 노력한다. 정경원은 조선의 출품물이 서구인들로부터 뜻밖에 많은 칭송을 받은 것으로 기록하고 있다. 이는 대나무 발과 돗자리 같은 공예품이 주종을 이룬 조선의 출품물이 서구인들에게 '이국적'인 볼거리로 비쳐진 점을 알아채지 못했기 때문이다. 그는 서구인들의 호기심을 칭송으로 오해한 것이었다.

이 무렵 근대 문명을 찾아 나선 다른 발걸음도 있다. 바로 민영환閔泳煥 (1861~1905)이다. 1896년 민영환 일행은 러시아 황제 니콜라이 2세의 대관식에 참석한다. 이들은 중국, 일본을 거치고 태평양을 건너 캐나다와 미국을 경유한 다음 대서양 건너 영국과 네덜란드, 폴란드를 지나 러시아에 도착한다. 장장 204일간 11개국을 관통하는 세계 일주였다. 《해천추범海天秋帆》은 바로 이때의 대장정을 기록한 기행문이다. 무엇보다 민영환은 당시 세계 문명과 자본주의의 상징이던 서구 대도시들을 두루 거치는 동안 문명의 충격을 받는다. 러시아에 도착한 그는 표트르 대제의 업적과 러시아의 발전상에 남다른 정회를 표출한다.

표트르 대제는 서력 1672년에 태어나 나이 25세에 즉위했다. 당시 러시아는 아직 개화되지 않았고 나라 안에 난리가 많았다. 이에 부강을 도모하여 초라한 복장으로 유럽 여러 나라를 돌아다니면서 여러 가지 학문의 이치를 배우고 연습하였다. 몰래 선창船廠에 들어가 스스로 목수라 칭하고 배 만들고 항해하는 각종 방법을 열심히 배웠다. 영국에 들어가 정치를 공부하고 돌아왔다. 상트페테르부르크를 선택해 비로소 토지를 개간하여 궁전을 새로 짓고 포대를 조성하여 드디어 수도를 세웠다. (중략) 나이 53세에 병으로 죽으니 나라 사람들이 우러러 흠모하여 동상을 만들어 기념하였다. 그대로 상트페테르부르크를 그 수도의 이름으로 삼아 중흥中興을 칭송하였다.

여기서 민영환은 표트르 대제의 삶과 개혁 의지, 그리고 러시아를 중흥시킨 공적을 주목하고 있다. 특히 그는 17세기 '은둔의 왕국'이었던 러시아를 신흥 강국으로 이끈 표트르 대제의 개혁 의지와 실천적 행동에 큰 감명을 받는다.

민영환은 러시아의 중흥을 목격하며 자국의 현실을 떠올렸을 것이다. 그는 조선의 문명개화를 꿈꾸며 표트르 대제의 업적을 기록하지 않았을까. 일찍이 전통적 사유를 지닌 관료가 이처럼 세계 여러 국가를 방문한 적은 없었다. 민영환이 세계 여행에서 경험한 충격은 조선을 문명개화하는 데 자양분으로 삼기에 충분하였다. 요컨대 근대의 길목에 선 일부 지식인들은 서구 문명을 거부하기보다, 적극적으로 받아들여 활용하는 것이 필요하다고 생각하였다.

인용 작품

왕오천축국전 229쪽
작가 혜초 갈래 기행문
연대 신라 시대

해동역사 233쪽
작가 한치윤 갈래 역사서
연대 19세기

가락국기 234쪽
작가 일연 갈래 설화
연대 고려 후기

산예 236쪽
작가 최치원 갈래 한시
연대 신라 시대

처용가 237쪽
작가 처용 갈래 향가
연대 신라 시대

처용랑망해사 238쪽
작가 일연 갈래 설화
연대 고려 후기

쌍화점 240쪽
작가 미상 갈래 고려 가요
연대 고려 후기

서유견문 242쪽
작가 유길준 갈래 기행문
연대 19세기

박람기 243쪽
작가 정경원 갈래 기행문
연대 19세기

해천추범 245쪽
작가 민영환 갈래 기행문
연대 19세기

2 미지의 세계로의 여행, 표류

표류란 풍랑을 만나 바다를 떠다니는 것을 말한다. 표류하면 대개 물에 빠져 죽고, 살아남는 경우는 매우 드물었다. 간혹 표류로 인해 미지의 세계를 경험하는 경우도 있거니와, 그때의 체험은 참 남다르다. 표류 과정에서 겪은 일의 기록을 '표류기' 또는 '표해록'이라고 한다. 표류기는 언어와 풍속이 다른 낯선 나라에서의 견문과 문화를 풍부하게 기록하고 있어, 이쪽과 저쪽의 문화를 전달한다는 점에서 흥미롭다.

조선 선비, 중국의 속내를 들여다보다

조선은 해금海禁 정책을 실시하여 바다로의 왕래를 제한하였지만, 사행使行과 도서島嶼와의 왕래는 예외로 두었다. 특히 제주도에는 종종 다른 나라 선박이 표류해 오거나 표착漂着°하는 외국인도 있었다. 반면에 조선의 배와 백성이 외국으로 표류하는 경우도 적지 않았다. 《표해록漂海錄》을 쓴 최부崔溥(1454~1504)가 그 한 예이다.

표착漂着 물결에 떠돌아다니다가 어떤 뭍에 닿는 것.

> 무신년(1488, 성종 19) 2월 10일. 항주에 있었음. 이날은 맑았다. 고벽이 와서 말하였다. "당신이 북경을 가려면 전로前路를 몰라서는 안 되오. 우리나라의 소주蘇州·항주杭州 및 복건福建·광동廣東 등 지역에서 바다에 장사하는 사선私船들이 점성국占城國과 회회국回回國에 이르러 홍목紅木·호초胡椒·번향番香을 수매收買하느라 배가 끊이지 않지만, 열이 가면 다섯만 돌아오게 되니 그 길이 아주 좋지 않은데, 다만 경사에 가는 한 수로가 아주 좋을 뿐입니다. 그런 까닭으로 유구·일본·태국·말레이시아 등의 나라에서 공물을 바칠 적엔 모두 복건포정사福建布政司에서 배를 정박, 항주부杭州府에 도착하여 가흥嘉興을 지나 소주에 이르게 되니, 천하의 고운 비단과 여러 가지 보물 및 재화가 모두 소주에서 나오게 됩니다. 소주에서 상주常州를 지나, 진강부鎭江府에 이르러 양자강揚子江을 지나게 되니, 양자강은 항주부와의 거리가 천여 리나 됩니다. 양자강은 물이 세차고 험악하므로 풍랑이 없어야만 건너서 바로 북경 부근에 있는 강에 이를 수 있는데, 약 40일 걸리는 노정이 됩니다."

최부의 《표해록》은 중국 내륙을 기행하고 쓴 표류기이자 중국 견문록이다. 최부는 제주도에 관원으로 부임해 있던 중에 부친상을 당해 배를 타고 고향으로 돌아가다가, 제주 근해에서 풍랑을 만나 표류하게 된다. 최부 일행이 중국의 강남에 표착하여 귀국하기까지의 거리는 거의 3200 킬로미터나 된다. 최부가 표착한 강남 지방은 송나라 이래 중국 문화의 중심지이며 명나라 때에도 국제 무역이 활발하던 곳이다. 위 글에서 최부는 강남 지방의 활발한 모습을 사실대로 기술하고 있다. 동아시아 각 국과 문물을 교류하고 물화를 교역하는 중심지로서, 일본·유구·태국·말레이시아 등과 국제 무역이 일어나는 정황을 흥미롭게 소개하고 있다. 강남 지방의 물산이 강과 운하를 통해 북경까지 운송되는 상황과 인문 지리를 함께 기록한 것은 매우 흥미롭다.

무엇보다 최부는 《표해록》에서 당시 동아시아 문화의 중심이었던 명나라의 내지內地를 두루 다니면서 조선 사람으로서는 체험하기 어려운 중국의 속살을 들여다보고, 날카로운 시선으로 관찰하고 있다. 그는 강남 지방에서 북경으로 오는 과정에서 환관宦官의 정치 참여와 부정부패, 불교와 도교의 성행과 국가 재정의 피해, 상업을 중시하고 농업을 경시하는 것 등을 주목하여 당시 중국 사회의 실상을 생생히 담아낸다. 또한 최부는 중국 관리와 만난 자리에서 중국사나 중국 고전에 대한 해박한 지식을 구사하여 조선 학자의 진면목을 보여 주기도 한다.

이외에도 최부는 중국 내지를 체험하면서 명나라의 기술 문화를 주목한다. 그는 중국 강남 지방의 소흥부를 지나다 수차水車를 발견하고는 제작 기술을 직접 물어보는 등 적극적으로 수차의 제작 기술을 배우고자 한다.

신이 부영에게 말하였습니다.

"수차 만드는 법을 배우고 싶습니다."

"당신은 어디에서 수차를 보았습니까?"

"지난번 소흥부를 지날 때 어떤 사람이 호수 언덕에서 수차를 돌려 논에 물을 대고 있는 것을 보았습니다. 힘을 적게 들이면서 물을 많이 퍼 올리더군요. 가뭄에 농사짓는 데 도움이 될 것 같습니다."

"수차는 물을 푸는 데만 사용될 뿐이니 배울 것이 못 됩니다."

"우리나라는 논이 많은데 자주 가뭄이 들지요. 만약 수차 만드는 법을 배워 우리 백성에게 가르쳐 준다면 농사에 큰 도움이 될 것입니다. 그대가 조금만 수고해 가르쳐 주면, 우리 백성 대대로 큰 이익이 생길 것이오. 그 제작법을 잘 알아보시되 모자란 점이 있으면 뱃사람들에게 물어서 정확히 가르쳐 주시기 바랍니다."

표해록
일본어 목판본 《표해록》에 실린 삽화로, 최부 일행이 탄 배가 난파되는 장면을 그린 것이다. 최부의 《표해록》은 일본과 중국에서도 수차례 번역되어 출판되는 등 근대 이전의 대표적인 해외 여행기로 꼽힌다.

이미 소흥부에서 수차의 효용성을 눈여겨본 최부는 수행하던 명나라 관리에게 그 제작법을 알려 줄 것을 요청한다. 논이 많은 조선의 실정을 모르는 명나라 관리가 배울 만한 것이 아니라고 하자, 최부는 조선의 사정을 말하며 그 이로움이 명나라와 다르다는 점을 밝힌 뒤, 관리를 설득하여 마침내 그 제작법과 이용법을 배운다. 이처럼 최부는 단순히 중국의 문물을 견문하는 데 그치지 않고, 나라 경영과 민생民生을 위하는 실사구시의 자세를 분명하게 보여 준다. 최부가 배운 수차 제작법과 이용법이 귀국 후 어떻게 적용되었는지는 알 수 없다. 하지만 최부가 실학의 이용후생 정신을 십분 발휘하여 수차의 제작과 이용 방법 등을 수용하고 자국의 현실에 활용하고자 한 것은 의미가 있다.

고국에 돌아온 최부가 조정에 보고하기 위해 기록한 《표해록》은 이례적으로 에도 시대(1603~1863)에 일본에서 상업 출판이 된다. 일본은 1796년에 '당토행정기唐土行程記'라는 제목으로 《표해록》을 번역하여 널리 유통시킨 바 있다. 국내보다 해외에서 먼저 문화 교류사적인 가치를 인정받은 셈이다. 그들은 《표해록》을 통해 중국과 관련한 지식을 얻고, 조선 지식인이 중국을 보는 시각을 이해하는 기회로 삼았다. 일본의 출판업자들은 개정판을 내어 '통속 표해록'이라는 이름으로 간행하는 등 《표해록》은 상업 출판으로도 성공하였다. 최부의 《표해록》은 우리나라만이 아니라 일본에서까지 읽혔던 기행 문학의 수작으로 꼽을 만하다.

바다 밖의 세계를 견문한 사람

1731년에 정운경鄭運經(1699~1753)이 제주목사로 부임하는 아버지를 따라 제주로 건너가 제주도 풍물과 제주민의 생활상을 관찰하여 기록으로 남긴 것이 《탐라문견록耽羅聞見錄》이다. 여기에는 제주민이 표류하여 동아시아 각지에 표착한 뒤 되돌아온 기록이 함께 실려 있다. 이 표류기는 일본과 대만, 베트남 등에 표착한 후 제주도로 돌아온 제주민을 인터뷰한 기록을 담고 있다. 다음은 1687년 제주도 조천관에 사는 고상영과 인터뷰한 내용을 기록한 것이다.

날씨가 늘 따뜻해서 소매가 넓은 홑적삼을 걸치고 바지는 입지 않고, 다만 작은 비단으로 앞뒤를 가렸을 뿐이다. 머리는 풀어 헤친 채 맨발로 다닌다. 남자는 천하고 여자가 높다. 1년에 누에를 다섯 번 치고, 벼는 3모작을 한다. 먹고 입는 것이 풍족하여 얼고 굶주리는 근심이 없다. 경치가 아름다운 곳에는 반드시 누각이 있는데, 그 꾸민 것이 화려하고 사치스럽다. 나무는 단목丹木·오목烏木·백단白檀, 과일과 채소는 용안龍眼·여지荔支·계초桂椒·생강·토란·사탕수수·빈랑檳榔·종려棕櫚·파초 따위였는데, 이루 다 적을 수가 없다. 소는 늘 물속에서 지낸다. 밭을 갈거나 짐을 나를 일이 있으면, 사람이 물가에 가서 부른다. 그러면 일어나서 따라가는데, 주인이 아니면 고개를 들어 바라보고는 다시 누워 일어나지 않는다. 뿔은 1년에 한 번씩 떨어지는데 떨어진 뿔은 모래톱에 묻는다. 만약 사람이 다가져가면 꼭 다른 곳으로 옮겨서 묻는다. 이것이 흑각黑角이다. 원숭이는 크기가 고양이만 하고, 털은 회색이다. 사람의 뜻을 알아들어 심부름을 시킬 정도로 편하다. 집집마다 쇠줄을 목에 매달아 놓고 기른다. 코끼리는 이빨이 한 자 남짓이나 길고, 몸뚱이는 큰 집채만 하다. 코끼리를 씻어주는 사람은 반드시 사다리를 놓고 등 위로 올라간다. 털은 푸르스름한 흰색으로 길이가 짧다. 코의 길이는 10여 자나 되고, 사람이 손을 사용하듯 쓴다. 파초를 잘 먹고, 천아성天鵝聲 소리를 잘 낸다. 군대를 조련할 때는 열을 지어 대오를 만든다.

고상영은 안남국安南國(지금의 베트남)에 표착하였다가 귀환한 제주민이

다. 정운경은 안남의 기후와 토질, 농작 상황과 풍속, 그리고 의식주에서부터 서식하는 각종 동물과 헤아릴 수조차 없는 풍부한 물산에 이르기까지, 그로부터 들은 것을 상세하게 언급하고 있다. 정운경은 바다 밖에 조선과 전혀 다른 세상이 있다는 것과 그곳의 풍물과 생활상, 그리고 이국과 이문화의 신기한 소식을 주목하고 기술한다. 전혀 새로운 지식과 정보여서 큰 재미와 흥미를 가졌을 것이다.

　당시 조선은 안남과 국교는 물론 교류조차 없었다. 안남 정부는 인도적 차원에서 중국 상선에 부탁하여 고상영을 귀국시킨다. 어찌 보면 조선과 안남의 교류는 고상영의 표류를 계기로 시작된 셈이다. 고상영이 표류한 내용을 기록으로 남긴 표류기는 정운경이 기록한 것 외에 두 종이 더 있다. 제주목사 이익태李益泰(1633~1704)의 〈김대황표해일록金大璜漂海日錄〉과 정동유鄭東愈(1744~1808)의 《주영편晝永編》에 실려 있는 것이 그것이다. 고상영의 표류 체험 기록은 이익과 박지원을 비롯하여 황윤석과 유만주 등도 관심을 가질 정도로 비상한 주목을 받는다. 일차적으로 외국의 풍물과 이문화, 그리고 이국민들에 대한 정보와 지식을 풍부하게 기록하고 있어서이기도 하지만, 무엇보다 서적이나 지도에서 접하는 것과는 달리 직접 체험한 내용을 담고 있기 때문이었을 것이다. 이렇게 표류의 체험을 기록하는 것은 새로운 시대 조류를 인지하고 그 흐름을 호흡한다는 의미가 내포되어 있다.

　다음은 《탐라문견록》에 실려 있는 또 다른 대목이다.

어느 날 밤에는 대포 소리가 하늘을 진동하므로 몹시 괴이하게 생각하였다. 아침에 들으니 아란타*의 장삿배가 와서 정박한다고 한다. 한낮에 배가 있는 곳에 가서 보니, 강의 너비가 10리쯤 되는데 큰 배 두 척이 강을 가로막고 있다. 배는 아래 위 2층이고, 비단 돛을 가로로 여섯 장을 걸었다. 한 면으로 된 천기天旗는 장대만 15장丈이 넘었으니 그 배의 장려함을 알 수 있다. 사흘 뒤 배가 출발할 때 아란타 사람을 보았다. 작은 배로 물에 내리는데, 이마를 덮은 고수머리를 깎지도 않고 묶지도 않는다. 입은 옷은 일본과

아란타 지금의 네덜란드.

나가사키 항구
18세기 나가사키 항구 풍경을 그린 판화이다. 네덜란드 국기를 단 상선들이 보인다. 일본을 표류한 이기득이 본 나가사키항의 모습이 이러했을 것이다.

비슷하지만 조금 헐렁하다. 절강과 복건 등의 상선도 때 없이 왕래했다. 나가사키에서 통상하는 화물이 일곱 나라라고 했다.

1723년 제주도 조천관에 사는 이기득은 나가사키에 표착하여 대마도와 거제도를 거쳐, 다시 제주도로 돌아온다. 정운경이 이기득의 표류 체험을 듣고 기록한 것이 위의 내용이다. 이기득이 표착한 나가사키는 당시 일본에서 유일하게 서양을 향해 열어 둔 창구로, 국제 무역을 하던 곳이기도 하다. 특히 네덜란드는 도쿠가와 막부로부터 무역의 독점권을 얻어 거의 200여 년 동안 데지마出島에서 집단 거주하며 해외 무역을 한 바 있다. 그리하여 데지마는 오랜 기간 국제 무역의 창구이자 이문화의 교류 현장으로 자리 잡는다.

이기득이 나가사키에서 네덜란드 상선을 보고 놀라움을 감추지 못하는 것은 그 규모와 화려함이다. 또 그는 중국의 절강, 복건의 상선도 왕래하며 교역하는 것에 놀란다. 정운경은 조선이 해양을 통해 외국과 통상하고 있지 않음을 지적하고, 해양을 둘러싸고 오고가는 소식과 정보를 무엇보다 주목하여 기록한다. 정운경이 바다 밖에 조선과 전혀 다른 넓은 세계가 있다는 점을 서술한 것은 조선 후기 지식인이 동아시아를 벗어나 새로운 세계를 인식한 좋은 사례가 된다.

동아시아 유랑 체험의 소설적 형상화
전쟁은 일상을 파괴하고 가족의 이산을 초래하지만 경우에 따라 전혀 다른 체험을 제공하기도 한다. 전쟁은 평소 접촉할 기회가 없던 이국과 이국 문화를 체험하는 계기이기도 하다. 조위한趙緯韓(1567~1649)의 〈최척전崔陟傳〉에 등장하는 주인공이 그러한 경우다. 〈최척전〉은 국제전이었던 임진왜란을 배경으로 탄생한 한문 소설이다. 이 작품은 주인공 남녀가 전란 때문에 동아시아 각국을 떠돌아다니다가 결국 고국에서 다시 만나는 이야기를 생생하게 펼쳐 내고 있다. 그중 한 대목을 보자.

최척과 주우는 배를 타고 이곳저곳을 돌아다니며 차를 팔다가 안남에 이르게 되었다. 안남의 강 어귀에 일본 장삿배 10여 척이 정박하여 열흘이 넘도록 같이 머물렀다. (중략) 최척은 홀로 선창에 기대어 깊어 가는 봄밤을 감상하고 있었다. 이때 문득 일본 사람의 배 안에서 염불하는 소리가 은은히 들려왔는데 그 소리는 매우 구슬펐다. 최척은 이 소리를 듣고 마음이 슬퍼지며, 자신의 신세가 더없이 처량하게 느껴졌다. 그래서 그는 행장에서 피리를 꺼내 몇 곡 부르고, 피리 소리에 가슴속에 맺힌 회한을 담아 흘려보냈다. 바야흐로 바다와 하늘은 고요하고 구름과 안개가 걷힌 때였다. 애절한 가락과 그윽한 흐느낌이 피리 소리에 뒤섞여 맑게 퍼져나갔다. 이런 기운에 많은 뱃사람들은 홀연히 잠에서 깨어, 일어나 앉아서는 피리 소리가 들려오는 쪽으로 귀를 기울였다. 감정이 격분해서 머리가 곧추선 사람도 피리 소리에 분을 가라앉힐 정도였다. 이윽고 피리 소리가 잔잔한 파도 소리에 묻혀 잠잠해지자, 일본 사람의 배 안에서 조선말로 시를 읊는 소리가 들렸다.

"왕자진이 피리를 부니 달도 내려와 듣는데/바다처럼 푸른 하늘엔 이슬마저 서늘하네."

읊는 시 가락은 처절하여 원망하는 듯, 호소하는 듯한 소리였다. 시를 다 읊조리더니, 그 사람은 길게 탄식하는 소리를 내뱉었다. 최척은 그 시를 듣고 크게 놀라 피리를 땅에 떨어뜨린 것조차 깨닫지 못한 채, 넋 나간 사람처럼 멍하니 서 있었다. 피리 소리를 곁에서 듣고 있던 주우가 놀라 최척을 돌아보며 물었다.

"아니, 자네 갑자기 왜 그러나? 어디 안 좋은 곳이라도 있는가?"

최척은 대답을 하고 싶었으나, 목이 메고 눈물이 흘러 말조차 할 수 없었다. 얼마의 시간이 흐른 뒤, 최척은 떨리는 목소리로 말하였다.

"조금 전 저 배에서 들려왔던 가락은 바로 내 아내가 손수 지은 것이라네. 다른 사람은 저 시를 들어도 시를 지은 주인이 누구인지 절대 모를 걸세. 시를 읊는 목소리마저 내 아내와 너무 비슷해, 내 저절로 아내 생각 때문에 격한 슬픔이 밀려온 것이라네. 말이 안 될 터이지. 어떻게 내 아내가 여기까지 와서 저 배 안에 있을 수 있겠는가?"

〈최척전〉은 동아시아라는 공간 속에서 '결연－이산－재회'의 서사에 '남원－동아시아－남원'의 공간이 결합한 모습을 보여 준다. 남원에서 동아시아 공간을 거쳐 다시 남원으로 되돌아오는 서사 공간 속에서 '만남과 헤어짐의 연속'적인 시간이 결합하는 방식이다. 만남과 헤어짐은 '갈등과 극복의 길항'이 반복 교차하는 모습이기도 하다. 이러한 서사는 역동성을 드러낸다. 그 역동성의 중심에 동아시아로 확대된 체험의 서사가 자리 잡고 있다. 특히 최척과 옥영의 만남과 헤어짐의 반복 교차는 어떠한 난관에도 굴하지 않는 삶에 대한 결연한 의지를 담고 있다.

위에 제시한 대목은 주인공 최척과 옥영이 이국 공간에서 숱한 고난을 겪고 장사차 안남에 왔다가 서로 만나기 직전의 장면이다. 최척은 자신을 도와준 따뜻한 이웃인 주우와 함께 차를 팔기 위해 도착하고, 옥영은 인간미 넘치는 돈우와 함께 일본 상선을 타고 이곳에 머문다. 조선과 중국, 일본도 아닌 미지의 공간 안남. 이들은 이역의 낯선 공간에서 함께 존재한다. 최척과 옥영은 안남의 아름다운 봄날 밤, 구슬피 부르는 노랫소리와 거기에 화답하는 피리 소리를 통해 만남을 예비한다. 미지의 세계에서의 만남은 더욱 감동적이다.

작품에 등장하는 인물들은 중국과 조선, 일본과 안남 등의 공간에 거주하는 사람들이다. 우리는 이들을 통해 이국 문화와 풍물, 그리고 그 사회의 내부를 들여다볼 수 있다. 사실 고전 작품에서 작중 인물이 동아시아를 공간적 배경으로 월경하며, 다양한 이국의 문화를 보여 주는 경우는 드물다. 특히 〈최척전〉에서 동아시아 각국 인물의 체험을 포착한 것은 작자 조위한이 상상 속에서 구상하고 허구로 만든 공간이 아님을 주목해야 한다. 최척과 옥영이 실제로 체험한 역사 속의 실제 공간이다. 그것이 소설적으로 재구성되어 생생한 문학적 감동을 전해 주고 있는 것이다.

〈최척전〉처럼 동아시아 전란에 포로로 일본에 갔다가 남만(지금의 인도차이나)과 중국을 거쳐 조선으로 탈출하는 내용을 서사로 구성한 경우는 또 있다. 《어우야담於于野談》에 실린 노인魯認의 이야기도 그 하나이다.

노인은 정유재란 때 남원南原에서 포로가 되어 일본까지 끌려갔다가 중국으로 탈출한다. 그 뒤 그는 중국 명나라의 한 서원에서 성리학을 강론하며 그곳의 학자들과 교유한다. 귀국 후 그는 일본과 중국에서의 체험을 〈금계일기錦溪日記〉로 남기는바, 여기에 이역의 문화를 만나 느낀 정감과 이역의 모습을 담아낸다. 한편, 이수광李睟光(1563~1628) 또한 임진왜란 때 포로로 갔다가 상선을 타고 베트남까지 갔다 돌아온 조완벽趙完璧의 인생 역정을 〈조완벽전趙完璧傳〉으로 꾸민 바 있다. 이들 작품은 모두 견문 체험을 동아시아의 공간으로 확대하고 있는바, 이전에 없던 서사 문학의 새 경지라 할 수 있다.

이방인이 본 조선

전근대 조선인이 서양을 만날 수 있는 방법은 서양인이 조선 해안에 표류한 경우가 유력한 것이었다. 국제 무역을 위해 마카오나 일본의 나가사키에 오던 서양 상선이 풍랑을 만나 표류하다 미지의 세계인 조선에 표착하는 사례가 있었다. 하멜도 그중 한 사람이다.

1653년 네덜란드 동인도회사 소속인 무역선 스페르붸르Sperwer 호에 승선한 36명은 나가사키로 향하던 중 태풍을 만나 제주도의 해안가에 표착한다. 여기에 이 선박의 서기 헨드릭 하멜Hendrick Hamel(?~1692)이 있었다. 조선에 표착한 하멜 일행은 13년 만에 탈출한 뒤, 억류 기간 동안의 밀린 임금을 회사에 청구하기 위해 보고서를 작성한다. 조선에서의 표류 체험을 동인도회사 문서 양식에 맞추어 쓴 기록이 바로 《하멜 표류기》다.

사실 네덜란드 사람이 조선에 표류한 것은 하멜이 처음은 아니다. 이미 박연朴淵(본명: 얀 얀스 벨테브레Jan Jansz. Weltevree)이 있었다. 그는 조선에 귀화하여 살고 있었다. 하멜이 제주목사에게 심문받을 때 박연이 관복을 입고 통역하자, 하멜은 깜짝 놀랐다고 한다. 효종은 북벌을 위해 서양 화포의 조작법을 아는 하멜을 각별하게 대접하였다. 하지만 하멜은 탈출을

하멜 표류기
네덜란드 동인도회사의 선원이었던 하멜과 그 일행은 대만에서 일본으로 가던 중 표류하여 1653~1666년까지 조선에 억류되었다. 1668년 본국으로 돌아가 쓴 《하멜 표류기》는 한국을 유럽에 본격적으로 소개한 최초의 책이다.

감행하는 등 조선의 대접을 달가워하지 않았다. 하멜은 억류 기간 동안 조선의 문화를 다양하게 체험하여 이를 기록해 둔다.

조선의 언어, 문자, 계산 방법은 모두 익히기가 너무 힘들다. 조선 사람들은 때로는 빠르게, 때로는 느리게 말을 한다. 특히 학식이 있거나 지체가 높은 사람들이 그렇다. 조선 사람들은 세 가지 종류의 문자를 가지고 있다. 첫째, 한자는 중국이나 일본의 문자와 유사한데 책을 편찬하거나 국정에 관련된 일에 사용한다. 두 번째, 초서草書는 우리의 보통 문자와 비슷하다. 이 문자는 지체 높은 사람들이 담장을 하거나 그들끼리 서신을 왕래하는 데 사용된다. 그러나 평민들은 이 문자를 이해하지 못한다. 셋째는 가장 대중적인 문자인 언문諺文이다. 여인들이나 평민들이 이 문자를 사용한다. 이 문자는 쉽게 배울 수 있고 읽기도 쉽다. 조선 사람들은 다른 두 문자보다 이 문자가 쉽기 때문에 생소한 이름이나 사물은 이 문자로 표기한다. 조선 사람들은 인쇄본이나 필사본으로 된 많은 고서를 가지고 있으며 원본과 똑같은 사본을 여러 곳의 다른 장소에 보관하여 화재와 같은 갑작스런 재앙에 대비한다. 조선 사람들은 스스로의 달력을 만들 수 있을 만큼 과학이 발전하지 못하여 중국에서 달력을 들여온다. 조선 사람들은 목판이나 나무로 된 활자를 인쇄한다. 목판의 양면에는 꼼꼼하게 활자가 새겨져 있다. 조선 사람들은 장부상 대차계정의 기록을 이해하지 못한다. 조선 사람들은 물건을 살 때, 가격만큼 막대기를 내리고 그 위에 표시를 해 둔다. 물건을 팔고는 그 아래에 표시를 해 둔다. 이것을 보고 손익을 계산한다.

하멜은 조선의 언어와 문자 습득의 난해함, 조선의 표기 문자와 책의 소장 정도, 책의 보관 방법, 그리고 과학이 발달하지 못하여 달력을 스스로 만들지 못하는 상황 등 당시 조선 경제의 이모저모와 문화의 여러 측면을 구체적으로 기록하고 있다. 하멜의 눈에 무엇보다 흥미롭게 보인 것은 조선의 출판 문화이다. 그는 조선이 목판으로 책을 간행하고 많은 책을 소장한 것과 조선의 교육 방식 등을 매우 특이하게 생각한다.

지체 높은 사람들이나 귀족들은 자녀의 교육에 신경을 많이 쓰며, 제때에 자녀들의 읽기와 쓰기를 지도할 스승을 붙여 준다. 스승은 가르치면서 강제를 사용하지 않고 온화한 방법으로 가르치며 제자들에게 선조들의 업적과 학문을 설명한다. 그리고 스승의 영광은 제자들의 업적에 의해 먼 미래에 달성된다.

그렇다고 하멜이 조선의 모습을 긍정적으로만 기록한 것은 아니다. 그는 조선인의 기질과 부정적인 사회상도 함께 적고 있다. "조선인은 물건을 훔치고 거짓말하고 속이는 경향이 강하다. 그들을 지나치게 믿어서는 안 된다."고 하는가 하면, 어떤 대목에서는 "조선인은 착하고 남의 말을 곧이듣기 잘한다. 우리는 그들에게 우리가 원하는 것은 어떤 것이나 믿게 할 수 있었다. 그들은 낯선 사람에게 호감을 갖고 있고, 특히 승려들에 대하여 그러하다. 그들은 여자처럼 나약하다."라고도 적는다. 이는 서양인의 눈에 비친 17세기 조선의 모습이다. 이는 당대 조선의 실상과 차이가 있음은 물론이다.

하멜은 귀국 후 1668년에 로테르담에서 네덜란드어로 《하멜 표류기》를 출판한다. 그 뒤에 이 책은 영어, 불어, 독어로 번역되어 유럽인들에게 조선의 존재를 널리 알리는 데 결정적인 기여를 한다. 이 점에서 《하멜 표류기》는 조선 땅을 거쳐 간 서양인의 최초의 발자취이자 조선을 세계에 널리 알린 출판물이다.

3 중국, 그리고 중국 너머

전근대 사회는 하나의 문화권을 중심으로 세계를 형성하지만, 문화권 내부에서도 인구가 이동하는 경우는 거의 없다. 하나의 문화권은 하나의 소우주 역할을 한다. 동아시아는 한자 문화를 중심으로 하나의 세계를 형성하였다. 바로 중국을 중심으로 한 소우주이다. 그런 이유로 한반도 지식인은 중국을 통해 세계를 인식하고, 중국을 놓고 존재를 확인하거나, 중국이라는 창을 통해 그 너머를 보아 왔다.

문화와 지식의 큰 창구, 중국

한반도에서 성립한 국가가 중국과 만나는 데는 대립과 협력의 두 가지 방식이 존재한다. 대립은 침략의 형태로, 협력은 교린의 형태로 나타난다. 이민족이 중국을 침략하여 나라를 세우면 무력을 동원하여 한반도를 침공하는 경우가 많았다. 원나라의 경우도 그러하다. 당시 원나라는 유라시아 대륙까지 휩쓸며 세계적인 제국을 건설하였다. 이에 맞서 고려는 오랫동안 항쟁을 이어갔으나, 결국 원으로부터 부당한 간섭을 받게 된다. 그런데 그 간섭은 고려가 문화적으로 세계를 지향하게 하는 결과를 낳기도 했다. 이러한 주체적 노력의 일환으로 충선왕은 원나라 수도 연경(지금의 북경)에 '만권당萬卷堂'이라는 독서당을 마련하고 고려와 원나라의 문화 교류의 장을 마련한 바 있다. 조선 전기 학자 서거정徐居正(1420~1488)은 《동인시화東人詩話》에서 만권당을 이렇게 묘사한다.

고려 충선왕이 원나라 조정에 들어가 만권당을 열었을 때, 염복閻復·요수姚燧·조맹부趙孟頫 등 여러 학사가 충선왕의 문하에서 놀았다. 어느 날 충선왕이 "닭 울음소리 대문 앞의 버들과 같아라鷄聲恰似門前柳."고 한 구절을 읊자, 여러 학사가 그 용사의 출처를 물었지만, 왕은 묵묵부답이었다. 그러자 이제현이 곁에 있다가 바로 이렇게 해석하였다.

"우리나라 시에 '지붕 위에 해가 오르면 황금 닭이 노래하니 / 마치 수양버들같이 하늘하늘 길기도 하여라.'고 읊조렸는데, 곧 닭 울음이 가늘에 이어지는 것으로써 버들가지의 가늘고 긴 것을 비교한 것입니다. 그 때문에 우리 전하의 시구는 이 뜻을 쓴 것이요.

또 한유韓愈의 시 〈영사의 거문고 소리를 듣다聽潁師彈琴〉에서, '뜬구름, 버들가지처럼 뿌리 꼭지도 없이浮雲柳絮無根蔕'라고 하였으니 옛사람도 소리를 버들가지에 비교한 일이 있답니다."

자리에 있던 모든 사람이 찬탄하였다.

만권당에는 고려의 이제현·박충좌·백이정 등이 참여하고, 원나라의 조맹부·염복·우집·요봉 등이 참여한다. 이들은 시를 창작하고 감상하는 것은 물론이거니와, 학술과 예술의 흐름을 토론하거나 정치와 외교 문제에 관한 의견도 주고받는다. 고려는 만권당을 통해 제국 원나라의 정치와 문화의 동향을 파악하는 눈과 귀를 확보한다.

만권당의 중심에는 이제현李齊賢(1287~1367)이 있었다. 그는 28세에 충선왕의 호출을 받아 만권당에 간 것을 계기로, 오랜 기간 원나라를 기행하면서 그 내부를 두루 체험한다. 이제현은 연경에서 세계 각 지역의 지식과 정보를 습득하는 한편, 기행 체험을 시로 읊조리기도 한다. 그가 촉도를 지나면서 지은 작품 〈노상路上〉을 보자.

이제현

원 제국 전성기에 대도(지금의 북경)에서 여러 해를 보낸 이제현은 중국의 발전된 문명을 접하면서도 풍속 및 언어가 중국과 뚜렷이 달랐던 고려의 독자성을 강조하였다. 이 초상화는 원나라 화가 진감여가 그린 것으로, 원나라 사람의 눈에 비친 고려 지식인의 모습이 드러나 있다.

말 위에 앉아 가며 〈촉도난〉 읊조리다가	馬上行吟蜀道難
오늘 아침 비로소 다시 진관으로 들어간다네.	今朝始復入秦關
저물 무렵 푸른 구름 어부수에 막혀 있고	碧雲暮隔魚鳧水
가을철 붉게 물든 나무는 조서산에 이어졌네.	紅樹秋連鳥鼠山
문자는 부질없이 천고의 한만 더하는데	文字剩添千古恨
명리에 지친 이 몸 누가 일신의 한가함과 바꾸리	利名誰博一身閑
며 가장 생각에 잠기는 것은 안화사 옛 길에서	令人最憶安和路
죽장과 망혜로 오가는 일뿐인 것을.	竹杖芒鞋自往還

1316년 이제현이 사신으로 서촉 지방에 갔다가 돌아오는 도중에 쓴 시이다. 촉(사천성의 옛 이름)은 사방이 높은 산으로 둘러싸인 분지로 교통

이 불편하기 짝이 없다. 시선詩仙 이백李白이 〈촉도난蜀道難〉을 지어 촉으로 가는 길은 참으로 어렵다고 읊조린 것도 이 때문이다. 이제현은 험란한 촉도를 지나며 이백의 시 구절을 떠올린다. 물에 막히고 산만 늘어선 험로에서 명예와 이익은 부질없고, 몸이 지쳐도 어쩔 수 없다는 정감을 표출한다.

조선 후기 연암 박지원朴趾源(1737~1805)도 열하의 피서산장避暑山莊에서 이제현의 이 시를 읊조리며 기행의 어려움을 토로한 바 있다. 이처럼 이제현은 광활한 중국 대륙을 발로 밟으며 다양한 이민족의 문화와 이역의 진경眞景을 체험하고 있는 것이다.

이후 한반도의 지식인들은 중국 대륙으로부터 새로운 지식과 문화를 끊임없이 만나고 수용한다. 중국 대륙은 새로운 문화를 받아들이는 창구였기 때문이다. 청나라 역시 마찬가지이다. 세계적인 제국이었던 청나라의 수도 연경은 다양한 이문화가 공존하고, 새로운 지식과 정보가 생성하고 교류하는 선진 문화의 공간이었다. 그래서 청나라의 선진 문명을 받아들이자는 북학北學이 탄생한다. 청나라는 북벌北伐의 대상이 아니라 배워야 할 대상이라는 것이 북학의 요지이다.

많은 지식인들이 연경을 방문한 뒤, 청나라의 선진 문화에 놀라지 않을 수 없었다. 그런데 외부 세계를 정확히 이해하고 선진 문물을 도입하기 위해서는 그곳의 언어를 습득하는 것이 필수이다. 박제가朴齊家(1750~1805)는 《북학의北學議》 '역譯'에서 외국어 습득의 필요성에 대해 다음과 같이 설파하고 있다.

청나라가 흥성한 이래로 우리 조선의 사대부는 중국과 관계되는 일체의 것을 부끄럽게 여겼다. 어쩔 도리가 없어 억지로 사절使節을 받들어 청나라에 들어가지만 일체의 행사나 문서, 그리고 대화하는 모든 것을 역관에게 맡겨 버린다. 책문柵門에 들어서서 연경에 이르기까지는 2000리 길인데 경과하는 고을의 관원과 상견례를 하는 법이 없다. 다만 각 지방에 통관通官이 배치되어 각 지방에서 사절을 접대하고 말에게 먹일 꼴과 사

박제가
북학파의 대표적인 학자였던 박제가는 청과 활발하게 교류하여 생산 기술을 향상시키고 국제 무역을 확대하자고 강조하였다. 사절단 자격으로 청을 네 차례나 방문하였다.

절이 먹을 식량을 공급하는 일이나 처리할 뿐이다. 저들의 의도에 의해 그렇게 하는 것이 아니라 우리 쪽에서 저들을 싫어하여 쳐다보지도 않기 때문에 그렇게 하는 것이다. 사정이 이렇다 보니 예부와 접촉을 한다 해도 입으로 무슨 말을 할 수가 있으랴? 역관이 이러저러하다 하면 그대로 따를 수밖에 없다. (중략)

다행스럽게도 천하가 평화로운 시절이라 서로 관련된 기밀이 없으므로 역관에게 통역을 맡기더라도 별다른 큰 사건이 발생하지 않는다. 하지만 불의의 전란이 발생한다면 팔짱을 낀 채 역관의 입만 쳐다보며 있을 수 있겠는가? 사대부가 이 문제에 생각이 미친다면 그저 한어漢語를 익히는 데만 그쳐서는 안 될 것이요, 만주어나 몽고어, 일본어까지도 모두 배워야만 수치스런 일이 발생하지 않을 것이다.

청나라의 문화를 제대로 받아들이기 위해 중국어 학습을 주장한 것은 매우 흥미롭다. 박제가는 여전히 존명尊明 의식에 기반한 북벌론에 사로잡혀 청나라를 적대시 하는 조선 지식인의 사유를 문제 삼는다. 실제 당시 지식인들은 청나라를 오랑캐로 인식하고 청나 라의 선진 문화마저

싸잡아 비난하는 경우가 많았다. 심지어 조선이 문화적으로 중국의 정통을 잇고 있다는 소중화小中華 의식에 사로잡혀 현실을 제대로 인식하지 못하고 있었다. 박제가는 이와 달리 북학을 제시하고 구체적인 실현 방안의 하나로 중국어 학습을 내놓았던 것이다. 특히 박제가는 선진 문물 도입은 물론이고 외교와 국가의 안위를 위해 중국어와 이웃나라의 언어를 습득할 것을 요구한다. 해당국을 제대로 이해하기 위해 그 나라의 언어를 배우자는 주장은 뛰어난 견해임이 분명하다. 연행은 청나라와 맺은 조공 체제하에서 치러야 하는 의례적 외교이지만, 한편 청나라의 정세를 파악하고 나아가 더 넓은 미지의 세계에 대한 지식과 정보를 얻을 수 있는 창구였다. 이뿐만 아니라 청나라에 드나들던 서양인과 서양 문물을 접할 수 있는 기회이기도 했기 때문에 중국어의 습득은 중요한 사안으로 볼 수 있는 것이다. 연암 박지원이 《열하일기熱河日記》에서 연행의 목적이 청나라를 둘러싼 내부 동향과 함께 세계 질서의 흐름을 엿보는 데 있다고 언급한 바 있거니와, 중국어를 모르고서야 이러한 것이 가능하겠는가?

중국에서 만난 이역 사람들

조선 시대에 이역인과 이역 문명과의 만남은 주로 중국을 통해 이루어졌다. 연행 사행에 참여한 조선 지식인들은 연경에 사신으로 온 이역의 사람과 만나 지식과 정보를 주고받으며 교류했다. 유득공柳得恭(1749~1807)이 회회인을 만나 교류하는 상황을 기록한 〈열하기행시주熱河紀行詩註〉의 한 대목을 보자.

> 회회 사람의 용모는 눈이 깊고 눈동자가 푸르며 수염이 사납다. 그 왕들은 모두 준수한 젊은이다. 간혹 조롱박처럼 살찐 사람도 있고, 눈썹이 풍부하고 눈이 시름겨운 사람도 있다. 의관은 만주와 동일한 모양인데, 어떤 이는 변발을 하였고 어떤 이는 머리를 모두 깎아 중의 머리를 만들었으니, 이는 이상한 일이다. 우두머리가 머리에 쓴 전립氈笠의 챙은 앞뒤가 말려 있고 좌우가 뾰족하여 마치 펴지지 않은 연잎과 같다. 객사 안에 있는 자는 대부분 챙이 없는 흰 모자를 썼는데 꽃무늬가 그려져 있었으며, 한 무리의 10여 명은 투구를 착용하고 붉고 푸르게 아롱진 베옷을 입고 있으며 단단하게 띠를 매었다. 그 우두머리 한 사람은 통솔하여 반열에 서 있는 자이다. 열하에 온 자는 합밀哈密 왕과 오십烏什 왕으로, 나와 가장 친하였다. (중략) 그 왕들은 한어와 몽고어, 청나라 말을 잘했다. 매일 서로 만나 내가 우리나라 말을 하면 회회 왕은 회회 글자로 번역하고, 회회 왕이 회회 말을 하면 나는 우리나라 글자로 번역하였는데, 한어로 질정質正하였다. 그 왕들은 매우 총명하여 한번 번역하면 곧바로 암송했다. 대체로 만주, 몽고, 회회의 여러 왕은 모두 각국의 말을 한다.

유득공이 연행하던 1790년은 청나라가 대규모 원정을 감행하여 강역을 최대로 넓혀 놓았던 시기다. 당시 청나라는 생산력과 무역에서 이미 제국의 규모를 갖추고 있었다. 연행에 참여한 유득공이 본 것은 청나라의 번성한 면모만은 아니었다. 그는 청나라에 사신으로 온 주변국의 지식인, 서구의 선교사, 이역의 사신 등과 만나기도 한다. 조선 후기 연행에 참여한 조선 지식인은 몽고, 대만, 안남을 비롯하여 한자 문화권 외의 사신과 만나 교류하는 경우가 적지 않았다. 유득공이 만난 회회국 사신도 하나의 사례다. 그는 회회국 사신과 만나 처음 보는 의관과 외모에 놀라지만, 곧 이들에게 호기심을 가지고 다가간다. 조선 후기 지식인들이 청나라에서 쓰는 한어漢語조차 오랑캐 언어로 인식하고 꺼려하던 상황임을 감안하면, 유득공과 회회국 왕이 서로의 언어에 관심을 가지고 대화하는 모습은 매우 흥미롭다.

조선 후기 연행 사신이 반드시 들르는 방문지의 하나가 연경의 천주당이다. 천주당은 연경의 동서남북 네 곳에 있었다. 연행 사신들은 천주당에서 서구 문물을 견문하고 더러 선교사들과 만나 서구 문물을 전해 듣기도 했다. 홍대용洪大容(1731~1783) 역시 연경에 세워진 남천주당을 직접 방문한다. 그곳에서 그는 남천주당의 선교사 유송령劉松齡(본명: August von Hallerstein)과 포우관鮑友官(본명: Anton Gogeisal)을 만나 필담을 주고받으며, 서구 문물의 지식과 정보를 전해 듣는다. 특히 홍대용은 천주당의 건축 구조와 그 내부 장식, 파이프 오르간과 관상대의 천문 기기를 직접 견문한 뒤, 기술의 정교함에 놀란다.

홍대용에 이어 연경에 온 박지원 역시 《열하일기》에서 천주당을 방문한 감회를 적고 있다. 이처럼 실학파 지식인들을 포함하여 연행에 참여한 조선의 지식인들은 청나라를 통해 바다 건너 서구 문화와 접속했던 것이다. 특히 홍대용은 마테오 리치Matteo Ricci(중국 이름: 리마두利瑪竇, 1552~1610)에 주목하는데, 견문록 《담헌연기湛軒燕記》*에서 이렇게 쓰고 있다.

마테오 리치는 천하에 이상한 사람이었다. 스스로 말하기를, 20여 세에 천하를 구경하려는 생각을 품고 자기 나라를 떠나 천하를 두루 돌아보고 땅 밑으로 돌아 중국에 들어왔다고 하였다. 그 말이 비록 믿을 수 없으나, 대개 천체와 별을 연구하는 학문과 산수·역법을 모르는 것이 없고, 다 근본을 속속들이 살피고 증거를 밝혀서 하나도 억측의 말이 없으니, 대개 천고에 기이한 재주였다. 또 자기네 학문을 중국에 전하였는데, 그 학문의 대강은 하늘을 존숭하여 하늘 섬기기를 불도가 부처 섬기듯 하고, 사람을 권하

담헌연기湛軒燕記 홍대용은 중국을 여행하고 연행록을 저술했는데, 한문본인 《담헌연기》와 한글본인 《을병연행록(담헌연행록)》이 있다.

여 조석으로 예배 드리고 착한 일에 힘써 복을 구하라고 하니, 대개 중국 성인의 도와는 다르고 이적의 교회여서 말할 것이 없다. 그렇지만 천지의 도수와 책력의 근본을 낱낱이 의논하여 세월의 전후를 틀리지 않게 하는 것 또한 옛사람이 미치지 못할 것이다. 그 나라의 풍속은 이치에 합당하여 온갖 기계를 매우 정교하게 만든다. 그러므로 마테오 리치가 죽은 후에 그 나라 사람이 이어서 중국에 계속 왔고 근래에는 벼슬을 내리고 녹봉을 후하게 주어 책력 만드는 일을 완전히 맡겼다. 그 사람들은 한번 나오면 돌아가는 법이 없어서 각각 집을 지어 따로 거처를 정하고 중국 사람들과 섞여 살지 않았는데, 동서남북 네 집이 있으며 그 이름을 천주당이라 하였다.

마테오 리치는 이탈리아 출신의 예수회 소속 선교사이다. 그는 선교사이기에 앞서 인문학, 어학, 천문, 지리, 수학, 과학, 미술 등 광범위한 분야에 소양을 갖춘 학자이다. 마테오 리치는 명나라의 뛰어난 학자인 서광계에게 서구의 수학을 가르치고 유클리드의 《기하학 원본》의 번역을 돕는다. 그뿐만 아니라 각종 지도와 시계, 달력, 지구의 등을 제작하여 중국을 놀라게 한 바 있다. 특히 그는 선교에 앞서 서구와 다른 동아시아의 '문명'을 발견하고, 이를 적극 수용하여 서구 문화를 중국에 뿌리내리는 데 심혈을 기울였다. 그는 중국어와 한문을 배웠으며, 사서삼경을 공부하고 유학의 원리를 이해하였다. 이에 그치지 않고 마테오 리치는 중국 문화를 유럽에 소개하는 데에도 주력하여 사서四書를 라틴어로 옮긴 바 있다. 이 점에서 마테오 리치는 동서의 문화를 융합시킨 진정한 '세계인'인 셈이다. 마테오 리치는 기독교 교리를 한문으로 풀이한 《천주실의天主實義》를 출간하여 동아시아 문화에 큰 영향을 끼친다. 17세기에 조선 지식인들도 이미 마테오 리치와 《천주실의》를 알았다. 《천주실의》는 조선에 서구 문화를 전파하는 데에도 큰 역할을 하게 되는데, 조선 후기 지성의 한 사람이던 홍대용이 그를 주목한 것은 이 때문이다.

창을 통해 엿본 세계

전근대 중국 중심의 세계 인식을
중화적 세계관이라고 한다.
여기에 하늘은 둥글고 땅은
네모난 평평한 땅이라는 '천원
지방天圓地方'의 천하관이 결부
되어 지리적 중화관도 생겨난다.
중국과 조공 관계를 맺는 국가들은
중국이라는 창을 통해 세계를 이해하는
것이 일반적이었는데, 그 한 방식으로 지도를
활용하기도 했다. 조선은 건국 초기인 1402년에
세계 지도를 제작한 바 있다.

혼일강리역대국도지도 여러 나라에서 제작된 지도를 종합하여 만든 세계 지도이다. 100여 개의 유럽 지명과 35개의 아프리카 지명이 소개되어 있으며, 조선이 일본보다 네 배 정도 크게 그려져 있다.

〈혼일강리역대국도지도〉*가 그것이다. 권근權近(1352~1409)은 그 발문 〈역대제왕혼일강리도지歷代帝王混一疆理圖誌〉에서 다음과 같이 말하고 있다.

천하는 매우 넓다. 안으로는 중국으로부터 밖으로는 사해에까지 이르니 몇천만 리나 되는지 알 수 없다. 이것을 요약하여 두어 자 되는 폭에다 그리려다 보니 자세하게 기록하기가 어렵다. 그러므로 지도를 만든 것은 대체로 성글고 생략하기 마련이다. (중략) 그래서 이제 특별히 우리나라 지도를 더 넓히고 일본 지도까지 붙여 새 지도를 만드니 조리가 있고 볼 만하여 참으로 문밖을 나가지 않고도 천하를 알 수 있다. 대저 지도를 보고서 지역의 멀고 가까움을 아는 것도 또한 나라를 다스리는 데에 하나의 도움이 되는 것이다.

〈혼일강리역대국도지도〉는 아프리카의 동·서·남부 해안까지 정확하게 그려 넣은 세계 지도이다. 조선이 개국 초기에 중국, 일본, 조선의 지도를 합하여 국가적 차원에서 편집·제작한 것이다. 중화적 세계관에 입각해 있긴 하지만, 알려지지 않은 미지의 세계까지 폭넓게 수용하여 이

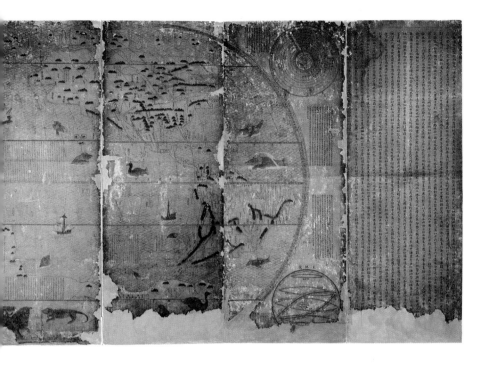

곤여만국전도(부분)
마테오 리치가 그린 세계 지도이다. 명나라를 방문하였던 조선 사절단에 의해 1603년 조선에 전해진 이 지도는 중국을 세계의 중심에 있는 가장 큰 나라로 생각하던 조선 지식인들에게 큰 충격을 주었다.

슬람 세계의 지리 지식을 반영하고, 유럽이나 아프리카와 같이 교류가 전혀 없던 지역까지 두루 포괄하고 있다. 무엇보다 동아시아를 넘어 다른 문명권까지 포함시켜 열린 세계를 지향하고 있다. 미지의 세계까지 품어 안으려 했던 15세기 초 조선 문화의 개방성이 한껏 녹아 있다. 동아시아 대륙의 동쪽 끝에 위치한 조선을 세계 속의 한 국가로 인식하는 것은 자국 중심의 폐쇄적 시각을 뛰어넘는 것이다. 특히 대륙을 넘어 해양에 대한 지식과 정보까지 구축하려 한 점은 눈여겨보아야 할 부분이다. 이처럼 조선 초기의 지식인들은 세계 지도를 통해 직접 경험하지 못한 미지의 세계와 문명이 다른 지역의 존재를 확인하고, 지도라는 창을 통해 세상과 만났다.

또한 17세기 이후 조선에 전래된 서구식 세계 지도 역시 지식인들에게 많은 영향을 끼쳤다. 마테오 리치의 〈곤여만국전도坤與萬國全圖〉, 알레니 Giulio Aleni의 〈만국전도萬國全圖〉, 페르비스트Ferdinand Verbiest의 〈곤여전도坤與全圖〉와 지리서인 《직방외기職方外紀》, 《곤여도설坤與圖說》 등은 당시 지식인 사회에 큰 파장을 일으켰다. 많은 지식인들은 이러한 지도를 통해 중국 중심의 동아시아 외에 더 넓은 세계가 있으며, 그 세계 역시 상당한 수준의 다른 문화를 지녔다는 사실을 깨닫는다. 그리하여 지식인들은 중국을 다시 읽고 세계를 다시 읽는 계기를 갖게 된다.

하지만, 중국이라는 세계와 그 너머의 세계에 대한 지식인들의 인식은 기본적으로 중국이라는 공간을 통해 이루어졌다. 중국의 창을 통해 중국 너머의 세계를 알거나, 중국에 가서 다른 미지의 세계를 견문한 경우가 대부분이다. 연암 박지원도 그중 한 사람이다. 박지원은 《열하일기》를 통해 천하의 대세를 전망한다. 박지원이 청나라의 창을 통해 동아시아 세계를 관망하고 있는 〈심세審勢〉 편을 보자.

박지원
손자 박주수가 그린 박지원의 초상이다. 조선의 미래를 고민하며 역동적으로 변화하던 청나라를 매섭게 살펴보던 그의 눈빛이 살아 있다.

청나라가 어찌 주자의 학문을 알아서 그 올바른 것을 터득했으리오? 이는 곧 천자의 높은 지위로서 거짓 숭배하였던바, 그 뜻은 한갓 중국의 대세를 살펴서 재빨리 남보다 먼저 이를 차지하여 온 천하 사람의 입에 재갈을 물리고 감히 자기들에게 오랑캐라는 이름을 씌우지 못하게 하는 방법이었다. (중략) 강희 황제는 강소·절강 지방에 여섯 차례나 순행하여 가만히 모든 호걸의 사상을 늘렸다. 지금 황제도 그 뒤를 밟아서 다섯 차례나 순행하였다. 천하의 큰 걱정은 늘 북쪽 오랑캐에게 있으므로 그들을 항복받은 뒤에도 강희 황제가 열하에다가 행궁行宮을 세우며, 몽고의 강력한 군대를 이에 주둔시켜 놓으니, 이는 실로 중국의 군사를 괴롭히지 않고도 오랑캐로 오랑캐를 방비하게 되었다. 이렇게 되면 군비는 생략되나 국방은 굳셀 것이므로 황제가 친히 통솔하여 지키고 있는 것이다. 서번西藩이 비록 강한強悍하나 다만 황교黃敎를 몹시 두려워함을 보고는, 황제는 곧 풍속을 따라서 몸소 스스로 그 교를 믿어서 그 법사法師를 모셔다가 집을 찬란하게 꾸며서 그의 마음을 기쁘게 하고는, 명목만 '왕'이라 빌려 주어서 그의 세력을 쪼개었다. 이는 곧 청인淸人이 사방을 제어하는 교묘한 방법이다.

박지원이 청나라를 방문했던 18세기 중반은 건륭제의 치세였다. 강희제 이후 이미 백여 년 동안 번영과 평화를 구가하던 때였다. 박지원은 청나라 황제가 중국을 통일한 뒤 천하를 어떻게 다스리고 있는가를 정확하게 간파하고 있다. 그는 청나라 황실이 주자朱子를 먼저 높이는 것은 한족 지식인을 통제하기 위한 방법이라고 파악한다. 청나라가 먼저 중국의 대세를 살핀 뒤, 여기에 편승하여 주자를 정치적으로 이용한 것으로 간파하고 있다. 청나라 왕이 주자의 존숭을 천하에 천명하는 것은 '온 천하 사람의 입에 재갈을 물리고 감히 자기들에게 오랑캐라는 이름을 씌우지 못하게 하는 방법'으로, 한족 지식인의 사상을 통제하는 수단이자 고도의 통치술이라는 것이 박지원의 생각이다.

그뿐만 아니라 박지원은 청나라가 이민족을 통치하는 방식을 정확하게 꿰뚫는다. 청이 거짓으로 황교(티베트 불교)를 신봉하는 행위나, 명목상 왕王을 두는 것 등은 모두 강한 서번西藩˙을 통제하기 위한 술수라는 것이다. 이처럼 박지원은 중국 본토 및 변방 지역에 대한 지배 통치 방식을 전체적으로 조망하고 청나라가 이민족을 다스리고 통치하는 방식을 정확하게 인식하고 있는 것이다.

서번西藩 중국은 당나라 때부터 티베트족을 토번이라 불렀는데, 명나라 이후 서번이라 하다가 청나라 때는 장번으로 불렀다.

박지원은 이 글의 결론에서 주자를 반박하는 사람을 만났을 때 그를 이단으로 여기지 말고 그 실상을 구체적으로 듣는다면 천하 대세를 관망할 수 있다고 단언한다. 그는 〈심세〉 편에서 《열하일기》를 통해 말하고자 하는 바를 선명하게 드러낸다. 무엇보다 청나라의 이민족 통치 방식과 조선의 정치 현실이 맞물려 있는 것으로 판단한다. 박지원은 청조 체제를 놓고 세계의 흐름을 관망하는 가운데, 조선의 현실 문제를 해결해야 한다고 생각하였다. 그는 동아시아의 시각에서 천하의 대세를 전망하고, 진보하는 세계 흐름의 기운까지 예견했다고 할 수 있다.

중국 너머로의 사유

중국 중심의 세계관과 한자 문화는 근대 서구의 충격으로 해체되기 전까지 주변국에 절대적인 영향력을 행사했다. 이러한 양상은 이민족이 중원을 장악하던 시기에도 본질적으로 변하지 않았다. 하지만 이민족의 중원

통치에 대응하여 한반도의 지식인들은 천하 문명의 계승자로 자임하고 문명 의식과 동인東人 의식을 표출하기도 했다. 고려 중기 진화陳澕(?~?)가 쓴 〈금나라에 사신으로 가면서奉使入金〉를 보자.

서쪽 중화는 이미 적막하게 되었고,	西華已蕭索
북쪽 오랑캐는 여전히 혼몽하도다.	北寨尙昏蒙
앉아서 문명의 아침을 기다리자니,	坐對文明旦
하늘 동쪽에 해가 붉게 솟으려 하네.	天東日欲紅

이규보와 함께 이름을 떨쳤던 진화가 금나라로 사신을 가면서 지은 시이다. 당시 농아시아 세계 질서는 매우 어지러웠다. 여신족이 금나라를 건국하고 강대한 세력을 형성하면서 송나라를 남쪽으로 밀어내 버렸다. 지금 북쪽 지역의 패권을 쥔 금나라 역시 문화를 거론할 대상이 아니다. 몽고 역시 문명을 말할 수 없을 정도로 혼몽한 상태였다. 송나라의 몰락으로 결국 문명의 중심이 없어져 버린 꼴이었다. 그래서 진화는 북방의 패권을 쥐고 있는 금나라에 사신의 임무를 띠고 가고 있기는 하지만, 문명이 쇠퇴한 현실에 착잡한 심정을 토로하고 있는 것이다.

그런데 진화는 마침 동쪽에서 해가 떠오르는 것을 보고 착잡한 심정을 씻어 버린다. 동쪽 하늘에 힘차게 솟아오르는 아침 해는 문명을 상징한다. 문명의 종주국 송나라의 몰락으로 문명이 쇠퇴하였으니, 이제 고려가 문명의 중심지로 부상할 것으로 기대하고 있다. 그래서 새로운 문명의 아침은 고려가 감당해야 한다는 것이다. 여기서 떠오르는 해는 동아시아의 세계 질서를 전망하면서 표출한 고려인의 문명 의식을 상징한다. 이렇듯 문명의 자의식을 표출하고 주체를 세워 중국을 넘어 사유한 점은 역사적 의미가 있다.

고려 후기의 이승휴李承休(1224~1300) 역시 세계 속에서 고려를 인식하고 '중국 너머'를 사유한 시인이다. 일찍이 그는 중국에 사신으로 다녀왔는데, 그곳에서의 체험은 고려와 자신을 되돌아보는 계기가 된다. 그가 쓴 《제왕운기帝王韻紀》는 그러한 면모를 잘 드러내고 있다.

요동 동쪽에 따로 하나의 땅이 있으니　　　　遼東別有一乾坤

별자리는 중조와 구역이 구분되는 곳　　　　斗與中朝區一分

만이랑 푸른 바다 삼면으로 에워싸고　　　　洪濤萬頃圍三面

북쪽으로 대륙과 가늘게 이어지는 땅이라네.　於北有陸連如線

　지리적으로 중국과 다른 독립된 하나의 세계가 존재한다. 요동 동쪽에 별자리도 다른 공간에 삼면이 바다로 둘러싸인 곳. 바로 고려이다. 고려는 중국과 이웃하고 있지만, 역사적으로도 엄연히 구분되고 독립적이라는 것이 이승휴의 생각이다. 동아시아 공간 속에서 주체와 타자를 구분하여 주체를 사유하는 방식이다. 이른바 동아시아 문명 단위에서 자국의 위상을 주체적으로 보는 것을 의미한다. 전근대 시기 동아시아 한자 문화권에서의 이러한 사유는 매우 진보적이다. 통상 중국 중심의 질서에서 바라보던 자국 인식과는 사뭇 다르기 때문이다. 이는 여말 선초에 자주 거론되는 동인東人 의식의 주체적 모습을 보여 주거니와, 일종의 문명 의식의 표출이다. 동인 의식은 타자를 의식한 것이지만, 그 이면에는 주체적 문명 의식이 숨겨져 있다.

　전근대 동아시아는 중국 중심의 문명 단위를 이루고 있었고, 한반도가 생활하는 역사적 공간이었다. 한반도는 오랜 기간 저 거대한 타자 중국과 이웃하며 지냈다. 그 이웃과의 만남은 좋을 때도 있고 나쁠 때도 있었다. 하지만 그 타자와 교류한 많은 시간을 기억하고 지금의 타산지석으로 삼을 필요가 있다.

인용 작품

동인시화 261쪽
작가 서거정 갈래 시화집
연대 15세기

노상 262쪽
저자 이제현 갈래 한시
연대 14세기

북학의 263쪽
작가 박제가 갈래 한문 산문
연대 18세기

열하기행시주 266쪽
작가 유득공 갈래 기행문
연대 18세기

담헌연기 267쪽
작가 홍대용 갈래 기행문
연대 18세기

역대제왕혼일강리도지 270쪽
작가 권근 갈래 한문 산문
연대 15세기

열하일기 '심세' 272쪽
작가 박지원 갈래 기행문
연대 18세기

금나라에 사신으로 가면서 274쪽
작가 진화 갈래 한시
연대 13세기

제왕운기 275쪽
작가 이승휴 갈래 한시
연대 13세기

4 가깝고도 먼 나라, 일본의 발견

한반도와 중국 대륙, 한반도와 일본의 교류는 아주 오래전부터 있어 왔다. 한국 고대 문화의 성립과 발전에 대륙의 중국 문화가 큰 역할을 하고, 일본 고대 문화의 성립과 발전에 한반도에서 건너간 '도래인渡來人'이 결정적인 역할을 한다. 일본 역시 이러한 국가 간의 상호 교류를 통해 자국 문화를 살찌웠다. 우리의 고전 문학은 이러한 만남과 그 만남의 다양한 모습을 어떻게 포착하고 있는지 살펴보자.

일본과의 오랜 인연

한반도와 일본은 오래전부터 관계를 맺어 왔다. 기원전 3세기경 한반도에 거주하던 사람들이 일본 열도로 건너가 600여 년간 청동기와 철기 문화를 일으켰다. 이를 야요이彌生 문화라고 한다. 오늘날 일본인의 조상은 원주민인 조몬繩文인을 몰아낸 이 야요이인이라고 한다. 이후 백제와 가야, 고구려인의 상당수가 일본으로 건너가는데, 이를 '도래인渡來人'이라고 한다.

오래전에 한반도에서 일본으로 건너간 사람들의 이야기가 《삼국유사》에 실려 전한다. 바로 설화 〈연오랑 세오녀〉이다.

신라의 제8대 아달라왕 때에 동해 바닷가에 연오랑延烏郎과 세오녀細烏女라는 부부가 살았다. 어느 날 연오랑이 바다에 나가 해초를 따고 있었다. 어디선가 바위 하나가 오더니 그를 태우고 어디로 갔는데, 도착한 곳은 일본이었다. 일본 사람들은 바위를 타고 온 연오랑을 받들어 왕으로 모셨다. 한편 세오녀는 해초를 따러 간 남편이 돌아오지 않자, 바닷가로 나가 남편의 행방을 찾았다. 그러나 남편의 모습은 어디에도 보이지 않았다. 한참을 헤매다 보니 어느 바위에 남편이 벗어 놓은 신발 한 짝이 눈에 띄었다. 세오녀는 바위에 올라가 보았다. 그랬더니 바위는 세오녀를 태우고 연오랑 때처럼 일본을 향해 가 버렸다. 일본 사람들은 바위를 타고 온 세오녀를 보고 놀라 왕에게 아뢰었다. 왕이 된 연오랑과 바위를 타고 온 세오녀는 이렇게 일본에서 다시 만났다. 연오랑은 세오녀를 왕비로 삼았다. 이 일이 있은 뒤로부터 이상하게도 신라에는 해와 달에 광채가 없어졌다. (중략) 연오랑은 세오녀가 짠 비단을 신라의 사신에게 건네주었다. 사신은 신라로

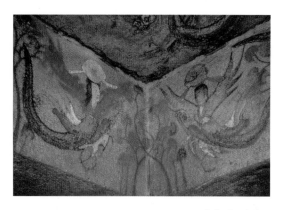

해의 신과 달의 신
중국 지린성 지안현에 있는 오회분 4호묘에 그려진 고구려 벽화의 일부이다. 6세기에 만들어진 이 고분에는 도교의 신선 사상을 보여 주는 다양한 형상의 신이 그려져 있다. 고구려 건국자인 주몽의 아버지 해모수는 해의 신, 어머니 유화는 달의 신으로 여겨졌다.

돌아와 이런 사실을 왕에게 모두 고하였다. 그리고 연오랑이 시킨 대로 세오녀가 짠 비단으로 하늘에 제사를 드리자 신기하게도 해와 달이 예전처럼 빛났다.

신화적 요소가 짙은 이 이야기는 일본의 건국과 일월日月 숭배와 관련이 깊다. 한반도 동쪽에 거주하며 일월을 숭배하던 무리가 배를 타고 항해해서 일본으로 건너간 다음, 그곳을 개척하여 왕과 왕비가 되었다는 것이 이야기의 요지이다. 연오랑과 세오녀는 태양과 달의 정령을 상징한다. 이들이 신라를 떠나 일본에서 왕과 왕비가 되었다는 점은 한반도에서 건너간 집단이 일본의 건국과 관련이 있다는 점을 알려 준다. 특히 고대 일본 문화의 성립과 관련이 깊다는 것은 세오녀가 짠 비단의 존재에서 알 수 있다. 이는 일본으로 건너간 집단 가운데 직조 기술자가 있으며, 이들이 일본에 직조 기술을 전해 준 것으로 이해할 수 있기 때문이다. 한반도와 일본 열도의 교류가 오랜 옛날의 신화적 이야기에 등장하는 것을 보면 그 유래가 매우 깊음을 짐작할 수 있다.

고대 이래로 우리와 일본은 가깝고도 먼 나라로서 교류와 긴장의 관계를 유지해 왔다. 고려는 원나라와 함께 일본 정벌에 나서기도 했고, 일본은 임진왜란을 일으켜 한반도를 전쟁터로 만든 적도 있다. 그런데 두 지역 간의 교류는 대부분 공식적 외교 관계로 이루어졌다. 조선이 파견한 통신사와 일본의 막부가 파견한 일본 국왕사도 한 예이다. 이 외교 사절단은 두 나라 간의 교린을 통해 우호를 지향했던 선린 우호의 상징이자, 두 나라를 잇는 다리 역할을 하였다. 통신사의 경우 조선보다 일본에 훨씬 중요한 존재였다. 에도 시대 조선 통신사는 1607년에 시작되어 200여 년 동안 모두 열두 번 파견되었다. 통신사로 파견된 인사들은 문학과 예술에 조예가 깊은 지식인들이었다. 일본의 지식인들은 통신사 일행과의 문화 교류에 심혈을 기울였다. 그 과정에서 조선 통신사는 문화 사절단의 역할을 하였다.

도쿠가와 요시무네의 쇼군 계승을 축하하기 위해 일본을 방문한 조선 통신사 제술관 신유한申維翰(1681~1752)이 쓴 《해유록海遊錄》의 한 대목을 보자.

저물녘에 나고야에 도착하니, 도시의 화려함과 구경하는 남녀들이 전날보다 훨씬 많았다. 이미 내 눈으로 대판·왜경·강호의 큰 도시 세 개를 보았는데, 아마 그 다음은 미장주尾張州인 것 같다. 목난고木蘭皐와 조현주朝玄洲 두 사람이 나와서 환영하였고, 먼 곳에서 온 사람들이 물고기를 꿴 것처럼 모여 있었다. 앉아서 보니, 마루·복도·뜰·마당에서, 좁다고 내려가는 사람, 끌고서 올라오는 사람, 들러서서 곁눈질하는 사람들이 있는데, 모두 시와 한마디의 말을 써 달라고 요청하는 사람들이다. 혹은 내가 전일 지어 준 시로 채색의 족자를 만들어 낙관을 받아 가지고 가기도 했다. 간혹 자기들이 지은 시와 문장의 초고를 가지고 와서 다른 사람에게 부탁하여 나에게 보이면서 한마디 품평을 구하기도 하였다. 동자가 먹을 갈기에 피로하게 보여서, 왜인으로 대신 갈게 하였다. 겹겹으로 쌓인 종이가 구름과 같았고 꽂힌 붓이 수풀과 같았으나 잠깐 동안에 바닥이 보이면 다시 들여왔다. 나도 또한 목이 말라 때때로 밀

조선 통신사 행렬도
18세기 조선 통신사의 행렬을 그린 그림. 통신사 일행이 에도(지금의 도쿄) 거리를 행진하는 광경이다. 행렬이 들고 있는 깃발에 쓰인 청도淸道, 즉 '길을 닦아라'는 문구를 보면, 당시 일본이 조선 통신사를 얼마나 극진히 대접했는지 짐작할 수 있다.

감을 자주 깨물어 술안주를 하면서 고시古詩와 율시律詩의 운자를 따라 짓기도 하고 다른 작품의 운자를 따라 짓기도 하였다. 초草를 잡을 겨를도 없이 쓰기만 하면 사람들이 소매에 넣어 가져가 버렸으니, 몇 편이나 되는지 나도 몰랐다.

조선 통신사 열풍에 빠진 에도 시대 각 지방과 일본의 모습을 자세하게 포착한 글이다. 당시 조선 통신사는 막부의 융숭한 대접을 받았다. 에도 막부와 각 지방의 정부는 조선 통신사를 접대하기 위해 도로 청소, 교각 정비, 휴게소 건설, 심지어 야외 화장실까지 준비하는 치밀함을 보였다. 그 노역에 수만 명이 동원될 정도였다. 에도 막부가 조선 통신사를 접대하는 데 지출한 경비는 당시 농업 생산량의 3~12%에 이르렀다고 한다. 사정이 그러하다 보니 통신사가 지나가는 길에는 이를 구경하기 위한 인파가 인산인해를 이루는 경우가 많았다.

조선 통신사는 에도는 물론, 일본 전국의 지식인과 민중에게 큰 환영을 받았다. 거의 열풍에 가까운 '조류朝流'인 셈이다. 이 점에서 통신사의 길은 문화 교류의 길이자, 조선 문화 전파의 길이었다. 일본은 전국적인 축제 분위기 속에서 통신사를 맞이하고, 막부의 명령에 따라 가는 곳마다 성대한 향응을 베풀었다. 특히 통신사의 숙소에는 통신 사행에 참여한 조선 지식인들의 글씨를 받기 위해 몰려든 군중으로 인산인해를 이루었다. 위의 기록에서 나오듯이 신유한은 이러한 일본인의 요구에 성심껏 부응하였던 것이다.

하지만 조선 통신사에 참여한 지식인들은 문화적 우월감에 사로잡혀 일본 내부와 속사정을 자세하게 관찰하는 이가 드물었다. 일본의 참모습을 직시하기는커녕 일본과 일본 문화를 깔보는 경우가 허다하였다. 〈우상전虞裳傳〉에 남긴 박지원의 언급을 통해 짐작할 수 있다.

수백 년 동안 사신의 행차가 자주 에도를 내왕하였다. 그러나 사신으로서 체통을 지키고 임무를 수행하는 데에 치중하느라 그 나라의 민요, 인물, 요새, 강약의 형세에 대해서는 마침내 털끝만큼도 실상을 파악하지 못한 채 그저 왔다갔다만 하였다. 그런데 우상은 힘으로는 붓대 하나도 이기지 못할 정도였지만, 그 나라의 정화精華를 붓끝으로 남김없이 빨아들여 섬나라 만 리의 도성都城으로 하여금 산천초목이 다 마르게 하였으니, 비록 "붓대 하나로써 한 나라를 무너뜨렸다."고 말하더라도 지나친 말은 아닐 것이다.

박지원은 〈우상전〉에서 조선 통신사의 수준 낮은 일본 인식을 비판하면서 계미 통신사(1763)에 참여한 이언진李彦瑱이 일본의 참모습을 기술한 것을 칭찬하고 있다. 계미 통신사에 함께 참여한 원중거元重擧(1719~1790)의 《화국지和國志》는 일본의 실상을 객관적이고 정확하게 기술하려는 노력을 보여 준 또 다른 사례에 해당한다. 그중 한 대목을 읽어보자.

그들의 인물됨은 부드러우면서도 굳건하고, 굳건하지만 또 오래가지는 않는다. 약하면서도 인내하며, 인내하지만 또 떨치고 일어나지는 못한다. 총명하지만 지식이 편벽되고, 민첩하고 예리하지만 기상이 국한되어 있다. 겸손하지만 양보하지는 않으며, 베풀지만 사물을 포용하지는 못한다. 새로운 것을 좋아하고 기이한 것을 승상하며, 가까운 것에는 기뻐하지만 먼 것에는 소홀하다. 고요한 곳을 즐기고 여러 사람이 모여 사는 것을 싫어한다. 본업을 편안히 여기며 분수를 기쁘게 지킨다. 일정한 규율을 지키며, 감히 한 치도 나아가거나 물러나지 않는다. 자기의 힘으로 먹고 살며, 조금도 남에게 주거나 뺏으려 하지 않는다. (중략) 대개 그 의복은 따뜻함을 취하지 않고, 음식은 맛을 구하지 않는다. 일찍 일어나서 늦게 자며 열심히 일해서 자기의 힘으로 먹고 산다. 내가 생각하기에 아마도 천하에 일본인과 같은 사람들이 없을 것이다.

말로만 듣던 일본의 모습과 일본인의 실상을 사실대로 기술하고 있다.

일본인의 품성과 일을 처리하는 방식과 사물을 대하는 태도, 근면성과 새롭고 기이한 것을 좋아하는 성향은 물론, 규칙을 준수하는 자세와 의복과 음식, 그리고 기술 수준에 이르기까지 세세하게 포착한다. 원중거의 언급은 현재 우리가 알고 있는 일본인의 면모와 비교해도 크게 다르지 않다. 특히 원중거는 부지런하게 일하며 자기 힘으로 먹고사는 사실을 주목하여 "아마도 천하에 일본인과 같은 사람들이 없을 것"이라는 표현으로 극찬해마지 않는다. 이는 일본인을 부정적으로만 바라보던 종래 조선 지식인의 시각에 문제가 있음을 우회적으로 비판하는 것이다. 원중거처럼 일본에 대해 균형 감각을 가지고 바라보는 경우는 드문 편이다. 사실 사행은 문화 교류의 첨병 역할을 하기에 안성맞춤이다. 그럼에도 불구하고 조선 통신사에 참여한 대부분의 인사들은 자국 문화가 우수하다는 관념에 사로잡혀 일본에서 받아들일 문명이 없다고 판단하고 멸시하거나 무시하는 경우가 많았다. 그 결과 일본의 선진 문화나 앞선 기술, 실용 정신을 제대로 알아차리기가 어려웠던 것이다.

포로로 잡혀 간 선비의 일본 이야기

임진왜란은 국제전으로 동아시아 국제 질서를 재편성하였다. 명의 멸망과 청의 등장, 에도 막부와 같은 새로운 정권의 성립은 이러한 사정을 말해 준다. 하지만 임진왜란은 동아시아 민중에게 막대한 피해를 주었고, 수많은 조선 사람들이 피로인被虜人으로 일본에 끌려갔다.

임진왜란과 정유재란에 휩싸인 시대를 살다간 수은睡隱 강항姜沆 (1567~1618)도 왜군에 잡혀 피로인의 신세가 된다. 그가 지은 《간양록看羊錄》은 일본에 끌려가 목격한 실상을 속속들이 기록한 체험 기록이다. 그 중 〈적중봉소賊中封疏〉의 한 대목을 보자.

가만히 생각해 보건대, 백만의 야인이 수십만의 왜병을 대적치 못할 터인데, 국가에서 남쪽을 가볍게 여기고 북쪽을 무겁게 여기는데 그 까닭을 알지 못하겠습니다. 제가 마

간양록

강항이 직접 견문한 내용과 주관적인 판단이 함께 녹아 있어, 당시 그 어떤 자료보다 임진왜란을 전후한 일본의 실상을 자세히 전하고 있다.

음으로 따져 보고 왜인에게 물어보니, 수백 년 전의 왜국 법령은 대체로 우리나라와 중국과 크게 다르지 않습니다. 부귀한 집에서는 노비를 두고, 평민들은 자기 밭이 있으며, 대략 지방의 수령을 교체하는 법이나, 과거를 보고 인재를 뽑는 것 등은 서로 같은 바, 왜국도 수천 리의 평온한 나라입니다. 그런데 관동 장군關東將軍 원뢰조源賴朝가 국내에서 전쟁을 일삼은 이후로 마침내 하나의 전국戰國이 되었습니다. 이른바 포수砲手라는 것은 예전에는 없던 것이고, 단지 창과 칼을 쓰는 것으로 장기長技로 삼을 따름이었습니다. 대략 50년 전에 남만의 배 한 척이 표류되어 왜국에 도착하였는데, 그 배에는 총포와 탄약 및 화약 등이 가득 실려 있었으므로, 왜인이 이때부터 포 쏘는 것을 배우기 시작했습니다. 왜인은 천성이 영리하여 배우기를 잘해서 40~50년 사이에 뛰어난 포수가 온 나라에 퍼졌습니다. 그러니 지금의 왜인은 옛날의 왜인이 아니요, 우리나라의 방어는 또 옛날의 방어로는 안 되는 것이니, 국경의 방비를 전일보다 백 배나 더해야 할 것입니다.

일본에서 견문한 것을 토대로 일본의 역사와 사회상을 논리적으로 제시하고 있다. 위에서 강항은 일본은 본래 조선, 중국과 별반 다르지 않은 국가였는데, 전국戰國 시대(1467~1573) 이후 무력을 숭상하고, 특히 서구로부터 총포류와 무기 제조법을 받아들이면서 군사적으로 급변하고 있다는 점을 지적한다. 그래서 조선이 강력한 군사력을 가진 일본에 대비하기 위해서는 무엇보다 방비를 철저히 해야 한다고 주장하고 있다. 이어 강항은 군사력을 생각하면 북쪽의 야인보다 일본에 더욱 신경을 써야 한다고 촉구한다. 이러한 언급은 강항이 일본에서 생활하면서 얻은 산지식이 있었기에 가능했을 터이다.

강항은 일본에 체류하는 동안 후지와라 세이카와 교류하면서 일본에 조선의 선진 학문과 주자학을 전하는 등 학술을 전파하는 역할을 하기도 했다. 그와 교류한 후지와라 세이카는 일본에서 주자학을 여는 데 결정적 역할을 했는데, 모두 강항의 학술적 영향에 힘입은 바 크다. 강항은 당대 일본 학술계에 큰 영향을 끼쳤는데, 조선의 문화를 일본에 전파하기만 한 것은 아니다. 그는 일본의 승려인 요시히도로부터 일본의 역사와 지리 따위를 알아내어 〈적중문견록賊中聞見錄〉에 기록한 뒤, 조선에까지 그 사실을 알리기도 하였다. 다음은 대마도에 대한 기록이다.

대마도는 평상시 오직 우리나라의 관시關市를 통해 살아 나갈 수 있다. 흑각黑角·후추胡椒 등의 물건은 남만南蠻에서 들여오고, 수달 가죽과 여우 가죽 등의 물건은 왜국에서는 소용이 없기 때문에, 이들이 제 고장에서 싼값으로 사서 우리나라에 비싸게 팔아왔다. 사라紗羅·능단綾緞·계포罽布·금은 등은 모든 나라에서 귀하게 여기는 것이므로 다른 나라에서 사들이기는 해도 우리나라에 내다 팔지는 않는다. 대마도 여자들은 우리나라 옷을 많이 입으며, 남자들은 거의 우리나라 말을 안다. 왜국을 반드시 일본이라 말하고, 우리나라를 반드시 조선이라 말한다. 그들은 일찍이 자기네를 오직 일본인으로 자처하지 않았다. 원래 우리나라에서 입는 혜택이 많고, 일본은 적기 때문에, 대마도는 장수에서부터 졸병에 이르기까지 우리나라를 받드는 마음이 일본을 위하는 마음보다 더하다. (중략) 본토의 왜인들은 날쌔고 사납기는 하지만, 교활하기가 심하지 않았고, 우리나라 일에는 또한 사정을 알지 못하여, 전쟁한 지 8년이 되는 오늘까지도 우리나라 장수들의 이름조차 모른다. 그러나 대마도의 왜인들은 날쌔고 사납지는 않지만 여간 교활한 것이 아니고, 그들은 우리나라 일에 이것저것 알지 못하는 것이 없다. 그들은 평상시에도 섬 안의 영리한 아이들을 골라 우리나라 말을 가르치고, 또한 우리나라의 여러 문서와 편지글의 격식을 가르친다. 비록 눈이 밝은 사람으로도 갑자기 그것을 보면 선뜻 왜의 글을 가려내지 못할 정도이다.

위에서 강항은 조선과의 교역에 의지하여 살 수밖에 없는 대마도의 경제적 처지와 외국과의 교역품, 조선을 섬기는 모습, 교활한 성품 등을 견문한 그대로 기술하고 있다. 대마도는 물산이 풍부하지 않기 때문에 생존을 위해 일본 본토와 조선 사이에서 줄타기를 하고 있음을 간파한다. 강항은 남에게 의지하며 살아야 하는 대마도인의 현실적 처지 때문에 교활함이 습성이 되었다고 판단한다. 심지어 대마도인은 조선의 언어는 물론 공문서 작성법까지 습득하는 형편이니, 이들에게 당근과 채찍을 적절히 구사해야 제어할 수 있을 것이라 제시한다. 강항이 파악하여 기술해 놓은 이러한 정보들은 조선 정부의 일본에 대한 인식은 물론 통신사의 사행 시에도 결정적인 도움을 준다. 요컨데 이 책은 당시 일본의 제도, 풍습, 개인의 사생활 등을 두루 담고 있는 백과사전으로서 가장 최신의 지식·정보의 창고 역할을 했다고 하겠다.

일본 문화의 재발견

계미 통신사에 참여한 이들 가운데 주목할 만한 글을 남긴 이가 또 한 사람 있다. 바로 삼방서기로 일본을 다녀온 김인겸金仁謙(1707~1772)이다. 그가 쓴 〈일동장유가日東壯遊歌〉에서 수차에 대해 쓴 부분을 보자.

물가에 성城을 쌓고 경개景槪가 기이하다.
물속에 수기水器놓아 강물을 길러다가
홈으로 인수引水하여 성안으로 들어가니
제작製作이 기묘奇妙하여 본받음 직하구나.
그 수기 자세 보니 물레를 만들어서
좌우에 박은 살이 각각 스물여덟이요.
살마다 끝에다가 널 하나씩 가로 매어
물속에 세웠으니 강물이 널을 밀면
물레가 절로 도니 살 끝에 작은 통을
놋줄로 매었으니 그 통이 물을 떠서
돌아갈 때 올라가면 통 아래 말뚝 박아

공중에 나무 매어 말뚝에 걸리면

그 물이 쏟아져서 홈 속으로 드는구나.

물레가 빙빙 도너 빈 통이 버려와서

또 떠서 순환하여 주야로 불식不息하니

인력을 아녀 들여 성城가퀴 높은 위에

물이 절로 넘어가서 온 성城안 기민居民들이

이 물을 받아먹어 부족들 아녀하니

진실로 기특하고 묘妙하고도 묘妙하구나.

김인겸은 통신사에 참여하여 약 1년간 대마도와 오사카를 거쳐 에도를 다녀온다. 그때 보고 느낀 일본의 풍물과 생활상을 예리한 필치로 노래하여 8000여 구의 장편 가사인 〈일동장유가〉를 남긴다. 위에서 김인겸은 수차를 매우 사실적으로 묘사하고 있다. 물을 성안으로 끌어들이는 수차의 모습과 이 수차를 활용하여 인력을 들이지 않고도 성안의 식수 문제를 쉽게 해결하는 것을 진실로 기특하고 묘妙하고도 묘한 것으로 바라본다. 이러한 기술 문명은 자국에서 보지 못한 이국의 광경으로, 일본의 앞선 기술에 대한 부러움을 드러낸 장면이다. 김인겸이 일본의 문화를 긍정하는 것은 그의 개방적 인식과 관련이 깊다. 이용후생利用厚生의 시각으로 바라보는 일본 인식은 자국 문화에 대한 성찰을 포함하고 있다. 그럼에도 불구하고 김인겸은 일본의 기술 문명을 적극 수용하는 방향으로까지 나아가지는 않는다. 그의 인식은 단지 그 자체를 주목하고 자국 문화와 대비시켜 보는 데 머물고 있을 뿐이다.

작품의 다른 곳에서 김인겸은 오사카와 에도 등, 번성한 대도시의 화려한 모습과 줄지어 늘어선 가옥을 보고 놀라움을 표하기도 한다. 이는 일본 문화나 기술 문명을 무조건 얕잡아 보던 일부 조선 지식인의 인식과는 사뭇 다른 시선이었으나, 이것이 〈일동장유가〉 전체를 관통하지는 않는다. 그는 조선과 일본을 문화와 야만으로 가르고 조선이 문화적 시혜자임을 분명히 하고 있다.

그럼에도 불구하고 일본 문화를 바라보는 김인겸의 시선은 비교적 객관적이다. 고구마를 노래한 대목을 보자.

"섬 안이 토박土薄하여 생리生利가 가난하니
효자토란孝子土蘭 심어 두고 그로 구황救荒한다."커늘
쌀 서 되 보내어서 사다가 쪄 먹으니
모양은 하수오何首烏요 그 맛은 극히 좋아
마薯같이 무르지만 달기는 더 났구나.
이 씨를 베어다가 아국我國에 심어 두고,
가난한 백성들을 흉년에 먹게 하면,
참으로 좋겠으되 시절이 몹시 추워
가져가기 어려우니 씨 받아 어찌 재배하리.

위에서 언급한 효자 토란은 고구마이다. 1763년 계미 통신사에 참여한 조엄이 일본으로부터 고구마 종자를 가지고 와서 동래와 제주도에 심어 전국적으로 확산시킨 것은 알려진 사실이다. 김인겸 역시 조엄과 같이 고구마를 쪄서 먹어 본 뒤에 그 효용성을 제시하고 있다. 고구마는 맛이 있을 뿐만 아니라, 가난한 백성을 구휼하는 구황 작물의 특성이 있음을 확인하고 있다. 또한 김인겸은 우리나라로 고구마 종자를 가져와서 심을 것을 언급하는 한편, 조선으로 도입하는 방법을 함께 고심하고 있다. 조엄이 고구마 종자를 가져온 것은 사실이지만, 계미 통신사의 일원으로 함께 다녀온 김인겸 역시 고구마 종자를 들여오는 데 일정한 역할을 한 것으로 보인다.

목화와 마찬가지로 고구마의 도입은 국가 경제에 기여한다. 무엇보다 구황 작물로서 민중의 구휼과 생존에 결정적인 역할을 했기 때문이다. 전근대 시기에 백성들의 먹을거리를 해결해 주는 것이야말로 국가 정책

의 최우선 과제였다. 실학자 박제가가 《북학의》에서 "나라에서 관리를
시켜 고구마를 따로 심게 하고, 서울의 살곶이와 밤섬 등에도 많이 심게
한 적이 있어서, 백성들에게 스스로 심게 한다면 잘 번식할 것이다."라
한 것도 이 때문이다. 박제가는 국가적 차원에서 고구마 심기를 장려하
고, 이를 전국적으로 확산시킬 것을 촉구하였다. 실제 18세기 이후 고구
마 재배는 국가적 관심사로 부상한다. 고구마는 비록 대마도에서 들어온
외래 작물이지만 국가 경제에 엄청난 파급 효과를 준 것이다. 고구마가
지금도 우리의 식문화를 풍요롭게 하고 있음을 상기하면 알 수 있는 일
이다.

  김인겸의 예에서 알 수 있지만, 조선의 일부 지식인들은 통신사에 참여
하여 일본을 객관적으로 바라보고 그 장점을 파악하는 데 주저함이 없었
다. 이들은 일본의 문화를 낯설게 느끼거나 그저 보고 즐기는 데 그치지
않았다. 그 속에서 장점을 찾고 자국에 수용하여 활용하고자 하였다. 요
컨대 이문화와의 만남과 교섭은 당대 역사를 움직이는 큰 계기가 되었다
고 할 수 있다.

일본으로부터 듣는 세계 소식

유럽과 동아시아가 본격적으로 만나기 시작한 것은 '대항해 시대'부터
이다. 이는 15세기 초부터 17세기 초까지 유럽 국가들이 항해를 통해 세
계 각지를 탐험하던 시기를 말한다. 유럽인은 이를 '지리상 발견의 시
대'라고 부른다. 대항해 시대 이후 동아시아와 서구는 지속적으로 만나
왔다. 동아시아에서 가장 늦게 서구와 만난 국가는 조선이다. 하지만 일
찍 세계 문화에 관심을 보인 지식인들이 있었다. 이수광李晬光(1563~1628)
은 서적을 통해 다양한 견문 지식과 정보를 쌓고 국제적 안목을 키운다.
그가 쓴 《지봉유설芝峰類說》은 그러한 결과물의 하나이다.

  이수광은 《지봉유설》의 〈외국〉조에서 동아시아와 서구의 여러 나라에
대해 두루 언급하며 외국에 대한 열린 시각을 보여 준다.

포르투갈은 섬라暹羅*의 서남쪽 바다 가운데에 있는 서양 대국이다. 그들의 화기火器를 불랑기佛狼機라 하는데 지금 병가兵家들이 사용하고 있다. 또 서양포西洋布는 마치 매미 날개처럼 매우 가볍고 천이 가늘다. (중략) 이탈리아는 태서국이라고도 한다. 이 나라에는 마테오 리치라는 사람이 있는데, 8년간 8만 리의 파도와 바람을 이겨 내고 와서 마카오에 10여 년간 거주하였다. 지은 책으로 《천주실의》 2권이 있다. 그 책의 첫머리에 천주天主가 처음으로 천지를 창조하여 안양安養의 도를 주재主宰함을 말하고, 다음으로 사람의 혼은 불멸하는 것이어서 금수禽獸와는 크게 다름을 말하고, 다음으로 윤회육도輪回六道의 그릇됨과 천당·지옥·선악의 응보應報를 변론하고, 끝으로 사람의 성性은 본래 착하므로 천주의 뜻을 공경히 받들어야 한다고 말하였다. 그 나라의 풍속은 임금을 교화황敎化皇이라 부르는데 결혼을 하지 않는다. 그래서 세습하지 않고 어진 사람을 택하여 세운다.

섬라暹羅 지금의 태국.

《지봉유설》에서 이수광은 안남에서 시작하여 유구·섬라·일본·대마도·캄보디아 등의 동남아 국가들은 물론, 한자 문화권을 넘어 아랍 및 포르투갈·네덜란드·영국 등을 소개한다. 여기서 이수광은 이들 국가의 역사, 문화, 종교에 대한 지식과 정보는 물론, 자연환경과 경제 상황 등을 객관적으로 서술하고 있다. 당시로서는 알기 힘든 서구 문화에 관한 새로운 지식과 정보를 두루 담고 있거니와, 그의 독서 체험과 지적 역량을 가늠할 수 있다.

위의 인용문은 포르투갈과 이탈리아를 소개하는 부분이다. 우선 포르투갈의 지리적 위치와 무기에 대한 정보, 일상적으로 사용하는 옷감 등을 객관적인 시각으로 서술한다. 소개하고 있는 포르투갈의 화기는 이미 16세기 중엽부터 일본에 유입되는데, 조총도 그중 하나이다. 일본이 임진왜란 때 조총을 사용하여 조선을 곤란하게 하였음은 알려진 사실이다. 또 이수광은 마테오 리치의 《천주실의》와 교황의 선출 방식을 흥미롭게 기술하고 있다. 이수광이 조선과 미지의 세계를 상세하게 기록한 것은 그의 열린 시각의 일단이다.

하지만 이수광이 일방적으로 외국 문화에만 심취했던 것은 아니다. 그는 같은 책에서 조선이 오랜 역사적 전통과 많은 인재를 보유하고 있다는 사실을 강조하기도 하기 때문이다. 이는 자국사와 자국 문화에 대한 자부심을 바탕으로 세계의 흐름을 주체적으로 인식하고 있었음을 의미한다. 이처럼 세계를 향해 열린 시각을 보여 준 이수광은 《지봉유설》을 통해 조선 지식인의 지적 역량과 동시에 세계의 조류를 선취한 시선을 보여 주고 있어 눈길을 끈다.

사실 조선 후기 지식인들은 일본을 통해 서구에 관한 지식과 정보를 적지 않게 수용하였다. 당시에 외국과 관련한 정보는 청나라를 통해 얻는 경우가 대부분이었지만, 일본을 통해 접하게 되는 외국 관련 소식도 많았다. 이덕무李德懋(1741~1793)의 〈청령국지蜻蛉國志〉가 그 대표적인 사례이다.

관영寬永 15년(1638) 이래로 남만의 배가 와서 정박하는 것을 허가하지 않고 일본 사람이 외국에 왕래하는 것도 금지했다. 네덜란드, 태국, 인도지나, 동경, 대만, 중국에서는 해마다 와서 정박하였다. 참보디아 등 35개국에는 네덜란드 사람들이 들어가 교역하여, 그곳 토산물을 가져와 일본에 팔았다. 일본국이 부유하고 군사가 강해져 바다에서 세력을 떨치는 까닭은 외국과 교통을 하기 때문이다. 먼 나라와 무역하기를 좋아하며 교류하기를 좋아하여 자카르타에 관리를 두고 일본 및 그밖의 여러 나라에 상선을 보내며, 10년에 한 번 회계한다. 그 차관은 매년 6, 7월에 나가사키에 와서 다음해 봄에 에도에 가서 연시年始와 교대交代의 예를 거행하고, 다시 6, 7월에 오는 사람과 교대한다. 그 사람을 가피탄加比丹이라고 한다. 상선이 35~36개국에 왕래하므로 진귀한 물품이 헤아릴 수 없이 많다. 수마트라, 파우琶牛*, 방갈라傍葛剌*, 페르시아, 보르네오 등의 나라에는 네덜란드만 왕래할 수 있다. 배에는 모두 여덟 개의 돛이 있으므로 순풍·역풍을 가리지 않는다. 토산물로는 성성피猩猩皮, 산호구슬珊瑚珠, 마노瑪瑙, 호박琥珀, 모내이木乃伊(방부제), 안경, 나침반, 시계, 별의 도수를 측정하는 기계가 있다.

파우琶牛 지금의 미얀마 남부.

방갈라傍葛剌 지금의 방글라데시.

이덕무의 〈청령국지〉는 일본에 관한 종합 정보지의 성격을 지닌다. 이 책은 조선 성종 대에 나온 신숙주의 《해동제국기海東諸國記》 이후 일본 관한 자료를 정리한 점에서 의미가 있다. 인용한 글의 앞에서 이덕무는 일본과 교류한 나라를 두루 열거하고 있다. 네덜란드를 비롯하여 동남아시아 여러 나라와 페르시아 등 35~36개국을 제시한다. 이덕무는 이미 다른 책을 통해 네덜란드를 비교적 소상하게 인지하고 있었다. 그래서 그는 "네덜란드는 우리나라와 인접해 있지는 않지만 뜻밖의 사변을 생각해야 한다. 네덜란드는 일명 하란荷蘭, 홍이紅夷, 홍모紅毛라고도 한다. 서남쪽 바다 가운데에 있는데, 일본과의 거리가 1만 2900리이고 불랑기佛郞機(포르투갈)와 가깝다. 명나라 말기에 대만에 웅거했는데 뒤에 정성공鄭成功에게 패했다."라고 하여 관련 정보를 상세하게 적고 있다.

위에서 이덕무는 네덜란드가 자카르타를 무역의 거점으로 삼고 세계 36개국과 교역한다는 사실과 동남아 토산품을 가져와 일본에 되파는 중개 무역을 하는 실상, 무역선의 규모와 크기, 그리고 일본에 무역하는 물품 등을 상세하게 제시하고 있다. 그런데 이덕무는 이러한 외국의 소식을 어디에서 얻었을까? 일본에서 간행된 《왜한삼재도회倭漢三才圖會》이다. 《왜한삼재도회》는 1712년에 나온 방대한 백과사전으로 명나라의 《삼재도회》를 본떠 만든 책이다. 이 책은 세계 각국의 정보를 '이국인물異國人物'과 '외이인물外夷人物'에서 다루고 있거니와, 조선 후기 지식인들에게 세계 정보와 관련하여 집중적인 관심을 받은 서적 중의 하나였다. 이덕무는 조선 통신사에 참여한 인사들로부터 《왜한삼재도회》를 얻어 읽고, 이를 자신의 저술에 소개하고 있는 것이다. 이처럼 일본에서 체험한 견문 지식과 일본에서 조선으로 유입된 서책들은 바다 건너 세계의 지식과 정보를 제공하는 데 큰 역할을 하게 된다.

일찍이 신숙주는 《해동제국기》 서문에서 "그들의 습성은 강하고 사나우며, 무술에 정련하고 배타기에 익숙하다. 그런데 우리나라와는 바다를 사이에 두고 서로 바라보게 되었으니, 그들을 만약 도리대로 잘 어루만져 주면 예절을 차려 받들고, 그렇지 않으면 문득 함부로 노략질할 것입니다."라고 하여 일본에 대한 경계심과 함께 교린의 중요성을 강조하였다. 신숙주는 임종 직전에도 성종에게 "일본과의 평화를 잃지 마십시오."라는 말을 남겼다. 가깝고도 먼 나라 일본과 어떻게 만날 것인가를 곰곰이 생각하게 만든다. 그렇지만 역사적으로 한국과 일본은 적대적인 만남보다 교린한 기간이 훨씬 많았음은 분명한 사실이다.

인용 작품

연오랑 세오녀 277쪽
작가 일연 갈래 설화
연대 고려 후기

해유록 279쪽
작가 신유한 갈래 기행문
연대 18세기

우상전 282쪽(위)
작가 박지원
갈래 고전 소설(한문)
연대 18세기

화국지 282쪽(아래)
작가 원중거 갈래 기행문
연대 18세기

간양록 '적중봉소' 283쪽
작가 강항 갈래 기행문
연대 17세기

간양록 '적중문견록' 285쪽
작가 강항 갈래 기행문
연대 17세기

일동장유가 286, 289쪽
작가 김인겸 갈래 기행 가사
연대 18세기

지봉유설 '외국'조 291쪽
작가 이수광 갈래 백과사전
연대 17세기

청령국지 293쪽
작가 이덕무 갈래 한문 산문
연대 18세기

기행 문학, 여행 체험과 상상의 판타지

인간은 기행紀行과 어떠한 관계가 있을까? 인간이 수렵과 채집을 하고, 목축에 이어 정착생활에 이른 과정이 곧 기행의 과정이다. 이 점에서 기행은 인간이 살아온 역사이자 인간의 발자취이다. 그런데 인간은 역사의 발전과 함께 다양한 방식의 기행을 하기 시작한다. 공적인 임무를 수행하기 위하여 기행하거나, 상업적 목적을 추구하기 위하여 기행하는가 하면, 혹은 여가를 보내기 위하여 기행한다. 그뿐만 아니라 구도를 위하여 미지의 세계를 찾아나서거나, 죄를 얻어 유배를 가고 더러 원하지 않는 미지의 세계를 표류하는 등 다양한 형태로 기행한다. 여기서 기행 문학이 탄생한다.

기행 문학은 기행을 하면서 겪는 체험과 견문 등을 다양한 문학 양식으로 표출한 것이다. 시, 일기, 산문 등 그 형식이 비교적 자유로운 편이다. 여행기나 탐험기, 견문기와 표류기를 비롯하여 유배 문학, 연행록, 기행 가사 등이 여기에 속한다. 고전 문학에서 여행기로 혜초의 《왕오천축국전》과 조선 후기 산수유기山水遊記 등이 있고, 견문기에는 유길준의 《서유견문》과 민영환의 《해천추범》 등이 있다. 이외에 표류기로는 최부의 《표해록》과 하멜의 《하

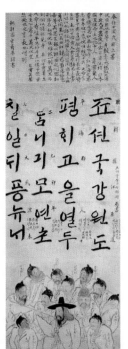

멜 표류기》 등이 있다. 또한 박지원의 《열하일기》와 홍대용의 《을병연행록》, 이수광의 〈조천록〉 등 조선 후기에 나온 수많은 연행록이 있다. 그리고 에도 시대 통신사로 다녀오면서 그 견문 지식을 남긴 신숙주의 《해동제국기》, 신유한의 《해유록》과 원중거의 《화국지》 등을 들 수 있다. 그밖에 기행 가사로는 정철의 〈관동별곡〉과 김진형의 《북천가》, 김인겸의 〈일동장유가〉 및 홍순학의 〈연행가〉 등이 있다.

기행 문학은 여행의 체험을 사실적으로 기록한 것이지만, 단순히 사실을 나열한 것만은 아니다. 작자는 기행을 하면서 견문한 곳의 삶의 모습과 문화 전체를 사실적으로 기록해 두기도 한다. 기록하는 방식은 자신의 상상력을 동원하여 흥미롭게 구성하기도 한다. 예를 들면 문학적 안목과 솜씨를 마음껏 발휘하여 사실을 뛰어넘어 생동하게 구성하는가 하면, 독자를 염두에 두고 문학적 상상력을 동원하여 작품을 구상하기도 한다. 《열하일기》는 여행에서 만난 다양한 인간의 모습을 생생하게 형상화하거나, 해학과 풍자를 즐겨 구사하는 등 소설보다 더 소설 같은 수법으로 중국 기행의 모습을 입체적으로 묘사하였다. 이러한 묘사와 작품의 구성은 세계 인식을

조선 표류민도 표류와 같은 예기치 않은 여행으로 새로운 세계를 만나기도 한다. 일본에는 조선 표류민을 그린 그림이 꽤 남아 있다. 강원도 평해에서 표류한 열두 명의 조선인을 그린 왼쪽 그림도 그중 하나이다.

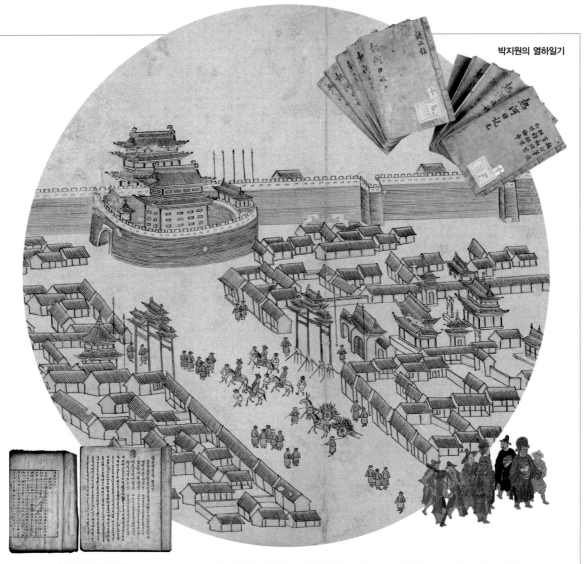

박지원의 열하일기

홍대용의 담헌연행록

연행도 홍대용, 박지원, 박제가 등 실학자들에게 연행 수행은 새로운 세계를 만날 절호의 기회였다. 그들은 연행록에 그 생생한 기록을 남겼다. 그림은 그들과 같은 시대를 살아간 단원 김홍도의 〈연행도〉 중 조선 사신이 연경 도성으로 들어가던 문인 조양문의 풍경을 그린 것이다.

확장시키거나 때로는 자기 성찰을 가능하게 한다. 이 점에서 기행 문학은 여행의 체험을 단순히 전달하는 것에 머물지 않고 독자의 상상을 자극하고 판타지를 유발하기도 한다. 기행 문학은 시대와 함께 변화하지만, 작자의 창작 동기에 따라 다양한 모습으로 나타난다. 독자는 이러한 흥미진진한 읽을거리와 판타지에 감동하고 더러 환호를 보내기도 한다. 기행 문학이 낯선 문화를 배척하지 않고 수용하고 있는 점은 다른 문학 장르가 가지지 못한 미덕이다. 특히 기행 문학이 새로운 문화와의 교류를 제시하고 이를 적극 포착한 것은 고전 문학의 자산이며, 고전 문학 역시 이러한 낯선 문화와의 교섭 속에서 성장해 왔다.

참 고 문 헌

이 책에 실린 작품의
원문은 다음의 문헌들을 참고해
독자들이 이해하기 쉬운
현대어로 옮겼다.

1. 꿈과 환상

구렁덩덩신선비 신동흔 지음, 《세계민담전집 1》, 황금가지, 2003.

차사본풀이 현용준·현승환 지음, 《제주도무가》(한국고전문학전집 29), 고려대학교 민족문화연구소,
   1996. 신동흔 지음, 《살아있는 우리신화》, 한겨레출판, 2004.

이공본풀이 현용준·현승환 지음, 《제주도무가》(한국고전문학전집 29), 고려대학교 민족문화연구소, 1996.

원천강본풀이 赤松智城·秋葉隆 지음, 《朝鮮巫俗의硏究 上》, 옥호서점, 1937.

조신 일연 지음, 최호 옮김, 《삼국유사》, 홍신문화사, 1991.

원생몽유록 김시습 지음, 이재호 옮김, 《금오신화 외》, 솔, 1998.

구운몽 김만중 지음, 정규복·진경환 역주, 《구운몽》(한국고전문학전집 27), 고려대학교 민족문화연구소,
   1996.

삼한습유 김소행 지음, 서신혜·이승수 역주, 《삼한습유》, 박이정, 2003.

2. 삶과 죽음

큰누님 박씨 묘지명 박희병·정길수 외 역편, 《연암 산문 정독》, 돌베개, 2007.

3. 이상향을 찾아서

허생전 이우성·임형택 역편, 《이조한문단편집 하》, 일조각, 1973

태평동 이야기 한국도교사상연구회 편, 《도교의 한국적 수용》, 아세아문화사, 1996.

의도기 이우성·임형택 역편, 《이조한문단편집 상》, 일조각, 1973

동해의 단구를 다녀온 유동지 한국도교사상연구회 편, 《도교의 한국적 수용》, 아세아문화사, 1996.

용궁부연록 김시습 지음, 심경호 옮김, 《매월당 김시습 금오신화》, 홍익출판사, 2000.

심청전(완판본) 정하영 역주, 《심청전》, 고려대학교 민족문화연구소, 1995.

4. 다른 세계와의 만남

왕오천축국전 혜초 지음, 정수일 역주, 《혜초의 왕오천축국전》, 학고재, 2004.

해동역사 한치윤 지음, 정선용 옮김, 《국역 해동역사》, 한국고전번역원, 1996.

가락국기 김부식·일연 지음, 리상호 옮김, 《거북아 거북아 수로를 내놓아라》, 보리, 2006.

박람기 이민식 지음, 《근대 한미관계사》, 백산, 2001.

해천추범 민영환 지음, 조재곤 역편, 《해천추범》, 책과함께, 2007.

표해록 최부 지음, 이재호 옮김, 《국역 표해록》, 한국고전번역원, 1976.

탐라문견록 정운경 지음, 정민 옮김, 《탐라문견록, 바다 밖의 넓은 세상》, 휴머니스트, 2008.

하멜 표류기 하멜 지음, 신복룡 역주, 《하멜 표류기》, 집문당, 1999.

북학의 박제가 지음, 안대회 옮김, 《북학의》, 돌베개, 2008.

열하기행시주 유득공 지음, 실시학사 고전문학연구회 역편, 《열하를 여행하며 시를 짓다》, 휴머니스트,
　　2010.

담헌연기 홍대용 지음, 김동기 외 옮김, 《국역 담헌서》, 한국고전번역원, 1974.

열하일기 박지원 지음, 김혈조 옮김, 《열하일기》, 돌베개, 2009.

해유록 신유한 지음, 문선규 외 옮김, 《국역 해행총재》, 한국고전번역원, 1974.

우상전 박지원 지음, 신호열·김명호 옮김, 《국역 연암집》, 한국고전번역원, 2005.

화국지 원중거 지음, 박재금 옮김, 《와신상담의 마음으로 일본을 기록하다》, 소명출판, 2006.

간양록 강항 지음, 문선규 외 옮김, 《국역 해행총재》, 한국고전번역원, 1974.

청령국지 이덕무 지음, 김동주 외 옮김, 《국역 청장관전서》, 한국고전번역원, 1980.

찾 아 보 기

찾아보기

살아있는 고전문학 교과서

1 고전문학, 저 너머를 상상하다

지은이 | 권순긍 신동흔 이형대 정출헌 조현설 진재교

1판 1쇄 발행일 2011년 3월 14일
1판 2쇄 발행일 2011년 4월 4일

발행인 | 김학원
편집인 | 선완규
경영인 | 이상용
편집장 | 위원석 정미영 최세정 황서현
기획 | 나희영 임은선 박인철 김은영 박정선 김희은 김서연 정다이
디자인 | 김태형 유주현
마케팅 | 이한주 하석진 김창규
저자 · 독자 서비스 | 조다영 함주미 (humanist@humanistbooks.com)
스캔 · 출력 | 희수 com.
용지 | 화인페이퍼
인쇄 | 청아문화사
제본 | 정민제본

발행처 | (주)휴머니스트 출판그룹
출판등록 제313-2007-000007호(2007년 1월 5일)
주소 | (121-894) 서울시 마포구 서교동 378-8, 9호 동현빌딩 3층
전화 | 02-335-4422 팩스 | 02-334-3427
홈페이지 | www.humanistbooks.com

ⓒ 권순긍 신동흔 이형대 정출헌 조현설 진재교, 2011
ISBN 978-89-5862-389-2 03810
        978-89-5862-392-2(세트)

만든 사람들

기획 | 황서현(hsh2001@humanistbooks.com) 김은영 김희은
편집 | 강봉구 송성희 이영란
일러스트레이션 | 이은심 구소리 정승훈 이유정
본문디자인 | 씨디자인(조혁준 김진혜 고은비 김가영)
표지디자인 | 김태형
사진제공 | 국립중앙박물관(중박201103-146) 권태균 김성철 신동흔 이일호 토픽이미지 한국
기독교박물관

이 책에 쓰인 사진과 도판 자료는 저작권자의 허락을 받아 사용하였습니다. 저작권자를 찾지 못한 자료는
확인되는 대로 정해진 절차에 따라 허락을 받겠습니다.